MALDITO HAMOR

CRUZ SÁNCHEZ DE LARA

MALDITO HAMOR

ESPASA

Espasa, sello editorial de Editorial Planeta, S. A.
Avda. Diagonal, 662-664
08034 Barcelona

Primera edición: marzo de 2023

Preimpresión: MT Color & Diseño, S. L.

Depósito legal: B. 2629-2023
ISBN: 978-84-670-6900-6

Espasa, en su deseo de mejorar sus publicaciones, agradecerá cualquier sugerencia que los lectores hagan al departamento editorial por correo electrónico: sugerencias@espasa.es.

www.espasa.com
www.planetadelibros.com

Impresión: Unigraf, S. L.
Impreso en España - *Printed in Spain*

Certificado PEFC
Este libro procede de bosques gestionados de forma sostenible y fuentes controladas
PEFC
PEFC/14-38-00305
www.pefc.es

El papel utilizado para la impresión de este libro está calificado como **papel ecológico** y procede de bosques gestionados de manera **sostenible.**

A Pedro J., porque para mí amor se escribe con J

A todas las que han mirado a los ojos a Henry
y han intentado escribir amor con H

Exordio

Aquel día en que te maté fue el comienzo de muchas cosas. Estaba ya harta de los duelos sin muerto presente y decidí fabricar el mío propio. Cuando todo estaba consumado y organizado, llamé a todos mis amigos, a los que te conocían y a los que habían oído contar cientos de veces la perfecta historia de amor que protagonizamos. También a algunos a quienes no había ni siquiera hablado de ti. Me fui creciendo a medida que contaba la trágica historia de tu muerte e hice de tu funeral la boda que no tuvimos.

Era domingo aquel 16 de diciembre de 2018. Aún recuerdo ese absurdo tic de mover los pies rozando la vieja madera del reclinatorio de la iglesia con la punta del zapato —conservo esa manía desde la infancia—, mientras escuchaba un «Roguemos a Dios por el eterno descanso de nuestro hermano Henry». En aquel momento perturbador, sentía, junto al frío en la ermita a la que solía ir cuando era niña, el multitudinario vacío de tu adiós y el vértigo futuro de la madurez en solitario; una madurez despojada del abrigo que suponía poder soñar tu presencia inmediata. Ese sueño se quebraba con aquel responso y aquellas miradas de condolencia condescendiente.

Mis padres estaban perplejos. Su tristeza era por mí, no por ti. No te conocían formalmente más allá de aquel día en que coincidimos en el aeropuerto. Yo estaba tan mustia, tan seca, tan muerta a los treinta y cinco que debían necesitar de manera acuciante resucitar a su hija, sin sentir la angustia de no poder devolverle la vida a un cadáver, al cuerpo de un hombre a quien no habían tratado en vida. Tú no eras el protagonista de tu funeral. Lo fui yo en todo momento. Ni estabas ni alcanzaron siquiera a preguntarse por qué no había ido a tus exequias a Londres. Todo era tan surrealista como la subida a los altares de mi pena extrema por tu pérdida irremediable.

En ningún momento sentí remordimiento de conciencia, tan solo las caricias y abrazos de los míos, que me garantizaban el punto de no retorno.

D. E. P.

CLEA CASTÁN

Parte I

Después de Henry

1

Londres, 2 de septiembre de 2019

En unas dependencias de Scotland Yard a unas manzanas del río, dos psicólogos forenses hablaban entre ellos a las diez de la mañana. Trabajaban desde hacía unos días en el perfil psicológico de Clea Castán.

Ian Woodworth era uno de los profesionales más reputados de la policía inglesa. A sus apenas cuarenta años, era el mejor especialista del Reino Unido en autopsias psicológicas y en trabajar en profundidad los perfiles y la personalidad de criminales y víctimas. Todos le llamaban Tintín a sus espaldas y, algunos, a la cara. El parecido era sorprendente. Además de su flequillo rubio disparatado, su forma de vestir desenfadada —*jeans*, camisa de cuadros abierta y una camiseta blanca de algodón— contrastaba frontalmente con el traje de espiga de su compañero Clifford Stand, del cuerpo judicial de forenses.

Stand estaba a punto de jubilarse. Dentro de la vieja escuela, siempre había destacado por su rigor, su intuición y su tenacidad. Su aspecto atildado encajaba a la perfección con el carácter metódico de sus investigaciones. Ian y Clifford ya habían coincidido en varios trabajos, y estaban volcados en aquel con especial interés: el caso Astor, un asunto que ocupaba la mayoría de los tabloides en los últimos tiempos y del que se hablaba en todos los programas de actualidad de la televisión británica y algunas de las extranjeras. Una española, Clea Castán, se había convertido en «la más buscada», y a ellos dos les habían encargado un análisis de su personalidad, de su comportamiento y de su entorno para evaluar, en la medida de lo posible, la credibilidad de su testimonio y las pruebas psicológicas y circunstanciales que pudieran adverarlo.

La sala era amplia y desde sus ventanales se podía ver el río. Todo tenía un aspecto descuidado: suelos de terrazo ya sin brillo y deteriorados, mesas antiguas al estilo de los viejos pupitres, y otra redonda, llena de papeles, ante la que se encontraban sentados.

—Stand, está esperando la amiga de la familia Castán. Ya ha terminado los test. Parece que lleva tres horas con ellos...

—Estará agotada... Algún día se cambiará el procedimiento, ya verás. Cuando llegan aquí, yo creo que lloran y se emocionan por el agotamiento...

—También bajan la guardia antes, no te quejes. Parece ser que esta mujer es, entre quienes lo han vivido todo más de cerca, de la que podemos esperar mayor objetividad. Es más de tu generación. Seguro que le gusta más tu estilo. Dirige tú la entrevista y yo te sigo.

—Ay, Woodworth, qué poco sabes de la vida por mucho que sepas de psicología. Seguro que te responderá a ti con más soltura, pero no me importa. Esta señora es Amalia... «Bingouchi», ¿verdad?

—Sí, es ella. Salgo a buscarla.

Tan solo cinco minutos más tarde estaban sentados a esa misma mesa. Para Amalia todo aquello estaba siendo una aventura frenética, llena de angustias y sobresaltos. Miraba a los dos hombres que hojeaban sus respuestas sin decirle nada. Su corte *long bob* con la melena blanca era el síntoma más evidente de su personalidad desbordante. El gris nube de su cabello lacio y denso se movía entre el blanco y el azul. Rozaba sus hombros y resultaba juvenil pese a su color. Iba totalmente vestida de negro con unos pantalones de cuero, blusa sin cuello y una *blazer* de botones dorados con las mangas subidas hasta el antebrazo.

Woodworth comenzó a hablar con sonrisa y mirada inofensivas.

—Amalia, esté tranquila, necesitamos algunos datos suyos y luego le haremos algunas preguntas sobre Clea Castán. Solo necesitamos la verdad. Su nombre es Amalia... «Bingouchi», ¿correcto?

—Bengoechea Gil, si no le importa —respondió Amalia en perfecto inglés.

—Yo soy Ian Woodworth, psicólogo forense del cuerpo policial.

—Encantada.

—Soy Clifford Stand. Hemos formado equipo para elaborar un informe sobre la personalidad de Clea Castán. Yo trabajo para el juzgado encargado de la instrucción del caso y mi compañero, como le ha dicho, forma parte de la Policía.

—A su disposición...

—Muy bien. Sé que los test que ha estado rellenando son muy pesados.

—Sí, es cierto que estoy un poco confundida... Todas las preguntas me parecían iguales e incluso contradictorias. He intentado responder siempre la verdad... Demasiadas cuestiones sobre mí y muchas cosas sobre Clea que solo son mi opinión...

—No se preocupe. A todo el mundo le pasa. Si le parece bien, comenzamos, para que no sea más incómodo aún.

Stand buscó su viejo bolígrafo, se puso las gafas y comenzó a leer preparado para apuntar las respuestas.

—Edad, estado civil, profesión...

—Sesenta, divorciada y soy ingeniera de caminos, aunque ya no ejerzo. Trabajé mucho durante muchos años y ahorré lo justo para vivir bien de mis inversiones. Dejé la empresa de la que era directora general hace ahora año y medio. Ya sabe, un buen acuerdo de prejubilación... No sé si aquí hacen acuerdos de este tipo: te jubilas anticipadamente con pensión y una indemnización; en mi caso, muy buenas.

Stand tomó las riendas de la entrevista haciendo gala de una amabilidad antigua, trasnochada. Sus dientes amarillentos y su calva reluciente añadían seriedad a su respiración pausada y a su forma de mirar los documentos como quien espera no perder detalle.

—Señora..., discúlpeme si me dirijo a usted sin su apellido. No quiero que se ofenda por mi pronunciación.

—No se preocupe. Llámeme Amalia, que le resultará más fácil.

—Muy agradecido. Amalia, ¿cuál es su relación con Clea Castán?

—Conozco a Clea desde que era muy pequeña. Tanto, que estaba presente el día que dio sus primeros pasos. Sus padres son amigos míos, especialmente su madre, que es una hermana para mí y, por tanto, Clea es como una sobrina.

—Pues entonces, nos será muy útil... Cuéntenos cosas sobre ella. Cómo es, cómo fue cuando era niña, qué le gusta, qué la distingue. Háblenos de ella, así, en general.

—Pero, ¿lo que yo quiera?

—Sí, empiece con lo que le parezca y nosotros le haremos preguntas cuando haya algo que nos interese.

—Clea siempre ha sido una buena chica en esencia. Con esto no quiero decir que sea insulsa; al contrario, tiene mucha personalidad. La parte que ustedes conocen de su vida ha sido la más caótica. Hubo un antes y un después de Henry Astor.

—¿En qué sentido?

—Ella era divertidísima. Se apuntaba a cualquier plan y siempre estaba rodeada de amigas. Es hija única, pero para nada la típica niña mimada. La curiosidad siempre fue su mayor virtud y su mayor defecto.

—¿Tenía novio cuando conoció a Astor?

—Desde hacía un tiempo no se le conocía una relación fija. Ya sabe usted, ahora las cosas son distintas...

Amalia miró a Woodworth por su juventud y Stand asintió.

—Son otras épocas...

—Por eso. Clea se cansaba pronto de las relaciones. Había estado con chicos estupendos, pero enseguida todo se le quedaba corto. Yo creo que se aburría. Era ambiciosa... no avariciosa, que eso es distinto..., y siempre quería más. Le gustaba ver todas las exposiciones de arte, viajaba todo lo que podía y cualquier plan diferente que le ofrecieras le encantaba...

—Se nota que la quiere usted. ¿Algún defecto, algo que no le guste de ella?

—Según se mire: para mí, no, pero para su madre... Siempre ha querido tener nietos y una vida más ordenada para su hija; todo le parecía un desastre. Veíamos cómo se casaban sus amigas y ella tenía su piso de soltera como quien tiene una casa para toda la vida, ya perfecta... Cuando sus padres le preguntaban qué quería... No sé, seré yo, pero pedir a tus padres una silla como regalo al cumplir treinta, por muy cara que sea la silla...

—No la entiendo.

—No lo sé..., a lo mejor no tengo razón... Yo la veía feliz y sin lastres, su madre quería algo más convencional, pero... No lo sé..., a mí me daba la sensación de que ella vivía sin esperar que llegara un hombre a su vida. Perdóneme, es que yo aún pienso en mi generación: siempre teníamos en mente la opción de la pareja.

—No, si está bien, no se disculpe. —Stand intervino mientras se ponía las gafas y miraba ensimismado a la atractiva mujer—. Desde luego, jamás se me ocurriría pedir una silla como regalo, pero ella es más joven que yo. ¿Era normal o excéntrica?

—Yo he vivido los 90 en Nueva York... Para mí es bastante *normal*...

Amalia sonrió mientras devolvía la mirada al joven.

—Lo que quiero decir es..., no sé..., ¿tenía excentricidades?, ¿problemas psicológicos?

—Que yo sepa, no. Tuvo una adolescencia bastante insoportable, pero solo eso, lo habitual, una *aborrescente* más que adolescente, pero nada más. Que yo sepa, ni pastillas para dormir ni una depre pasajera, ni estrés mal gestionado más allá del propio que tiene el trabajo o alguna circunstancia personal. Por eso nos sorprendió tanto su comportamiento de los últimos tiempos..., sobre todo a su madre.

—¿A su madre? —preguntó Stand.

—Sí, con ella deberían hablar. Tulia es una mujer tradicional, dedicada a su familia, feliz y conforme con todo lo que tiene en su vida, que no es poco... Ella supo enseguida que pasaba algo.

—¿Que pasaba qué? ¿Cuándo lo supo?

—Casi desde el principio. Álvaro, su marido, siempre le pide que no sea sobreprotectora con Clea. La chica se hizo siempre cargo de su vida y le encantaba. Su carrera de arquitecta iba muy bien. Acababa de terminar una gran reforma para Pedro Zaldívar... eh, disculpen, ustedes no lo conocen, un amigo de la familia. Fue en su casa donde conoció a Henry.

—¿Y qué pasó?

—Tardamos mucho en saberlo. Ella no contaba nada, ni siquiera dijo que tuvieran una relación hasta que estaba muy avanzada, pero desde su primer viaje a Biarritz parecía estar obsesionada con ese trabajo. Claro, nada nos hacía presagiar que su obsesión era el cliente más que la casa. Ella no era así, le doy mi palabra.

—¿Qué quiere decir con «así»?

—Así, diferente. Canceló el viaje de sus sueños con sus amigas de siempre. Ahí todos intuimos que pasaba algo pero, como ella jamás había dado un problema, no hicimos caso... ¿Sabe usted eso de quien no ha dado jamás un disgusto? Pues, la verdad, no caímos en que algo tan grave podía estar sucediendo.

—¿En qué sentido? —inquirió Woodworth.

—Verán, Clea no era consentida ni hosca y, de repente, se centraba solo en Biarritz, no nos llamaba, cuando volvía, estaba rarísima; no contestaba a los mensajes hasta que pasaba bastante tiempo, nada..., eso era raro en ella. Estaba arisca, se olvidaba de las fechas señaladas... No sé..., los demás la notábamos rara, pero Tulia no dejaba de darle vueltas a que había algo más de lo que sabíamos.

—Las madres pocas veces se equivocan —comentó Stand.

—Todo era extraño, aunque Tulia siempre ha sido un poco exagerada con todo lo que tiene que ver con su hija. No fuimos conscientes de que había un problema tan grande, ni siquiera el mismo día que llamó para decirnos que Henry había muerto.

—¿Qué les dijo?

—Primero llamó a sus padres. Cuando su madre le dijo qué día podía ser el funeral, fue llamando al resto. Estaba bebiendo..., no lo sabíamos. Cuando me llamó, ya me lo había contado Tulia. Le pregunté si estaba borracha porque la noté mal. Me dijo que no, que estaba hecha polvo y que quería estar sola, pero que me necesitaba en la iglesia. Me dijo que había sido de repente, así, sin más.

—¿No vino a Londres al entierro?

—No. Aquello fue todo extrañísimo. Ese mismo día se vistió de viuda de las de antes, se abandonó y se volvió insoportable... Impertinente, estúpida y con comportamientos de niña mimada, algo que nos extrañó a todos. Nunca había sido esnob ni contestataria... No era una chica rara, era brillante, amable, encantadora, alegre, serena, con sentido común..., y, de repente, se convirtió en *missis* Hyde. No era ella...

—¿Qué hicieron sus padres?

—Al mes del funeral, Tulia estaba desesperada. Se sentía, además, sola, porque Álvaro trataba de normalizarlo todo, por eso que he comentado sobre que ella tiende a dramatizarlo todo y a sobreproteger a Clea. Pero ella percibía que su hija estaba fatal, que tenía un problema mayor que el de haber perdido a su novio. Un día tuve una idea y la pusimos en acción. Lo hice por la chica, también por mi amiga. Creí que, si se iba lejos, Tulia se relajaría. No sabíamos lo que nos esperaba.

Amalia apartó la vista de los dos hombres y centró su atención en el río a través del ventanal. Su mirada se quedó perdida, flotando en los recuerdos de aquel día, el 16 de enero de 2019...

A veces, la memoria se vuelve tan densa que hace que una se sienta en las profundidades marinas, y que hasta el calendario de los dispositivos mude los números en un certero *flashback*.

2

Madrid, 16 de enero de 2019

Hubo un tiempo en el que, si tenías suerte —buena o mala—, alguien escribía tu historia. Ese tiempo murió. En este, muchos escriben la que deciden que es tu historia real, aunque tú te empeñes en escribir una distinta.

Álvaro llevaba demasiado tiempo en silencio. Estaba sentado frente a su ordenador revisando la prensa y el correo electrónico como cada domingo. Hacía frío, mucho frío. Tanto que los cuarterones de las ventanas tenían ese reborde de vaho de postal navideña. El sábado por la noche, Tulia, antes de acostarse, revisaba que todo estuviera en perfecto orden de revista: sus gafas, su botella de agua del tiempo y dos bombones de chocolate con leche. Le gustaba encontrarlo todo formando un cuadrado para llegar, deshacerlo y dar por inaugurado su ritual dominical, como había hecho en los cuarenta años que llevaban casados.

En esos días en los que Dios descansaba, él relajaba el ritmo y se entregaba a su rutina. Pero, ¡ay!, hasta la rutina tiene sus sonidos marcados, como el murmullo tranquilo de la calle por el rumor de la gente, como lo tenía el ruido de las teclas de la máquina de escribir antes de que la informática lo silenciara, antes de que todo se complicara al querer hacerlo más fácil.

Ya eran las once y Álvaro no sonaba a domingo, no sonaba siquiera a rutina. A Tulia no le gustaba molestarlo en sus quehaceres estructurados, ordenados y maniáticos, así que esperó hasta que el silencio se hizo pesado y su impaciencia la situó detrás de la puerta entornada.

—Álvaro. Tenemos que hablar. Lo de esta niña no... no... no es normal.

La miró por encima de las gafas y se dio cuenta de que estaba nerviosa. Ella solo titubeaba cuando tenía miedo o estaba preocupada. Se quitó las lentes, las dejó sobre la mesa y sonrió con una exhalación que casi entonaba un suspiro.

—Tulia, ay, cielo, la *niña* tiene treinta y cinco años. No debemos meternos..., y es mi mañana de domingo. No vamos a hacer un drama ahora, ¿verdad?

—Siempre la defiendes, hasta cuando no hay motivos. Es nuestra hija y está mal, Álvaro. Creo que... que... que un problema de esta naturaleza no tiene días de fiesta ni de descanso.

La tensión se adueñaba por minutos de la casa de los Castán. Tulia avanzó con prudencia y entró en el despacho con actitud deliberadamente invasiva. Nerviosa, se acercó a la mesa baja, abrió una caja de plata, sacó un pitillo y un encendedor. Aspiró mientras la llama prendía el tabaco. Sentía la mirada ensañada de reproche de su marido hacia ese hábito insuperable. Lo había intentado mil veces y no era capaz de dejar de fumar.

Los retratos de familia y la madera de las paredes generaban un ambiente más rancio que vetusto. Caminó hasta la chimenea y, apoyando un brazo sobre el mármol sin girar la cabeza, fumó con el aire de la costumbre. Comenzó un monólogo que esperaba no ser interrumpido. Su marido seguía mirándola con las gafas aún sobre la mesa.

—Ha pasado ya un mes y está vestida de luto riguroso. No conocíamos a Henry más allá de cruzarnos en el aeropuerto. No sabemos casi nada, por no decir nada, de su familia, no hablaba nunca de... de... de un proyecto de futuro y... ahí está, sobreactuando en un papel de viuda antigua que no hemos visto en ninguna de nuestras amigas cuando perdieron a sus parejas de toda la vida... No, no, no es normal, Álvaro. La Navidad entera, sola en la cama... En fin, menos mal que tenía que entregar la reforma de El Viso, si no..., no se habría levantado ni un solo día.

—Cielo, cielo, no te embales.

—No aguanto tu ataraxia. Ha adelgazado, parece escapada de la... de la casa de Bernarda Alba y no sale, no se ríe, no me pide nada, nada... Trabaja sin ilusión y se recrea en su malestar. Me vas a disculpar, pero no lo entiendo y... y la verdad es que me tiene desconcertada tu impasibilidad.

—Cielo, es aún joven, ya se le pasará. No dramatices, por favor. Solo ha pasado un mes y tu hija, nos hiciera más o menos partícipes de su relación, estaba enamorada. ¿Quién sabe lo que tenían realmente? Imagina por un momento a nuestros padres analizándonos cuando éramos jóvenes. Recuerda cuando quisieron impedir que dejaras de trabajar...

—No compares, Álvaro.

Tulia apagó el cigarrillo airadamente y se sentó en el viejo chéster de piel reseca y algo resquebrajada. Se refugió en su silencio, metida en el caparazón en el que las madres buscan en su fuero interno las respuestas a las reacciones incomprensibles de los hijos. Sus sesenta años de vida ya le habían enseñado bastante sobre la frustración, la que se siente justificadamente o la que uno crea para flagelarse. Esa quiebra de las expectativas tiene nombre propio cuando afecta a una parte esencial de la vida que habita en otro cuerpo, el de los hijos.

La maternidad... ¿Quién podría explicar esa sensación que sale de las entrañas y que duele? Ese furor extraño que se tiene cuando ya no se puede evitar el alarido sonoro o silente que en la infancia se mitiga con tiritas, besos mágicos y paraguas de chocolate. Ya no servirían las piruletas de fresa para consolar a Clea...; en realidad, nunca sirvieron.

Desde que era muy pequeña, Clea necesitaba bajar al pozo del sufrimiento para superar la pena. Nunca le sirvió sentarse en el brocal y ver su cara triste reflejada en el agua. Jamás la autocompasión fingida fue suficiente para ella. Había vivido, casi desde su nacimiento, con una intensidad desmedida, de ese tipo que da a las alegrías tono de jolgorio y a las tristezas un halo trágico, casi tétrico.

Su hija era una persona excepcional, lo fue desde muy pronto. Su inteligencia despuntó y también su imaginación, que siempre le había jugado malas pasadas. Encontró su propósito en los defectos que la hacían fantasiosa y extremadamente creativa.

Se dedicó a fabricar ambientes distintos porque también necesitaba un orden extremo, armonía y belleza a su alrededor. Se convirtió en una arquitecta rebelde que tuvo mucho éxito en sus comienzos. No le bastó con eso. No quería limitarse al continente, sino intervenir también en el contenido. Completó su formación con un máster en arquitectura y diseño de interiores. Quería estar en posesión de un título que justificara su capacitación para terminar hasta el último de los detalles de sus obras.

Desde el principio, supo lo que quería hacer. Rechazó los proyectos que no le fascinaban, con todas las ventajas y todos los inconvenientes que acarreaba ser selectiva. Necesitaba paz en su permanente batalla interna contra el inconformismo. Todo era poco bonito, poco luminoso, poco ilustrado, poco diferente. En definitiva, todo siempre fue poco para ella. Su liderazgo, su luz, su frescura se eclipsaban temporalmente cuando se adentraba en la gruta laberíntica que creaba para sí misma, siempre desde un oscuro ángulo hacia la épica dramática. Se arrojaba fugazmente a los fuegos del infierno y, cuando sentía el calor, salía a la superficie como si nada: luminosa.

Nunca dramatizó en su vida sentimental. Todos sus novios le habían parecido los mejores durante un tiempo, pero se cansaba pronto. Su amiga Marta y ella siempre se declaraban entre risas «monógamas sucesivas» y hacían chistes con eso de «los hombres de nuestra vida». Marta dejó de *cansarse* de todos cuando conoció a su marido.

Y Clea siguió en una búsqueda incansable que no estaba claro si deseaba que fuera exitosa. Eso sí, sin haber generado nunca un problema. Sus padres le conocían diferentes rupturas y habían existido candidatos de los que no llegaron a conocer ni los nombres. Nada era histriónico y solo había sonado a impertinente algún resoplido ante las indirectas de Tulia, en esos constantes momentos en los que le asaltaba el deseo de vestir nietos.

Tulia mascaba el silencio. Álvaro, mucho más pragmático, vivía de espaldas a la realidad. Su mujer tenía celos, en muchas ocasiones, de esa aparente despreocupación. Esa estrategia tan masculina de dejar pasar los detalles por alto para vivir solo lo trascendente le daba tanta rabia como envidia. Le gustaría no quebrarse la cabeza con pequeñas cosas sin importancia y, menos aún, con las que son una evidencia innegable. Clea estaba mal y ambos lo sabían, ambos la querían y cada uno lo miraba desde su propio punto de vista. Sonó su móvil y lo cogió deseando decir en voz alta lo que pensaba sin dirigirse a Álvaro.

—Amalia... Sí, ya ves, preocupadísima por mi hija y sin saber cómo ayudarla. No la entiendo, la verdad. Debería marcharse, viajar, no sé..., irse a meditar a la India o a aprender algo de arquitectura a Japón, que es algo que siempre le ha apetecido. No sé cómo hacer para ayudarla a salir de esa espiral de viudedad pasada de moda...

Álvaro la escuchaba sin mirarla. Ella se calló y permaneció atenta al teléfono, intercalando lágrimas sueltas con expresiones de continuidad y muchos «ya... ya...». Al cabo de casi quince minutos en los que solamente escuchaba y no hablaba, se despidió con un «Déjame pensarlo». Cortó la llamada y se levantó con intención de marcharse.

—Tulia, cielo..., ¿qué te pasa?

—No quiero discutir. Me voy a pensar. Amalia tiene una buena idea y voy a darle vueltas, como tú siempre dices «a mi estilo».

—Amalia es sensata, ¿qué opina?

—Ya sabes cómo es..., quiere a Clea como a una hija. También está muy preocupada. Quiere ofrecerle un trabajo.

—Ese no es el problema, cielo. Su problema no es tener que trabajar para vivir. No me ha parecido mal lo que decías de que se vaya un año a hacer un máster a Tokio, estoy seguro de que, con un poco de perseverancia, conseguiríamos convencerla.

—La idea de Amalia suena bien. La tía de Arthur, su primer marido, el americano al que nunca conocimos, le ha dejado en herencia un piso en Nueva York. Se llamaba Nella Caracci y parece ser que fue una adelantada a su tiempo. No tuvo hijos y ha dejado a su familia lo imprescindible. El resto lo ha repartido entre sus amigos. Amalia siempre la tuvo como una mentora y le estuvo agradecidísima porque tomó partido por ella en su complicado divorcio.

—Qué carácter. En aquellos años tenía mérito ponerse de parte de quien era la extraña en la familia. Por cierto..., qué callado se lo tenía...

—¿Callado? Lo hemos hablado mil veces. ¿Ves como vives en otro mundo? Ella habla de esa señora con una devoción que yo jamás he sentido por otra mujer. Mantuvieron una relación sincera y cercana y ahora, cuando ha muerto casi centenaria, ha querido que Amalia se quede con su apartamento. Vamos, que digas que no lo sabías, con la de viajes que ha tenido que hacer para solucionarlo...

—Ay, Tulia, no me regañes...

Ella hizo como si no lo oyera y continuó hablando:

—El reparto de la herencia se ha dilatado porque sus sobrinos querían impugnarlo. Lo dejó todo bien atado y, hace unas semanas, su voluntad se ha cumplido finalmente.

—O sea, que tenemos casa en Manhattan cuando vayamos...

—A Amalia se le ha ocurrido encargarle a Clea la reforma, contratarla como arquitecta.

—Pero no tiene que pagarle, lo haríamos nosotros.

—Eso es lo de menos para Amalia. Dice que lo ha estado pensando y que en Nueva York le costaría también una cantidad importante de dinero, que prefiere pagárselo a Clea y organizarle algunos encuentros con sus conocidos y que nosotros hagamos lo mismo con los nuestros. La ve mustia y le preocupa una depresión continuada más allá del duelo.

—Tienes razón, suena bien. Aunque no sé, cielo. Si estás preocupada por su estado aquí, en su entorno y con nosotros, no veo claro lo de que estemos tan lejos para una urgencia.

—Sí, eso me preocupa. Pero también puede ser una buena opción para que espabile. Ella siempre reacciona cuando..., bueno, ya sabes, cuando está mal...

—No sé, cielo. Tú siempre eres la que huele el peligro. Si tú no lo ves... ¿Dónde está la casa?

—No lo sé, en un muy buen sitio de Manhattan, en el Upper East Side. Parece una buena opción, pero voy a pensar. Quizás tengas razón y sea preocupante...

—No lo tomes al pie de la letra. A mí también me parece que sería estupendo, sobre todo porque tiene que entregar ya la obra que debía haber acabado hace un mes. Todo podría resultar muy natural si se lo planteamos así. Aquí va a seguir con esta dinámica de no hacer nada.

—Y así, en ese estado y con esa actitud, nadie que no sea Amalia le va a encargar una reforma...

—En eso tienes razón. Relájate con un buen baño y en el almuerzo nos vemos sonrientes y lo solucionamos. Cielo..., son muchos años juntos para discutir por asuntos que nos importan a los dos.

Ella sonrió y se marchó a pensar. Realmente se fue a intentar cambiar de humor porque ambos se habían puesto de acuerdo tácitamente para urdir un plan, con el que Clea aliviara su luto, en la ciudad que nunca duerme. Allí no tendría a quién contarle que Henry ya no estaba porque nadie sabía que un día estuvo.

En una pareja, a veces los ciclos de las discrepancias vuelan y una hora es un tiempo largo para plantear un conflicto, fijar posiciones distintas y buscar la aproximación hasta el beso. La coreografía de la solución es la danza más deseada, la liberación de la tensión muscular y el placer de descargarse de la asfixiante ofuscación. La percepción de la realidad se distorsiona en la retina siempre, pero cuando dos mentes buscan lo mismo se focalizan en el objetivo o buscan las lentes para encontrar la fórmula.

Y cuando cuesta más, siempre aparece el alma pacificadora de otros ojos que ven el problema con distinta mirada y empaquetan la solución con papel de estraza y un lazo perfecto.

Tulia recorría el pasillo agradeciendo a la vida tener una familia elegida que sumara Álvaros y Amalias.

3

Madrid, 17 de enero de 2019

La casa de Clea era un piso luminoso. Estaba situada en una quinta planta y, salvo los baños, todas las habitaciones tenían una luz extraordinaria. Ella dormía con la persiana totalmente levantada porque, en su habitación, veía amanecer sobre las torres que dibujan el *skyline* de Madrid. Desde el salón y la cocina, tenía una luz celestial, no solo por la que llegaba desde el cielo, sino por el edificio colindante, la nunciatura, con ese sosiego y esos jardines que continuaban el verde de las zonas comunes del edificio.

Ella siempre había sido feliz en esa casa antes de Henry. De hecho, había rechazado oportunidades de cambiarse a otras más grandes porque sentía que estaba en su espacio ideal. Si en esos momentos era desdichada allí, lo habría sido en cualquier sitio. Suelos de madera, armarios amplios, dos dormitorios, dos baños, un vestidor, un salón y una cocina. ¿Qué más podría necesitar? Una mujer como ella solo necesitaba que aquel espacio estuviera limpio y minuciosamente ordenado. Sin estridencias. Clea detestaba los colores fuertes, para ella cualquier cosa que saliera del blanco, el gris o la gama de los beis era una extravagancia. Hasta el negro lo era. Los baños estaban cubiertos de mármol blanco, todo blanco... y limpio, muy limpio. La casa trazaba una perfecta consonancia entre los muebles básicos de Ikea y las joyas de mobiliario de diseño que iba adquiriendo poco a poco o que sus padres le regalaban en las ocasiones especiales. A ella le hacía más ilusión una buena silla con nombre y apellidos que un bolso icónico de las firmas de alta costura o una alhaja especial.

Su sillón de lectura, como ella lo llamaba, había sido el regalo de sus padres cuando se compró la casa. Era la *chaise longue* LC4 de Le Corbusier de piel de potro, la pieza más estridente de la casa por su tapizado. Le parecía ostentoso y poco *cool* llamarla *chaise longue* y siempre se refería a ella como su sillón de lectura.

Clea cerró varias cajas con precinto abruptamente, como quien pone el punto final a uno de los capítulos más importantes de su biografía. Guardaba allí todas las cosas de Henry que no había tirado directamente a la basura. Salió por la puerta de servicio para bajarlas en un carro de supermercado de los que había para el uso común de los vecinos. Las dejó en el trastero con cierta abulia y volvió a casa. Ese fue el momento en que la heroína de todos los cuentos de papá se quedó sin sentido en su vida. Ni siquiera había una obligación, ni siquiera un deber rutinario que la sujetara a la realidad. En dos semanas, habría terminado el último de sus proyectos y no tenía más compromisos profesionales a la vista, ni tampoco ánimo para embarcarse en nada más.

Se sentó en el sillón de lectura y, por el ventanal, miró los jardines de la nunciatura sin pronunciar una palabra durante dos horas.

—Tu muerte es irreversible, mi querido Henry... y ya me dirás qué hago ahora con mi cabeza, con mi cerebro y con mis ansias si no puedo correr hacia ti.

Clea hablaba en voz alta con Henry de vez en cuando. Allí sentada lo veía todo aún más extremo de lo que era. Su complexión pequeña, menuda, armónica, casi escuálida, contrastaba con su voluminosa cabellera larga y rubia, que a su vez chocaba con su piel cetrina. Sus ojos negros almendrados parecían evocar ancestros árabes, tanto como para que ella misma lo hubiera constatado ya con una prueba genética.

Clea estaba enfundada en un negro riguroso como cada día desde el comienzo del luto. Además, se vestía «a conciencia» con un estilo antiguo, de abuela de los cincuenta, de esas que ya no volvían a llevar otro color desde el día que fallecía el primero de los miembros de su familia. Exhibía un duelo permanente y el recordatorio a todos —especialmente a ella misma— de que estaba de luto. Con ese alarde impostado conseguía transformar su imagen en el esperpento que, para llegar a caricatura, solo necesitaría de un rodilibro en las manos y dos plañideras, con mantilla negra, acompañándola.

Velaba el teléfono permanentemente como si esperara la resurrección, como quien pretende dar una patada hacia delante buscando el lugar donde habita la posibilidad en lo imposible. Se resistía a dar un portazo y no dejaba de taladrar su cabeza el momento en que tomó la firme decisión de convertirse en viuda. Cuando veía su imagen reflejada en los cristales de la ventana, se percibía a la vez inquisidora y compasiva, una explosiva mezcla letal. Se miraba a sí misma como cualquiera podría observar a una mantis religiosa que, tras acabar con el macho, no consigue mudar su última exuvia, esa última piel que todas las de su especie tienen que dejar atrás.

—Recuerdo perfectamente la primera vez que te vi, Henry. Lo tengo grabado a fuego en la memoria: aquel día que entregué la reforma de la casa de los Zaldívar, tú estabas allí. Según os iba explicando cada detalle, comprobaba que vuestros vasos de whisky estaban bien sujetos. Me martirizaba la idea de que ensuciaseis algo. Miraba a los ojos para hablar, volvía a la copa... Así, ojos, copa, ojos, copa, tus ojos, copa, tus ojos, tus ojos, tus ojos, la copa, tu copa, la copa... Pronto averiguaste que, cuando entrego una obra, lo dejo todo perfecto, como para ser supervisado con lupa. Podría cogerse cada centímetro cuadrado y pasarlo por un microscopio: yo me mantendría impasible durante la inspección, convencida de que nadie encontraría falla alguna en mi trabajo. Para mí, un proyecto se termina cuando se cierra la puerta para no volver a entrar. A partir de entonces, no me afecta el uso o el deterioro pero, hasta ese preciso instante, el riesgo me crispa, me intimida, me aterra, me desubica. Aún me acelero cuando recuerdo mi corazón, de lado a lado con mi mirada, en aquel partido de tenis ojos-copa.

»Por eso no podía miraros de frente a ninguno de los tres. Y era difícil. Porque tú eras el número impar y me taladrabas con esos ojos que luego me volverían loca. ¡Uf! Eras tan guapo, con esa cara de canallita inalcanzable... y la silueta de tu cuerpo... Pero mi obsesión por que todo estuviera en su sitio me impedía mirarte con ojos *golosos*. Mis ojos solo estaban al borde del ataque de ansiedad... ¿Quién me iba a decir que me volvería loca solo al notar tu piel húmeda de sudor?

Clea hizo una pausa caliente al mencionar el sudor. El recuerdo de su salvaje intimidad la llevaba a abandonar los reproches durante unos contados segundos.

—Allí, antes de todo, en nuestras primeras miradas, controlaba vuestro pulso para que no mancharais nada. ¿Era realmente necesario ver toda la casa con una copa en la mano? Estaba tan obsesionada y detestaba tanto vuestra pésima idea que no reparé en ti más allá de tus afirmaciones de aprobación y celebración de mis detalles para el aprovechamiento del espacio. Cuando me marchaba, absolutamente feliz de que el licor no se hubiera derramado, te acercaste a mí en la puerta y me contaste que tenías una casona en Biarritz que necesitaba algo tan bien hecho como aquello.

Silencio, marcado silencio.

—Aquel «¿estás disponible?» fue el comienzo de una historia que ha terminado con un funeral. ¿Qué hago ahora con todo lo que ha sucedido entre estas dos imágenes? ¿Qué hago con todo lo que no pasó, con los vacíos, con la dependencia, con la costumbre, con la incertidumbre? ¿Qué hago con este vértigo canalla que se ha instalado en mi estómago y ha desconectado mi cerebro? ¿Puedes decirme, Henry, qué coño hago con esta vida vacía de todo y vacía de ti?

Sonó el teléfono y se levantó a cogerlo con desgana.

—Hola, mamá.

—Buenos días. Ay, qué voz de tristeza tienes... ¿Qué haces, hija?

—Uf, mamá, no seas pesada. Nada, no hago nada. Solo miraba por la ventana.

—Anda, no seas boba y ven a comer a casa. Amalia quiere verte. Y nosotros también.

—No intentes liarme. No tengo ganas.

—Nenita..., no intento liarte. Yo creo que Amalia no se merece un desplante. Creo que tu padre y yo tampoco, pero al final somos de casa. Ella no.

—Madre mía... y nunca mejor dicho. Ya empezamos con el rollo de siempre... Con tal de no oír otra charla de las tuyas, voy para allá. Llego en media hora.

—¡Qué ilusión!

—Pero aviso: no quiero una sola alusión a mi actitud ni a mi aspecto. Si lo intentáis, me levanto y me vengo a casa. No estoy para sermones, mamá.

Clea colgó con cara de resignación ante esos malos modales que solo soportaría una madre. Se miró al espejo y se peinó un poco. Hacía frío y se puso un viejo plumas y un gorro de lana, ambos negros, como dictaban los cánones decimonónicos para su estado. Su casa era siempre su refugio y no tenía ganas de salir, pero tampoco de quedarse. Estaba en uno de esos momentos de indefinición en los que no se ve la botella medio llena ni medio vacía, sino que se busca la inmersión permanente en el éter, en un éter líquido, agrio y ardiente que disuelve la materia y anestesia el alma.

Salió al portal, recorrió el escaso trecho hasta la garita común de las dos torres y caminó hasta la esquina para coger un taxi en la avenida de Pío XII. Esa esquina de la farmacia era la misma en la que tantas noches había besado a Henry con ternura, pasión, contención y lascivia en la mirada. Se quedó absorta en esos recuerdos durante unos segundos, extrañando la humedad y el pellizco en el corazón de aquellos instantes que ya solo existían en su memoria.

—Maldito seas, Henry —musitó mientras levantaba la mano tras volver en sí y ver un piloto verde sobre un coche blanco.

La mesa estaba perfectamente dispuesta con los detalles que Tulia preparaba cuando esperaba deslumbrar a alguien o sacar partido de la reunión. Clea lo miraba todo en estado de alerta porque conocía esas argucias taimadas de su madre, esas evidencias de cuando vestía el escenario para relajar a la víctima. Solo le quedaba identificar para quién había sido diseñado el decorado, aunque su instinto le gritaba que la ficha negra estaba en su plato del pan.

Todas las dudas se despejaron cuando vio que servían un gazpacho en pleno invierno. Su madre se había pasado con la evidencia. Ella siempre volvía a ser una niña frente a su plato favorito. No lo tomaba con guarnición «de mayores», sino que seguía sirviéndoselo con patatas fritas tal y como le gustaba hacerlo de pequeña. Mientras cogía la cuchara, miró a Tulia con una sonrisa censora con la que imploró que no fuera a más.

Amalia, con la intuición de la que siempre hacía gala, olió la tensión y asumió el protagonismo.

—Clea, te habrán contado tus padres que tengo un encargo profesional para ti.

—No. Mi madre solo te ha usado como reclamo para que viniera.

Tulia y Amalia se miraron recordándose que tenían que sentir empatía por ella. Ambas se suplicaban autocontrol para que la *niña* impertinente no se levantara.

—Estás intensita, ¿eh?

—Pensaba que se trataba de un anzuelo de mi madre para traerme hasta aquí. Y cuando he visto que os va a hacer comer gazpacho fuera de temporada, he sabido que era pura estrategia.

Tulia resopló, haciendo como que no había oído el tono de retintín de su hija. Sus palabras eran una provocación permanente y punzante.

—Pues no, querida. Es verdad que podría contratar a alguien en Nueva York, pero me apetece que lo hagas tú. Creo que a Nella le habrías encantado.

—No estoy para aventuras. ¿Nella? ¿Nueva York?

—Sí, Clea. Tú me has conocido ya en una fase diferente de mi vida. Hace muchísimos años —casi una eternidad— estuve casada con un americano de esos que se distinguen por los números romanos que escriben tras su apellido. Mi matrimonio con Arthur fue tan poco digno de mención que no voy a perder ni un minuto en hablarte de él ni de su familia. Pero entre todos ellos brillaba una estrella, una de esas personas que pocas veces tienes el privilegio de conocer: Nella.

—He pasado de no haber oído hablar nunca de ella a escuchar su nombre dos veces en medio minuto.

Álvaro miró a las tres y le espetó a su hija un «¡Clea!» acompañado de un golpe en la mesa. Amalia salió al quite de nuevo con la frialdad de quien tiene menos vinculación emocional que unos padres.

—Cuando quieres, eres bastante desagradable. Y sí, has oído hablar de ella. Te he contado muchas historias refiriéndome a Nella como «la gran señora de Nueva York». Y no me vengas ahora con que no sabías que estaba esperando que se solucionara todo para heredar un apartamento. Deja ya de sentirte el ombligo del mundo.

—Ah, es ella...

—Sí, es ella. Insisto en lo de desagradable. Imagino que te lo tomaras como un halago porque estás dejando claro que es lo que pretendes. No quiero contarte más sobre ella. Al morir me dejó en herencia un fabuloso apartamento en Nueva York que era su casa. Ella era divina. Si se hubiera enterado de lo de Henry, te habría alojado en ese apartamento, que ahora ya es mío, hasta que hubieras recuperado la felicidad. Eso lo hizo mil veces, y una fue cuando yo me divorcié. Desde que me han notificado la adjudicación definitiva, no dejo de pensar que tiene un mensaje oculto. Ya sabes, la casualidad, la coincidencia de los tiempos...

—Venga ya, Amalia, no me fastidies. ¿He venido para que me hables del destino? ¿Dos *fiambres* y un destino? No estoy para bromas ni para escuchar historias de comunas *pijipis* en el Upper East Side, que imagino que es donde vivía tu amiga. ¿No entendéis que no voy a volver a ser feliz nunca más en la vida y que solo tengo ganas de morirme?

—Clea, deja ya esa pose... Al menos yo empiezo a hartarme de tus insolencias. Yo sé lo que quiero, y es que te vayas a vivir allí, que te quedes el tiempo que necesites hasta que tengas claro cómo le habría gustado la reforma a Nella. Y, sobre todo, que te establezcas en esa casa hasta que te reencuentres contigo misma. Esa era su especialidad. Somos legión las mujeres a las que nos enseñó a mirarnos al espejo. Que te quede claro, no lo hago pensando en mí ni en tus padres. Solo este rato ya es bastante desagradable y ninguno de nosotros tres lo aguantaríamos si no te quisiéramos.

La joven siguió en su postura, con mala cara y tensando la cuerda.

—Esto es lamentable. Digas lo que digas es cosa de mis padres...

—Clea, te estás pasando. Soy tu padre y no puedo consentir esto.

Álvaro repitió el golpe sobre la mesa, que empezaba a coger cadencia de diapasón impaciente.

—Por cierto, reconóceles al menos la paciencia de estar callados y no decirte que te estás comportando como una niñata. Agradece que tu padre haya dicho solamente una frase.

Tulia levantó el dedo acusador en modo airado.

—Sin pasarte.

—Esto es algo más profundo que una cosa de padres e hija. Si hubieras conocido a Nella, lo comprenderías. Era una mujer fascinante, con ella todo era intenso, inmenso, todo tenía un sentido. Creo que ha muerto sin hacer nunca algo vacío o inocuo, aunque luego cultivara cierto halo de frivolidad y fuera la primera en todas las fiestas. Esto es mucho más importante que un duelo.

La *viuda* rubia bajó la cabeza con un aire de victimismo y la voz llorosa. Esos cambios la delataban. Solo se trataba de la escenificación de una angustia, de un problema enmascarado en una pataleta perenne.

—Depende de para quién. A mí ahora solo me importa que no volveré a ver a Henry. Sé que a vosotros lo único que os preocupa es que se acabe cuanto antes este *descontrol* de vuestra vida perfecta de cuento: «Clea no puede estar mal... es como una *underground* en la casa de las Barbies senior».

—Deja de decir estupideces y cállate ya. Deberías estar sola y sin apoyos. Entonces entenderías el verdadero dolor. Empiezas a hartarme, Clea, a mí y a los pobres de tus padres, que lo están pasando fatal con tus desplantes. Cuando seas mayor, tanto como yo, aprenderás que la vida es una sucesión de pérdidas irrecuperables que se instalan dentro de ti para marchitar tu fe en el ser humano y alimentar el deseo de la compañía de quienes ya no están.

—Amalia, siempre has hablado como una monja de colegio. Solo que hasta ahora me gustaba.

—Haré como que no lo he oído... De eso va este ofrecimiento. Mira, Clea, esto es algo muy serio totalmente ajeno a tu familia. No deberías cometer la necedad de rechazar la última propuesta de Nella, la que te hace a través de mí. Serías corta de miras y nunca lo has sido. Este es mi mayor regalo vital, Clea. Quiero regalarte un propósito. Henry ya no está y no estará por mucho que te empeñes en convertirlo en el centro de todo. Eso ya pasó y tú sigues aquí. ¿Y sabes lo peor? Que sigues aquí y acabarás siendo una amargada que no levante cabeza. Te estás tendiendo una trampa de la que no podremos sacarte.

Álvaro miraba a las tres mujeres con la convicción de que cada una era un universo en sí misma. La dureza y la franqueza de Amalia habían hecho enmudecer la impertinencia recurrente de Clea. Mientras, Tulia se sentía fuera de esa conversación sin saber cuál era su papel, qué decir o qué se esperaba de ella. De repente, la atmósfera se había vestido de un realismo crudo e inusitado que condensaba la esencia de la vida y de la muerte, de las oportunidades y del destino. Le había costado guardar silencio y cejar en su intención de contemporizar. Sabía que tenía que hacerlo y, aun así, le asaltaban las ansias de poner paz y evitar el siguiente *round*. Las copas de Murano y el mantel de hilo habían perdido su relevancia y el gazpacho invernal se había quedado en una anécdota olvidada.

Las conversaciones trascendentales entre mujeres que se desgarran el corazón —porque se adoran— son tan graves, tienen tanto peso como la propia existencia. Todo lo demás supuso un mero zumbido conductor hasta el sí arrastrado y cogido al vuelo de la *viuda* doliente, que se enganchaba a un cable de alta tensión sin saber si la corriente la aniquilaría o la haría resucitar.

Clea se dio por vencida, agachó la cabeza, cogió la cuchara con su mano derecha y, con el puño izquierdo cerrado, empezó a comer el gazpacho en silencio, sin que le supiera a nada.

—¡¿Estás loca?! ¡Mira al cruzar! ¡Has estado a punto de fastidiarnos la vida!

Clea aceleró el paso mientras cruzaba Príncipe de Vergara absorta en sus recuerdos. Aquel comienzo, que también fue el encargo de la reforma de una casa, no hacía presagiar todo lo que sucedió después y, menos aún, aquella imprevisible sensación de rabia que la carcomía frenéticamente por dentro. Siguió caminando con el sonido de reproche del claxon metido en sus oídos. Sin ser consciente, saltó de la memoria al monólogo interior que le licuaba los ojos.

—Maldito Henry. Me llevaste al extremo, a acabar contigo, a matarte. Te maldeciré el resto de mi vida. Vengo de casa de mis padres de mentir, enfrascada en esta simulación de duelo sentido. Si tú supieras cómo te quise... Y aquí me tienes, preparando una huida a Nueva York para escapar de tu ausencia, pero también para escapar de la verdad. No hay crimen perfecto y algún día se descubrirá que todo nació de mi percutora idea de apartarte de mí. Iba a hacerlo de uno u otro modo, pero nunca pensé que la muerte fuera la clave. Ahora ya es tarde para escapar. No puedo salir de aquí.

Clea caminaba con un monólogo desprovisto de cordura hacia su destino. Los auriculares la ayudaban a parecer alguien enfadada en una conversación telefónica inexistente.

—Maldito Henry. Maldigo las noches de sexo salvaje que me ataban a tu desnudez, y nos vinculaban con esa tinta indeleble que se grababa en nuestros cuerpos con cada éxtasis, con cada expiración orgásmica de ojos entornados. Maldigo tu lengua mojada, que recorría desde los dedos de mis pies hasta el interior de mi cerebro en caricias lamidas y palabras húmedas. Maldigo tus manos en el pelo mientras me besabas, los tirones mientras...

Clea recordaba con taquicardia los momentos sublimes y acariciaba su melena como quien puede tocar el objeto de deseo del deseado.

—Eso es, Henry. Te maldigo. Como maldigo la necesidad persistente y tiránica de volver a verte, de abrazarte, de reprocharte tus desplantes y esa forma de querer tuya tan imposible de no necesitarme y de usarme solo para recordar que tu personalidad puede hacer que alguien te adore de manera incondicional, de esa forma en la que solo quieren los niños o los animales. Así me has dejado, vulgar *gentleman* atrabiliario, te has llevado al más allá la correa de esta perrita que se volvía loca de contenta cuando aparecías.

»Esa enfermiza codependencia que nos unía más allá del amor. Esa insana forma de relacionarnos en la que no supimos vivir juntos, pero tampoco romper ni separarnos. Ese juego de sí pero no, patológico pero adictivo, en el que sigo necesitando tus besos, tus caricias y tus palabras de aprobación. Y tú, estés donde estés, ¿seguirás implorando que te desee solo a ti y que me muera por poder comerme tu cuello con esos mordisquitos que te derretían?

Volvió a la vida con una llamada de teléfono de su padre.

—Dime, papá, aún no he llegado a casa. He venido dando un paseo.

—Hija, sabes que no soy hombre de discursos, eso se lo dejo a tu madre. Solo quiero que sepas que creo que has tomado una buena decisión y que te apoyo. Acepta el encargo, sea cual sea el sueldo. Cuenta conmigo para el complemento que necesites durante este tiempo. Entre tú y yo y dejando al resto al margen.

—Gracias, papá, eso es lo que más me gusta de ti. Ese laconismo tuyo me hará ser una Electra hasta el día que me muera.

—Zalamera...

Álvaro era un «hombre bueno». Cuando se describe a alguien con estas palabras, parece que no es brillante o guapo y que lo más reseñable es la ausencia de malicia. Este no era el caso. Álvaro tenía setenta y tres años y conservaba el atractivo de antaño. Alto, de complexión fuerte pero delgada, mirada dulce y sonrisa canalla, de esas de medio lado. Reputado ingeniero, con una pequeña consultora que canalizaba su labor de consejero y asesor de grandes empresas. Había un dicho en Madrid para imprimir el marchamo de calidad a un proyecto: «Este es un *deal* de los de Castán». Su reputación era intachable y su vida parecía envuelta por un aura azul sobre la que él levitaba. Simplemente feliz. Además, era un hombre bueno.

4

Madrid, 17 de enero de 2019

Un cuarto de hora más tarde, el monólogo de Clea continuaba ya en su casa, descalza, con las plantas de los pies conectada al suelo y la cabeza, a la memoria y la indignación. Su tristeza se desenmascaraba en la intimidad, sin cuidar las formas ni el lagrimal. Todo era más puro en soledad.

—¿Cómo puedo seguir con esta farsa ante mis padres? Se desviven dándole vueltas a mi situación sin parar a pensar que soy una pseudoviuda negra improvisada. Los veo dejándose la piel, orquestando salidas de cuento para mí en un viaje sin retorno. Esta horrible historia me atrapará permanentemente en una mentira de la que solo saldré si me descubren. Henry, si me descubren, no podré seguir mirando a la cara a nadie. No entiendes que solamente eso podría haberme hecho renunciar a ti, solo algo así podría haberme hecho ser firme en mi decisión.

»Y todo es por tu culpa, solo por tu culpa. ¿No podías haberme querido como se quiere el resto?

¿No podíamos haber sido una pareja normal de esas que quedan para cenar e ir al teatro? O, no sé, pasar más tiempo en Biarritz y pasear al borde del mar. ¿No podíamos pasar una tarde buscando un jersey para ti? ¿No podríamos haber tenido un perro, Henry? Ya no digo un hijo, que no se me habría ocurrido, pero... ¿un perro, Henry? Un puto perro, por el amor de Dios, un puñetero anclaje, un mínimo vínculo... ¿No podrías haber evitado esto de algún modo? Habrían bastado unas migajas, solo unas migajas...

Clea estrechó sus manos con fuerza, apretándolas en un ejercicio de contención. No podía entender qué la había llevado hasta allí.

»Y ahora ¿cómo salgo de esta? En breve, me marcho a Nueva York a hacer un trabajo que no sé bien en qué consiste con el patrocinio de mis padres a los treinta y cinco... Es increíble. Jamás habría pensado que me vería así... Me marcho, para empezar, con este vacío cegador y con esta mentira que todo lo anega. El negro barro que has dejado, maldito Henry... Antes todo giraba en torno a tu amor y ahora el péndulo es tu muerte. Tienes la fortuna de que no sepa odiar y así solo te maldiga.

Clea fue hacia el cajón donde Henry dejaba su ropa. Aunque ya estaba vacío, el aroma de su perfume había calado en los poros de la madera profundamente. Ese cajón olía a sexo, a noches de pasión desenfrenada, a abrazos bajo la lluvia y a masajes en las manos. Allí se conservaba el aroma tibio de su hombro por las noches y el cada vez más mortecino perfume de su cabello rubio recién duchado, cuando desplegaba vida, olor a limpio, a fresco... Ese cubículo era una trampa para las sensaciones que no podrían escapar y en las que ella se sumergía introduciendo la cabeza, pegando la nariz a su profundo fondo.

Aquello era lo más parecido a la gaveta de las sinestesias de un difunto, al túnel del tiempo de los momentos vividos. Dentro de aquel espacio, su corazón absorbía a través del olfato parte de ese duelo que no sabía cómo vivir: la negación, la ira, la rabia, el dolor, la tristeza y, sobre todo, la culpa. La culpa embriaga y marea casi tanto como la pena, hace perder la noción del tiempo y, en contra de lo que le sucede a la mayoría, a ella la culpa la adormece, se come su energía y le seca las lágrimas. Clea se quitaba siempre los zapatos con la cabeza dentro de la gaveta y de ahí se iba directamente a la cama, con el aroma inconfundible de la mezcla de Henry y ese *Fucking Fabulous* de Tom Ford. Su perfume era el mismísimo sabor alado del ego.

La cama era el único lugar donde el sueño acallaba los gritos de la culpa, esa culpa ácida que chillaba con la misma locura y la misma estridencia que la muerte asestada. Cerrar los ojos para implorar su silencio era la mejor medicina para una asesina de sueños.

UNO

Cerrar los ojos no siempre es la premonición del descanso. Henry apareció de nuevo, como si realmente estuviera allí, sin haberse ido nunca, como si nada hubiera sucedido. Reapareció como aquel día, tras su último largo silencio, ya en forma de recuerdo que horada el alma.

La mente de Clea se vio asaltada por la reconciliación tras lo que pareció la primera ruptura definitiva, el primer conato duradero de abandono. La imagen del recuerdo tras el telón de los párpados se hacía tan dura como cuando sucedió. Ella sintió, con la misma extrañeza y la misma sorpresa, aquella llamada sin sentido con la que solicitaba con urgencia que ella volviera a Biarritz con un plan ya escrito.

Le pedía que volviera con un ritual, con algo que suponía un plus tras sus reflexiones en ese periodo de silencio. Quiso reaparecer con el peso de los Astor, con la importancia que para él conllevaba la tradición y la familia, sus costumbres y su linaje. Ciertamente, los demás no le importaban.

Al retomar el contacto, en las últimas conversaciones telefónicas que ya auguraban su vuelta, una propuesta litúrgica que haría las veces de pliego de descargo se colaba entre sus promesas. Como su regreso tras una de sus largas ausencias sin previo aviso, en mayo de 2018.

—Clea, *Villa Matin* empieza a ser un hogar gracias a ti y a tu calor. Siempre había oído que las españolas sois ardientes como el fuego y no hay forma de poner pies en polvorosa cuando una te elige. Ahora lo sé. He pensado mucho en nosotros. He intentado alejarme de ti sin conseguirlo. Te he echado tanto de menos...

—No entiendo por qué querías alejarte. Yo sigo aquí, en medio de andamios y sacos.

—Algún día lo entenderás. Escucha con atención. Tengo enterrada una cápsula del tiempo de metal blindado en el jardín de mi casa de Londres. Es cuadrada y está herméticamente sellada. Mi padre y yo metimos en ella cuidadosamente objetos familiares para que sean encontrados en el futuro. Quiero trasladarla al jardín de Biarritz...

—Qué idea tan romántica, Henry. ¿Qué pusisteis?

—Si he de ser sincero, no lo recuerdo bien. Mi padre se encargó de buscar los objetos que representaban la historia de nuestra familia y no le pedí copia del inventario. Ahora me arrepiento profundamente y me he planteado en serio la idea de abrirla para hacer ese inventario. Pero no creo que a él le gustara. Recuerdo que metió las credenciales de mi abuelo como embajador y un viejo reloj de bronce bastante pesado que le regaló el rey el día que lo destinaron a India. Había viejas fotos familiares con marcos de plata y los diarios de mi bisabuelo sobre su participación en varias guerras. Había también una vieja colección familiar de minerales y mi primer PC con toda la información que guardé en los primeros años en que tuve ordenador.

—Debe de ser enorme y pesar muchísimo... ¿Qué más hay?

—No lo sé, la verdad. Era todo muy extraño. Mi padre metió una caja de cosas suyas personales y su correspondencia privada. Siempre pensé que la cápsula era una excusa para que enterrásemos juntos algo que no quería que viera.

—¿No sientes curiosidad?

—Mi padre ya murió y no me encuentro con fuerzas para abrirla. Recuerdo el abrazo que me dio cuando la blindamos. Le habrías encantado, pero ni un nuevo abrazo ni una conversación entre vosotros es ya posible.

—Pobre Henry... Todos somos niños cuando hablamos como hijos. No te enfades por esta pregunta, pero me gustaría entender por qué quieres trasladarla y por qué ahora...

—Es mi forma de volver a ti y que quede bajo el cenador que soñaste. Dijiste que tenía que ser el centro de las celebraciones, el marco incomparable para todo lo que tuviera que ver con la familia. Ahora, tras esta separación, necesito y quiero que tú formes parte de mi familia.

—Es precioso, Henry...

—Y quiero sellar la reconciliación de este modo. Tú siempre hablas del poder de los símbolos. Echándote de menos, he planeado mi regreso a ti, el punto del que nunca debí partir, *baby*.

La culpa y la pena son el arma más perfecta de autodestrucción, solo mejorada por la misma versión cargada de pánico.

La culpa y la pena.

La culpa y la pena.

La culpa y la pena.

—Mi amado Henry... Ese cenador por el que merodean los pavos, las ocas y el asno..., ese cenador es más que una familia, más que tú y yo juntos. Será la estupa del tiempo y tendrá un tesoro, una reliquia, como cualquier estupa que se precie.

—Clea, hablas rarísimo, como si todos supiéramos de arquitectura. ¿Qué es una estupa?

—Cuando vengas a Biarritz te lo cuento. Vuelve ya a tu casa, amor mío, conmigo, a esta casa que ya siento mía... Tienes razón, habría que preparar un ritual, algo que simbolice que no sabemos vivir separados... Te he necesitado tanto...

—¡Ay! *Baby*... Clea... Sí. Tienes razón. Ordena que caven un hoyo profundo en el que quepa una caja cuadrada de un metro de lado, que nos dejen dos palas, y el domingo haremos nuestro rito especial. Es muy importante que sea nuestro secreto, para que nadie pretenda desenterrarla para robarla.

—¿Crees que alguien podría hacer eso?

—No puedo correr el riesgo. Es mi familia. Es fundamental que nuestro ritual sea siempre secreto, solo entre tú y yo, que no lo sepan ni mis hijos, para que un día solo tú puedas encontrarla. Es mi legado. Quiero que enterremos con nuestras manos mi cápsula del tiempo y, después de sepultarla, nos conectemos con la tierra en un revolcón de sexo impío, rebozándonos hasta enfangarnos, amándonos. Tienes tres días para cumplir mi deseo y que nunca más vuelva a querer desaparecer. A ver si la Madre Tierra consigue unir esta historia de amor que tú te empeñas en destrozar sin piedad.

Clea oía el susurro en su oído, mientras escribía en plata uno de los actos memorables para su catálogo de horas salvajes. Sonreía mientras lo escuchaba, procurando quedarse con la parte más sabrosa y anulando el sinsabor del reproche. Percibía ansia, nervios y la respiración entrecortada, una inquietud desconocida y extraña, casi inquietante. Ella sabía que no podía permitirse el lujo de sospechar nada extraño. Tenía que recuperarlo.

—Sigue mis instrucciones al pie de la letra. Es una fantasía sexual extrema el sexo sobre esa caja, sobre el linaje de los Astor. Tiene que ser todo perfecto. Lo dejaremos todo tapado y el sábado harás que instalen el cenador sobre esa tierra obscena, de fluidos y alaridos, de humores y silencios. Lo pintaremos de rojo sangre y siempre será el símbolo de mi historia familiar y de mi pasión por ti.

—Espero que no te importe. Yo quiero pintarlo de verde, de verde esperanza.

—Verde esperanza... Perfecto. Mejor la esperanza que la sangre.

El día previsto, el hueco estaba hecho y el frente, despejado. Era profundo, muy profundo. Su idea de dos cuerpos sudorosos por el esfuerzo y por el deseo, la animó a ordenar que cavaran muy hondo, para que pudieran depositar la cápsula allá donde empiezan a sonar las tripas de la tierra.

Henry llegó conduciendo una grúa. Se bajó y la besó con pasión. Ella se equivocó tanto... Pensó que retendría a un hombre, lastrándolo con sus recuerdos familiares y la sumisión que le pedía en cada gesto autoritario. Las estrategias no son siempre la mejor fórmula cuando una teme estar enamorada.

—Hoy es un día memorable para nosotros —musitó a su oído y ella notó la humedad en lo más íntimo de sí misma. Clea estaba francamente excitada con su manejo de la grúa y la habilidad para introducir la caja en el agujero.

En una mesa cercana, protegida del barro por una campana de cristal, esperaba una botella de champán helado. Cuando Henry salió del vehículo, ella le puso una copa en la mano y comenzó el brindis:

—Por el trabajo de la fuerza bruta y por el reposo sobre la tierra húmeda después.

—Por el no reposo —replicó él.

Henry y Clea colmaron el espacio vacío de tierra. Primero fueron golpes de arena sobre metal, el sonido esponjoso del barro sobre el barro después y finalmente limados por el agotamiento y el sudor salado pegado a la arcilla. El tiempo es limitado cuando se funde con el deseo más poroso. También lo es el esfuerzo.

El sexo con champán fue inolvidable, hosco, bestia, salvaje. Su mirada inglesa estaba distinta ese día: agresiva, culpable, doliente, ida. Sus ojos se mojaban más que el resto de su cuerpo.

Aún arrancó alguna de las pocas sonrisas de los tres días con sus noches de Clea bajo las sábanas del Averno, cuando esta escena pasaba por su cabeza. Prensaron la tierra que incluso necesitaría más presión para instalar la pérgola, que también albergó besos de almíbar y chile y pasión con música de fondo y percusión de relojes contra la mesa.

Vueltas y vueltas a aquel templete... La literatura se construye en torno a lugares simples, como las historias sencillas suceden en edificios majestuosos.

Dos

Y cuando el sueño se iba acercando, vencedor de la vigilia, la mente voló traviesa a aquel día en que todo comenzó, en que todo cambió caprichosamente, a aquel 3 de julio de 2017.

Aquella vieja casona de Biarritz tenía todos los elementos para impresionar a cualquiera. Clea llegó conduciendo su todoterreno. Esperaba algo totalmente diferente y se topó con un arco neomedieval que, por inusitado y fuera de contexto, rompía el paisaje. No había timbre ni portero automático ni campana. Tan solo el viejo letrero, hecho en forja, en el que se leía Villa Matin. Abrió la verja oxidada con ese horrible chirrido que hace rechinar los dientes y la sorpresa de que no tuviera un estilo similar al del arco.

Clea avanzó por un descuidado jardín en el que había ocas, pavos reales blancos, un asno y dos perros. Por un segundo, temió haberse equivocado al aceptar valorar el encargo que surgió en casa de los Zaldívar. Allí había demasiado trabajo.

Esa especie de escalofrío momentáneo cesó en el instante en que abandonó el vehículo y se quitó las gafas de sol. Su sentido de la estética se desplomó rendido ante la construcción *art decó* de la casa principal que, según Henry, tenía mil quinientos metros cuadrados. Desde fuera parecían más. El lujo decadente y la maleza trepando por las paredes, alguna vieja silla desvencijada, perdida entre arbustos silvestres y un cenador que pedía ser restaurado hacían que la pereza y el entusiasmo pugnaran entre sus respectivas defensas del sí y del no.

La construcción era de finales de la década de 1920. El paraje era como un rompecabezas en el que nada pegaba con nada: el arco neomedieval, la casa *art decó* y dos pequeñas construcciones de estilo *néobasque* en las que, en otro siglo, se situaban la casa del jardinero y la del mecánico. Pese al abandono, podían intuirse las visitas antiguas de la nobleza española en los tiempos en que la reina María Cristina aún veraneaba en San Sebastián. Antes de entrar, los sueños de Clea ya se esbozaban entre baños de pequeñas teselas del azul del mar y suelos en damero de mármol de Carrara o de delatora tarima bicolor.

Henry apareció tremendamente atractivo detrás de una puerta, y encontró el lugar perfecto para detenerse y ser observado con el mejor fondo posible, el que más le favorecía. Clea quedó fascinada por aquel estilo *british* escondido bajo un pantalón azul marino y una camisa blanca. Lejos de hacerle parecer remilgado como lo sería Henry Astor VI, un aristócrata británico en su casa de campo, le daba un aire francés de *enfant terrible* disfrazado de corrección. Era un rubio atractivo que no llegaba a guapo y, sin embargo, hechizaba con su porte y sus ojos azules. Era algo así como un Jean-Paul Belmondo en sus años jóvenes, con esa nariz imposible que no desmerecía el conjunto, con ese atractivo que volvía locas a madres y abuelas.

La menuda arquitecta tuvo que contenerse para no suspirar. Un hombre así, solo, saliendo de una casa como esa, con todo por hacer, suponía un revulsivo tanto para sus hormonas como para sus neuronas. Ella le sonreía pensando si debía decirle que si le hubiera mostrado o enviado una fotografía con él de modelo, habría abandonado su último proyecto para presentarse allí en solo unos días. Decidió callarse, aunque sabía que su sonrisa era bastante elocuente. Había llamado a Alicia Zaldívar para pedirle consejo sobre si aceptar el encargo de su amigo y saber algo más de aquel hombre que había conseguido seducirla al conocerlo en su casa. Solo le dijo que estaba separado de su mujer y tenía dos hijos universitarios. En fin, que quiso empezar a verlo como un cliente e intentó dejar de sonreír, sin éxito. Estaba mucho mejor que en sus recuerdos.

Él había sido más simpático de lo normal y Clea casi empezaba a lamentar haber ido. No se dejaba impresionar fácilmente. Lo que había controlado, con su profesionalidad incuestionable, empezaba a jugárselo en una simple mirada.

—He aquí mis posesiones, viejas y derruidas como su dueño, en busca de alguien que las haga revivir para convertirlas en lo que fueron, o mejor, en lo que serán.

—¿Hay que revivir a la casa o al dueño?

—Lo de la casa será más fácil. Lo mío es la historia de un alma errante sin mucha solución.

Su tono jocoso fue acompañado de un cortés gesto de invitación a que pasara. La casa era una paleta de los colores del taller de Balenciaga, uno de sus más frecuentes visitantes durante una época: las paredes se teñían de pastel, de los amarillos al verde de la primera cáscara de la almendra, pasando por eso que no se sabe si es azul grisáceo o gris azulado y los rosas empolvados.

TRES

Las noches en el porche de Villa Matin pronto se convirtieron en una costumbre deliciosa. A Henry le encantaba la luz tenue de las velas, la música de Françoise Hardy, los pies sobre la mesa y las conversaciones largas aderezadas con sus selectas botellas de Burdeos, escogidas entre las bodegas de los pequeños productores de la zona.

Clea sentía que allí, en el perfecto espacio del ángulo de su hombro, con *Voilà!* de fondo, con la monumental pérgola romántica frente a ellos y el sueño instalado en las ganas, residía la felicidad.

Hablaban con esas conversaciones de pareja que comienza, la necesaria puesta al día en las inquietudes, las preferencias, las fobias y las aspiraciones. Conversaciones eternas que la pasión siempre hace terminar húmedas.

Henry la miró de modo casi paternal, de reojo, sin cesar en su abrazo.

—*Baby*, tú preguntas todo sobre mí..., pero y tú, ¿tú qué? ¿Qué sueñas? ¿Qué necesitarías para ser más feliz?

Clea sonrió con la superioridad que encerraba su respuesta.

—Nada, Henry, no necesito nada. Mis sueños solo son pequeños caprichos porque yo ya soy feliz, muy, muy feliz..., y esta noche más feliz aún, aquí, contigo, con un hombre dulce y amable, tierno, en un lugar precioso... ¿No lo ves? Soy la mujer más afortunada.

—Bueno, bueno, pero con algo soñarás, ¿o no?

—Desde luego: con no perder lo que tengo. Sobre todo, a la gente a la que quiero. Esta noche sueño con no perderte a ti.

—Ay, *baby*, qué suerte sentirse tan deseado...

Él la estrechó más fuerte entre sus brazos. Le gustaba mucho oír aquello, con ese tono sincero y esa voz cándida que hacían imposible que no fuera verdad.

—Y tú, Henry, ¿con qué sueñas tú?

Él soltó la copa de vino, recostó la cabeza de Clea sobre sus muslos y comenzó a acariciar su pelo. Disfrutaba enroscando sus dedos en los rizos rubios.

—Después de tu respuesta tan romántica, sé que no te va a gustar nada la mía, aunque para mí siempre ha sido la máxima ilusión.

Ella sonrió desde abajo, emocionada por conocer qué podía entusiasmar al hombre que en ese momento centraba su atención.

—Yo creo que lo debí soñar cuando era pequeño y desde entonces alimento la fantasía de que una mujer me regale una bodega en Burdeos.

Clea se incorporó al grito de un «¿Cómo?» de sorpresa, con una sonrisa traviesa en los labios.

—Pero ¿qué dices? Espero que no estés pensando en mí...

—Calla y túmbate aquí conmigo.

Ella volvió a recostarse en su regazo.

—No le he puesto cara jamás a «tan generosa dama...». Y es un sueño extraño, porque está cerca de aquí y apenas he vivido en esta casa..., aunque contigo dentro me dan ganas de no salir nunca más.

Se miraron con ese arco hacia arriba que dibuja en los rostros el momento de la seducción dulce, la seducción sabrosa y esponjosa.

—Desde que era pequeño, he fantaseado con tener una finca pequeña con viñedos y una bodega para producir vino para mi familia y amigos. Algo tan exclusivo que se sacaran a la venta doscientas botellas por año a la venta, carísimas... Lo he dicho y lo he repetido en miles de ocasiones durante estos años. Quienes me conocen saben que este ha sido siempre mi sueño eterno..., confesable...

Adornó su último comentario con un gesto jocoso y una caricia en la nariz de Clea.

—¿Y nunca has intentado comprar una finca allí? No creo que tu patrimonio se viera muy resentido.

—Lo principal es que siempre he soñado que alguien me la regalara, que alguien la comprara para mí.

—Empezaré a ahorrar y, con un poco de suerte, podré regalártela cuando cumplas cien años.

Ese tercer pensamiento positivo llevó a Clea al sueño. Solo tenía que olvidar la tragedia, echarse en los brazos de la melancolía y dormirse en el pasado. Su presente era insomne.

5

Madrid, 18 de enero de 2019

Clea recordó que no estaba todo en las cajas que había bajado al trastero. Ella nunca había escrito una carta de amor. Nunca. Lo más parecido a eso eran los *emails* que escribía a Henry en sus desencuentros, en esos desquiciantes castigos de silencio infligidos por él. Inconscientemente, se había aficionado a dibujar gatitas Hello Kitty desde los primeros vacíos. La gata no tiene boca; por eso es el icono que enmascara la denuncia de la imposibilidad de hablar de las mujeres. Henry también la *desbocaba*.

Y dibujaba, no escribía. Solo lo hacía cuando no podía hablar, cuando la amordazaba con la ausencia inevitable, con esas furtivas huidas que la dejaban sola. *Sola* se debería decir de otra manera cuando implica el abandono sin posibilidad de réplica, sin opción a pedir perdón, incluso hasta por algo en lo que no se tiene responsabilidad. Esa soledad debería tener, al menos, la mayúscula de un nombre propio.

Cuando conseguía la normalidad o cuando Henry volvía con un «como decíamos ayer» con el que eliminaba de un plumazo cualquier atisbo de conflicto, Clea se avergonzaba de esos suplicantes *emails*, mensajes desesperados en botellas lanzados al mar cibernético. Cada vez que recibía un indulto de sus castigos de destierro, borraba todos los ruegos, las disculpas, las declaraciones de amor y los «Te necesito».

Nunca supo qué hizo Henry con los suyos, pero en la pérdida progresiva de la cordura, ella asumió que lo que no estaba en su buzón no estaba en ningún sitio. Pulsar sobre «borrar todo» en la papelera de su cuenta de correo era un momento de recuperación de la paz y marcaba el comienzo de una nueva luna de miel.

Sin embargo, el día del funeral, cuando regresó a su casa, se descubrió a sí misma haciendo algo que nunca había hecho. Empezó a escribir su historia de amor como el obituario de una relación. Cuando se fue a la cama, lo dejó allí, con la botella de vodka abierta y un vaso al lado. Un texto manuscrito con la preciosa letra de quien cincela el alfabeto con trazos esculpidos sobre folios manchados de licor.

Se levantó al día siguiente y lo miró con estupor. ¿Qué haría ella con sus primeros folios escritos sobre el amor? ¿Amor? ¿Era amor sobre lo que había escrito o tal vez era muerte? Cualquier intención de continuidad había fenecido aquella noche. Por una vez no quería deshacerse de un texto escrito por ella y, como solución de urgencia, lo guardó en la caja fuerte para no pensar.

Aquella mañana de enero, cuando se despertó sabiendo que todo lo de Henry estaba en el trastero, recordó los folios y pensó en acabar con ese último rastro de su relación. Los sacó de la caja fuerte y decidió leerlos por última vez antes de destruirlos y tirarlos a la basura.

Clea lloró desde la quinta línea hasta la última palabra, dibujando con sus lágrimas la rabia, la pena y siempre un gran signo de interrogación.

Henry olía endiabladamente bien. Cuando nos reencontramos aquel día en su casa de Biarritz, noté algo químico excitante al acercarme a su cuerpo. Era algo diferente, instintivo, casi animal. Desde entonces quedé pegada a él por el hipotálamo. Empecé a leer sobre feromonas porque me negaba a sentirme una lerda de película barata de esas que hablan del amor a primera vista. Leí que todo se instala ahí, en esa parte del cerebro, en el hipotálamo. No fue amor, fue deseo animal. Aprendí en unos segundos los misterios del apareamiento de los animales. Si no hubiera tenido autocontrol, modales, prejuicios, valores o lo que fuera que me hizo contenerme en aquel instante, me habría lanzado sobre él como una fiera.

Aquel escalofrío interno en el pecho me hizo preguntarme muchas cosas sobre mí. Busqué explicaciones en internet y conocí tópicos y teorías sobre los impulsos, sobre el sexo y sobre el instinto. También entendí una parte por la etimología. A finales de la década de 1950, un bioquímico alemán y un entomólogo suizo las bautizaron con raíz griega. *Pherein* y *hormone*, transportar y estimular. Las feromonas de Henry me lanzaban un mensaje inequívoco, una invitación tan sórdida como atractiva enviada en las cerbatanas de su transpiración contenida. Transportar y estimular, transportar y estimular, todo sonaba a sudor frío final tras la contención. Transportar y estimular, transportar y estimular...

No habría podido haber nada que frenara aquello. Hablamos, hablamos y hablamos. Sin más. Charlamos sobre colores, sobre texturas y tejidos, sobre la vida y los sueños, sobre la materia —la piedra, la madera, el barro, el cemento—, y derivamos en las ansias, en la luz y en la oscuridad, en el cuerpo y en la necesidad de vivir intensamente. Cualquier elemento, desde el barro hasta los sueños, tenía un matiz erótico en el tablero del doble sentido. El primer día, el tinto regaba la conversación y volvía pastosas las palabras e impúdicos los pensamientos. Y así llegó todo.

El desnudo final fue el comienzo de aquella obra, los cimientos de una reforma que nos servía como pretexto para encontrarnos, para sentir, para hablar de todo menos de las intenciones y el propósito. ¿Quién quería hablar de futuro si había que elegir un suelo de sisal, una tela para forrar interiores de viejos armarios o un lavabo diferente a todos? ¿Qué importancia tienen las previsiones cuando lo inmediato justifica evitar lo perdurable?

Mis semanas en Biarritz cada vez eran más intensas. Lo que sucedía entre nosotros empezó a ser tan perverso que nos estaba haciendo adictos el uno al otro al querer jugar a lo fugaz, a lo sexual y al «ahora mismo». Ay, mundo loco, que nos ha hecho creer que se puede echar un órdago al presente cuando todos los fluidos de dos cuerpos se baten en una coctelera... Ay, teóricos del sexo y las relaciones modernas, que nos han contado que las reglas funcionan sin corromperse, ocultándonos que desenfundamos la pistola y nos encañonamos al pensar que no hay munición... Cuántas mentiras difundidas gratuitamente que tenemos que pagar con lágrimas y miradas de reojo al móvil esperando que suene o se ilumine la pantalla al entrar un mensaje.

Muchas. Hasta que entendemos que esas mentiras no son más que tesis escritas en papel por reos teóricos irredentos de las ansias por conocer lo inmundo, lo atroz, lo salvaje que sucede en la convulsión de una sacudida ante la presencia ajena. Y el aprendizaje. Aprender los extraños placeres del otro, lo incomprensible, la sublimación de lo esperpéntico.

Los suelos cambiaban y nosotros retozábamos en habitaciones con olor a pintura, con paredes a medio empapelar. Los besos se volvían líquidos desde el arco imposible de la entrada a la finca, y el sexo todo lo justificaba.

Bebíamos, comíamos, hacíamos excursiones y, sobre todo, hablábamos y reíamos. Lo divino, lo humano, lo esperable y lo inesperado. Y daba igual, porque todo giraba en torno al goce y a la ansiedad por la consumación. Y todo era un diálogo permanente entre la ausencia y la omnipresencia, entre las ganas y la obsesión. La reforma convirtió la casa principal en un lugar inhóspito y solo volvíamos para dar rienda suelta a las delirantes fantasías que, por sucias, nos trasladaban rápidamente a la coqueta vivienda del mecánico en la que nos habíamos instalado.

La palabra *futuro* la enterramos en el jardín junto al viejo cenador, donde luego enterraríamos también el pasado. La pisoteaban los pavos, las ocas y el asno. Y mientras todo se volvía letal, tan letal que no podríamos haber imaginado que la que comenzaba así era una historia que habría que sellar con tu muerte. En aquellos meses se hacía imposible pensar en un fin, tampoco en un final.

El deseo lo vestía todo: la diversión, la necesidad. ¿A quién le importan las desavenencias, los desencuentros o las tensiones? Los malos recuerdos murieron contigo. Seré la custodia, la cancerbera de un relato único, de una historia de pasión desenfrenada, de entrega, de una tormenta de necesidad desgarradora. Lo seré siempre.

Llegó el primer «te quiero» con tres copas de más, sentados en el suelo envueltos en una manta y mirando el fuego de la chimenea. La somnolencia y esa sensación de paz imperturbable me jugaron una mala pasada. No sé si mentí. Casi con toda seguridad lo hice. El amor es generoso y no espera nada a cambio. Y yo sí lo esperaba, lo esperaba con perfidia porque jugaba a que no quería nada cuando ya lo ambicionaba todo.

Me miraste y me sujetaste la cara por la barbilla antes de besarme. Balbuceaste un socorrido «Yo también». Tu rostro delataba satisfacción. Todas tus estrategias habían conseguido su fatal desenlace. Te habías convertido intencionadamente en el centro del mundo que me importaba. Además de ti estaban Madrid, mis padres, mis amigos, mi casa. Pero Biarritz y tú erais la fijación hacia la que mi cotidianeidad caminaba como un zombi. Todo lo demás era maleza que apartar para llegar a ti. Tú eras mi Zeus, mi Dios, mi Ra y mi Eros. Eras todo sin ser nada.

Seguíamos sin hablar de futuro, seguíamos sin hablar de nosotros y, entre cientos de miles de palabras, se nos olvidaron las etiquetas, las bases y los límites.

Olvidamos lo central porque nos pareció obvio y lo dimos por sentado. Tal vez lo diera por sentado solo yo. Y fuimos tan inconscientes que no vimos que ese camino sin destino me obligaría a asesinarte sin piedad para poder liberarme de la obsesión. ¡Al cuerno con las autopsias imposibles de cadáveres inexistentes, que evaporan los pensamientos sin poder practicar sus biopsias!

Todo era tan ficticio y tan salvaje que, cada vez que tú llegabas desde Londres, yo tenía más avanzado tu hogar. Era todo tan demencial que llegué a fantasear con que era nuestro hogar. Y así la ilusión se adueñaba de mí, multiplicaba mi creatividad y todo te seducía aún más. Yo comencé a vivir solo por ti y para ti. Los diez meses que duró aquella obra todo nuestro mundo tenía un control desestructurado, un caos que no esperaba más orden que el de una mirada salvaje decretando el tiempo de un orgasmo.

Hasta ese punto me manipulabas. Tu mirada elegante y velada con neblina londinense guardaba un mensaje inquisitorial y yo caía rendida a cada petición. Pero esto no fue una sentencia condenatoria. Me convertí en una aprendiz avezada de ese juego, el de tener previstas estratagemas que posibilitaran verte rendido así, bajo mi tacón inexistente, bajo las botas camperas con las que me movía por la obra.

Ahí estabas tú, ya colocado bajo una vulgar suela de goma que empezaba a pedir más de todo. Mi cabeza hacía que tú perdieras la tuya, estabas aplastado entre mechones rubios.

La codependencia también es un humor animal, como el deseo pervertido por las ladinas feromonas. La vida transcurrió así en esa permanente rueda de molino hasta que salió el último operario, la casa cobró vida y yo coloqué un gran jarrón de mimosas en la entrada esperando a que llegaras.

Cuando ese día entraste por la puerta, un halo de viento vino tras de ti y arrastró la continua melodía de violines y violones que sonaba a siniestro y radiante *carpe diem*. Ese día, en el agua de las mimosas, se instaló la palabra futuro, que salió inesperadamente de su entierro y todo se impregnó de un aura sutil que no se postulaba en ningún sentido.

Todo dejó de tener un alma sexual, la palabra propósito cargó el ambiente y las preguntas que no se hacían se volvieron las únicas.

¿Qué sería de nosotros en la era post Biarritz? Los besos no sabían igual y el coito se apellidó por primera vez *interruptus* en la casa de la pasión sin límites. El futuro ya había llegado y ninguno de nosotros lo quería ni lo esperaba.

Henry, maldito Henry, olías endiabladamente bien.

Clea no se dio cuenta de que dejaba en la caja fuerte, junto a sus cosas y una carta de Henry, el folio final, con solo unas líneas escritas. Dejó esto traspapelado, quién sabe si inconscientemente o como los restos que han sobrevivido a un naufragio: una carta de él con una de sus mil despedidas y una nota ebria y caliente de ella. La tinta con la que Clea escribió esa nota estaba mezclada con la ira, la lástima y la culpa de haberle quitado la vida a alguien.

6

Madrid, 2 de febrero de 2019

Por aquellas épocas, Clea transitaba por la vida agotando el tiempo sin sentirlo. Su fecha de partida hacia Nueva York había llegado y vivía el proceso como una espectadora conscientemente ajena. Delegó en su madre, porque Tulia sí estaba excitadísima con esos meses del porvenir inmediato de su hija.

La palabra excitación implica inquietud, entusiasmo, nerviosismo o deseo. *Excitadísima* en Tulia quería decir muerta de miedo. Quería que su hija fuera feliz y no se le ocurría otra forma de intentarlo. Por otra parte, sabía que la estaba arrojando a la piscina sin flotador, sin estar segura de que supiera nadar y, peor aún, de que fuera a nadar cuando la tirara desde el bordillo.

La abulia se apoderaba de las horas de Clea y la rabia de su razón. No se puede pensar en paz con ira y resentimiento, con un porqué sin repuestas anclado en las tripas, como un anzuelo punzante que recuerda que no es posible la calma.

En cualquier otro momento de su vida, aquello habría sido un sueño. Habría disfrutado muchísimo de la posibilidad de hacer algo tan importante como restaurar la casa de una *socialité* icónica, una mujer que había trascendido como la protagonista de cientos de publicaciones, de algunos libros y de contadas entrevistas. Pese a su comportamiento extraño en aquel tiempo, Clea a veces sentía viejos impulsos curiosos. Había navegado en sus desvelos para averiguar quién era la propietaria de la casa que iba a reformar. Nella Caracci fue una musa de los grandes de la moda, una de las mujeres a las que Halston telefoneaba para que luciera sus túnicas, una de las invitadas a cualquier fiesta que pretendiera contar con el beneplácito de la sociedad neoyorquina. En fin, una diva. Nella fue una diva. En tiempos a. de H. (antes de Henry), ya le habría contado a todos su nuevo proyecto.

El fantasma del inglés lo oscurecía todo. No había vista más allá de él. Lo ocupaba todo de una forma irracional, obsesiva. No le permitía soñar con crear disfrutando de un presupuesto amplio y la complicidad de Amalia, que se encapricharía de todo lo que le gustara. Y vivir en Nueva York, en el Upper East Side, sola, con dinero suficiente para salir a cenar un par de días por semana, ir a una buena peluquería y apuntarse a unas clases de la gimnasia de moda... Pero no, no podía ni siquiera imaginar nada de eso.

Solo veía su futuro por detrás y se llamaba Henry. Tenía todo el futuro por detrás y se llamaba Henry. El futuro se llamaba Henry... como el pasado.

Tulia compró los billetes y se organizó con Amalia para que su hija tuviera una asistenta en la casa, preparó la lista de todo lo que le gustaba tener a mano a Clea. Se fue sola a Pío XII. Quería mirar en los armarios para saber qué tenía y si le hacía falta algo. Entró en el piso con una libreta pequeña encuadernada en cuero en la misma mano en la que llevaba las llaves. Era un pequeño recordatorio del motivo de la visita: entrar, revisar qué necesitaba comprar y volver salir. También era el símbolo de la obligación de una madre en la casa de su hija, el recordatorio de no eternizarse escudriñando, a riesgo de encontrar algo incómodo. Las madres siempre son madres. Una afirmación tan cierta como ridícula en su sentido más estricto.

Se lo tomó como cuando preparaba el equipaje para que Clea se marchara a estudiar fuera. Recordaba que entonces soñaba para su hija un futuro rutilante, y ahora tan solo era capaz de mendigar un futuro. Un futuro y punto. Punto: ese signo que prohíbe los adjetivos es el síntoma de las oportunidades aniquiladas, de los ideales colgados de viejos postes de la luz, esos de carreteras comarcales ya borradas y desdibujadas en los mapas, insostenibles.

Sin mucho entusiasmo, pensó que, cuando en un par de semanas tuviera que hacer las maletas, tendría que preparar una con ropa negra, con lo mejor de ese color que encontrara en el armario de su hija. Sabía que habría un periodo de transición en el que el luto sería necesario. También sabía que, cuando menos lo esperara, saldría el sol, porque siempre sale, indefectiblemente. Quería que Clea tuviera la opción de su color elegido y otra posibilidad, no tan diferente, dentro su gama de básicos de toda la vida. Haría otra maleta para cuando pasara la tormenta.

Tengo una muñeca vestida de azul
con su camisita y su canesú.
La saqué a paseo, se me constipó,
la tengo en la cama con mucho dolor.
Esta mañanita me dijo el doctor
que le dé jarabe con un tenedor.
Dos y dos son cuatro, cuatro y dos son seis,
seis y dos son ocho y ocho, dieciséis.

Tulia sentía que la vida había sido un suspiro entre los momentos en los que cambiaba de ropa a sus muñecas y aquel de preparar una maleta para que su hija viuda se fuera a Nueva York a encontrar un nuevo rumbo. Sabía que algo de protección le vendría bien en ese instante y, como cada vez que se sentía frágil, se acordó de su madre y pronunció en voz baja «mamá», con la remota esperanza de que acudiera a abrazarla. Ese «mamá» se identifica plenamente con la esperanza en la resurrección, con las ansias del máximo sueño o con la radiografía del cansancio y la impotencia.

A Tulia ya le resultaba inútil llamar a su madre. Pero necesitaba hablar con alguien que la conociera bien y entendiera en qué punto de su vida se encontraba.

—Álvaro.

—Dime, cielo.

—Estoy en casa de la nena. He venido a hacerle las maletas.

Se sentó en el sillón de lectura de Clea para mirar por el ventanal con un aire de añoranza de otros tiempos.

—¿Estás bien?

—Sabes que no. Por eso te llamo. Quiero decirte que te quiero.

—Y yo a ti, mucho, ya lo sabes...

Tulia sonreía al hablar con él como lo hacían nada más conocerse. Su historia de amor era un triunfo que ambos llevaban a gala tras tantos años. Habían conseguido ganarle la batalla a la costumbre y a la desmotivación.

—Estaba pensando en mi madre. Me gustaría poder llamarla a ella.

—Y a mí a la mía. Nos hacemos viejos...

—Ya, pero ¿sabes? A pesar de todo, incluso de esas grandes ausencias, yo me siento una mujer plena. Recuerda cuando terminé Farmacia, empecé en el laboratorio y nos casamos enseguida. Mis padres nunca entendieron aquello. El otro día me hiciste pensar mucho cuando lo mencionaste..., lo pasaron tan mal... Un expediente académico formidable, unos modales exquisitos, era mona, así de serena y natural, sin pretensiones ni exuberancia.

—No seas modesta, estabas como un queso.

—Nadie pudo entender que renunciara a un estupendo futuro profesional.

—Uy, sí que estás mal. Estás blandita...

—Sí, pero también le he dado muchas vueltas y yo siempre lo tuve claro. Solo quería ser feliz y estaba profundamente enamorada de ti. Quería consagrar mi vida a nuestra felicidad y luego, cuando nació Clea, también a la suya.

Álvaro sonreía. Le encantaba su esposa porque, hasta en las peores rachas de su vida juntos, siempre buscaba un momento para decirle lo contenta que estaba de compartir su vida adulta con él. Era una sentimental con aspiraciones de felicidad continua. Para él, esa era una de las cualidades que la distinguía de la mayoría.

—Tulia, tú ya habías demostrado lo que tenías que demostrar y encontraste un sentido a tu vida sin que yo tenga suficientes palabras para darte las gracias. Tus manos siguen siendo jóvenes y tu espíritu también, aunque es cierto que en la juventud eras pura candidez y no locura y alboroto. Sigues siendo la más bonita y la más dulce.

—Sí, claro, llena de arrugas.

—Tus arrugas solo le dan cierto aire de insolencia a tu sonrisa adolescente.

—Siempre has sido un romántico. No dejo de pensar en la nena. Es el ciclo natural de la vida. Nos pasamos la infancia queriendo ser adultos y la vida adulta buscando el cobijo que encontrábamos siendo niños. La protección bien entendida es un regalo.

—Ya, pero si hablas de Clea, recuerda que tiene treinta y cinco años... Cuando sigues cuidando a alguien a su edad se llama sobreprotección asfixiante, ahoga y crea distancias irreconciliables.

Tulia conocía de memoria esa parte del discurso de tono lento y sorna, y puso cara de resignación.

—Irreconciliables..., como con las que la madre naturaleza hizo de Pangea el mundo que hoy conocemos. Ay, las historias de siempre con tus palabras de siempre. Ya estoy mejor. Te veo ahora.

Se despidieron cariñosamente. Tulia no podía evitar poner una red bajo otra red, y otra más, para que las caídas de su niña dejaran las menores cicatrices posibles. Ahora ya no cabía prevenir. Solo lamer las heridas mientras dormía. Despierta, arañaba como una gata herida. Álvaro tenía razón. Clea ya era mayor.

Qué difícil es saber mantener las distancias cuando solo se permite mirar desde lejos los errores de los hijos. Se vuelve tan complicado presenciar el sufrimiento en la distancia y tener preparado el auxilio para el momento de la caída final...

Los Castán eran todos herméticos. Ella lo sabía mejor que nadie. Llevaba toda la vida con Álvaro e indudablemente, su hija era Castán en estado puro. Cada vez que iba a ver a Clea a su casa, sentía que estaba visitando el hogar de una espía. Nunca había nada personal a la vista y tenía caja fuerte desde que era excesivamente joven para pensar en eso. Había al menos tres cosas desconcertantes en ella: apenas acarició la veintena, hizo testamento, dejó protocolizadas sus instrucciones vitales y se compró una caja fuerte.

En ningún rincón del piso había rastro de su vida privada a simple vista. No había fotos, libretas, cuadernos, no podía curiosear en ningún sitio con instinto maternal. Todo parecía estar organizado para una inspección en cualquier momento.

El instinto es un impulso incontrolable; el maternal es protector o sobreprotector en muchos casos como el de Tulia, aunque el carácter de su hija fuera tan arquitecto como ella, claro constructor de muros infranqueables, de puentes colgantes que se deshacen bajo los pies y de un perfecto búnker que solo podía ser transitado por las personas que Clea eligiera en cada instante.

No hay más llave de acceso que las propias decisiones de la habitante de la casa. A pesar de eso, le gustaba visitar el piso de Pío XII. Le daba paz interior. Le proporcionaba esa sensación de serenidad que se tiene al saber que todo está dentro de un orden en la vida de quienes dependen de una o lo han hecho en algún momento del pasado.

Quien cuidó de un pájaro mientras le crecían las alas suele estar prevenido por si hay que entablillarlas o ayudarle a reponerse cuando sobrevienen circunstancias por las que no se pueda volar.

Clea no hablaba de su viaje. Había enterrado su entusiasmo el día que comunicó a todos la muerte de Henry. Pero cada detalle en las últimas semanas tenía un tinte extraño. Una pena tan honda, tan profunda, tan desgarradora... Ella no había viajado a Londres a abrazar a nadie como tampoco había recibido visita alguna del círculo cercano de su novio.

Su hija no hablaba sobre el momento de la muerte ni la explicaba con detalle. Esas cuestiones sobrevolaban los pensamientos de Tulia, que trataba de encajar una pieza inexistente del puzle.

La sospecha sobre una incongruencia la apartaba de sus propios razonamientos. Un hilván dejaba deshilachado el relato de su hija y eso la atemorizaba. El pánico ante la desgracia bloqueaba su deseo de continuar con la lógica, porque la lógica era elocuente. Algo iba mucho peor en la vida de Clea de lo que pudiera implicar la pérdida de un hombre amado.

Todo eran pruebas de no se sabía qué. Hasta ese excesivo orden, esa limpieza inmaculada, ese ardor controlado eran una alarma sorda. Así, como una cuenta *fake* en redes que escupía lo que no se medita, un cable pelado del secador de pelo o un halcón mensajero tan inglés como Henry. En fin, que era mejor no pensar.

Tulia contemplaba el jardín de la nunciatura a través del ventanal, hecho para sentarse frente a él a pensar. No en vano se podría poner una tirolina con la que aterrizar en Tierra Santa, en el lugar donde se conceden las dispensas y las bulas de indulgencia, pero también en el centro neurálgico de los impositores de penitencias. Planteado de otro modo, era ver la santidad desde el piso de arriba, aquel donde se instala el pecado antes de bajar al infierno.

Qué diferentes eran sus vidas. Tulia sentía que la inercia había tirado de ella desde la infancia. No conocía la llamada descontrolada de la rebeldía y no le había hecho falta para ser feliz. Ella no precisaba más que sentir el respaldo de una familia, algunos amigos y el desahogo económico para vivir alegremente. No ambicionaba nada más: una vida familiar plena había sido siempre su máxima aspiración.

Mientras pensaba, miraba por la ventana y veía cómo una monja, ataviada con su hábito y su toca, limpiaba los cristales de la puerta de la terraza del edificio de ladrillo visto con toldos amarillos y blancos, a tono con la bandera vaticana del jardín. Pensaba que aquella religiosa, que parecía contenta, probablemente tampoco esperara más de la vida que llevar con dignidad su rutina y con esfuerzo su sentimiento de entrega a la fe católica. Le hubiera gustado que todas las personas fueran como ellas dos, nacidas con la satisfacción permanente. Para mayor tranquilidad de ambas, tanto Tulia como la monja confiaban en una feliz vida eterna. La fe es un regalo y quizás, una dulce anestesia. Pero, más allá de las que eran como ellas, también estaban las permanentes insatisfechas, como Clea. Tulia había conocido a muchas de ellas, a lo largo de la vida. Lo que no esperaba es que el destino le deparara ser la madre de una mujer de esa tribu. Desde que su hija era pequeña siempre quería más.

Era la más inteligente en el colegio, entre sus primos, entre los hijos del grupo de amigos. Aun así, para ella todo era poco. Siempre quería superarse, y el amor propio se fundía con un sentimiento crítico permanente que la colocaba en el centro de una rueda de radios punzantes. Nunca le parecía que hacía nada bien y se frustraba permanentemente por no encontrar la perfección.

Clea siempre había sido diferente. Invitaba a sus amigos a casa y, cuando se aburría de ellos, los dejaba solos y se ponía a dibujar sus sueños. Y para que los sueños fueran perfectos, los dibujos tenían que ser perfectos. «Ahí comprobé su sentido de la perspectiva, en los dibujos», pensó Tulia. Eran hiperrealistas por su afán de no apartarse de la imagen que veían sus ojos. Tardó poco en descubrirse como genuina. Esperaba que todos tuvieran sus capacidades y compensaba su liderazgo con esa exigencia con los demás, que a veces se tornaba despectiva y condescendiente. No podía comprender que no estuvieran a su altura.

Su pequeña siempre fue única, una niña de armas tomar que iba amoldándose a la vida con un tono silencioso, introvertido, queriendo descubrir la belleza en cada objeto, en cada momento, y entendiendo que la mediocridad dañaba lo más profundo de su ser. Cuando era adolescente, se quedaba mirando cualquier objeto tan fijamente que, a veces, daba miedo. Observaba su consistencia, su tamaño, su forma... Todo lo tocaba y, aunque no emitiera sonido alguno, se acercaba para escucharlo. Observaba con cuatro de los cinco sentidos, reservando la lengua para mejores ocasiones.

Tulia hacía un repaso de su hija: de lo bueno, de lo regular, también de lo malo. Recordaba lo hiriente que podía ser sin quererlo. Era consciente de la plena dedicación de su madre a la familia y trataba de elogiarlo como una renuncia a vivir su propia vida. «Me hace daño», dijo en voz alta sin quererlo. Miraba el *skyline* de Madrid Norte deseando haber tenido una hija menos brillante, menos lista, menos soñadora y que hubiera leído menos. «Quizás para el común de los mortales la vida sea menos apasionante, pero también es más fácil».

7

Madrid, 18 de febrero de 2019

Clea paseaba en su último día en Madrid. Su partida era una huida hacia el ruido, el trabajo y el bullicio. Era un «come, reza, ama» inducido, aunque sin *jeans* ni bicicleta. Estaba llegando al Ten con Ten subiendo por Ayala desde la Castellana.

Marta, su mejor amiga, había convocado al «núcleo duro» para despedirla. Clea no lo sabía, pero le había costado mucho convencer a Mónica, a Laura y a Inés para que fueran. Estaban un poco desconcertadas por la actitud de su amiga desde que conoció a Henry.

Siempre había sido la más *fácil* de todas. Tenía un carácter fuerte, era su pilar. Si lloraban, Clea estaba; si reían, Clea estaba; si había fiesta, Clea, la primera; si había drama, Clea ponía el sentido común. Estaban tan mal acostumbradas, que no sabían empatizar con quien nunca antes había sido impertinente ni problemática y no dejaba de serlo en los últimos tiempos.

Todas cotilleaban a sus espaldas. No era maldad. Era simplemente preocupación y no saber cómo gestionar aquello que parecía una obsesión. Cuando llegó, estaban todas en el lugar de siempre, en la esquina del fondo de la barra.

—¿Qué queréis que os diga? Ese tío no era normal y esa relación era tóxica. Clea nunca ha sido rarita. Todo lo contrario. Y ahora, la verdad es que tengo miedo cada vez que abro la boca. No sé por dónde va a salir. Este tío la tenía abducida. Y no sabré de otras cosas, las listas sois vosotras, pero, de tíos, la que más sabe soy yo.

—Calla, calla, Inés, que viene.

Los camareros la saludaron con familiaridad y se vio en la obligación de sonreír. Aunque fuera mera cortesía, no le quedaba otra. Mantuvo la sonrisa al acercarse a las chicas. Los últimos tiempos no habían sido buenos. A pesar de eso, siempre habían sido una piña.

—Dame un beso, amiga. Que te vas a Nueva York. Qué guay, qué suerte...

Clea ni siquiera saludó a las demás. Junto al abrazo, ya espetó su primera bofetada verbal.

—Anda, Martita. No seas bruja. Suerte la tuya, que tu marido está en casa.

Inés no pudo evitarlo y saltó.

—¿Veis?

—¿Qué pasa, Inés? ¿Ya estás tocando las pelotas otra vez? Veis ¿qué? No entiendes que Henry ya no está y me muero de pena.

—Ufff. Lo siento, tía. Sabes que te quiero, pero ese tío a mí no me gustaba nada. Cero. Supe que no era bueno para ti desde que no te viniste a Australia, y eso que no sabíamos que estabas liada con él... Lo siento mucho por ti, de verdad, pero no desde que ha muerto, sino desde que se cruzó en tu camino...

—Venga, Inés, no seas bruja. Que está hecha polvo y tiene motivos —reconvino Marta.

Laura se abalanzó a abrazar a Clea para eliminar la tensión.

—Ay, amiga, qué difícil es esto de ser adulta...

—¿Sabéis? No sé ni cómo referirme a él. Cuando alguien con quien tienes una relación así se muere ¿pasa a ser tu ex? No era mi marido, no era mi novio, no era ni siquiera mi amor. No sé quién es ahora, no es más que un muerto que aprisiona mi estómago con barrotes de hierro candente.

Marta la miró seriamente.

—Clea, no digas tonterías. ¿Barrotes de hierro candente? ¿Qué estás leyendo? Esas palabras no son tuyas. Te vas a Nueva York. Reacciona. Se ha muerto y es una gran putada, pero ya está. Mi padre se murió cuando éramos pequeñas y mi madre nos llevó al colegio sin llorar desde el tercer día. Y tú no eres más débil que mi madre.

—No lo sé, Marta. La verdad es que no me reconozco y no puedo superar la angustia. Me apetece salir corriendo a buscarle y no puedo. No puedo porque todos sabéis que ha muerto.

—No será porque lo sabemos, sino porque ha muerto... —intervino Inés.

—Bueno, qué más da. Son formas de hablar. Y la verdad, Inés, creo que te has pasado de verdad... Una cosa es que no te guste y otra que no sientas que haya muerto...

—Te hemos pedido un mojito —la interrumpió Laura.

—No tengo ganas, chicas.

—Nos da igual.

Inés le puso el vaso en la mano y entonó un brindis con un gesto de disculpa por lo inadecuado de sus primeros comentarios.

—Por la aventura neoyorquina.

—Por Clea.

—Por Clea.

Todas levantaron la copa y ella hizo una mueca de sonrisa que aspiraba a provocar a las antiguas carcajadas contagiosas que ellas ansiaban. La felicidad tenía que estar a la vuelta de la esquina.

La teorización centrípeta —que culpaba a Henry por su ausencia— comenzaba a dejar de tener sentido hasta para ella misma. Se había terminado y en algún momento tendría que abrazarse a la realidad y vivir esa otra etapa. Sus amigas, que la adoraban, querían empujarla hacia el futuro. Unas con más acierto que otras. Al final, todas sabían que los tiempos pasados no volverían y ya tenían edad suficiente para haber aprendido que el futuro siempre llega con nombre de presente.

«Las chicas» sabían que, de todas ellas, Clea era la mujer más fuerte, pero por mucho que lo fuera, su mente no podría tumbar en un pulso a un frágil reloj de arena, a un notario contador del paso de la vida.

La conversación se hizo trivial y absurda y la abrumaron con los recuerdos de su vida juntas. El bombardeo estaba tan cargado de risas, de absurdos, de recuerdos compartidos y de ridículos propios y ajenos, que Clea no pudo evitar abstraerse. Durante algunos segundos, volvía la mirada perdida. Todas se preguntaban qué le estaría pasando, qué sería esa quemazón. Una tenía la teoría del aturdimiento ensordecedor e hiriente; otra, la de que había caído en el pozo de una dependencia infinita. Ninguna lo sabía. Ella no lo sabía. Aun así, todas coincidían en que para Clea, ya hasta *amor* se escribía con H de Henry.

Ya hasta *amor* se escribía con H.

Ya hasta *amor* se escribía con H.

Ya hasta *amor* se escribía con H.

Ya hasta *amor* se escribía con H.

Ya hasta *amor* se escribía con H.

El mundo está lleno de certezas no creídas por sus protagonistas, de cloacas de lo impensable. Lleno de las desviaciones previstas en ese inicio que Woody Allen escribió para *Match Point*, en el que la siguiente décima de segundo deja una variación abierta del futuro. Todo depende de dónde esté la pelota. Ya no está en el aire. ¿Dónde está?

Entre carcajadas improvisadas y exageradas, todas ignoraban dónde estaba la pelota. Clea, en su despiste permanente, seguía buscando, blandiendo la raqueta esperando que cayera del cielo, observando que la red seguía inamovible, estática, firme... Quería pensar que, quizás, solo dependiera de dónde había ido a parar la bola, y de si caía del cielo o ascendía desde lo más hondo del infierno.

De repente, se hizo el silencio. Clea miró a Inés con los ojos vidriosos por el tercer mojito.

—¿Sabes? Yo, a veces, también creía que no era normal. Pero mi resquemor se esfumaba cuando escuchaba lo que estaba deseando oír. Sus palabras seguras y firmes hacían que me sintiera tan, tan, tan... inmadura, que hasta llegaba a cuestionar mi cordura. En fin, me daba vergüenza haberme mostrado como una celosa, una insegura o una acaparadora.

Las tres quedaron impresionadas por la languidez amarga de Clea. No habían visto esa tristeza extrema en su mirada hasta ese instante. Se había apagado como nunca pensaron que lo haría. El alcohol la había relajado y había bajado la barrera. Sus amigas llegaron a ella, por primera vez, desde que Henry había aparecido.

Se abrazaron como un equipo de rugby, juntando las cabezas, como hacían desde que eran niñas. Era su forma de crear un confesionario. En un código no escrito, sabían que lo que se dijera allí dentro pasaba al fondo del secreto común, esa conciencia compartida de la que jamás se hablaría y todas harían como si nunca se hubieran enterado.

—No era siempre —dijo Clea—, pero cuando era, el ambiente se volvía fascinante y fabuloso. No cabían adjetivos como *bueno* o *divertido*. No... Todo era elevado y etéreo, como nuestra intimidad, como su desnudez y su brillantez. Nada fue nunca normal..., probablemente tengáis razón. Pero cuando era bueno, era lo mejor.

Sin más, hasta sin pagar y sin decir nada, dio un beso a cada una y musitó:

—Estaré bien. Os lo prometo. En la próxima, no lloro.

Sus amigas estaban emocionadas. La vieron alejarse y esperaron que ese viaje que emprendía les devolviera a su amiga, a la divina Clea, la perfecta compañera.

Clea cogió un taxi a casa. De camino, con la cabeza más lenta por «la hierbabuena» de los mojitos, pensaba en que al día siguiente volvería a Barajas, a la T4, al punto permanente de salida hacia esos momentos soñados, al lugar donde también pensó en la muerte de Henry, donde comenzó a maquinarlo todo. Aunque esa vez nadie la esperaría —como el día de su cumpleaños— y era más bien una pesadilla. También volvería a Manhattan, al lugar donde había sido tan feliz todas las ocasiones que lo había visitado.

La soledad era el punto de partida y de llegada. Allí, en algún lugar del trayecto hacia el embarque, debía quedar su historia de amor con Henry.

En América nadie la compadecería por su muerte sin que tuviera que hacer una crónica de los últimos tiempos que, en aquellos días, aún se sentía incapaz de hacer. Al menos, eso quería creer ella, que se regodeaba, fantaseando con que la mente se puede congelar hasta el regreso, sin pensar que los recuerdos son el equipaje mayor, y que, además, no necesitan maleta. Las narrativas buscan un momento y un autor. Ella seguía en el pasado, era solo un personaje en busca de un guion.

Clea no era capaz de procesar que se marchaba porque aún no había dado el paso en sus adentros. No había pensado siquiera en que viajaba y Henry se marchaba con ella. Su sombra la perseguía sin intención alguna de abandonarla.

8

Nueva York, 19 de febrero de 2019

«Este era un rey que tenía un palacio de diamantes, una tienda hecha del día y un rebaño de elefantes. Un quiosco de malaquita, un gran manto de tisú y una gentil princesita, tan bonita, Margarita, tan bonita como tú». En los oídos de Clea retumbaba el recuerdo de la voz de su madre, recitando a Rubén Darío mientras la arropaba y le daba un beso de buenas noches. En su casa no había nada de malaquita y siempre la asociaba a palacios por el poema que sonaba a niñez y a pijama de franela. Nada más entrar en casa de Nella encontró, como si fuera un tesoro, un gran baúl de ese mineral, con las esquinas de bronce y una C gigante en la parte superior que lo relacionaba con el apellido de su propietaria y la de todo lo que había en ese lugar: Caracci. Para alguien con fijación por esa piedra semipreciosa y con una doble *c* por iniciales —Clea Castán—, ese objeto tenía una atracción inevitable.

La española estaba en Nueva York, en un país que no era el suyo, en una ciudad que no era la suya y en una casa en la que vivió y murió una mujer a la que no conocía. A pesar de todo esto, que le hacía sentir el vértigo propio del síndrome de Ulises, podía poner las manos sobre una de las piedras que marcaban la poesía de sus primeros años de vida y sobre la letra por la que comenzaban su nombre y su apellido. No era mal augurio, verde esperanza como su cenador, para esa singladura que empezaba con luto riguroso.

Tenía algo de apetito. Nunca comía en el avión. Prefería ver películas y descansar. Se tomaba una pastilla antes de despegar y procuraba dormir lo máximo posible. Estaba convencida de que su madre, además de haberse encargado de que estuviera todo reluciente, habría previsto que tuviera algo de fiambre en la nevera y pan para hacerse un sándwich. Tulia era perfecta para eso. Se tocó el estómago cuando oyó cómo sonaba, pero no se inquietó. Sabía que, cuando llegara a la cocina, estaría todo esperándola.

Clea levantó la vista del baúl y abandonó su equipaje en la entrada. Tal y como Amalia le había avanzado, la casa era un museo. Nella había fallecido en su cama, allí mismo, a los noventa y siete años. Habían transcurrido ya casi cuatro años, los que se había prolongado el litigio desde marzo de 2015, la fecha de su fallecimiento.

El apartamento estaba intacto y excesivamente recargado. Albergaba casi un siglo de la historia de una mujer que parecía haber vivido mucho. La recién llegada deambuló por la casa sin pararse a observar más detalles que algunas fotos. Nella era atractiva y sensual, muy elegante y con una prestancia que atravesaba los cristales de los marcos de sus retratos. Su postura erguida y la mirada retadora trasladaban un grito de guerra en el silencio, un «soy lo que ves» que intimidaba a la vez que seducía.

El Upper East Side neoyorquino debía tener apartamentos mucho mejores, pero el magnetismo de ese lugar era casi esotérico. Clea recorrió una por una sus estancias para elegir dormitorio. El salón tenía cortinas de terciopelo en un color crudo y todas las alfombras, fuera cual fuera su estilo, eran celestes y rosas.

En una de las esquinas había un gran armario flamenco de marquetería tan antiguo como bello. No pudo resistir la tentación de abrirlo y acarició el interior, disfrutando de la *chinoiserie* de fondo negro, tal y como ese trabajo artesanal centenario merecía. Miró las copas perfectamente alineadas. El cristal francés de color y tallado era el perfecto aditamento dentro de esa joya de mueble. Cada centímetro cuadrado estaba planeado para el deleite, para ser ambientado con una voz sensual francesa en un gramófono a la vieja usanza. Cabría incluso un foxtrot.

No había televisor en la casa. Era como embarcarse en un viaje a un pasado de esplendor. No había libros. Era extraño. Por lo que le había ido contando

Amalia, Clea imaginó una casa con grandes estanterías. Sin embargo, solamente había un lugar para conversar y descansar.

Abrió la puerta de doble hoja con cristales emplomados y se encontró en un comedor fabuloso. Tuvo que contar la capacidad de la mesa porque el número de comensales se confundía en la longitud de la habitación. Veinticuatro. Dos en cada una de las cabeceras y diez en los laterales. Las sillas eran de estilo Chippendale y estaban tapizadas en celeste y rosa como las alfombras. Grandes vitrinas con objetos de plata y vajillas preciosas expuestas como en las casas de antes.

Su deformación profesional le hizo volver la vista atrás. Colores pastel en las alfombras y las sillas y el resto de los sofás en ocre y crudo. Nada tenía sentido y todo se volvía mágico a su paso. Volvió a los detalles del comedor y pensó que tenía que examinar bien esa lámpara antigua de formas imposibles. En ese momento y como por sorpresa, Clea solo pretendía impregnarse del telúrico fulgor de su futuro inmediato por un breve momento. Así: inhalar, exhalar, inhalar, exhalar. Y ya.

Casi había conseguido evadirse de su pasado reciente durante la primera mirada a su hogar neoyorquino. En otra época de su vida le habría parecido un reto apasionante, y en esa, bajo el palio de soledad en el que la había dejado Henry, todo sonaba inquietante y fantasmagórico. Pese a su estado de ánimo, la pasión por la belleza de lo que veía, de todo aquello a lo que debía darle nueva vida, intentaba adueñarse de ella. Todo era tan estimulante que se fue olvidando de las cadenas que la ceñían. Casi volvía a sentir el viejo entusiasmo por hacer cosas bonitas. Con una salvedad: ese entusiasmo, esa ilusión era nueva y desmemoriada. Allí no había recuerdos, solo centímetros cuadrados a mansalva para explorar.

¡Vivía en Nueva York! ¡Trabajaba en Nueva York! Los signos de admiración en una frase carecen de sentido cuando la falta de entusiasmo veta la expresividad. Sí, realmente tenía que vivir y tenía que trabajar. Punto. No había más opciones. Sin más.

Siguió con su paseo en busca de un lugar donde instalarse. Evidentemente, descartó la habitación en la que intuyó que había fallecido la propietaria y encontró un dormitorio que sintió suyo inmediatamente. Se sentía protegida retrocediendo un siglo en un espacio en el que el tiempo parecía haberse anclado en el dosel de caoba. Todo era verde agua y dorado, muy dorado. Era lo más recalcitrantemente *kitsch* de la casa y a ella la transportaba al Schönbrunn de Sissi, al Versalles vienés.

Si se trataba de romper con todo, esto era lo más rupturista que podía hacer. Del estilo aséptico y práctico del piso de Pío XII a algo rayano en lo rococó. No era un lugar siquiera agradable y le pareció un duro cilicio para su castigo autoinfligido. No le gustaban los palacios. Era sobria en sus gustos y nada pretenciosa en las formas. Era más de líneas rectas simétricas que de arcos imposibles.

Abrió un armario que estaba atestado de cosas y tuvo que vaciar otro para poder instalarse. Llevó a otra habitación veintisiete kimonos de seda con ricos bordados y vació una cómoda para poder deshacer sus maletas. Algunos eran de Halston, tal y como le había avanzado Amalia.

Los cajones estaban llenos de manuscritos y papeles que, junto a las batas orientales, llevó a la estancia contigua y dejó sobre una cama. Le dio un vuelco el corazón al ver un dormitorio radicalmente diferente, empapelado con aves salvajes y muebles de diseño ultramoderno. Cuando vio los pájaros, no pudo evitar recordar el descomunal desconcierto de Henry ante su propuesta de tucanes o flamencos para un baño. Todo la llevaba a él. No había forma de esquivarlo, ni siquiera al mirar una pared vacía.

Nella había tenido que ser todo un personaje. Se sabe mucho de las personas observando su casa. Su curiosidad intensa la llevaba a inspeccionar los baños de los lugares a los que iba. Allí eran todos recargados y oscuros, con muchos espejos, llenos de botes y cada uno con un tocador. Bañeras diferentes, unas encastradas y otras exentas, hasta una dorada había. Espejos en algunos techos que doblaban la sensación de altura, pero también multiplicaban por dos el aire siniestro de las estancias. Todo era oscuro, como si quisiera ocultarse el verdadero motivo por el que se acude allí: nuestra esencia más humana, nuestra debilidad corpórea, obviando la parte de la relajación y el cuidado propio que se hacen, como de ningún otro modo mejor, bajo el cobertor de la intimidad.

«Y todo a media luz», como reza el tango.

Con la penumbra y lo casi tenebroso, solo contrastaba un moderno plato de ducha en el baño de la habitación de Nella, un plato funcional al que se vería abocada por el riesgo de la edad y la fragilidad de su cuerpo. El pragmatismo era la única justificación que encontraba la arquitecta para entender un cambio radical e impredecible de lo excesivo a lo impersonal, más propio de una habitación de hospital que del derroche de creatividad e imaginación de la casa.

La cocina era sorprendentemente rústica. El estilo era el de las casas antiguas de Connecticut y hasta había piezas de cobre colgadas en las paredes. Era el único espacio arrebatado a la sofisticación. Nella no debió de haber entrado nunca allí. Parecía que cocinaban para ella porque desentonaba la vulgaridad de una pretensión campestre a la que no se llegaba, quedándose en un burdo intento de replicar lo que seguramente desconocía. Sorprendía una cocina tan fea, que rompía la estética de una casa tan especial.

Efectivamente. Abrió el frigorífico y el sello de su madre estaba allí: fruta, fiambre, leche de soja, huevos..., todo previsto. A Tulia no se le escapaba un detalle. Se preparó un sándwich para matar el gusanillo, regresó a la habitación de Sissi a ordenar sus cosas y luego volvió a la cocina con toda la ropa arrugada. Así, al día siguiente, Gladys, la mujer que su madre había contratado, podría plancharla y dejarla organizada.

Clea se sentía especialmente cansada. En el viaje había alternado alguna cabezada con pensamientos hirientes y recurrentes sobre Henry. El himno *Maldito Henry,* que entonaba para sus adentros cada vez que la ocasión se lo permitía, era ya un ritual autodestructivo que había incorporado a su rutina. Se regodeaba en su sufrimiento e intentaba flotar sobre la rabia, el remordimiento y la culpa. El tiempo volaba y se estancaba a la vez. Estaba atrapada en un laberinto del que quería escapar y en el que deseaba permanecer al mismo tiempo.

El cuarto de baño de su habitación era una prolongación de la estancia. Pan de oro y verde agua, con todos los accesorios dorados y las toallas turquesas con una gran *C* bordada en ocre. Instaló sus cosas allí, se limpió la cara, se aplicó sus cremas y se lavó los dientes. Desde que enviudara, había abandonado su rutina de belleza. No se había puesto ni una sola loción hidratante. Nada. Al ver el esfuerzo de su madre preparándole un neceser completo, se prometió recuperar la costumbre. Al menos por un día lo cumplió.

Bajó todas las persianas y creó la necesaria oscuridad para dormir y aplacar su *jet lag*. Mantenía su pugna interior entre el deleite en el sufrimiento y el deseo de olvidar el pasado y disfrutar. Rescataba tímidamente el sueño escondido de poder levantarse y ver la vida de un color diferente a ese verde del baño que por momentos parecía celeste, y por momentos era el color de los viejos hospitales de película.

Pero esa sensación de confundir la suma del cansancio y la oscuridad con la predisposición a dormir no es una fórmula matemática que arroje como resultado inequívoco el sueño. De hecho, no hay ser humano sobre la faz de la Tierra que, juntando esos tres ingredientes, no haya encontrado, a veces, el insomnio pertinaz y terco que crispa los nervios y empuja a posturas imposibles, a vueltas en la cama y a paseos al baño o a la cocina.

Y el insomnio se hizo carne.

Y el insomnio se hizo Henry.

9

Nueva York, 20 de febrero de 2019

Eran las seis de la mañana y Clea caminaba desnortada por Central Park. Había pasado una noche pésima y sentía que necesitaba ayuda para poder escapar de sí misma. Sacó el móvil del bolsillo de su plumas y buscó el contacto de su padre para pulsar y llamarlo: en España eran las doce del mediodía.

—Papá, estoy agobiada. Quiero irme a un hotel o regresar. No me siento bien en esa casa.

Álvaro sintió una taquicardia galopante. Pensó que él la había animado a irse y sumó la culpa a la preocupación.

—Hija, ¿ha pasado algo?

Ella no sabía qué responder. Es difícil argumentar lo injustificable. No encontraba las palabras.

—Nada especial. Es que es una casa con demasiada historia.

—Lo que dices no tiene sentido. A veces da la sensación de que estás volviéndote loca. Acabas de llegar. Es la primera noche.

—Escúchame, papá..., te hablo en serio..., no recuerdo haberte hablado más en serio en toda mi vida: necesito hacer el trabajo en un lugar con menos historia. No sé cómo explicarlo...

—Clea, ¡para... para, para! No sigas por ahí.

El corazón dejó la preocupación y se revistió de piedra. No podía soportar que Clea inventara problemas más allá de los reales.

—Es un lugar agobiante por muy bonito que sea, es como dormir en un museo, y no creo que pienses que se me ha ido la cabeza, pero es como si sintieras una presencia. Yo no sé si es Nella, Henry o simplemente soy yo, que empiezo a volverme loca.

—Hija, sigues afectadísima. No sé si loca es la palabra, pero escucho el viento. ¿Qué haces deambulando por ahí? Vas a enfermar. Debe de estar amaneciendo y es febrero en Nueva York. Me pides un lugar para quedarte en una de las ciudades más caras del mundo, en uno de sus barrios más exclusivos.

—Papá, lo necesito.

—Y lo peor es que lo pides como si no fuera un exceso, como si hablaras de Torremolinos en invierno.

—No haría falta que me llevara las maletas. Me instalaría y traería y llevaría mis cosas. Papá, por favor.

—Te llamo más tarde. Tu madre tiene razón. Te estás haciendo daño. Sal de donde quiera que te hayas metido. Te voy a ayudar esta vez, pero tienes que dejar de comportarte como una niñata porque no tienes edad para jugar a eso. Así que escúchame, hija, se acabó. Y a ver qué le contamos a tu madre. No eres la primera ni la última que pierde a la persona que ama. Pero sí debes ser de las pocas que lo hace de una forma tan caprichosa.

—Papá..., tú no.

—Mira, hija, siempre has tenido en mí un apoyo, pero ya está bien. Ya vale. No me decepciones. Esto es un capricho absurdo. Reacciona, Clea, por favor, de una vez, reacciona ya.

Álvaro colgó el teléfono y Clea se quedó estupefacta. Ella, de regreso a sus ocho años, lloró a cámara lenta, con la cadencia de la desesperación en las lágrimas. Por primera vez en su vida era consciente de que estaba arrinconada por sus propias decisiones y sus perversas consecuencias. Decidió caminar sin rumbo por la ciudad. Bajó por la Quinta Avenida y quiso parar en un Starbucks a comprar un Chai Tea Latte. Aún estaba cerrado.

Andaba sin parar, ensimismada y sin prestar atención a dónde se encontraba. Amaba esa ciudad, aunque en aquel momento se notara tan perdida que no sabía dónde encontrar refugio. La noche anterior consiguió descolocarla y se encontraba presa de sí misma, de la energía pesada que seguía habiendo en la casa y de la mirada escrutadora y vigilante de su madre y de Amalia.

Hasta sus últimos días en Madrid, sus pensamientos eran monotemáticos. Su *Maldito Henry* era la oración que presidía cada momento de su monótona existencia y no tenía que pensar en nada más que en su dolor. Nueva York puede ser cálido o inhóspito o incluso ambas cosas a un tiempo. ¿Cálido en febrero? Solamente es posible con corazones y almas calientes, y los suyos estaban fríos como un témpano.

Ahora tenía un nuevo problema. Su único cómplice empezaba a hartarse y le había dado un ultimátum. Su padre no era un hombre de discursos grandilocuentes. No había sido así de duro más que un par de veces en su vida, las únicas que estuvo a punto de cortarse la maroma fuerte que la amarraba a puerto. Él siempre había delegado las reprimendas y los alborotos en su madre. Jamás le había negado nada lógico y casi ningún capricho. La cuerda se tensaba para romperse y la viuda por decisión propia sentía que no le quedaba más que un hilo de conexión con la cordura. La obsesión empezaba a devorarla y apenas si le quedaba medio cuerpo para volver a empezar. Parecía desdibujarse y percibía la liviandad de la parte más borrosa de sí misma.

Ya era media tarde y Clea estaba sentada en una terraza en Bryant Park, después de haber pasado un par de horas en un banco dentro de la Biblioteca Pública de Nueva York. Muda, sola, casi ciega, miraba la pantalla de su móvil. Nadie se detenía tanto como para percibir su lamentable estado. Miraba su teléfono con la angustia de querer ser recordada y, paradójicamente, cuando recibía un mensaje, contestaba con desdén, casi con monosílabos. Ella no era así habitualmente. No se reconocía, estaba consiguiendo su propósito de aislarse y empezar a morir en vida, como las esposas de los faraones egipcios que se enterraban con ellos.

Miraba el paisaje del parque y sus gentes. Los enamorados, los solitarios, los niños, quienes jugaban al ajedrez, los lectores sumergidos en una historia.

Había una chica haciendo yoga, ajena a las temperaturas invernales y la humedad, con cara de felicidad, apuntando con una mano al American Radiator Building, uno de esos edificios que, junto al Empire y a la torre del Banco de América, se perciben como los mástiles de ese barco de vela que es Manhattan, de ese oasis en medio del asfalto. La mano de la *yoguini* señalaba al mastodonte negro con remaches dorados *art decó* que recuerda la convivencia de lo diferente en la arquitectura con vistas a ese parque Bryant donde se ve la diversidad de etnias, edades y de aspectos en los nómadas diarios que viven en él durante un rato.

La fuente ya no estaba congelada como en pleno invierno. Ese año parecía ir todo más rápido. Hasta el deshielo. Sin embargo, Clea recordaba momentos más felices de su vida en los que intentó fotografiarse con el efecto óptico de sujetar un témpano. En su abstracción, miraba hacia todo y hacia nada con esa percepción borrosa del despertar de una anestesia.

Recibió un *email* de su padre y lo leyó con la esperanza de que le levantara el castigo y la complaciera como siempre había hecho. No estaba preparada para que ese fino hilo de la cuerda se rompiera sin más, solo con el roce de las tijeras.

Clea:

No dejo de pensar en tu llamada. Le he dicho a tu madre que hemos discutido sin darle más explicaciones y le he pedido que tanto Amalia como ella interrumpan la comunicación contigo durante unas semanas. Tu madre y yo llevamos cuarenta años juntos y no ha preguntado ni se ha opuesto, porque no me ha visto tan firme ni tan serio en una conversación desde que nos conocimos.

Te ruego que dediques este tiempo a reflexionar y a averiguar qué quieres hacer con tu vida. Siempre te has crecido ante la adversidad, eras una mujer decidida. No nos hagas ser cómplices de tu propio apuñalamiento a traición.

Tienes todo lo que no tiene la mayoría para ser feliz, pero si decides no serlo, no cuentes con el aplauso de quienes somos espectadores de tu autodestrucción.

Estoy tan enfadado como decepcionado. Créeme si te digo que nunca pensé que pudiera sentirme así, cuando hasta hace prácticamente un año todo lo que tenía eran expectativas y admiración por ti. Nadie duda de que eres mi ojo derecho y de que siempre has hecho conmigo lo que has querido. Te has pasado, Clea.

Como hasta para esta especie de suicidio mental cuentas con ficticias balas de plata, he estado a punto de acceder a tu petición. Pero, no, Clea, no. Es la mayor idiotez que me has pedido en tu vida. Por todo lo que te quiero, voy a decirte que no.

Te pido que te aclares, Clea. Si necesitas ayuda, pídesela a un profesional y no cargues a tus padres con lo que sea en lo que te hayas metido. Esto no es un duelo por una pérdida normal. Algo sabré de la vida a estas alturas.

Quince días en Manhattan en un alojamiento de lujo es mucho más que una excentricidad, máxime cuando en estas fechas los hoteles tienen casi plena ocupación y los precios son prohibitivos. Tu comportamiento es más propio de una patología que de un capricho de viuda, y para este tipo de extravagancias hace falta ser una estrella o no darle valor al dinero. No estoy en ninguno de esos dos casos.

Por favor, Clea, no nos llames hasta que tengas algo que contar más allá de tus lamentos decimonónicos. Ojalá pueda reconocerte en tu próxima llamada.

P. D.: Ni un mensaje de chantaje emocional a tu madre. Nunca te he hablado más en serio. Ya está bien, Clea, ya está bien. Has traspasado todas las líneas rojas, hasta las que nunca pensé que pudieran existir.

—No..., papá, tú no —musitó para sí misma.

No daba crédito a lo que acababa de leer. Jamás su padre la había tratado con tanta dureza y nunca le había prohibido la entrada a su casa, aunque fuera con un portazo virtual como había hecho con ese *email*. Quiso llorar y no pudo. Quedó presa de la sensación de haberse quedado sin hogar.

Solamente tenía una dirección a la que acudir, las llaves de un apartamento de lujo para ella sola y un lugar donde querer morirse en soledad. La desesperanza y la autocompasión se volvían hormigón pesado y bloqueaban las vías respiratorias. Tenía que llegar a la cama que detestaba para llorar sus miserias. Últimamente saltaba de cama en cama sola, encontrando el rechazo de las almohadas ajenas y el escozor al rozar sábanas limpias con su piel exudando impudicia.

Pasó por un pequeño supermercado, compró dos botellas de Coca-Cola Zero de dos litros, unos pasteles de chocolate envasado para calmar la ansiedad y dos botellas de vodka. Nada de eso se lo había dejado preparado su madre.

En otro momento de la vida, a su llegada a la casa de Nella, se habría detenido a disfrutar de las vistas y a observar la arquitectura del mastodóntico edificio. Buscó el frigorífico sin ver y sin mirar nada más, colocó la compra y se desnudó junto a la cama. Un reloj proyectaba las 20:47 en el techo con números rojos. Se escondió bajo el edredón y construyó la celda autoimpuesta de la que pretendía no salir.

Se hizo el insomnio, batido con el latido permanente del sufrimiento en la cabeza, las lágrimas secas y los callos imaginarios de las cuencas de los ojos cuando el llanto se vuelve religión. El caos nocturno se prolongó durante tres días en los que desconectó entre sueños interrumpidos, momentos de duermevela y otros de conciencia lúcida o hiperventilada. Esa rebeldía contra sí misma, ese encierro entre sábanas azules de satén solo se interrumpía cuando lo dictaba su propia necesidad.

10

Nueva York, 20 a 23 de febrero de 2019

Clea, después del disgusto con su padre, se quedó tres días con sus noches en la cama. En lo más profundo de ese emparedado azul de sus sábanas, oía entrar y salir a Gladys y se negaba a que arreglara la habitación ni a que la viera. Allí, en aquel inesperado lugar, encontró la aceptación del duelo. Aunque *aceptación* tiene un sentido diferente cuando la muerte implica una pérdida imprevista o una decisión propia ejecutada sin piedad. Entre esas sábanas encontró la conformidad como la única posibilidad que le ofrecía su exhausto y hastiado instinto de supervivencia.

Una amalgama de pensamientos parecía sucederse en su mente sin agolparse, sin pisarse, sin montarse. Uno, dos, tres, cuatro... De manera sucesiva, escenas inconexas de su vida percutían su mente con imágenes silenciosas mientras tenía los párpados cerrados.

Las tribulaciones presentaban disfraces ásperos y terribles, más por nostalgia que por patetismo. Se ordenaban y desordenaban sin una prelación esperada. Se disponían una tras otra, como la descripción separada de los episodios de un agobio exasperante.

UNA

El día que Clea convocó a su *parroquia* para el funeral también había bebido. El vodka es una manifestación del engaño, que amortigua y desdibuja la sensación de la ingesta de alcohol. No se encuentran los mismos indicios etílicos en la fotografía de una mujer frente a su ventana con una copa de balón, con hielo bajo fresa y cardamomo, que si sirve vino directamente de un tetrabrik. Ni siquiera con la botella de vodka al lado y la tónica rosa a medias sin abrir, fingiendo un gin-tonic, refleja la misma imagen de ebriedad que la cerveza o el vino barato.

Clea no podía asumir lo que estaba viviendo porque era todo lo opuesto a lo que había sido hasta ese momento. Tampoco quería. Por eso disfrazaba su búsqueda de escape en la sofisticación de la imagen de los iconos de otros tiempos al beber algo refinado en soledad. Era una imagen distorsionada y que tendía a la mitificación cinematográfica, pero al final no era más que otro síntoma de su negación de la realidad. Beber alcohol en soledad buscando sus efectos anestesiar la razón. Se sirva en la copa en la que se sirva y tenga el color que tenga.

Ella no estaba satisfecha ni con la bebida que había elegido. La percepción de los demás no tenía nada que ver con la típica imagen del alcoholismo, pero los efectos empezaban a ser similares.

La mayoría de las llamadas las hizo borracha. Si lloraba, decía tonterías o parecía ida, era fácil justificarlo por los efectos de la pérdida o a los efectos de los tranquilizantes. Todo el mundo comprendía el vacío y el impacto de la inesperada muerte de un hombre sano de cuarenta y cinco años, la muerte de un hombre amado y deseado.

Clea estaba destrozada por el fallecimiento, por la mentira. Llegó a estar totalmente borracha, tanto que ya no podía llamar a nadie más. Cada uno afronta los momentos duros de un modo distinto. Ella que, en los años anteriores, apenas bebía, había convertido su relación con Henry en una degustación constante de vinos exóticos y diferentes. Antes jamás se habría servido una copa sola en casa. Después, la costumbre de la conversación telefónica con sabor a vodka y chocolate le parecía ya una tradición de la parte más *british* de su vida, de la parte más *Henrish*. No obstante, quitando ese paréntesis que sentía que la acercaba a él, ella siempre había sido de vodka. Su vodka quería ser ginebra. Nunca antes una bebida tuvo un trastorno de la personalidad así. Smirnoff que esperaba ser Saphyre.

La mentira es difícil de mantener. Las verdades, cuando se cuentan, son persistentes. Pero las mentiras son delatoras. Sobre todo, cuando la muerte de alguien ha sido fruto de la decisión de quien convoca su funeral. Cuando los embustes que se construyen son invisibles y variables, no aptos para un interrogatorio judicial. Mentía sobre los detalles sin estar sobria. Cóctel explosivo para un contraste, un careo o para mirarse en el espejo y encontrar la versión de su imagen que andaba buscando.

Vodka.

Dos

Marta siempre fue la mejor amiga de Clea. Fueron juntas al colegio desde que eran pequeñas y consiguieron mantenerse unidas. En su boda, Clea leyó un texto, había colaborado en todos los preparativos y participó activamente en la elección de casi todos los detalles.

Cuando la ceremonia terminó, Marta no lanzó el ramo al aire como dicta la tradición. Se dirigió hacia su mejor amiga, lo colocó en sus manos y con las suyas hizo que lo apretara fuertemente. La miró a los ojos, la abrazó después y, durante ese apretón, le susurró al oído: «Clea, tienes que aprender a amar relajadamente, sin competir, sin intentar ganar batallas que no existen. Amiga, créeme, eres la mujer más excepcional que conozco. Deja de intentar demostrarnos siempre que puedes con todo. Intenta enamorarte de alguien de un modo sano por una vez».

Esas palabras estuvieron omnipresentes desde que decidió acabar con Henry. También durante los tres días en el infierno neoyorquino.

Vodka.

TRES

Henry caminaba con distinción. Más que nunca, caminaba erguido y firme cuando estaba desnudo. La imagen de su cuerpo espigado y sexi estaba anclada en la moviola que Clea accionaba entre un pensamiento y otro. Esa moviola no cesaba en los momentos en que el sueño parecía vencer a la necesidad de tener activa la memoria y los recuerdos para flagelarse. Henry era más elegante aún desnudo que vestido, y su cuerpo tenía impresa la huella de los maratones de su vida.

Velocidad normal, cámara lenta, rápida, normal, lenta, especialmente lenta. El trayecto desde la cama de Biarritz al baño girando la cabeza para mirarla y sonreírle era recurrente. Ese cortometraje de apenas cinco segundos la hostigaba con una repetición imparable que disparaba los latidos de su corazón. Su cardiograma dibujaba también esa frecuencia: muerte, aceleración, taquicardia, muerte, aceleración, taquicardia... El cambio de ritmo hacía presagiar que la parada cardiaca aparente, desde la definitiva ausencia de Henry, podría volverse real. Los corazones a veces también tienen cerebro y otras, incluso, lo pierden.

Esa moviola se vio interrumpida varias veces por una fotografía que recibió un diez de junio, hecha frente a un espejo de un cuarto de baño negro con un móvil que le tapaba la cara y mostraba su cuerpo entero desnudo. Aquella foto le pareció que no se correspondía con el hombre al que amaba desesperadamente. No era una imagen coherente con su relato. Lo maravilloso de su relación es que se reservaba para la intimidad de los momentos compartidos. Sabían mantener la tensión sexual con la elegancia de la distancia y evitando las imágenes bruscas. Los mensajes y las conversaciones subidas de tono lo aguantan todo, porque se diluyen o porque se alimentan de las respuestas del otro.

Sin embargo, una imagen así, inesperada y sin antecedentes, impacta en el primer momento, pero cuando se enfría, al instante hace dudar sobre la intención al enviarla. En las imprevistas ausencias de Henry, aquella imagen siempre le hizo dudar sobre si enviaba fotografías así a más mujeres. Aquel pequeño detalle descafeinaba el relato construido en su cabeza sobre un caballero perfecto al que amar y al que demostrarle que era perfecta para él. Las de su generación ya no aman a los caballeros. Eso era de abuelas. Pero más allá de todo eso, *caballero* y *sexting* no deberían caber en una misma frase. Esa foto se salía del rompecabezas y aparecía en la moviola como un *warning* que ella seguía sin entender.

Clea dudaba de si estaba ciega por un puñado de sal arrojado sobre sus ojos, si había decidido no mirar deliberadamente o si su estabilidad mental había crujido quebrándose en mil pedazos y haciendo añicos su cordura.

Vodka.

Cuatro

Su padre. Su padre. Su padre. Álvaro en una esquina del salón. Su madre y ella viendo en la tele alguna discusión. Hubo un tiempo muy cercano en el que las familias veían la televisión y no series o películas en plataformas. Aún hay casas en las que se hace. En la suya, ya ni una cosa ni la otra cuando estaban juntos.

Su padre. Álvaro. Su padre interviniendo solo para hacer que ellas sonrieran o rieran, para darles apoyo. Su padre siempre manteniendo la calma, apaciguando los ánimos y relativizando hasta el extremo.

La lectura del *email* que no podía recordar con exactitud. El latigazo en las tripas de ese momento. Sin batería, sin un ordenador, solo podía recordar la dureza de la advertencia y la distancia transoceánica insalvable que su padre instauró como un decreto. No había opción ante la paradoja del apoyo y de los límites grabados con palabras releídas antes de pulsar sobre la tecla del envío.

Su padre: distancia y cercanía. Ausencia y protección. Todo y nada. Nada. Cómo duele la nada.

Su padre.

Su padre.

Su padre.

Vodka.

Cinco

El desodorante de Henry no olía, pero dejaba un sabor amargo en su boca cuando le acariciaba con la lengua y le mordía suavemente. Se relamía con ese gusto desagradable, una especie de masoquismo autoimpuesto para reconciliarse con su error vitalicio. Todo lo que le gustaba le tenía que gustar en su totalidad, con ese sentimiento enfermizo de no poder disfrutar solamente con los pequeños detalles.

Clea recordaba con mono el sabor a acíbar de sus axilas. Sacaba la lengua medio en sueños, buscando el recuerdo del líquido transparente con el que su madre le cubría las uñas para evitar que se las mordiera. Echaba de menos hasta el asco, hasta la repugnancia que la falsa adoración envuelve en papel de seda con cintas de organza.

Vodka.

Seis

El plato de gazpacho sobre el mantel de lino y la cuchara de plata de la cubertería de su madre. Las palabras de Amalia que le parecieron francas. La idea de Nueva York como lugar de escape que se había convertido en cárcel con distintas celdas con sábanas de hilo en Manhattan.

Upper East, Midtown y banda sonora de The Cure en una inquietante versión de *Lullaby* que le cantaba Henry al oído. Un lord que cantaba, con el tono de una rata, canciones de Robert Smith. Nanas plebeyas para noches de pernada. Maldito Henry en nanas inglesas. Sabias las nanas de Miguel Hernández: «Hambre y cebolla: / hielo negro y escarcha / grande y redonda».

Las bajas pasiones de una desconocida que enviudó y se reencontró con sus miedos. Como un mal augurio que alteró aún más una noche de insomnio.

Pío XII.

Ítaca vacía y fría.

Imposible.

Más vodka.

Siete

Las manos de Henry. El llavero de Henry. El pelo de Henry. Su voz. El sonido de sus pasos. Los silbidos de Henry. Su pasta de dientes. El cinturón con la H. Su voz. La mirada de Henry. El bolígrafo barato de Henry. El calor de su aliento. Las uñas de los pies de Henry. Sus prejuicios. La saliva de Henry, el semen de Henry, la sangre de Henry. Su rigor fálico. Su olor a bourbon a medianoche en el porche. La voz de Henry. El silencio de Henry. Sus desapariciones abruptas. Su coche viejo y señorial. Su silencio, su voz, su silencio, su voz. Las desapariciones abruptas. El amor con H. La desaparición final. Sus lágrimas sinceras. Sus lágrimas de cocodrilo.

El amor con H.

El amor con H.

El amor con H.

Su mutis por el foro. Telón negro. Luces fuera.

Más vodka.

Y se acabó.

11

Nueva York, 24 de febrero de 2019

Psicodelia. Espirales y dibujos *op art* en blanco y negro. Esos efectos ópticos que marean y que cualquier persona ha visto alguna vez, en cuadros de Escher, en películas, en caleidoscopios o en sueños. Y la pulsión. Ese ritmo enloquecedor y tenebroso que incrementa los latidos como golpes: bum... bum, bum...

Bum, bum, bum, BUM, bum, bum... BUM, BUM... bum... silencio...

Todo en el interior. Sin que nadie pueda oírlo. Latidos y psicodelia: el vértigo trepidante y aterrador que hace peligrar la cordura más allá de la posición de los párpados.

El pozo oscuro es blanco y negro, de todos los colores y ningún color, y la geometría impide la caída vertical. Así. Cortante. Secante. El pozo es un tobogán empinado con auriculares que multiplican el sonido de los corazones de un muerto y de un infartado. ¿Pozo? ¿Secante? Cambios constantes de sentido de la espiral. Mareo. Miedo. Presión. Pura psicodelia. Alucinación. Narcolepsia... La escalera de Penrose.

El timbre no dejaba de sonar. Se encontraba flotando en esa fase autodestructiva de no querer saber. Esa fase de la pereza mental, de la huelga de neuronas caídas. Estaba impresentable tras cien horas en la cama, desnuda y sin haberse duchado. El timbre sonaba sin parar y temió que alertara a los vecinos.

Buscó un albornoz en el baño y, mientras se lo ponía, se escandalizó al ver su imagen descuidada y deteriorada en el espejo. Pero el estruendo impidió que se mirara un segundo más de ese instante al que definimos como soslayo. Investigó la procedencia del sonido, la localización del timbre. De la casa no recordaba más que su breve paseo en busca de una cama. Abrió la puerta implorando que acabara el ruido. Ya se combinaban los golpes en el timbre con los de nudillos sobre la madera. En ese momento, la psicodelia volvió rabiosa, iracunda.

La puerta se abrió y alguien la cogió del cuello y la empotró contra al armario. Bum, bum, bum: incesante, el latido se aceleró. Era un hombre alto, rubio, con un pantalón y un jersey negros, como quien en una escena así espera un pasamontañas.

—Henry, nooo...

Henry apareció de entre los muertos llamando como un poseso, como si fuera el diablo.

—Hija de puta, vulgar hija de puta... Tuviste que matarme porque no hacía lo que tú querías. No asumiste nunca mi voluntad. Malnacida, loca, perturbada. Te quise y te quiero, pero tenías que continuar con tu jodida locura y tu necesidad de ser el centro de todo. Asesina impía...

Clea intentó moverse. Henry la cogió por los brazos, la llevó casi en volandas a la cama y la tiró sobre ella.

—Caprichosa de mente cuadriculada... Has acabado conmigo, pero no vivirás tranquila.

—Estás muerto, no puedes estar aquí... ¡Maldito Henry! ¡Suéltame, suéltame! ¡Maldito Henry!

—Maldito, desde luego, por haberme acercado a ti. Pero maldita serás tú que vivirás arrastrándote pegada a mis recuerdos. No escaparás de tu locura... Te doy mi palabra de honor, de ese honor inglés que jamás entendiste.

Henry se sentó a horcajadas sobre Clea y puso las manos sobre su cuello tirando del pelo, apretando y esperando que su respiración se interrumpiera y su vida acabara. Agachó la cabeza hasta la melena de ella y la besó, la mordió con desesperación, la olisqueó...

Volvió la psicodelia. El blanco y negro en la cabeza de Clea. El bum, bum que iba a hacer que su cabeza explotara en el segundo anterior a su muerte. Henry había ido a matarla, a devolverle la mala pasada de arrojarlo prematuramente a la fosa común, de robarle un futuro y una muerte tardía y digna.

Clea despertó súbitamente encharcada en sudor, desnuda, hiperventilando y sintiendo el final de la vida. Henry no estaba allí, no podía estar. Había sido tan real... El miedo y la culpa de la asesina habían salido de su cuerpo a chorros, en ese líquido que había dibujado su escuálida silueta en la sábana. Seguía habiendo un ruido que persistía de su pesadilla. Los golpes en la puerta sonaban cada vez con más fuerza, como si alguien pretendiera derribarla. Eso no era un sueño. Era real.

—¡Clea! ¡Abre de una vez o llamo a la policía! ¡Niñata malcriada! Solo espero que no nos hayas destrozado la vida. Abre de una vez...

Ella identificó enseguida esa voz femenina y sintió que hubiera preferido continuar dentro de su terrorífico sueño que volver a la pesadilla de la realidad. Buscó en el baño el albornoz con el que había recibido a Henry como parte del atrezo de su fantasía y tuvo que envolverse en una toalla.

—Abre de una vez, imbécil. Has dejado la llave puesta por dentro y no puedo entrar con la mía. ¡Clea!

Clea caminó hacia la puerta sintiendo un miedo infantil y abrió en silencio. El silencio se adueñó de la situación y Amalia la miró de arriba abajo sin hablar, haciéndose sitio para entrar con los gestos vehementes y rápidos propios del enfado.

—¿Se puede saber qué haces aquí?

—¿Realmente quieres que te lo cuente? Llevas casi cuatro días con el teléfono desconectado. Justo desde que tu padre te dijo lo que tenía que haberte dicho hace muchos años.

—Uf... El móvil. Es verdad. Lo apagué y se me olvidó encenderlo...

—¿En serio? ¿Se te olvidó? ¿Qué es esto, Clea? Apestas a alcohol. ¿Qué estás haciendo?

—Pues ya ves. Sin teléfono, en la cama y oliendo a vodka... Estoy estudiando astrofísica, querido Watson...

Amalia hizo un amago de acercarse airadamente a la joven. Pasado el arrebato y en un ejercicio de autocontrol tras la insolencia, entró en el pasillo mientras seguía hablándole en tono elevado.

—Yo lo siento mucho porque no soy tu madre ni la de nadie. A mí no me afecta tu tiranía. Eso sí. Tus padres están desesperados y tu padre cantó cuando lo interrogué en el hospital mientras esperábamos el alta de tu madre.

—¿Qué? ¿Mamá en el hospital?

—Pues claro, ¿qué pensabas? Tu madre lleva más de un mes insistiendo a tu padre porque te veía mal y él hacía como si no sucediera nada. ¿Y tú no tienes cerebro o qué? ¿No conoces a tu madre? Claro, era más cómodo que siempre estuviera pendiente de ti.

Pero ella es frágil, niñata. Muy frágil. Tu madre lleva haciéndose la fuerte desde que la conozco. Y Álvaro, ese padre desgraciado que baila al son que le tocas. Ese pobre hombre siempre protegiéndote de todo...

—No te pases, que no eres mi madre.

—Afortunadamente.

Lanzó una mirada intensa a Clea y acercó su rostro a la cara de la joven desafiante, de esa forma en la que no se ve la cabeza en su conjunto.

—Desde luego, ya me habría encargado yo de educarte de otra manera. Pero hay una cosa que no puedes evitar. Tu madre es mi amiga y su hija se está comportando como una niña de ocho años y me tiene hasta... hasta el moño. Tú no le vas a hacer esto a mi amiga como si fueras una adolescente insoportable. No voy a permitirte que nos descoloques la vida a todos. A mí no. ¿Me oyes?

—Yo y todo el edificio. Estás desgañitándote. No eres nadie para hablarme así ni para presentarte sin avisar.

—¿Ah, no? ¿No puedo presentarme sin avisar en mi propia casa?

Clea cogió un huevo de Fabergé y lo lanzó contra la pared como una posesa. Amalia no podía distinguir si era ebriedad o resaca. El grito histriónico de la doliente viuda había acabado en llanto desconsolado y llamadas de atención golpeando su cabeza controladamente contra la pared.

Amalia se fue en silencio. No se molestó en recoger el huevo ni en ver si había impactado en la pared o en algún cuadro. Estaba demasiado impresionada para preocuparse por los desperfectos. Farfullaba todas las palabras malsonantes que conocía a modo de letanía. Estaba más enfadada de lo que recordaba haber estado nunca.

Regresó en unos minutos. Clea lloraba sentada en el suelo. Hay llantos que suenan a desahogo y otros a búsqueda de salida de travesura infantil. ¿Cómo podría escapar de una situación creada y buscada por ella? No lo sabía. Por eso, a sus treinta y cinco años seguía enrocada en la fatal idea de martirizarse con los recuerdos, de anclarse al pasado y a los imposibles y a sumergirse en la bañera sin respirar esperando que su instinto de supervivencia fuera ahogado por su dramatismo. Eso nunca sucedió y ella estaba cada vez más fuera de sí.

Amalia permanecía en silencio, controlando su parte más vehemente. Regresó al dormitorio y abrió un poco la ventana. El olor a cerrado, a humanidad, y el recuerdo dulzón del vodka se mezclaban y creaban una atmósfera amarga, como de almacén de economato de hace un siglo.

—Asume de forma madura tus fracasos..., tus jodidos fracasos. Ya no eres una niña, Clea. Déjanos vivir al resto. Cada uno se ha comido sus pérdidas, no pretendas volcar las tuyas sobre nosotros. ¡Déjalo ya!

Amalia se dirigió taciturna, hierática, hacia el ventanal sobre una de las avenidas más famosas de la ciudad. Lo abrió. El aire renovador de la calle era un regalo pese al frío. Cerró mientras veía de reojo cómo se levantaba Clea o lo que quedaba de ella. La recordaba bella, fresca y jovial, pero ahora solo parecía el fantasma de lo que fue tiempo atrás.

No volvieron a cruzar palabra. Amalia la miró con desprecio y solo por un instante.

—Tienes una pinta infame... y ese pelo... Anda, ve a ducharte y lava bien esa melena rubia que no valoras.

Dejó a la viuda sola esperando recuperar la calma mientras ella se aseaba. Quería hablar con Clea, pero se conocía a sí misma. Deseaba no arrepentirse de lo que tenía que decirle. Amalia se encerró en la habitación de Nella, lo preparó todo y se metió bajo el agua caliente de la ducha con la firme esperanza de que su organismo se recompusiera.

Una de las mejores cosas que tiene Nueva York es una ducha de agua caliente al volver a casa en invierno. Es de esos placeres que te reconcilian con la ciudad tras una gélida bofetada de viento en la cara. La disfrutó, se secó el pelo y volvió a la habitación dispuesta a ponerse algo cómodo para enfrentar la dura conversación que, desde su lado del ring, tenía pensado plantearle a la peso pluma, a la mujer, a la niña, a la cría de pantera que había rescatado de sí misma hacía apenas una hora.

Había dejado su teléfono móvil cargando sobre la cama. Se alarmó al encontrar seis llamadas perdidas y tres mensajes de Tulia: «Llámame, por favor. Es urgente».

—Tulia, ¿qué ha pasado?

—¿Dónde estás? Me he venido a tu casa porque... porque no podía localizarte.

—Tulia, el médico te mandó reposo..., he tenido que salir de Madrid unos días. Ya te contaré.

Ellas no solían mentirse y Amalia sufría por hacerlo. Había acordado con Álvaro no decirle que no localizaban a Clea tras el ingreso de Tulia. Llevaba varios días con el teléfono desconectado y Gladys no había podido entrar porque había dejado las dos puertas de la vivienda, la principal y la de servicio, cerradas por dentro con sus respectivas llaves. Ellos estaban preocupadísimos, pero no querían incrementar el riesgo para la salud de Tulia.

—¿En serio? No puedo creerlo. Qué mala suerte. Necesito hablar esto con alguien. A mi hija se le ha ido la cabeza. Es como lo de Britney Spears hace unos años... He... he, he visto los dos vídeos juntos y tienen la misma expresión las dos...

—Lo siento, de verdad. Tenía que viajar y pensaba que no me necesitarías.

—Amalia, yo no sé, no sé qué voy a hacer. Se me ocurrió dar un salto a tu casa. Vivir tan cerca hace que... que seas siempre mi primer recurso. Lo siento.

Estoy desquiciada, pero esta historia ya hace meses que dejó de ser normal...

—Pero si tu hija está en Nueva York y Álvaro nos ha pedido que no contactemos con ella, Tulia...

—Ya lo sé. Sé que no debía hacerlo, pero miro compulsivamente sus redes... Y de verdad, es, es, es como lo de Britney Spears...

—Cuéntame de una vez, ¿qué ha pasado? No sé a qué te refieres con lo de Britney Spears.

Tulia articulaba las palabras entre sollozos controlados.

—Se acaba de rapar la cabeza hace poco más de un cuarto de hora en, en, en... una emisión en directo en Instagram.

—¿Qué dices? ¿Ahora?

—Ahora mismo. Mira a la cámara con cara de loca y solo dice: «No sabéis que lo que más valía de mí ya no está... y, y, y... no era mi melena. Enteraos de una vez».

—¿Me lo estás diciendo de verdad?

—Y tanto. Acabo de tomarme dos pastillas de las que me recetó el médico para casos extremos de ansiedad. Llevaba desde antes de, de, de la muerte de Henry sin utilizar sus redes sociales. De hecho, yo las miraba por los mensajes de pésame que pudieran enviarle públicamente, pero esto es horrible. Ha sido como una de las grabaciones de esas que salen en el cine que hacen las personas que están fuera de sí. Parecía que, que... que quería que todo el mundo la viera haciéndose daño.

Amalia estaba irritadísima con Clea y tenía que disimular y, lo que era peor, mentir a su amiga. Estaba deseando terminar la llamada para arreglar cuentas con esa malcriada e insensible.

—Tulia, tranquilízate y no te tomes ni una pastilla más, por el amor de Dios. Yo me voy a encargar de que vuelva la calma. O la recuperamos o se nos va.

—Estaba como ida. De verdad, Amalia... no la reconozco. ¿Y si se mata? ¿Qué hago con mi vida si la niña se suicida? Míralo, por favor, ha colgado el vídeo. Estaba como una loca, pero con, con, con... apariencia de que no pasaba nada... Tenía una expresión en la cara como la que ponen los psicópatas de las películas... ¡Qué horror, de verdad! Está ida, Amalia. Ida.

—Tulia, relájate y no vuelvas a mirarlo. Todas hemos hecho tonterías y no hemos llegado más allá. Además, no te preocupes, ya sabes que no hay situación difícil que se me resista. Quédate tranquila, que yo me encargo de todo. Eso sí, habrá que esperar a que le crezca el pelo, eso no lo podré arreglar.

El amago de chiste no había sonado como tal. No era capaz de que su intento de humor sonara a algo diferente a la furia contenida.

—¿Cómo lo vas a hacer? Está en Nueva York. No te cogerá el teléfono.

—Déjalo en mis manos. Te quiero, amiga.

Amalia colgó y se dirigió a la habitación en la que se había instalado Clea. Abrió la puerta tan enfadada como había abierto unas horas antes la del piso alquilado.

La chica estaba sentada sobre la cama, vestida de negro, con la posición de un buda y el cráneo visible, despojado, despejado. Parecía calmada, sospechosamente calmada. Las ojeras ennegrecidas contrastaban con su piel blanca como las de una rea de muerte esperando la horca. Miraba a la puerta con actitud retadora y con sonrisa diabólica.

—Ya no hay melena que valorar... Dijiste *valorar*, ¿verdad?

Amalia la miró con cierto halo de compasión. Estaba fatal. El cabello es algo especial para las mujeres, sobre todo para las que lo tienen tan largo y cuidado como el suyo. Ella conocía casos, bastantes. En estados emocionales de fragilidad, algunas se habían cortado sus melenas o rapado sus cabezas en un intento de autolesionarse o de demostrar que nada les importaba. Frida, el cuadro de Frida.

Clea tenía solo seis años cuando visitó por primera vez la casa de Amalia. Todas las amigas de su madre charlaban animadamente con una taza de té —las más— y con una copa de vodka las mayores, las que ya no tenían más obligaciones que las de disfrutar de la vida. Al menos, eso es lo que calaba en sus pequeñas orejas de chicle que se estiraban para enterarse de todo.

Pidió un refresco de naranja y le trajeron, además, unas galletas. Se sentó sola en silencio frente a un cuadro que no le gustaba nada. Era una reproducción del autorretrato que Frida Kahlo pintó cuando se divorció de Diego Rivera. Se había cortado el pelo. Antes de la ruptura, su melena excitaba y atraía a su ex. A los ojos de una pequeña que desconocía la historia del icono mexicano, el cuadro era aterrador. Una señora sentada en una silla, vestida con un traje de hombre, con unas tijeras en la mano derecha y la mata de pelo cortado en la izquierda, mostrando abiertamente su dolor y con la tristeza instalada en el semblante como si le hubieran quitado la vida. El fondo del cuadro era angustioso: mechones de pelo, más mechones de cabello vivos, ansiosos, desesperados, tristes, muertos. En la parte de arriba, una frase que metió a Clea en uno de sus primeros bucles: «Mira que si te quise fue por el pelo, ahora que estás pelona, ya no te quiero».

Sus orejas chiclosas ya no oían y ella repetía para sí: «Si estás pelona, no te quiero; si estás pelona, no te quiero; si estás pelona, no te quiero», hasta que el pensamiento explotó en su cabeza y se puso en pie convulsa, asustada.

Amalia vio que estaba intranquila y se acercó a preguntar qué le pasaba a la dulce niña de la melena frondosa.

—¿Tú crees que si no tengo pelo no me querrá nadie?

—No digas tonterías. Te querremos siempre.

Esa anécdota flotaba en el ambiente de la casa de Nella aquella noche. Había vuelto a la cabeza de dos mujeres treinta años después en dos fórmulas remozadas. «¿Sin pelo no me querrá nadie?»; «¿Te querré siempre?».

La sinrazón se había instalado en el apartamento donde antes vivía el sentido común. Nella se había esfumado. La locura, en esencia, podía olerse en cada rincón de la casa.

El ring se volvió imposible. Amalia no podía iniciar una conversación seria y madura con esa superioridad que notaba al ver lo que quedaba de aquella pobre mujer. La vulnerabilidad y la fragilidad habían cobrado la presencia que debían tener, la de la falta de salud. La niñata caprichosa e insoportable había dejado en el suelo, junto a sus rizos rubios de mechas perfectas, cualquier reproche que pudiera hacérsele. Clea estaba destrozada y a Amalia le parecía escuchar la voz de Nella por el pasillo hacía ya más de cuarenta años: «Amalia, querida. Te lo explicaré cuando dejes de sufrir. Ahora no me escuchas, pero sal de ahí o decide salir para que pueda ayudarte».

El eco de la voz de Nella parecía retumbar en la casa, como si el tiempo no hubiera pasado, como si se hubiera quedado bajo la vieja moqueta o tras el retrato que le hizo Andy Warhol.

Quería matar a Clea mientras tenía el pelo largo. En aquel momento, con la cabeza desnuda, no podía hablarle con dureza. Se había quedado sin armas. Realmente esa casa tenía vocación de hospital de almas femeninas partidas en dos. Por primera vez Amalia dudó si era más duro estar internada o ser la enfermera. Las almas quebradas tienen cura y todo depende casi siempre de más de una voluntad.

Amalia necesitaba aire, necesitaba hablar con alguien ajeno al huracán que estaba provocando la mujer en la que se había convertido la niña que miraba espantada el cuadro de Frida. Ella no estaba acostumbrada a las responsabilidades familiares ni a nada parecido. No le gustaban los anclajes y tenía la costumbre de escapar de casa cuando estaba nerviosa. Se iba a los bares para superar sus preocupaciones y buscaba compañía para hablar. Telefoneó a su amigo Bill y le imploró salir a tomar una copa.

—Bill, recógeme lo antes posible en un taxi.

—Ahora... no puedo.

—Te lo pido, lo necesito como si fuéramos dos extraños escuchándonos en oído ajeno.

Al fin y al cabo, estaban en la ciudad que nunca duerme, les gustaba el whisky y conocían los mejores lugares. Buen día para vivir la noche. Se vistió en un santiamén. Barra de labios, *blush* ligero y rímel. No más. El portazo airado sonó como los carpetazos a un asunto del que no quieres oír hablar. Se tarda poco en salir de los lugares que aprisionan. Se sale como se huye y la huida no entiende de esperas ni de pausas. Las huidas suenan a proyección, a sacudida o a zarandeo. Nunca suenan a paz, nunca saben a calma. El pulsador para llamar al ascensor era como el botón que acciona la propulsión de un cohete.

Ocho, siete, seis, cinco, cuatro, tres, dos, uno... Despegando de la Tierra. El alivio se vestía de desconexión, de intento de olvidar la pesadilla, para poder regresar tras unas horas. La hija de Tulia, su sobrina no carnal, estaba convirtiéndose en una dramática pesadilla para todos.

12

Nueva York, 24 de febrero de 2019

«Se ha ido. Valiente hija de perra. Es incapaz de afrontar lo que hace. Ahora ya no hay melena que valga, ni me quieren mis padres. Ja. Y ella ya no puede jugar a ser la salvadora de las hijas que no tuvo. Se acabó».

Clea caminaba desnuda por la casa en busca del mueble bar que recordaba haber visto en algún lugar. Debía de estar en ese salón totalmente «preparado para el deleite», cerca de las pesadas cortinas de terciopelo de otra época. Lo encontró rápidamente, con los vasos ordenados por estilos y tamaños. No había una mota de polvo, como si aquel lugar no llevara cuatro años deshabitado. Su subconsciente había trazado un delirante recuerdo del sendero que conducía hasta el vodka. Necesitaba alcohol. Quería evadirse de aquella situación ruinosa, de aquella irrupción violenta e inesperada contra la plaga del mal.

Dos botellas cerradas, las etiquetas con grafía rusa. Sentía profanar el templo del alcohol guardado para homenajes con una necesidad impía y pecaminosa. Pero el fuego la devoraba y necesitaba calmarlo con agua bendita, agua de guerra fría y tórrida.

Vodka.

Se sentó sin ropa sobre la preciosa tapicería del sofá impoluto y bebió como una posesa. Sin vaso, a sorbos soeces que la reconciliaban consigo misma. «Qué placer escuchar cómo se calla mi voz. Escuchar y callar. Gritar y volverme loca. El vodka serena. Quiero más».

Entabló una absurda conversación consigo misma. Consiguió estar totalmente borracha en poco tiempo. El sofá estaba viscoso de sus humores y de alcohol. La autodestrucción anunciaba su final. Su hígado joven pedía socorro desde la escualidez de un cuerpo sin grasa y sin cabello.

Vodka. Vodka. Más vodka.

Totalmente ebria, abrió la caja de plata que había en la mesa. Era una pitillera sofisticada con un viejo encendedor Dunhill de oro. Estaba grabado, pero las letras se juntaban y se movían volviéndose tan ilegibles como la grafía de las botellas. El desastre estaba allí, sobre el dulce olor de la pérdida de conciencia.

Se le derramó lo que quedaba de licor sobre el sofá. Le daba absolutamente igual. Tenía otra botella sin abrir para bebérsela en la cama. Además, iba a hacerlo fumándose un cigarrillo, como esas primeras noches solas en casa de su amiga Marta, cuando querían jugar a ser mayores y sentir que así conquistarían lo prohibido y lo ignoto.

Era el plan perfecto. Olvidar recordando. Dormir fumando. Y beber. Intentó encender el pitillo con el encendedor, pero no fue capaz. Había también una vieja caja de fósforos de Cipriani con algo escrito a mano que tampoco acertó a leer. Las letras bailaban como cosacos al ritmo de una kalinka.

No se tenía en pie. Entornaba los ojos e intentaba enfocar la mirada mientras sentía la inestabilidad de su cuerpo y la sensación de boca pastosa imposible de aguantar sobria. Finalmente, prendió el pitillo con una cerilla, la dejó caer, cogió la botella y siguió hacia la habitación para seguir bebiendo. Llegó a la cama tras el eterno peregrinaje.

Vodka derramado sobre el sofá, cerilla sin apagar, cortinas pesadas, muebles de maderas nobles, cuadros, alfombras.

El tiempo que necesitó el fuego para quemar casi toda la casa fue el mismo que ella precisó para que el sueño etílico hiciera más sutil la nebulosa del monóxido de carbono, el humo y el fuego que llegaba ya al dormitorio. Fue exactamente el tiempo que necesitó para que no le doliera el golpe en la cabeza del cuadro que se desmayó desde la pared del cabecero de la cama. La pintura modernista no resistió presenciar cómo lo que quedaba de Nella se convertía en una hoguera. Las primeras pavesas transportaban a Clea al pasado.

Ella yacía totalmente desnuda con una brecha sangrante en la cabeza y una botella de vodka en la mano. Parte del contenido ya estaba calando el colchón. Sobre la sábana, el pitillo consumido y poco más. Era el retrato perfecto de la autodestrucción. Solo habían pasado cuatro meses desde que tomara la decisión sobre la muerte de Henry y todo lo que había sucedido, lejos de arreglar sus problemas, la había conducido al fuego, a la quema.

Pero el alma que ardía en aquel infierno provocado era la de Nella Caracci. Su esencia, los últimos años de sus noventa y siete de existencia se consumían allí junto a los restos de la melena rubia de una mujer a la que nunca había invitado a su casa.

El fuego era aún rojo y amarillo. No había alcanzado todavía esa fase de calor extremo que asciende hacia el naranja y en la que las llamas se vuelven azules por encima de los mil trescientos grados. ¿Por qué el fuego que da miedo es el del color de la cerilla cuando el más letal es el azul? Quizás sea porque nuestros ojos no resisten para llegar a ver el color frío del fuego.

Amalia bajó del taxi con el corazón en la boca. La zona estaba acordonada por los bomberos y la policía y su intuición le hacía temer lo peor. Se acercó gritando y muerta de miedo, con la culpa estrangulándola bajo la bufanda, mientras comprobaba atónita que las llamas salían de sus ventanas.

—Es mi casa, es mi casa, por favor, déjenme subir.

Dos oficiales de policía la detuvieron con delicadeza.

—Señora, tranquilícese. No puede subir. ¿Es su casa?

—Sí, claro que es mi casa... Déjenme subir, hay una mujer dentro, justo en la ventana siguiente a las llamas. Quiero subir..., no puede pasarle nada. Es culpa mía. Nunca debí traerla.

—Señora, tranquilícese. Haremos todo lo que podamos. Vamos a rescatarla. Tranquila.

Un hombre de mediana edad de los servicios de urgencias la llevó a la ambulancia para que atendieran su estado de ansiedad. Una psicóloga joven se sentó a su lado para darle apoyo. Amalia solo escuchaba palabras sueltas, inconexas, porque las llamas habían bloqueado sus sentidos. Había querido jugar a ser Nella sin la empatía necesaria, había querido ser la mano firme que ayudaba a encontrar el camino a quienes se perdían, pero ella no era Nella. Ella había optado por llamar a Bill para irse de copas.

Sus ojos no dejaban de soltar lágrimas en ristre mientras miraba a las ventanas. Clea había dado un aviso y Amalia, sobrepasada por la situación, se había ido a buscar el refugio de un amigo, como si quien realmente necesitara ayuda fuera ella, abandonando a la joven a su suerte. Había intentado ser

Dios y ahora todo ardía mientras ella tomaba una copa huyendo de la mujer a la que había traído en plena crisis a Nueva York. Se quemaban el santuario de la Caracci, Clea, la vida de Álvaro y Tulia y hasta la suya propia. En esas llamas se consumían la confianza y el amor de Nella y salía furiosa, por las ventanas, la decepción futura de sus amigos porque ella había querido jugar a madre salvadora sin experiencia previa.

No podía gritar. No tenía fuerza. Los tranquilizantes la dejaron inmediatamente a medio gas, pero no podían secar las lágrimas constantes, grandes y redondas, como agua salada que pretende apagar ese incendio devastador, ese que se estaba llevando su vida por delante.

El cuerpo inerte de Clea fue rescatado por un bombero que lo bajó por la fachada del edificio. Amalia no podía ver desde la ambulancia cómo lo bajaban, pero sí alcanzaba a distinguir dos sombras, dos cuerpos.

—Llévenme con ella al hospital. Clea, Clea, Cleíta...

Se rompió en sollozos. No podía devolverle a Álvaro y Tulia a su hija hecha cenizas. No podía vivir con la conciencia de haber incendiado el legado de su mentora. Simplemente, no podía.

Ya era medianoche. El 24 se había agotado y el 25 de febrero le daría las claves sobre el resto de su vida. Ambas fechas se grabarían de manera indeleble en la memoria de los Castán y en la de Amalia.

13

Nueva York, 10 de abril de 2019

Los rayos de sol de la primavera hacía varias semanas que se colaban en la habitación del hospital neoyorquino. Clea llevaba postrada en la cama ya un mes y medio, desde aquel fatídico 25 de febrero en el que ingresó. Aquella noche apagó la luz para no ver su cabeza rapada en el espejo, para que la habitación dejara de dar vueltas y para que la muerte de Henry pudiera escaparse de sus pensamientos, aunque solo fuera por una noche. No la apagó esperando una noche tan larga, pero la apagó. No esperaba que esa luz se volviera a encender en un mítico túnel del regreso a la vida desde el limbo del coma para volver a una cama articulada.

El coma es silencio, pero genera mucho ruido. No hay peor silencio que el bullicioso o el que tiene un runrún o un rumor. Máquinas, aparatos, el personal sanitario, la familia...

Tulia hablaba continuamente y miraba a su hija convencida de que escuchaba siquiera de forma remota sus «Te quiero» y sus canciones favoritas en la lista de Spotify que ambas compartían. Había visto muchas películas de sobremesa en las que los enfermos, cuando volvían a la vida, recordaban a sus personas queridas hablándoles.

Paradójicamente, el pelo de Clea era un síntoma de la vida que latía dentro de ella. Su cabeza se había poblado en ese tiempo de un fuerte cabello con algunas canas. Parecía que amenazaba con salir más rizado. La idea de rapárselo resultó ser acertadísima por lo que sucedió después. Para la auxiliar, lavarle la cabeza en la cama resultaba así mucho más fácil.

—Ya verás, Clea, hija, cuando este pelo vuelva a crecer, tendrás la melena más bonita que nunca. Yo te peinaré como cuando eras pequeña. ¿Te acuerdas? Pasábamos ratos largos en el sofá y te relajabas tanto que tenías la boca abierta y parecía que ibas a dormirte en cualquier momento. Te gustaba hacerme enfadar y no conseguía que te quitaras los zapatos para tumbarte. Mi pequeña niña...

Tulia cogió una lima de uñas y comenzó a hacerle la manicura. No podía tenerlas maquilladas. Desde hacía un mes y medio, desde que le quitaron el esmalte semipermanente, su madre las limaba y las pulía para que estuvieran cada vez más bonitas. «Si estuviera despierta, las tendría perfectas y así tendrá que encontrárselas».

La brecha de su cabeza tenía menos aspecto de herida a medida que pasaban las semanas. La costra comenzaba a hacer ese gradual cambio de color que completaría todas las gamas posibles de la sangre y, después, con su caída, dejaría la carne varios tonos más claros que el de la piel. La vida apenas se representaba en los ruidos de las máquinas a las que se encontraba conectada ni las bolsas que se llenaban con los líquidos que entraban a su cuerpo y los desechos que este devolvía a través de la sonda.

Álvaro insistía a Tulia en que no se esforzara y miraba a su hija sin hallar la perspectiva que veía su mujer. El cuerpo de Clea era como una muñeca que recreaba la figura de su hija. Le faltaba la alegría, la sonrisa, el rubor de las mejillas, sus rasgos árabes, los gestos de sus manos, hasta sus tics se extrañaban.

—Déjalo ya, cielo, los doctores dicen que el coma es la carencia de estímulos. ¿Crees que si ella escuchara no le pondrían sonidos para intentar cualquier cosa?

—Álvaro, es mi hija, no me puedes pedir que no haga todo lo que se me ocurra.

Ella necesitaba agarrarse a algo para seguir luchando por la vida de su pequeña. En la cama seguía siendo «su pequeña», y encontraba fuerzas para seguir viviendo de aquella manera, sin moverse de su lado, esperando que moviera los labios o extendiera los brazos para abrazarla. Ese momento, ese deseado momento no llegaba.

—Tulia, solo quiero que no albergues falsas esperanzas.

—No me pidas eso. Necesito esperanzas. No puedo vivir asumiendo que no despertará. Necesito creer que pronto estará bien. No, no... no me pidas que renuncie a la esperanza.

—No es eso, cielo...

—Devoro toda la información que cae en mis manos buscando una esperanza.

Álvaro se acercó y la abrazó.

—Lo sé y lo entiendo. Solo es que no quiero que sufras más de lo necesario.

—¿Sabes que existe un síndrome del, del... del enclaustramiento como el que sale en la película *La escafandra y la mariposa*, la de Schnabel?

La puerta estaba abierta y un doctor latino oyó la conversación.

—Disculpen que les interrumpa. Soy el doctor Aguirre y no puedo evitar que mi oído sienta nostalgia cuando escucho hablar acento español.

Se separaron de ese abrazo de consuelo.

—Encantada, doctor. Discutíamos sobre si mi hija me oye o no.

—Bonita forma de discutir esa de abrazarse. Sobre su hija, no podría decirles sin tener datos. Si no les molesta, voy a interesarme por su caso para poder contarles algo más.

—Álvaro Castán —musitó mientras estrechaba su mano—. No solo no nos molesta, sino que le quedaremos eternamente agradecidos. Hablamos inglés, pero la terminología médica nos deja un poco al margen de los matices.

—Es lógico. La salud es mejor que la enfermedad para salvar las barreras idiomáticas.

—Desde luego. Fue un incendio. Sabemos que el origen del coma es un síndrome neurológico tardío tras la intoxicación por monóxido de carbono. Además, un objeto cayó sobre su cabeza y tenía un traumatismo craneoencefálico.

—Voy a hacer algunas averiguaciones sobre el estado de la paciente. Lo llamamos coma genéricamente, pero existen otros grados, como el estado de mínima conciencia o el estado vegetativo. Lo dicho, si les parece bien, voy a enterarme de todos los detalles para poder contarles cuál es el estado real de su hija.

—Ay, doctor, es usted un regalo. No sabe lo que esto significa para una madre, bueno, para unos padres... Sus compañeros son muy prudentes para no darnos esperanzas vanas y estamos desolados. Es... es, es muy difícil mantener la ilusión sin respuestas. Se lo ruego, haga lo que pueda por nuestra niña.

El alivio renovó la atmósfera de la habitación con expresiones como *mínima conciencia* o *vegetativo*, palabras que espantan a cualquier persona sana y que suponen una bocanada de aire fresco en los lugares en que *coma* describe un estado y no un signo de puntuación.

Había pasado otra noche más. Amalia entró seria y cabizbaja en la habitación del hospital. Estaba Tulia sola. La cama estaba vacía. Contempló compasivamente a la madre que miraba por la ventana, como si esperase respuestas de fuera. Se giró al oírla llegar.

—Ah, eres tú.

—No lo digas con esa resignación, Tulia. Vengo poco y estoy segura de que, en lo más profundo de tu corazón, entenderás que tengo que venir. ¿Dónde está Clea?

—Le tocaba el tratamiento en la cámara hiperbárica. Esta semana es la primera vez que se lo hacen, aunque normalmente suele tener un par de sesiones.

—Ya sabes que soy torpe para todos los temas médicos y no me entero de nada...

—Es como si le estuvieran haciendo una resonancia, pero está planteada para respirar oxígeno puro. Allí la presión del aire es de dos a tres veces mayor que la normal y se acelera el reemplazo de monóxido de carbono por oxígeno en la sangre. Como verás, no entiendo muy bien lo que digo. Solo te repito lo que nos cuentan.

A Amalia le habría gustado poder explicar que se sentía fatal. No encontraba sentido a su vida, había fallado en todas las tareas que sus amigos le habían encomendado. Inútil, frustrada, culpable, estúpida, lerda... Era consciente de que, en esos momentos, aquello no le importaba a ninguno de ellos. Asumir que nadie va a creer que una mujer fuerte e independiente lo pasa mal es de las cuestiones más difíciles. Sobre todo, cuando una llega a convertirse en parte de esa especie a la que los demás consideran inmortal y piensan que no le llueve encima.

El silencio siempre es más inteligente que implorar la comprensión o la compasión. Amalia tragó saliva y calló.

—Todo irá bien, Tulia.

—Déjame en paz. La última vez que me dijiste eso fue dos horas antes de que mi hija pasara a estar muerta en vida. Me pediste que confiara en ti y, después de aquello, te... te, te fuiste de copas con un amigo.

—Tulia, no seas injusta. Ya te he pedido perdón mil veces. Yo también perdí mucho aquella noche.

—¿Perdiste? Tú no sabes lo que es perder. Perdiste el lujo que te había dejado tu amiga muerta después de haber vivido casi un siglo. Perdió Clea. Y... y, y Álvaro y yo perdimos una hija. ¿No nos ves como dos almas en pena? ¿No ves a mi marido convertido en el esperpento de lo que siempre fue?

—Yo también estoy pasándolo mal.

—Venga, Amalia, deja ya de venir a tranquilizar tu conciencia con nosotros. No seas malvada. Estos golpes de pecho tuyos nos, nos... nos dejan destrozados cada vez que apareces.

En ese momento se abrió la puerta y dos auxiliares devolvieron a Clea a su lugar. Colocaron la cama con cuidado y saludaron con tono de mera cortesía.

Tulia se giró hacia la ventana y Amalia saludó y esperó a que organizaran los monitores, el suero, la sonda, para acercarse. Cuando estuvieron las tres mujeres solas, la madre siguió mirando por la ventana, castigando a su amiga por lo que «les había hecho». Clea estaba tumbada como muerta, con el corte de pelo descuidado de una adolescente. Amalia, envuelta en culpa y en rabia, agarró su mano y con la otra acarició su frente. Dos lágrimas cayeron por sus mejillas hasta que se le detuvo el corazón.

Clea abrió los ojos. La miró fijamente y dijo «Henry» en un susurro perceptible hasta para su madre. Tulia se acercó y abrazó a Amalia. Los ojos se quedaron abiertos.

—Doctor, doctor, venga aquí. Álvaro, ven, ven, ven... inmediatamente. Ha abierto los ojos. Coge un avión ya.

El sol que entraba por la ventana se colaba también en las pupilas de Clea. ¿Qué sería lo próximo? La vida es una sucesión de hechos que desordenan nuestros planes.

A veces, el caos lo provoca la espiral en la que nos permitimos caer al no controlar las consecuencias de nuestros actos. Un poco más de descontrol no importa; otro poquito más, ¿qué más da? Y un momento fatídico explica gráficamente que la gota que colma el vaso no tiene importancia, tan solo derrama el líquido. Pero el caos no es agua. El caos es el átomo del desastre. Un día, sin más, sin previo aviso, la caótica molécula estalla y destroza todo. Una molécula invisible que extiende el desconcierto como la onda expansiva de un explosivo.

Sus ojos se quedaron abiertos. Su única palabra fue «Henry» y el abrazo de Tulia y Amalia se enfrió y no volvió a repetirse. La distancia se hace y se deshace sin previo aviso. Tulia se quedó sola frente a su hija, buscando en sus ojos abiertos y en su mirada perdida sin poder encontrar nada. Le gustaba más poder jugar a que vigilaba sus sueños que verla con las pupilas en la nada.

Esta nueva situación era angustiosa y desesperante. Esperaba su siguiente palabra, como la ansiaba cuando aprendió a hablar por primera vez, tan llena de vida como habría deseado que siguiera poco más de treinta años después.

En ocasiones, el futuro y los buenos augurios tienen una presencia triste, pero necesaria para la metamorfosis. Los médicos estaban contentos y eso era bueno. Todo estaba conectado e hiperconectado.

A miles de kilómetros de allí, la inspectora Cook tardó poco en saber que Clea había abierto los ojos por primera vez y que su única palabra había sido «Henry».

Lo esperado. Su primera palabra fue «Henry», como su último pensamiento.

14

Nueva York, 16 de mayo de 2019

Por fin Clea había conseguido lo que quería desde que despertara. Deseaba hablar a solas con Amalia y necesitaba hacerlo, por supuesto, porque se sentía en deuda con ella por su comportamiento errático e incomprensible de los últimos tiempos, desde que Henry no estaba.

La recuperación estaba dentro de lo previsible en un cuadro de síndrome neurológico tardío tras intoxicación por monóxido de carbono. El coma es una de las posibilidades y se da solo en algunos casos, pero el de Clea podía considerarse un éxito por las escasas secuelas que dejaría en el futuro. De hecho, la amnesia era ya parcial y solo había periodos, episodios y personas que no recordaba.

Habían sido cuatro semanas de progresos increíbles. Todo parecía ir mucho más rápido que las expectativas que los médicos tenían para ella. Dentro de lo previsible, pero muy, muy rápido. Recuperaba gradualmente el nivel de respuesta a los estímulos externos y la rehabilitación comprendía una activación de todos los músculos del cuerpo para poder recuperar cada movimiento. También nadaba. Nadar la ayudaba mucho. Todo poco a poco.

El apoyo psicológico era constante para que Clea pudiera asumir que todo sería lento, que estaba ralentizado su ritmo vital y que su cerebro y su sistema nervioso necesitarían calma y tiempo para recuperar la ansiada normalidad.

Ella recordaba perfectamente los días anteriores al incendio; es más, los revivía de manera constante. Tenía un gran remordimiento de conciencia por haber destruido el legado de Nella. Ella se lo había dejado a Amalia con la confianza de quien entrega su tesoro más preciado. La Caracci sabía que haría todo lo que estuviera en su mano por preservarlo, sin pensar que, al delegar en una persona desequilibrada, sus previsiones quedarán calcinadas.

Sobre todo, las náuseas anunciaban el vómito y no quería hacerlo sola. Tenía que vomitar con Amalia, tenía que confesarse. Ansiaba que la comprendiera y necesitaba una cómplice, aunque solo fuera por si acaso.

Nunca había sentido un pánico igual que el pánico al pasado y al futuro confundidos en un solo hecho. Tenía miedo. ¿Sería una asesina? ¿Se habría cargado al hombre al que amaba? No podía ser verdad, no podía haber llegado a una enajenación tal. No era capaz de averiguarlo sola y la angustia la estaba carcomiendo.

Sonrió pidiendo indulgencia y comprensión. Estiró la mano implorando cercanía.

—Acerca el sillón a la cama, Amalia. Necesito sentirte más cerca. Ponlo así, como si fuéramos dos niñas pequeñas durmiendo juntas para que no me mires a los ojos. Me da miedo contarlo.

—Ay..., Clea, no seas boba, que no te miro. Pero tienes que saber que no voy a juzgarte por nada. Puedes confiar en mí. Yo descendí al infierno muchas veces. Si me hubieras visto... He metido la pata tantas veces y de una forma tan aparatosa... Mis llamas eran más metafóricas que las tuyas, pero también lloré y me avergoncé. Ayyy, la vida... No pasa nada. Todo tiene solución menos la muerte.

Amalia se acercó y se atusó el pelo, recordando de soslayo algunas de esas imágenes del álbum personal que tenemos asociadas a las sensaciones de ridículo que más nos han acercado al bochorno en nuestra vida.

—Sí pasa, Amalia. Pasa algo. Y tiene que ver con eso, con la muerte. Lo peor es que no sé exactamente qué sucede ni alcanzo a comprender la gravedad. Por eso necesito que me ayudes y me des tu palabra de que, te cuente lo que te cuente, no saldrá de aquí. Júramelo por la memoria de Nella.

Clea necesitaba la liturgia y la solemnidad de una promesa. Le iba a confesar su sospecha, el mayor de sus temores, el terror que todo lo ocupaba. Amalia la miró con complicidad y levantó la mano derecha como quien jura la Constitución.

—Esto es absurdo, pero si es lo que necesitas, lo juro.

Clea tragó saliva e hizo una larga pausa. Se armó de valor y honestidad y cargó las tintas con el cartucho de sinceridad que precisaba para encontrar un apoyo real que pudiera conectarla, de nuevo, con el mundo.

A veces, unos padres no son el lugar correcto donde caer. Ese amor paterno y materno condiciona e impide sacar el corazón de las batallas. Es mucho más aséptica la ayuda que se recibe desde la amistad, un sentimiento más puro, despojado de la frustración, de la quiebra que supone el incumplimiento de las expectativas, del propio miedo a fallar. La responsabilidad bidireccional todo lo tiñe, todo lo anega. La amistad es más limpia y está menos contaminada por el terror al fracaso.

Amalia tenía que ser la persona cómplice, la única posible. El prólogo silencioso siempre augura un mal comienzo. La narradora estaba nerviosa.

—Yo, Amalia..., yo nunca había tenido un problema real. Amalia, nunca significa jamás. Tú lo sabes..., ay, Dios..., me había pasado la vida entera poniéndome retos y superándolos, esperando que los demás me quisierais por mis logros.

—Tranquila, no pasa nada.

—Sí, sí pasa, ya verás..., déjame... Pero, más allá de eso, todos me lo poníais fácil. Siempre saqué notas brillantes, los chicos que me gustaban me hacían caso, me fue bien en todos mis proyectos..., y tanto de los hombres como de las casas, siempre me cansaba antes de entregar las llaves.

—Clea... Siempre has destacado y todos, insisto, todos nos hemos sentido orgullosísimos de ti. No entendíamos que te pasaras los años jugando a juegos peligrosos y aun así envidiábamos ese modo tuyo de... de... digamos de agotar la juventud, para que no te enfades...

Ambas buscaron la parte más cálida de sus miradas para encontrarse. Las dos necesitaban esa chimenea de la complicidad que caldea el ambiente y compensa el frío que anunciaban las palabras de Clea.

—No sé si os he fallado aún más de lo que parece. Mi madre..., no dejo de pensar en mi madre.

—No la juzgues, Clea. Ella quería que vivieras de un modo más parecido al suyo. Quería para ti algo más convencional y debes ser condescendiente. No lo mires desde tu perspectiva, sino desde la suya. Piensa como lo hace ella. Si ella me hubiera juzgado, jamás habríamos sido amigas; yo, con mis tres maridos, mis novios, mi vida más desordenada... Imagina eso en su esquema.

—Desde luego..., y jamás le escuché una crítica sobre ti.

—Por eso, sé empática y generosa. Ella solo quería lo que creía que era mejor para ti, realmente lo que siempre ha querido para ella. Le cuesta comprender que lo que para ella es el paraíso y la seguridad, para las demás no sea suficiente, y ese «las demás» nos incluye a ti y a mí, que somos dos de las personas que más quiere en el mundo.

—Probablemente tengas razón. A veces lo intentaba, a veces me imaginaba en un paraíso como el suyo, en un nirvana permanente, con un hombre tan bueno y tranquilo como mi padre. Quería que ese esquema encajara conmigo, de verdad, pero me aburría rápidamente. Lo mío era el vértigo. Creo que por eso me impactó Henry.

—Te entiendo perfectamente. Yo también lo he intentado muchas veces... Henry y tú os conocisteis en casa de los Zaldívar, ¿verdad?

—Sí, luego me llamó para encargarme la obra de su casa de Biarritz. La verdad es que verlo allí, ante aquel viejo caserón, con ese atractivo salvaje que tenía me dejó fascinada. Creo que la casa ayudó bastante: el ambiente, el reto profesional, el verano, mis ganas de jugar, su presencia... No sé. ¿Tú nunca has sentido instinto animal por un hombre?

—Pocas veces, un par de ellas. Afortunadamente para mí, sé a lo que te refieres y aún se me acelera el corazón cuando pienso en él. Mi *affaire* quedó en nada, pero sé qué es eso del instinto. Se llama lujuria.

—Puede ser lujuria...

—Boccaccio, en uno de sus cuentos, lo decía de la forma que lo sentía yo: necesitaba tener a todas horas el diablo en el infierno.

Clea buscó su mirada cómplice incorporándose y sonrió por segunda vez.

—Puesto en boca de Boccaccio suena mejor... Eso es, Amalia, necesitaba tener a todas horas el diablo en el infierno, perdona que sea tan clara, pero necesitaba hablar de esto con alguien.

—Adelante, olvídate de mi edad y de mi amistad con tus padres.

—Pues eso, Amalia, que yo ardía en el infierno y al principio era todo solo diversión y pasión, pero pronto el sexo comenzó a ser más fuerte y él perdía la cabeza de una forma que no era normal con todo lo que tenía que ver con mi pelo.

—Bueno, cada uno tenemos nuestras perversiones. Unas más sencillas y otras más complicadas.

—Esto era diferente. Superaba todo lo que yo conocía.

—No te entiendo con lo del pelo... ¿Por esto me has pedido que jure?

—No, no..., esto es solo para que te sitúes. Había tenido otras relaciones, digamos... *peculiares*, pero Henry se volvía frágil y, no sé..., enloquecía. Era como se solía caricaturizar a los personajes de película que quieren presentar como depravados, ¿sabes? Como el típico de la zapatería que se masturba mientras la clienta se prueba los zapatos.

—Qué grima...

—¿Quieres que pare?

—No, no. Pero si lo que querías es que me pareciera raro, lo has conseguido.

—Era muy raro, Amalia, créeme. Henry me gustaba mucho y supuso un verdadero ejercicio mental seguir sintiendo admiración por él después de verlo como un degenerado sin control.

—Bueno, eso es lo que yo llamo «el síndrome del semáforo».

—¿Del semáforo?

—No existe, no busques en ninguna parte, pero así es como yo intento explicar que cuando una mujer decide o necesita enamorarse, le sirve, fíjate, cualquier cosa. Si tú te pones frente a un semáforo y decides que te guste, acabas encontrando encanto en la forma de cambiar de rojo a verde pasando por el ámbar. En poco tiempo serías capaz de vender el magnetismo del ritmo del cambio de color.

—Puede ser. Es más, me veo bastante capaz de hacerlo.

—Cher, la cantante, ¿sabes quién es?

—Sí.

—Ella dijo una vez en una entrevista algo así como que hay mujeres que se enamoran de nada y luego se casan.

—Lo mío fue peor, Amalia. Al final la que acabó enloqueciendo fui yo. Él aparecía y desaparecía. Llegué a dudar hasta sobre si continuaba casado. Tenía dos hijos mayores a quienes solamente vi una vez que fuimos a llevarles una tarjeta de crédito para que pudieran seguir gastando en Roma... Imagínate, dos ingleses pijos sin sentido de la medida, distantes de su padre, eso me chocó, poco cariñosos... Y el padre pasaba de todo. Delante de ellos me llevaba cogida por el hombro y me presentó como «la arquitecta de mi nueva vida». Además, Alicia me había dicho que estaba separado.

—¿Por qué dudabas entonces?

—No lo sé. Me generaba muchas inseguridades. Además, no encontraba ni rastro de él en Google, salvo en algún pie de foto en alguna revista de sociedad. Hablaba siempre con bastante desprecio de las redes y de las personas que salían en los medios de comunicación. No lo sé, por un lado, vivía de la idea de su prestigio y por otro no quería salir en ningún sitio.

—Eso suena a complejos, aunque es cierto que hay una parte de la alta sociedad que preserva su elitismo quedándose al margen de todo lo que le gusta «al pueblo». Eso es todo más secundario, ¿te generaba inseguridades o era agresivo?

—Ya te digo que perdía los papeles. Aunque yo nunca le pedí que parara. En lo que se refiere al sexo, todo fue consentido. Es más, llegué a engancharme a esa perversión suya. Muchas noches me despierto con sueños tórridos en los que siempre está él.

—Claro, pasaste de todo a nada... Ya mismo hay que buscar otro candidato.

Amalia sonrió con cara traviesa intentando quitar intensidad a la conversación.

—Lo vamos a tener difícil. Además de que sigo pensando en él pese a todo, creo que ha sido el mejor sexo de mi vida, el más fuerte y el más adictivo. No sé si decir el mejor es apropiado, lo que sí te garantizo es que era el más salvaje, el más brutal y... el más excitante, con mucha diferencia, sobre los demás. Encontré en esa parte de nuestra relación la única forma de controlarlo.

—¿Lo controlabas? ¿Cómo?

—Ya te lo contaré en otro momento. Aunque te cueste creerme, sincerarme está siendo un verdadero esfuerzo. Casi tan grande como revivirlo todo. Quiero contarte lo importante.

Una enfermera entró a hacerle la última revisión de la noche, a darle la medicación. Ambas callaron. Pensaban en su conversación y en lo que les faltaba. Habían hablado de ausencias, aunque solo lo hubieran hecho de soslayo. Las ausencias son castigos de tiempo, juegos de tiempo o simplemente desprecio, falta de respeto y crueldad. Usar la ausencia y la presencia en contra de quien tiene la necesidad de alimentar su entusiasmo y su ilusión es una crueldad intolerable. Intolerable.

Se quedaron solas, en silencio, con la luz apagada.

—Es extraño. Necesitaba contarlo en voz alta.

—Todas necesitamos hablar sobre las relaciones cuando generan problemas. En tu caso más, porque está muerto y entraste en un túnel peligroso.

—Lo peor, lo que me martiriza, es que no soy capaz de acordarme del día de su muerte. Imagino que alguien me lo diría por teléfono. No puedo mirarlo en mi antiguo móvil, se quemó en el incendio, y no recuerdo nada. No sé qué impresión me produjo esa llamada. Créeme, no puedo recordar nada.

—¿Quién pudo haberte llamado?

—Conocía a algunos amigos suyos. Te va a parecer extraño. No usan redes y Henry no tenía la agenda del teléfono en la nube por seguridad. Por seguridad, ya ves... Tampoco me he molestado mucho en localizarlos, me da miedo mover ficha y equivocarme.

—¿Equivocarte?

—El juramento es por esto, Amalia... Creo que puedo haber matado a Henry, pero no me acuerdo. Tengo miedo.

—¡Qué bobada! Ya sabes que todo tiene que ir poco a poco, un día te acordarás y ya está. Los médicos te han pedido que eso no te angustie.

—Es que esto es grave, yo lo sé... He estado dándole vueltas y me parece que lo mejor es contárselo directamente a la Policía. Si lo he hecho yo, me acabarán pillando, no soy una asesina profesional, seguro que he cometido errores. Ya sabes, no hay crimen perfecto, ni siquiera en los que la amnesia te impediría confesar ni con los más crueles métodos de tortura.

—Espera y no corras tanto. ¿Qué es lo primero de lo que te acuerdas?

—Recuerdo el funeral, tengo la impresión de que fue un infarto e intento memorizar cómo lo supe... Es imposible... Y, además, no comprendo por qué no fui a Londres y por qué no hice lo que habría hecho en condiciones normales.

—¿El resto lo recuerdas todo?

—No, hay muchas cosas de las que no me acuerdo y muchas más que no soy capaz de ver con claridad. Lo que te puedo decir, y estoy contentísima por eso, es que las lagunas cada vez son más pequeñas.

—Pues eso un día lo recordarás sin esperarlo.

—Voy recuperando todos los recuerdos paulatinamente, pero cada vez con más fuerza y rapidez. De ese día no consigo recordar nada. Y me preocupa. Me preocupa mucho por los policías.

—Por los policías... ¿por qué? Creo que vas demasiado deprisa. Recuerda que a la primera persona a la que tienes que conceder la presunción de inocencia es a ti misma. ¿Por qué te preocupa tanto la Policía? Hasta ahora todos han sido bastante respetuosos. Los médicos les han desaconsejado que hablaran contigo hasta que estés totalmente recuperada... No te preocupes, no parecen especialmente agresivos...

—Pero están interesados en la única parte que no recuerdo. Enviaron a unos policías españoles a hablar con el portero de mi casa de Madrid, me lo ha dicho la chica que limpia y que ahora cuida de la casa en mi ausencia, que se lleva bien con él... A ella también le preguntaron. Les dijeron que intentaron hablar conmigo, pero creo que fue el día del incendio o uno de esos días...

—Ya, le preguntaron al párroco también. Me lo dijo tu madre. Y fueron a verlos a ellos, pero ya estaban aquí.

Clea se frotó los ojos con una sola mano, como una niña pequeña que no quiere ver y suspiró.

—No sabía nada... ¿Ves?, no me cuentan nada... No sé si fui a Londres. Quizás no fui por miedo, por temor a ser descubierta. O quizás estuviera allí y sucedió antes. Estoy hecha un lío.

—Clea, por favor, no digas tonterías.

—Ya... y entonces ¿por qué no recuerdo nada de ese día? Nada es ni un momento, no recuerdo cuándo fue la última vez que nos vimos... No sabes lo duro que es esto, tú me conoces y sabes que soy fuerte, pero la ausencia de certezas me tiene hecha polvo...

—Cálmate, pequeña...

Amalia cogió cariñosamente su mano y ella pareció relajarse. Se quedaron así. Agarradas.

— Todo es muy extraño y realmente yo gané con su muerte. Nuestra relación era muy dura para mí. Habríamos acabado con una ruptura desagradable. De eso estoy convencida. Pasaba de ser el más amoroso de los hombres, el más dulce, a convertirse en un déspota, en un tirano, en dos segundos, sin dejar margen a la reacción.

—¡Qué horror!

—Sí. Al principio me montaba una bronca una vez al mes aproximadamente y templaba gaitas el resto del tiempo. Luego, empezó a hacerlo con más frecuencia. Y cuando yo ya no podía soportarlo, muere y no recuerdo nada, ¿no es demasiada casualidad? Pero ¿sabes lo peor? Sigo estando loca por él, a pesar de todo. Que no esté me hace desearlo más y más, y vivir echándolo de menos, y, además, la culpa...

—No te tortures más. No tiene sentido lo que dices.

Clea no pudo más y rompió a llorar.

—Amalia, yo estaba rota, desaparecía, no se comunicaba conmigo, y cuando aparecía, vivíamos una luna de miel en la que yo no me atrevía a reprocharle nada. Vivía aterrorizada porque volviera a irse y me abandonara. Quería estar siempre cerca de él. En los días dulces, actuaba como si estuviera profundamente enamorado de mí. Yo quería creerlo. Quería creer en él, estaba obsesionada, loca por él, o tal vez...

—Tal vez ¿qué?

—Tal vez, solo loca.

—No digas tonterías ¿Y entonces? No entiendo nada. Tu tristeza, tu dolor, tu angustia si se portaba tan mal...

—Yo tampoco lo entiendo. Estoy deseando recordar. Te voy a contar un ejemplo. En una de sus desapariciones, estuvo bastante tiempo sin comunicarse conmigo. Tras un breve mensaje diciéndome que me echaba de menos, me hizo una petición extrañísima para el día de su regreso.

—¿Extraña?

—Muy extraña. Prolongó la conversación y, para darle entidad a la reconciliación, quiso llevar a sus ancestros a Biarritz. Dio muchos rodeos hasta pedirme que enterrásemos juntos la cápsula del tiempo de su familia.

—¿Qué es eso? ¿La cápsula de qué?

—Bueno, ya sabes, esas cajas en las que se meten recuerdos de una época esperando que lo descubran las generaciones venideras. Tiempo. Pasado. Futuro. Presente... Todo fue muy raro. Y yo estaba desconcertada, muerta de miedo porque me dejara. No supe preguntar. Lo necesitaba. Lo quería. Lo deseaba.

—¿Qué había dentro de la caja?

—No lo sé. Era bastante grande. Blindada. Pesaba mucho. Había un ordenador, un reloj antiguo, no sé cuántas cosas de los destinos de su abuelo, que había sido embajador. Algo no cuadraba e intuía que era mejor no pensar en ello. Si me hubiera pedido que cruzara el mar a nado lo habría hecho. Estaba enganchada... Olvídalo, es solo un detalle, historias de estas podría contarte tantas... Solo que no sé por qué me acuerdo especialmente de esto ahora, tengo la cabeza hecha un acordeón... No sé, de verdad, no sé ni por qué te cuento esto...

—No le des importancia. Dime, ¿cómo pudiste aguantar sin decirlo?

—Empecé a beber cuando necesitaba desahogarme y no podía llamar a nadie. Mis amigas estaban distantes desde que las dejé plantadas en vacaciones, dos días antes de marcharnos a Australia. Bebía con él y sin él. No me reconocía, Amalia, era frágil.... La única vez que me he sentido así con alguien. De hecho, pregúntale a los médicos. No he necesitado beber desde que he despertado. ¿El coma desintoxica? Estoy llena de preguntas que no sé responder.

—Siento no haberme dado cuenta de que estabas así de mal.

—No te culpes. Soy una gran actriz. Y algo más fue extraño aquella noche, cuando enterramos la cápsula... La brutal agresividad y la vehemencia del sexo sobre la tierra húmeda.

—Pero otros días también había violencia, ¿no?

—Sí, pero aquella noche fue distinta. Los tirones de pelo eran salvajes, incluso con la excusa de su obsesión con el cabello y todo lo del reencuentro inesperado. Ni el tiempo era un pretexto válido. Sus pequeños ojos claros se clavaban de forma animal en los míos. Era perverso: un verdugo temeroso, asustado, canalla, posesivo, irracional..., bestia. Pensaba en eso mientras me rapaba la cabeza.

No entendía qué era exactamente lo que no cuadraba. Pero todo se difuminaba en el recuerdo del sexo desmedido y del sudor que goteaba lejano en los recuerdos que no encajaban. Ese Tetris acababa siempre en «game over». Clea no era capaz de ajustar al relato la pieza de aquella caja enterrada por dos amantes ocultos en la noche que regaron los jadeos con champán. Eso fue solo la primera desaparición. Después hubo una segunda, una tercera y una cuarta. El mecanismo había sido establecido, estaban unidos por una ficticia goma elástica. Mientras más se separaban, más fuertemente se unían tras el alejamiento. Clea había perdido la oportunidad de preguntar y el miedo la paralizaba cada vez más.

La ansiada memoria se hacía pesada. Clea empezó a llorar y Amalia pulsó el timbre para que vinieran a darle un calmante.

—Ya está bien por hoy, pequeña. Mañana me sigues contando.

—Amalia, no estoy bien. No sé vivir sin él. Nunca tendré la fortuna de encontrar a nadie como él. No me merecía a alguien tan especial como Henry.

Clea sabía que decía cosas incomprensibles, pero lo echaba de menos, hubiera dado todo por estar de nuevo a su lado... Pese a poder pronunciar ya que no había sido bueno para ella. Son esas argumentaciones carentes de sentido sobre lo que está a caballo entre la dependencia, la obsesión y otras palabras más difíciles de digerir.

—No digas bobadas. Es hora de descansar. Llegarán tiempos mejores a tu vida. Mereces lo mejor y no debes olvidarlo. Mereces a alguien mejor o ser feliz sin pareja. Mírame a mí. Seguro que no te doy pena.

Mientras lloraba y el calmante hacía efecto, recordaba cómo el mantra «No quiero vivir sin ti» forjaba las cadenas fuertes con las que se iba esclavizando a su presencia, temiendo el castigo del silencio, de la ausencia, del abandono, sin más.

Lloraba. Temía.

Por eso, usaba el arma en el que se escondía su escaso poder. La dependencia de Henry estaba en la cama. El poder de la melena de Clea lo volvía frágil, trémulo, infantil. La eyaculación y sus ojos temblorosos le retenían junto a ella.

Solamente se esfumaba el tiempo necesario para que ella lo amara, lo deseara y se sometiera lo bastante a él como para que pudiera olvidar que era un acomplejado y ejercer de hombre sin piedad, dominante, narcisista y perverso.

Tiempo. Tiempo de codependencia. Miedo a la soledad. Miedo a las filias propias. Tiempo, sexo, ausencia. Tiempo.

Tiempo de silencio. Tiempo de desconexión. Tiempo de dormir. Sueño. Sueños. La *ausencia* de Clea estaba llegando a su fin. El mes de abril había sido largo y duro. Aún le quedaba rehabilitación, caminaba con dificultad, seguía con sesiones en la cámara hiperbárica y su cabello ya tenía más de dos centímetros. Mayo seguía avanzando y su discurso y su pensamiento eran más fluidos. Ya lloraba menos. El llanto fácil del despertar se estaba conteniendo y todo era más normal. El llanto y los cambios de humor lo complicaban todo.

Había tenido suerte. La piel no tenía las quemaduras que abrasaban su alma. No tenía más cicatriz que la de un golpe seco en la cabeza. Eso es fácil de solucionar. O se asume o se tapa con un flequillo. O se asume y se tapa con un flequillo.

Estaba tranquila. Amalia se quedaba con ella por las noches para que pudiera contarle a solas su historia con Henry. Clea estaba sola. Necesitaba ayuda para construir su futuro, pero también para reconstruir su pasado.

La penitente se había dormido y la confesora le hablaba en sueños.

—Si vieras, Clea, lo bonita que estoy dejando nuestra casa en Nueva York. Me encanta velarte así, mientras duermes, sin que sepas que me estoy dejando la piel en este proyecto... Está resultando muy especial y sé que a Nella le habría gustado muchísimo cómo está quedando. Y sé que te fascinará. He cambiado mi testamento y esa casa es para ti. Lo he sabido como Nella supo que tenía que ser para mí. Te ha salvado la vida y me la ha cambiado. Te lo cuento así porque sé que no me oyes, te lo explicaré el primer día que puedas ir cuando el último detalle esté colocado y la puedas sentir tu casa. Me hace tanta ilusión que es lo que me ha mantenido viva estos meses. Dulces sueños, niña... La han diseñado mezclando vuestros caracteres: por tu parte, el minimalismo; por la de Nella, un palacio versallesco. Está resultando de lo más original... Tenemos una nave espacial rococó en el Upper East Side.

Parte II

Con Henry

15

Biarritz, 3 de julio de 2017

Había llovido el día anterior y la tierra seguía húmeda. Villa Matin tenía el olor inconfundible de los veranos de Biarritz. Para muchas personas, la lluvia es oro líquido en esa época del año, el refugio donde no achicharrarse, donde no tostarse. Es cierto que la lluvia es oro líquido para pocos británicos. Ellos la tienen todo el año, su calendario está inundado de gotas de agua. Pero no hay problema por eso: existen muchos más motivos para que sucumban al ambiente franco-español del descanso de la «gente bien».

Clea miraba hacia arriba. La luz provocaba que el azul del cielo tornara en algunos lugares al naranja y al gris durante unos instantes, como si el día se debatiera entre ser atlántico o mediterráneo cuando esa posibilidad no existía. Henry la miraba a ella, necesitaba ponerse a prueba, demostrarse que seguía consiguiendo lo que quería sin esfuerzo. El día que la vio por primera vez en casa de los Zaldívar, en el inicio de la primavera, percibió en ella la impronta que deja la felicidad al terminar un proyecto. La arquitecta tenía una satisfacción trémula aquella noche en la cara. Estaba pletórica y se notaba que se sentía orgullosa de sí misma y de su trabajo. La pareja estaba encantada recorriendo su casa recién reformada con su whisky *on the rocks*. El visitante inglés disfrutaba del espectáculo en general.

Ese día de marzo, Henry se fijó en el entusiasmo de los anfitriones y la indudable satisfacción de Clea. Pero mucho más, en la frondosa melena rubia de la arquitecta que en su proyecto de iluminación inteligente. Le interesaba más su coqueta forma de caminar, como si levitara, que los acabados de las ventanas. Él pretendía atraer su mirada para jugar, pero no lo conseguía porque Clea intentaba explicar cada detalle con tono nervioso, mientras vigilaba que el licor no se derramara. Él se dio cuenta enseguida de que allí estaba la primera mano de la partida. Alicia y Pedro recorrían la casa entusiasmados mirando cada interruptor, cada pomo de las puertas, cada junta del mármol en el suelo.

El extraño quería jugar, quería apostar fuerte. Se dio cuenta de la primera debilidad de su oponente. La arquitecta reaccionaba con pequeños espasmos de alerta cada vez que el whisky se acercaba al borde del vaso. Allí empezó todo, en un vaso de Chivas. Él hacía bailar el líquido girándolo, así, como quien no quiere la cosa, y acercándolo a su boca. Se mojaba los labios y apoyaba el vaso en la comisura para que la humedad dejara brillos en su piel. Ya la tenía atrapada. Ella miraba nerviosa su boca, mientras Alicia y Pedro disfrutaban como niños pequeños de la visita guiada. Clea vigilaba al inglés maldiciendo su ladina manera de acariciar el vaso, velando sus labios pringosos. Henry observaba su cabello queriendo tocarlo y ella estaba frágil, casi quebrada ante la mera posibilidad de que él dejara una gota sobre las paredes inmaculadas, pues le pertenecían hasta que saliera por la puerta.

Henry decidió, en aquel paseo erótico por la casa de sus amigos, que jugaría una larga partida con la bella arquitecta. Decidió que le derramaría el whisky y le desordenaría la melena.

Todos aquellos recuerdos de máximo nivel de sensualidad le mantenían expectante esa mañana hasta su llegada a Villa Matin. Había necesitado más de tres meses para que ella se decidiera a visitarlo para ver si le interesaba el proyecto. Estaba terminando otro y no le resultaba atractiva la idea de dejar Madrid en aquel momento. Él fue lo bastante hábil como para generar cierta expectación. Henry llevaba años sin ir a la casa de verano que había disfrutado en su infancia y su juventud. Para un juego de estrategia prolongada, le pareció el damero perfecto.

Oyó el ruido de un coche acercándose y miró por la ventana. Clea se bajó del todoterreno y contempló la casa, sorprendida. No fue capaz de controlar el resorte de su mente que preveía el resultado final. Como no tenía hermanos, aquel juego de las reformas comenzó como un sueño recurrente. Antes de hacerlo con las casas, cuando era muy, muy pequeña, soñaba que encontraba a un niño sin padres, sin techo, sucio, abandonado en mitad de un camino... Lo llevaba con ella, lo bañaba, le ponía sus vaqueros y una camiseta y se quedaba cuidándolo. Ese sueño resolvía las carencias del niño y las suyas propias al no tener cerca a nadie de su edad. Cuando estaba despierta, el sueño de reformar le venía automáticamente siempre que veía una casa antigua. Era como un juego mental del antes y el después: llenaba una viñeta con lo que ella haría para transformar la realidad.

A Henry no le gustaba especialmente estar allí. No tenía predilección por Biarritz. Sin embargo, para su estrategia seductora, era un lugar idílico, sorprendente para quien lo visitaba. Además, en algún momento debía arreglar la casa para contener su deterioro y era un proyecto perfecto para que una arquitecta autoexigente se embelesara. Esa casa siempre fue un capricho de los Astor, desde su construcción hasta su mantenimiento durante generaciones sucesivas. A sus padres les gustaba pasear por la ciudad y tomar unos vinos en los bares de sus callejuelas. Él apenas la había utilizado y no lo habría hecho nunca si no fuera por su segunda intención.

Clea comprobó que las ocas, los pavos reales blancos y el asno que veía a su alrededor no eran una ensoñación. Lo de los dos perros podía entenderse. Resopló pensando en el tiempo y el esfuerzo que costaría darle a aquello un aspecto digno. Se quitó las gafas de sol para mirar el anunciado caserón *art decó* que no era tal, sino un espléndido palacete. Al lado se situaban las dos coquetas casitas que en su día usaran los guardeses y el mecánico, cedidas a dos familias del pueblo a cambio de que se encargaran de cuidar la propiedad. Eso le había contado por teléfono Henry, aunque era evidente que no la habían cuidado con dedicación. Todo tenía aspecto de abandonado. Si se la hubieran cedido a ella, la tendría preciosa y limpia: «¡Cómo es la gente!».

El anfitrión salió a su encuentro. Se había vestido para ella con un aspecto *casual* con el que se sentía arrebatador. Siempre supo que tenía un *je ne sais quoi* que fascinaba a todas. Llevaba puesto un simple pantalón azul marino con una camisa blanca. A pesar de la sencillez, él se veía siempre irresistible. Eso formaba parte de su atractivo. Esa seguridad abrumadora. Sus hijos bromeaban con frecuencia diciéndole que era un caso claro de Dunning-Kruger. Parecían felices el día que encontraron un nombre de síndrome o de complejo, según las fuentes (nunca utilizaron esa palabra con él), que justificara su altivez. Llamarlo síndrome lo elevaba a su categoría real, porque era mucho más que una pose o un amor propio desmedido. Era una actitud vital. Era un ingrediente fundamental de esa sensualidad arrebatadora que hacía que por donde pisaba siempre hubiera hierba frondosa.

Henry cruzó el umbral con un andar desenfadado, procurando tener un buen encuadre frente a Clea. La miró y supo que había conseguido que ella se decidiera a jugar. Eso se nota o no se nota. Y él supo que el guante había sido recogido. La química estaba servida y el inglés se había colocado allí como la perfecta guinda de aquel pastel.

—He aquí mis posesiones, viejas y derruidas como su dueño, en busca de alguien que las haga revivir para convertirlas en lo que fueron, o mejor, en lo que serán.

Ella no pudo evitar entrar al trapo. Henry mantenía la distancia con el ceño fruncido por la luz del sol y mordiéndose el labio inferior, un gesto brutalmente sexi.

—¿Hay que revivir a la casa o al dueño?

Clea mantenía la mirada pícara y se acariciaba los rizos de su larga cabellera. Henry miraba su pelo con descaro mientras se metía las manos en los bolsillos; ella, sus ojos azules.

—Lo de la casa será más fácil. Lo mío es la historia de un alma errante sin mucha solución.

Se acercó a Clea con un gesto de invitación a entrar en la casa. No quitaba ojo ni por un segundo a su preciosa cabellera rubia. Él se complacía con su melena y ella con las paredes de la casa, los suelos ajados, las bóvedas y las vigas, las escaleras y las contraventanas.

El verano se escondía al llegar a Biarritz y se convertía en la eterna primavera devoradora de estaciones e interrogantes. Cuando llegaron de nuevo a la entrada de la casa, Henry apoyó un brazo en el marco, con pose de seductor, y siguió mirándola: ojos oscuros, pelo rubio,

Negro, rubio.

Rubio, negro.

Oro y azabache.

—En España almorzáis tarde, pero mi estómago inglés me está llamando a capítulo. He reservado en un restaurante que me gusta mucho. Espero que no te importe comer antes para que me dejes intentar convencerte de que te pongas manos a la obra, nunca mejor dicho.

Clea elevó las cejas y le cedió el poder y el mando con la palabra.

—Es tu territorio, tú decides.

—Creo que conseguiré que te quedes por aquí. He reservado en Côté Maison, del Hôtel du Palais, para ver si las vistas del mar me ayudan.

Ya en el coche, la tensión sexual era cada vez más punzante. Su recato profesional se sentía horadado por el aguijón irresistible de aquel hombre de ojos pequeños y claros.

—¿Conoces el hotel? Si te quedas, algún día iremos a cenar a Le Rotonde, que es un lugar inolvidable.

—No, no lo conozco. Es mi primera vez en Biarritz.

—No puedo creerte. Entonces disfruta del viaje. Yo, si fuera tú, me sujetaría el pelo. Se enreda con la velocidad.

Henry pisó el acelerador de su Jaguar *E-Type Roadster*, un descapotable de la década de los 60. Clea, divertida, sacó la pashmina de su bolso e intentó colocársela como recordaba que hacían Grace Kelly y Ava Gardner en las películas que compartía con su abuela. Se puso las gafas de sol y se abandonó a la música de Sting que sonaba en el coche. La brisa les golpeaba la cara mientras se sentían protagonistas de la historia que podía contar cualquier canción.

Al parar frente al hotel, Clea contuvo la exclamación que su voz le pedía a gritos comedidos. Era fabuloso. Allí no tuvo una imagen alternativa de cómo lo dejaría ella. Era perfecto. Lo miró en silencio quitándose las gafas y la *pashmina*. Henry se apresuró a abrirle la puerta, invitándola a salir con ademán caballeroso al tiempo que le contaba la historia del edificio.

—Esta humilde morada fue originalmente la residencia de verano de una paisana tuya, la emperatriz

Eugenia de Montijo. Esta tierra ha seducido a más españolas, no serías la primera. Anota el argumento: residencia de *royals*.

—Buen intento.

—No estoy seguro. No sé si debería haberte traído a este sueño de edificio para intentar que arregles Villa Matin. Como todo en la vida, el concepto de una buena casa cambia con la perspectiva.

—Impresionante. Villa Matin es un palacete y esto es un palacio. Las casas son otra cosa. A lo mejor es cierto que te vendrá bien un poco de perspectiva, pero de la real.

Henry sonrió y siguió como si no la hubiera escuchado.

—Tan feliz estaba Napoleón III con su esposa Eugenia que mandó construir, a mediados del siglo XIX, una casa de verano.

—Tienes razón. A cualquier cosa se le llama casa.

—Se construyó en solo diez meses y se convirtió en el centro neurálgico de vacaciones y de recreo de la aristocracia, la realeza y todos los representantes diplomáticos de la vieja Europa. Cuando ella enviudó, vendió el palacio y primero fue un hotel-casino, luego un hotel a secas y después...

—Sigue siendo un hotel, ¿no?

Ambos caminaban contemplando el edificio y el mar de fondo, que rugía con imágenes de espuma y sonidos de viento, como queriendo regalarles el mejor de los momentos.

—Ahora sí, pero a comienzos del siglo XX un incendio lo destruyó. El fuego, ya sabes, el fuego que todo lo asola.

—¡Qué horror! Todas mis pesadillas de niña tenían que ver con los elementos de la naturaleza: que me enterraran viva, despeñarme por un precipicio o que no se me abriera un paracaídas, morir ahogada y, por supuesto, el fuego. Qué espanto.

—Desde luego. ¡Que Dios y la reina de Inglaterra nos libren del fuego!

—Eso debe ser un signo del humor inglés. Que la reina nos libre del fuego...

Henry hizo otro de sus gentiles ademanes, cuando les abrieron la puerta, para que entrara ella primero.

—Cuando lo reconstruyeron, plantearon el edificio en forma de E en homenaje al nombre de la emperatriz. Espera, antes de ir al restaurante te voy a enseñar el comedor.

—Lo conoces bien, ¿eh?

—Quiero que lo veas. Solo abre para cenar, pero quiero que veas los frescos sobre Jasón y el vellocino de oro. ¿Conoces la historia?

—Sí. Mi abuela era muy culta y me contaba historias de la mitología griega. Me encantaba la de la expedición de los argonautas para que Jasón pudiera llegar al trono de Tesalia. Además, siempre me pareció divertida la palabra *vellocino*. En español es gracioso: *vellocino*. Repite tú.

—Ve-lo-ssi-nou.

—Espero que mi acento inglés sea menos...

Él la interrumpió. No soportaba la mofa ni en broma.

—Mira qué maravilla.

Se colocó en el centro de la estancia redonda y la cogió por los hombros sin soltarla, como colocándola para que contemplara los frescos. La mantenía sujeta con un ambiguo gesto que podría ser de ubicación, pero también de aproximación. Clea, abrumada, no sabía si mirar el arte o la mano de Henry. No entendía qué estaba pasando, pero allí pasaba algo.

El Atlántico proporcionaba un marco azul incomparable regado por un fantástico borgoña. Clea ni siquiera reparó en la etiqueta. A las mariposas de su estómago les excitaba el caldo francés y a ella, la mirada del inglés... tanto como no lo había sentido jamás, de una forma instintiva, animal, incontrolable.

A la segunda copa, su caída de pestañas se ralentizó y la alzó para brindar con su expresión más sensual. Henry concentraba toda su atención en su melena. Su *sex-appeal* seguía siendo imbatible, lo sabía, y ella empezaba a darse cuenta.

Eran las nueve de la noche y Clea se levantaba de la cama tras una siesta tardía. No se habría dormido si no se hubieran terminado la botella de vino juntos en el almuerzo. Un conductor del hotel los había llevado en un coche y otro había conducido el biplaza hasta la casa. Esa actitud responsable de no hacerlo él, al haber bebido, acabó de encandilar a la española.

Henry estaba mostrando lo mejor de sí mismo. Preparó unas bandejas con queso, *foie* y ahumados. Lo hacía con cierta hipocresía. Había leído en varios lugares que, ahora, a las mujeres les gustan los hombres que cocinan para ellas. Por eso, todos querían ser *foodies*. Le sorprendía tanto como le horrorizaba, pero tenía claro que estaba en plena promoción. Toda su vida las había deslumbrado con el servicio en casa y con la billetera cuando el plan era en la calle. Él pensaba que eso era lo que les gustaba...

Y en aquel momento se veía haciendo el trabajo del cocinero, como si disfrutara, para impresionar a alguien a quien consideraba *middle class*. Sonreía mientras pensaba que no le gustaba nada ese nuevo proyecto de mundo. Se sentía mejor antes. Le habían educado para eso.

Se había duchado y estaba completamente vestido de azul marino. Sonaba música de fondo. Clea se había duchado también y había increpado a los mil demonios por no haber metido algo más favorecedor en la maleta. Nunca había sentido nada por ningún cliente ni tampoco se había planteado que algo así pudiera hacer que renunciara a un encargo: «No hay que mezclar. El trabajo es trabajo». Lo había repetido hasta la saciedad y, en ese momento, sentía que la maravillosa casa en la que estaba no era tan especial como su dueño.

Se contenía por la situación real. Solo si utilizaba el cerebro fríamente era consciente de que no había compartido con aquel hombre ni cuatro horas de su vida. Sin embargo, sentía un deseo voraz por él.

Cuando lo vio cuchillo en mano preparando la cena, supo que se había colado en su eterna fantasía erótica de «cuatro paredes, una cama y Él». Jamás hasta entonces había notado licuarse su libido de una forma tan ardiente. Tenía que controlarse, porque le apetecía arrancarle la camisa y morderle los labios. Normalmente podía dominar sus impulsos, pero era porque nunca —lección aprendida aquella noche— lo había necesitado tanto.

Él jugaba con los límites. Clea había recogido su pelo en un moño informal con mechones sueltos que le daban cierto aire morboso de película italiana, de aquellas de Fellini. Eso le hacía desearla. Disimulaba, como si esa situación fuera algo cotidiano y no existieran ni la química ni las insinuaciones con lengua de trapo que le había dirigido en el hotel.

Sabía que la rubia se desestabilizaba cuando no controlaba los tiempos. Eso era un buen comienzo. Nada se desea tanto como lo que no se consigue. Nada se teme tanto como perder lo que se da por obtenido. Ahora tenía que hacer que el whisky danzara de nuevo en el borde del vaso como en casa de los Zaldívar. El líquido se mueve, toca el borde, puede derramarse. No cae, pero el temor y la incertidumbre concentran la atención. Y el deseo se acrecienta...

Somos animales en una fase avanzada de la evolución, pero seguimos teniendo las mismas necesidades y las mismas carencias. Solo hay que fijarse en la presa. Y Henry, como un viejo lobo, estaba en periodo de observación.

Clea era más ingenua y todo se vestía de perfidia para ella. Veía la parte cinematográfica del relato y le encantaba la escena del excéntrico inglés en verano y en Biarritz. Esperaba que él descubriera que era una mujer a la que desear y amar. Esperaba conseguir que él la quisiera. Como siempre. La vida entera demostrándose a sí misma que no había nada imposible. Henry era una asignatura por aprobar. Así funcionaba su cerebro: meta conseguida, objetivo siguiente, sin más, sin dolor, sin recrearse en lo que había costado obtenerlo. ¿Qué podía perder más allá de un proyecto o la consideración de los Zaldívar? No había oído hablar de Henry Astor VI en los treinta y tres primeros años de su vida y podía seguir así el resto.

Ella se acercaba y él volvía a morderse el labio sonriendo. A Clea le fascinaba eso.

—¿Qué tal ha dormido la emperatriz?

—Aún no puedo creer que nos acabáramos la botella. Yo casi no bebo.

—Pues te has equivocado de sitio. He abierto otra botella, una que conservaba para una ocasión especial. Espero sacarte un «sí, quiero» con ella.

Clea se acariciaba el pelo. Se había dado cuenta de que a él le gustaba.

—¿No vamos un poco rápido, capitán?

—Me refiero al proyecto. A esta casa le gustas más de lo que pensaba.

Él se acercó con las dos copas y la mirada apuntando al corazón. Le dio una y ella notó el rubor en sus mejillas. La situación la arrastraba como una fuerte corriente y no encontraba ningún tronco al que sujetarse.

—Por la nueva vida de Villa Matin.

—Porque te guste mucho todo lo que tengo pensado para estas paredes.

Los dobles sentidos estaban sobre el tablero. Henry sabía que sería un buen damero y había escogido las blancas para aquella partida. Movimientos largos, movimientos cortos, diagonal, comer, saltar... diagonal, comer, saltar...

Aquella noche comieron, bebieron, jugaron, rieron... Al final empezaron a ponerse tiernos, aunque sin besos ni caricias subidas de tono.

Clea apoyó la cabeza en el hombro de Henry, invitada por la complicidad y el vino. Él no podía creerlo. Empezaba a perder el control del timón que había llevado orgulloso toda la noche. Tímidamente pasó la mano por su melena y la siguió acariciando hasta con fruición. Ella miraba las estrellas y hablaba sobre la vida, el azar, la sorpresa de un día maravilloso. Henry continuaba mesando el cabello rubio y tenía la cabeza apoyada en la pared. Estaba excitado, con los ojos en blanco.

—Disculpa, Clea, tengo que ir al baño. ¿Quieres algo de la cocina?

Ella se dio cuenta de todo, pero le pareció tierno. No hay momento más suave que aquel en el que una decide darse por no enterada de lo que sucede por generosidad y por flirteo.

Henry fue a cambiarse de ropa para no mostrar la mancha de su pantalón. Cuando volvió, lo hizo renovado, con el poder de nuevo en la mano. Ahora sí podía besar a Clea y darle una noche romántica como las de las películas, como la que ella deseaba. Su debilidad le había dado tiempo y fuerzas para aguantar sin ser descubierto un segundo *round*. Cuando regresó, puso música, un tango, e invitó a bailar a Clea. Pocas personas se resisten al encanto de ser seducidas con la voz de Gardel de fondo en una noche de verano en Biarritz, tras un buen borgoña.

Por una cabeza,
todas las locuras.
Su boca que besa
borra la tristeza,
calma la amargura.

El inglés sabía bailar y ella lo seguía. No pudo controlarse ni un segundo más. Un tango arrabalero bailado por un lord era una tentación irresistible. El siguiente capítulo de su vida habría que titularlo así. Solo por ese titular merecía la pena vivir la aventura. Se puso de puntillas, lo cogió por el cuello y acercó sus labios a los de él. Los besos sabían a gloria, y la gloria, a sábanas de hilo en Villa Matin.

A partir de ese momento, el efecto del vino y de la emoción desdibujó la noche de pasión, que terminó con un «buenos días» y un beso matutino. Un comienzo inolvidable con una primera vez poco memorable, como en tantas ocasiones. Una de esas primeras veces que pide una segunda para mejorar y hace soñar con la tercera, con la décima, con la vigésima...

La partida había empezado y ambos comenzaron el día con una sonrisa de esas que muestran que una quiere que todo sea bonito, que todas las canciones del mundo cuenten lo que le está pasando. Henry estaba feliz porque se sentía adorado. En el fondo, y aunque ella jamás lo reconocería, Clea también. Le gustaba muchísimo

El maestro había abierto la partida. La aprendiz tenía que elegir si quería seguir como tal o si quería usurpar el puesto del jefe... Quién sabe qué podrían enseñarse mutuamente.

16

Biarritz, 2 de agosto de 2017

—Buenos días... Hola..., Clea...

Deambulaba por la casa buscándola sin parar. Su cuerpo, tostado y definido, estaba cubierto solo por un pantalón de pijama y caminaba con unas *sleepers* de cuero.

—¿Hola?

Empezaba a ponerse nervioso.

—Clea..., ¿dónde está tan temprano la emperatriz de Villa Matin? —Más nervioso—: ¿Clea?

Eran solo las siete de la mañana. Hacía ya un rato que ella se había levantado de la cama. Pensaba mañana, tarde y noche en cómo hacer el mejor de los proyectos para que Henry se sintiera orgulloso de ella. En ese primer mes le había dado tiempo a avanzar mucho. Todo había evolucionado. Más bien, había mutado.

Nada más llegar, un día después de la primera noche juntos, ella regresó a Madrid un par de días a coger todo lo que necesitaba para instalarse en Biarritz. Hizo una maleta totalmente distinta: ropa de trabajo, pero también para ponerse guapa.

Desde el siete de julio no se había movido de Villa Matin y había dormido todos y cada uno de los días en la habitación principal, en «su dormitorio» como ambos solían llamarlo. Incluso lo había hecho sola porque Henry viajaba a veces a Londres para resolver «asuntos pendientes». Pese al tiempo que llevaba allí instalada, aún estaba con los planos y la contratación... Solo habían comenzado a raspar algunas paredes que tenían la pintura en muy mal estado, se caía a trozos, y a quitar azulejos de algunos baños. Eso sí, la rehabilitación del sótano ya había empezado. Estaban vaciándolo y revisando las estructuras. Las obras iban más pausadas que su relación.

Entre ellos algo estaba cambiando y crecía sin más, así, como si no pasara nada, entre caricias, besos, órdagos, las primeras discusiones abortadas por la conciencia de ambos de que era una fase más en su relación de pareja. También sonaron los primeros «Te quiero», esos que a una se le escapan y el otro deja pasar sin importancia con un «Yo también». Burlando la lógica del tiempo, también se habían producido ya los primeros resoplidos que encubren las frases que no se pronuncian cuando algo no gusta demasiado.

Habían pasado cuatro semanas desde que Clea cancelara repentinamente el viaje a Australia programado con su grupo de amigas. Lo hizo sin atreverse a contarles que la excusa no era el trabajo, sino el cliente. Si para un grupo de treintañeras ya es difícil entender que se renuncie a las antípodas por un motivo laboral, se habría vuelto imperdonable que lo estuviera haciendo por un romance de verano. Sus amigas nunca habían sido tontas. De aquella conversación para explicarles que no iba, se le habían quedado grabadas un par de frases de Inés y Laura.

Recordaba aquel instante con dolor y remordimiento de conciencia. Había quedado con ellas en su esquina de la barra del Ten con Ten y, aunque ya todas sabían que no iría por una conversación telefónica, fue un momento duro. Habían conseguido controlarse para no decirle con vehemencia lo mal que les había sentado, pensar con calma en lo que sucedía y valorar las posibilidades. Con su mojito de siempre, Clea esperaba a que la trivialidad de la conversación se diluyera y empezara el bombardeo. Inés disparó primero.

—Vamos a ver, que nos conocemos. ¿No estarás liada con el tío ese?

—Inés, es un cliente...

—Ya, tía, lo que tú digas, es solo un cliente, somos amigas de toda la vida y siempre hemos soñado con hacer juntas dos viajes, este y la Ruta 66.

—Eso es verdad —intervino Laura—. Tú fuiste la que nos embarcó a todas en esto. Terminas tu proyecto con toda la ilusión, diciéndonos que los últimos meses te has controlado en los gastos para poder darte un capricho allí y, de repente, aparece un tío...

—Solo en una casa...

—Inés...

Marta le pidió con un gesto que levantara el pie del acelerador. Se estaba embalando. Clea estaba entre la espada y la pared; la conocían demasiado, sabían que no le gustaba mentir. Aun así, era consciente de que tirar balones fuera era una estrategia arriesgada con ellas. La pillaban al vuelo. Tenía que seguir intentándolo, aunque no tenía muchos argumentos.

—A ver chicas, yo comprendo que mi soltería empedernida esté empezando a convertirse en algo que utilizar en estas ocasiones como tema de conversación.

Inés se fue encendiendo.

—Venga, Clea, no me jodas... Ni soltería ni... Marta está casada, Laura y yo tenemos unos novios estupendos y todos entienden que el viaje es *nuestro* momento. ¿Verdad, Marta? ¿A que tu marido lo entiende?

—Sobre todo, Clea —añadió Marta—, tú fuiste quien le pidió que lo entendiera. Sergio no sale de su asombro, porque le insististe mil veces en que nadie podía estropear un viaje con el que soñábamos desde que éramos niñas. Él también cree que estás liada con ese hombre.

—Sí que tengo mala fama... Jamás me he liado con un cliente, lo sabéis.

Si se convertía en algo más sólido ya tendría tiempo de contarlo y si quedaba en nada, habría sido tan solo un proyecto. Todo el mundo en su entorno sabía la ilusión que tenía desde pequeña por viajar a las antípodas, por hacer el viaje más largo que podía hacerse y, además, tuvo que pagar una alta penalización por la cancelación del vuelo y de los hoteles. Pero no se había arrepentido de no haber dudado ni un segundo en renunciar a sus vacaciones para quedarse en Biarritz porque, en esos primeros días de agosto, aquello apuntaba a algo más que a un mero capricho.

Los viajes de Henry duraban un par de días; en los momentos de más intensidad, pasaba en Londres solo una noche. La complicidad y la pasión flotaban en el ambiente, aunque con frecuencia se escondían. Se escondían detrás del cariño, la dulzura y la ternura. No había quien encontrara complicidad y pasión en esos momentos. Si estaban, se mostraban irreconocibles y los mimos se volvían utopía.

—Clea..., Clea..., ¿dónde estás? No te escondas.

El inglés salió y la vio a lo lejos en el jardín, limpiando de plantas el cenador con los auriculares puestos. No daba crédito a lo que veía. Estaba tranquila, como si no sucediera nada. Había apilado todas las ramas en grandes cestos en una esquina para pedirle a Claude, el hijo de Margaux, la empleada doméstica que iba a diario, que se las llevara de allí.

—¡Buenos días! —le dijo sonriendo y quitándose los auriculares al verlo llegar—. Qué guapo estás en pijama. Justo ahí. No te muevas. Marca ese lugar exacto. Deberíamos colocar un holograma permanente, así, solo con el pantalón. Eres como una fantástica obra de arte. Estás para quitártelo.

—Clea, ¿estás loca? ¡Me has asustado! Llevo cinco minutos gritando tu nombre.

—Ay, perdona, estaba limpiando con Coldplay a todo volumen. La tecnología y sus milagros para mejorar la vida...

Se quitó el segundo de los auriculares. Se asombró al comprobar el desproporcionado enfado de Henry. Estaba desencajado, muy serio, con la expresión del ogro de los cuentos que no le dejaba dormir cuando era una niña. Era un cambio tan grande como el del Increíble Hulk que, con la ira, aumentaba de tamaño, rasgaba sus vestiduras y se volvía verde. Pero lo de Henry era más sutil, era un enfado de padre severo de los de hace un siglo. Un enfado volcado sobre una persona, la única que lo esperaba aquel día.

—¿Nadie te ha dicho nunca que eres una puta egoísta?

Clea cambió la expresión, se entristeció y se asustó. No sabía cómo reaccionar. No era consciente de haber hecho nada mal. Él le había gritado, le había gritado como no recordaba que nadie lo hubiera hecho.

—Henry, no me hables así. Perdóname. Quería darte una sorpresa.

—Déjate de sorpresas y pórtate como se espera que lo hagas.

Se giró airado y entró en la casa dando un portazo. Clea estaba petrificada. No entendía nada. Había pasado toda la noche pensando en cómo darle entidad al cenador, en qué podría hacer para convertirlo en el lugar de ensueño, en el decorado perfecto para escenas de amor y celebraciones familiares. Creía que tenía una idea brillante y se había levantado para limpiar, medir y ver sobre el terreno.

Repasó perpleja cada minuto del día anterior. Buscaba alguna justificación para esa reacción, pero solo habían pasado cosas divertidas entre muestras de cariño y carcajadas.

«Puta egoísta». La había llamado puta egoísta por haberse levantado antes con la clara intención de darle una sorpresa.

Clea no lloró. Tampoco se enfadó. Simplemente, estaba en *shock*. No podía entenderlo. En su perplejidad, una tristeza infinita le retorció las tripas y lo que quiera que haya detrás del esternón. Pensó que era cuestión del idioma. La traducción al español sonaba peor que dicho en inglés, *fucking selfish*. Quiso entenderlo como una frase hecha malinterpretada. No podía ser otra cosa. Todo era perfecto. Solo era que no estaba acostumbrada a ese tipo de lenguaje en inglés... Cualquier cosa que sirviera para excusarlo.

Entró a buscarlo. Estaba sentado en uno de los sofás del salón con los codos apoyados en las rodillas y los pulgares sobre la frente, mientras movía nerviosamente el pie izquierdo descalzo y golpeaba el suelo.

—Henry, discúlpame, de veras. Quiero pedirte perdón. No quería asustarte.

—Pues para no querer, lo has hecho y mucho. Ni se te ocurra ponerme una mano encima. ¡No me toques!

Apartó la mano de Clea de su cabello de malos modos, cabalgando entre la falsa dignidad, el desprecio y la resignación.

—¿Tú no entiendes que necesito tenerte a mi lado cuando despierto? ¿Tan difícil es que entiendas eso? ¿Tanto supone para ti? ¿O es que te exijo demasiado para lo que te doy?

—Henry..., vida mía...

Los nervios y la necesidad de control la llevaron a decir algo fuerte e inofensivo a la vez. Él cambió de posición, la miró de reojo y moduló el tono.

—Clea, no lo entiendo. Quieres volverme loco. ¿Es eso lo que pretendes? Me haces una faena como esta, casi muero de un infarto y luego me llamas *vida mía*...

—Ya te he pedido perdón, Henry. Si necesitas que me disculpe de otra forma, también lo haré. No te disgustes. No soporto verte mal y mucho menos por mi culpa. ¡Qué torpe soy! ¡No hago nada bien! De veras, no pensé en las consecuencias de lo que hacía. Perdóname.

—Es muy fácil pedir perdón. Hoy era un día muy especial, muy, muy especial para nosotros.

Clea no entendía nada y quería evitar el conflicto, que todo fuera como cuando él estaba bien. No sabía cómo podía reducir la vehemencia y la hostilidad. No tenía ni idea.

—Perdóname, no quería hacerlo.

—Tienes que tener cuidado y no estropear los momentos especiales a tu antojo. Así dan ganas de irse y no estar contigo. A veces comprendo por qué fracasaron todas tus relaciones anteriores. En días como este me apetecería no haberte conocido y haberle encargado a cualquier otro esta obrita de nada. Yo, que lo había preparado todo para que hoy fuera un día inolvidable para ti...

Ella comenzó a sentirse culpable y lloró. Había perdido su oportunidad de pasar un día maravilloso. ¿Cómo no se le habría ocurrido pensar en que se molestaría al despertar y ver que estaba trabajando en el jardín? No se atrevía a preguntar por qué, pero no entendía qué quería decir Henry con que iba a ser un día especial para ellos. Ella solo esperaba que fuera un día más, de esos que tanto disfrutaban: un día sin gritos, sin estridencias, uno de esos que ella necesitaba. Solo quería vivir en paz, sin alteraciones. Y había ido más allá. Había dejado caer que toda la ilusión que ponía en la reforma era pura alharaca, que lo podría estar haciendo cualquiera y que no merecía lo acordado. Así que se sintió una inútil en su trabajo, y, abatida, se acurrucó en el sofá abrazada a un cojín. Lo miró esperando su reacción hostil y la continuación de la reprimenda.

Henry se acercó y acarició su pelo de manera suave y mimosa.

—¿No te das cuenta, *baby*, de que si no piensas en los demás, nadie querrá estar contigo? No me hagas irme. Había preparado un día de amor y vino en Burdeos y Saint-Emilion. Venga, dame un beso de los tuyos, pídeme perdón de una forma convincente y retomamos los planes. Hay vida más allá de una sencilla reforma...

—Lo siento, de veras. Para mí, es mi proyecto y es muy importante. Y, además, resulta que el cliente es la persona que más me ha gustado nunca...

—No me sirve como excusa. Tienes que entender que por tu trabajo jamás te darían un Pritzker. A veces pareces un poco soberbia y no te va nada ese estilo... Los arquitectos españoles sois todos un poco raros, ¿no?

—Lo siento, perdona. — Lo besó enjugándose las lágrimas y sonrió.

Clea le dio la razón, habían perdido un día excepcional porque ella no había pensado en las necesidades de Henry. Tal vez se mereciera lo de puta egoísta, tenía que darse cuenta de que compartía espacio con otro adulto. «¿Y si mi deseo de vivir sola, sin crear una familia como han hecho casi todas las del colegio, me está volviendo egoísta? ¿Y si no sé vivir con los demás?».

Él abandonó el salón y ella se quedó mirando el cenador por la ventana. Solamente esperaba satisfacerlo y hacerle feliz. Había descubierto el mayor tesoro de la casa. Estaba descuidado, pintado capa sobre capa de blanco, pero era una maravillosa joya. Le recordaba tanto a ese de Bergen que dibujó mil veces después de su viaje a los fiordos... Por eso, ella sabía que tenía que ser verde y que sería su mayor impronta en esa casa. Pese a la amargura del momento, lo miraba como justificándose por haberse levantado tan pronto. Solo era hierro, pero era mágico. Aunque estaba a ras de suelo, ella quería elevarlo para colocar cinco escalones de piedra. Tenía que estar más alto que el resto del terreno, como en Bergen.

Cuando lo terminara y ese lugar fuera un santuario, él entendería por qué se había levantado tan temprano y sin decir nada, con tanta ilusión. Era un octógono marcado en el techo, pero la sutileza de las columnas finas y cada uno de sus veinticuatro arcos —ocho grandes— suavizaban las aristas. La gran estructura de hierro se cubría con una celosía de unos setenta centímetros de alto en todo su contorno, con puertas en los dos arcos principales. Pero lo realmente impresionante era la cúpula con cuatro claraboyas. Terminaba en pico, como apuntando al cielo, con una suerte de romántico pararrayos. Esa cúpula tenía que ser verde como la de Bergen y las claraboyas, doradas. Recordó sus clases de arquitectura sobre las pagodas, que eran símbolos del desarrollo evolutivo del ser humano y mostraban el equilibrio entre el destino y la capacidad decisión, el libre albedrío. Aquella cúpula, en la que según la tradición oriental estarían situadas la voluntad, la intuición y la mente pura, era algo ridículo para él, pero importante para ella. Clea era capaz de ver sus posibilidades porque miraba con el alma y, en ese momento, totalmente desconcertada, sintió un escalofrío al pensar que existía la posibilidad de que Henry no tuviera alma.

Clea se recreaba en sus sueños para escapar de la tensión del momento. Quería dejar de llorar y solo se le ocurría pensar en cosas bonitas para conseguirlo. Henry apareció por detrás, sigiloso, y le besó el cuello mientras acariciaba su cabello.

—No llores, *baby*, no llores más. Vamos a arreglarlo. Haré como que no ha pasado, pero que no vuelva a repetirse. Ya sabes que yo sí soy generoso. Te perdono y recuperamos los planes.

Clea lo miró desconcertada, sonriendo y secándose las lágrimas. Era tan, tan guapo... Cada día lo encontraba más atractivo. Se sentía una privilegiada por poder ir con él a Burdeos.

—Saint-Emilion tiene buenos vinos, ¿verdad?

—Claro que sí. Ya verás qué día tan bonito vamos a pasar. Puede que haga más calor que aquí. Ponte guapa, que te lo voy a enseñar todo. Ya verás, mi emperatriz. Vas a vivir lo mejor de la zona. Y compraremos un buen vino para brindar cada noche por nosotros.

—Gracias, Henry. Voy a arreglarme para que no me veas con esta cara. Quiero estar guapa para ti.

—Venga y, por favor, cambia de actitud. Hoy es un día que siempre recordaremos. Será divertido y mágico. Te prometo que lo recordarás por mi maravilloso final sexual y no por tu mal despertar. —Henry le lanzó entre bromas y risas un cojín—. Corre a arreglarte. Y, ya sabes, el pañuelo a lo Grace Kelly, como a mí me gusta. Nos vamos en el Jaguar.

—Hecho. Me encanta la brisa en la cara.

Clea se marchó al baño sintiéndose perdonada y recompensada. Qué fascinante jornada se presentaba. Ya había dejado atrás los pensamientos sobre el cenador. «Henry tiene razón. Esto solo es la reforma de una vieja casa. Por mucha pasión que le ponga, no es para un Pritzker».

¿Quién le habría dicho a ella unos meses antes que iba a poder hacer un viaje maravilloso en un Jaguar antiguo con un inglés aristócrata tan guapo y tan inteligente para conocer los vinos más maravillosos de Burdeos? «Y pensar que casi lo estropeo con mis cosas... A veces soy tan ridícula: anteponer un cenador a su bienestar...».

El viaje estaba siendo delicioso. El trayecto desde Biarritz a Burdeos, disfrutando del paisaje y cantando juntos a voz en grito todo el repertorio de Queen, fue balsámico. Todo lo malo se olvidó.

El contraste del verde con el pardo de la tierra y el azul del cielo era un espectáculo rayado por el gris de la carretera. Henry sujetaba la mano de Clea sobre la palanca y compartían los cambios, todos los cambios. A ella, que solo había tenido coches automáticos, aquello le parecía tan romántico que cerraba los ojos al son de *I want to break free*, deseando no despertarse nunca de ese sueño de princesa, o de emperatriz, como a Henry le gustaba llamarla. Llevaba el pelo recogido con un pañuelo de Hermès que le había robado a su madre a su paso por Madrid. «Hija, qué raro es todo. Siempre has detestado los pañuelos de cuello...». «Son de otra época, mamá, pero me voy a otra época».

Burdeos sorprende la primera vez irremediablemente. También las sucesivas. La ciudad impresiona por la mezcolanza entre una agreste y vetusta ostentación y la sencillez de una población nada capitalina. La majestuosidad de sus construcciones se rebela contra esa manida afirmación y trae al presente las memorias de capiteles jónicos y corintios, leones y vestigios del poder más apabullante. Henry estaba orgulloso de enseñarle la ciudad a Clea.

—¿Entiendes por qué digo que algún día tendré unas viñas y una bodega en la zona? Debe de ser el paraíso estar aquí. Algún día te traeré a conocerlas. Quizás también te encargue la reforma, o incluso, si eres tú quien me la regalas, puede que la hagas sin cobrar...

—¿Quién sabe?

—No te lo crees ni tú. Con lo que te gusta el dinero y con lo ambiciosa que eres... Aunque no creo que un pobre anciano centenario pueda pagarte. Si a tu edad me cobras esa barbaridad... Bueno, imagino que estos meses estaré pagando algo más que la reforma. Pero no solo no me importa abonarte más de lo que te mereces, sino que hoy tengo un regalo para ti.

—Henry, no te preocupes. No necesito regalos. Prefiero que no cuestiones mis honorarios, hace que me sienta mal. Parece que mendigo o que estoy cobrándote por lo nuestro.

—Qué susceptible estás... No protestes más por hoy. Con lo que te quiero y lo que me he trabajado tu felicidad este mes y este día, creo que no me lo merezco. Dame un beso y no protestes más hasta que lleguemos a nuestro destino.

Caminaron sonriendo ambos, haciéndose carantoñas y regalándose constantes besos hasta que alcanzaron la esquina de las calles Buffon y Georges Clemenceau.

—Hemos llegado, señorita.

—¿Cartier? ¿Qué hacemos aquí?

—Es un juego. Solo puedes hablar cuando yo te pregunte —y le susurró al oído los famosos versos—: *Me gustas cuando callas, porque estás como ausente...*

Clea estaba muy excitada. Nadie había hecho nunca algo así por ella. Estaba nerviosísima y trataba de disimular, como si eso le sucediera todas las semanas.

—Caballero, ¿en qué podemos ayudarle?

—Querríamos un anillo *Love* de oro rosa para la señora.

Henry la miró y le puso el dedo en la boca, recordándole que debía respetar su pacto de silencio hasta que él le preguntara. La encargada de la tienda le tomó la medida del dedo y se fue a la trastienda. Henry aprovechó que se habían quedado solos para meter la mano entre sus muslos y acariciárselos lentamente hasta llegar a la vagina. Clea le sujetó las manos y tuvo que acallar un gemido mientras las retiraba. Henry se apartó juguetón, recordándole que no podía hablar.

La encargada reapareció con dos cajas.

—Yo creo que este es de su talla.

Clea hizo ademán de ir a probárselo y Henry se lo quitó de las manos.

—Disculpe, señora. Este privilegio es mío. Clea, ¿quieres convertirte en la «arquitecta de mi vida»?

Ella se emocionó un momento, hasta que recapacitó y pensó que no sabía lo que quería decir.

—¿La arquitecta de tu vida? ¿Qué es eso?

—Clea, acepta. No te estoy pidiendo que seas mi novia ni mucho menos que te cases conmigo. No montes un numerito. Acepta mi regalo como te lo hago, con mucho amor. Hoy, desde luego, te has levantado torcida. Repetimos: Clea Castán, ¿quieres ser la arquitecta de mi vida?

La dependienta cambió el gesto. No entendía la grosería y el imperativo en la compra del regalo. Se compadeció de ella y se puso a la defensiva con él.

—*Yes. I do.*

En la puerta de Cartier se dieron un beso memorable, de esos que sellan compromisos y agrandan los corazones. El resto del día fue tan estupendo como prometía. Pasó rápido entre copas de Petrus, de vinos deliciosos y exquisitos desconocidos y de paseos románticos por la zona entre los dos pueblos. Bebieron demasiado, como era de esperar en un día así, de alianzas y descubrimientos, de caldos exquisitos y emociones desbordantes.

Los piropos de Henry fueron incesantes. A Clea la adulación le generaba rechazo y cualquier cumplido lo entendía como una falsa lisonja. Ella solo prestaba atención a algunos, los que podían tener un doble significado y querer decirle que tenía algo que cambiar para gustarle aún más. Los demás los daba por amortizados.

En cualquier caso, aquella catarata de palabras elogiosas eran mucho más que piropos sin intención, eran un síntoma de gran fragilidad emocional. Había mostrado con gritos y vehemencia su temor a que ella no estuviera al despertarse. Pobre Henry, no sabía gestionar sus emociones, estaba necesitado de cariño y de comprensión. Ambos habían tenido suerte. Ella se encargaría de entenderlo y de ayudarlo a superar situaciones así. Pronto cambiaría de actitud. Ahora eran un equipo.

Quería ser perfecta para él. Tenía miedo a defraudarle. Le daba tanta paz verlo feliz junto a ella que tenía miedo de que el viento cambiara de dirección, y prefería considerar como malos sueños sus cambios de carácter.

Henry se acercó al oído de la arquitecta de su vida y le planteó quedarse a dormir en el hotel Intercontinental después de cenar en su fabuloso restaurante de dos estrellas Michelin. Así se cerraría el círculo de un día romántico y se garantizaba una noche de sexo salvaje y desgarrador. Clea asintió divertida. Era el colofón perfecto para un día con el hombre de sus sueños.

—El anillo es para que todos sepan que eres mía, como el que llevan las palomas mensajeras en la pata. Eres mía. Te deseo y te quiero. Disimulamos cenando y luego vamos a lo nuestro. Este hotel es tan majestuoso como merece la emperatriz.

—No me perdería una noche contigo en Burdeos por nada del mundo. Ese impresionante hotel frente a la ópera, una cena romántica con velas y esa forma tuya de amarme y poseerme cuando el vino nos desnuda el alma...

—En La Brasserie tomaremos el primer plato de carne y nos reservaremos la mejor ración para la habitación.

—Ay, Henry... Sabes cómo volverme loca de amor. No sé decirte que no.

Clea prefería estar algo bebida a la hora del sexo. Se sentía más desinhibida. Él iba un paso más allá de sus experiencias. Durante aquel mes bebieron en el aperitivo, en la comida, en la sobremesa y, por supuesto, en la cena, porque Henry decía que la sensualidad de una mujer aumentaba si tenía una copa de vino en la mano. Y ella quería ser la más sensual para él. Bebía como nunca lo había hecho y le encantaba. Se liberaba. Se desinhibía. Tanta corrección la tenía asfixiada y, con Henry, solamente en la cama y con unas copas de más podía ser ella misma.

Además, había utilizado esa liberación que le facilitaba el alcohol para adaptarse a los gustos de su pareja. A ella aún se le hacía rara la obsesión de Henry con su pelo. Pasaba horas acariciándolo, mirándolo, besándolo, despeinándolo. Parecía una fijación. Su pelo largo y rizado se había convertido en el protagonista de las escenas más subidas de tono de su vida. Tanto que llegó a mirar en internet si había obsesos sexuales del pelo. Y sí: se llaman tricófilos.

La melena rubia de Clea se convirtió en una continua fuente de *inspiración* sexual. Inspiración era su forma de llamar a la excitación feroz cuando estaba sentado a la mesa. En el cuarto usaba términos más soeces para referirse a las musas. A Clea le costó acostumbrarse a la lascivia que le causaba mirar cómo la peinaban o tocarle su larga cabellera mientras se acariciaba el sexo, así, sin más. Le causaba cierto reparo y perplejidad ver cómo él se volvía loco mirando su cabello rubio, abandonándose en ese pestañeo delirante de pupila desaparecida que la erección traía aparejada al descender directamente desde el cerebro, sin que fuera necesario el contacto físico entre ellos.

Las primeras veces fue muy difícil evitar que le pareciera ridículo, tal como le dictaban sus prejuicios. Se abstraía de la realidad y pensaba si Henry no sentía pudor o si no sería consciente de que ella no había vivido nada igual, de que aquello no era lo habitual. Lejos de eso, Henry se metía tanto en su papel que ella se debatía entre seguir el juego o salir corriendo.

Después de la primera semana en Biarritz, cuando regresó de Madrid, ya había optado por quedarse para ver de qué iba aquel ser sofisticado y extravagante. Había decidido adentrarse en la partida para evitar la mirada jocosa que se volvía inevitable para ella. Pensó al principio que se trataba de un depravado, aunque no daba el perfil.

Ella persistía en su convencimiento de que todo en él era maravilloso, como si fuera la protagonista de *Carta de una desconocida*, la novela de Zweig donde la idealización de un hombre conduce a una mujer a una vida desgraciada que acaba mal. A Clea le pasaría lo mismo: se acostumbraría, lo idealizaría, lo desearía con locura hasta que, al final, le daría la muerte, la muerte que él merecía.

En un mes, todo había cambiado. Ya empezaba a gustarle el juego. Había conseguido devolverlo a su imagen inicial de lord inglés con aire de *enfant terrible*. Quiso vestirlo de sensualidad y decidió que aquello era normal. No había espacio para plantearse lo contrario. Tenía que ser normal para que todo lo demás pudiera seguir siendo especial. Desde que leyó que el síndrome de Rapunzel es bastante habitual, se armó con el poder que le daba su precioso pelo sobre Henry. Aun así, todavía prefería estar borracha.

El sexo fue brutal y ella defendió su propio placer tanto como él su fantasía. Era una coreografía improvisada de dos extraños que jugaban a estimularse sintiendo que extraían lo mejor del disfrute del otro.

¿Quién querría acordarse del incidente de la mañana? Había sido un día maravilloso con marchamo de Petrus, Cartier, Jaguar y sábanas de lino colocadas por gobernantas con cofia. También con aceites de nardo en el pelo y esa brusquedad que los conducía al éxtasis, velada por los visillos con que el licor desdibuja la realidad.

—Algún día serás mía aquí, cuando los viñedos también sean míos y todos estéis en el lugar que os corresponde. Todo será mío. Todos seréis míos.

Clea se durmió con una sonrisa. Sus palabras le sonaban a música celestial. Él quería compartir el sueño de su vida con ella dándole su espacio real.

Verdaderamente, sentía el privilegio de haberle conocido.

Ella había sabido atisbar o intuir esa vulnerabilidad que pasaba inadvertida a los demás. Además, ella era buena e iba a ayudarlo.

Por fin... por fin un hombre del que no aburrirse.

17

Biarritz, 2 de septiembre de 2017

Hacía casi dos horas que no hablaba con Henry por teléfono y le había dejado tres mensajes bonitos llenos de corazones para cuando desactivara el «modo avión» de su móvil. La suerte de tener vuelos directos a Londres permitía que las escapadas de Henry para mantenerlo todo en orden fueran rápidas. Ella se sentía tremendamente bien cuando comprobaba que esos viajes cada vez se espaciaban más.

Clea esperaba en el mismo lugar de siempre, de pie, al lado del coche. Él salió del aeropuerto con un pequeño trolley, ligero de equipaje. Lo veía caminar y cada día le parecía más alto, más rubio, más atractivo. Él no había cambiado, aunque sí la forma en que ella lo miraba. Se acercaba con el jersey favorito de Clea. Se lo había puesto para ella. Un jersey clásico, casi pasado de moda, de seda azul lavada: era *su* jersey, el que le prestó la primera noche que tuvo frío a su lado.

Desde lejos, olía a besos. Esos besos que eran sus favoritos: los del reencuentro con abrazo incluido, aquellos en los que la elevaba treinta centímetros por encima del suelo. Le recordaban un viejo anuncio de chicles sin azúcar de la televisión, de finales de los ochenta, que había visto cientos de veces en YouTube, porque lo compartían las amigas adolescentes cuando querían aprender a besar como algo *kitsch* y *vintage*. Clea quería que fuera su imagen de amor de estación o de aeropuerto. La imagen en blanco y negro, un chico y una chica, los dos mascando chicle sensualmente y mirándose a los ojos, un beso de esos de emocionar, y Otis Redding cantando de fondo —*I've been loving you too long to stop now*—, tan solo interrumpido por el eslogan: «Trex: besos sin azúcar».

Los dos sonreían y ella cerraba los ojos, mientras Henry los tenía todo lo abiertos que podía. Sus ojos eran tan pequeños que buscaban no perderse nada, como si tuvieran el doble de cosas que captar por estar la mitad de abiertos que la mayoría.

—*Baby, baby*, qué ganas tenía de verte. Te he echado tanto de menos...

Ella callaba y reía mientras las palabras de él se entrecortaban al mordisquear cariñosamente sus labios y besarla como si hiciera meses que no se veían. Solo habían transcurrido cuarenta y ocho horas.

—Tengo tanto que contarte... Sabes que llevo meses dando vueltas a la idea del cenador.

—El dichoso cenador...

—Te quiero hacer una proposición. ¿Por qué no vamos a dar un paseo y comemos algo en el pueblo?

Unos vinitos, algo ligero y nos vamos directamente a la cama.

—Si me dejas besarte en cada bar, en cada esquina, acepto. Te he echado de menos y, si me apuras, casi he conseguido sentir nostalgia de Biarritz. Así que un paseo me vendrá bien para reponerme del trauma.

La gran obra había comenzado. Ellos habían adecentado una de las casitas, la originaria del mecánico, para poder vivir sin polvo. Se habían instalado allí con la sensación de aventura del viejo artista que se traslada a una buhardilla parisina o con la de los estudiantes que abandonan la casa de sus padres para mudarse a un piso compartido. Son los típicos lugares en los que todo tiene el aire de lo provisional.

Se habían arreglado con la familia que tenía cedido el uso de la vivienda y los habían contratado para que ayudaran a Clea con los encargos, las gestiones, las compras y la limpieza. Todos estaban emocionados con las obras y conformes con la situación. Claude, que era un buen chico, había congeniado muy bien con ella, que estaba aprovechando para darle clases de inglés. Margaux estaba agradecida por la oportunidad. La reforma les tenía excitadísimos. Bajo ese proyecto emocionante que veían avanzar, todo era más fácil. Cada vez tenían más cosas en común y empezaban a necesitarse sin poder desvincularse el uno del otro ni un solo día. A él comenzaba a gustarle de una forma inesperada su relación con Clea.

Ella se estaba adaptando a su carácter y sabía cuándo hablar, cuándo callar y cuándo besarlo. Y sabía estar siempre para él. Era un amor de criatura, una criatura digna de amor, con ese afán por que todo fuera excepcional, por dar lo mejor de ella para que él fuera feliz. Henry supo que era extremadamente generosa desde su primer encuentro en casa de los Zaldívar. Con todo. Clea dejaba translucir que era ese tipo de persona que es capaz de olvidarse de sí misma para que todo funcione, de ese tipo que no da la apariencia de entrega y sumisión, sino que lo envuelve todo con un carácter fuerte que esconde su vulnerabilidad.

Henry era un jugador de los que apuesta a caballo ganador: matrimonio concertado por las familias y pago por sexo con quien no tenía elección. El poder estaba servido y las reglas establecidas para salir invicto en todos los casos. Esa era la primera vez que abría el tablero, preparaba la trampa y elegía a la contrincante, que era libre, idealista y creía que él jugaba limpio. Tenía todas las de perder, pero no sabía que estaba escrito que perdiera. Por eso se agarraba con uñas y dientes al sueño de ser feliz junto a él.

A veces, y solo a veces, la bondad embauca al embaucador. A veces, el marcador de Clea se ponía por delante y, en un set, ambos se relajaban y conseguían ser dos adolescentes que se divertían cuidándose, riéndose, y aparcando las estrategias y la armadura para ser ellos mismos. Henry solía abandonar esa actitud de inmediato, buscando la tensión en la que tan cómodo vivía. Un Astor era un Astor y no alguien que se entretuviera con vulgares pasatiempos. Necesitaba que lo adoraran y captar la atención continuamente. Cualquiera podría preguntarse si convertirse en un constante factor estresor puede ser una vocación. Se vestía rápido con la armadura y empuñaba su espada para no salir lastimado del trance.

Pasearon pese al calor como novios jóvenes, con la ilusión del reencuentro. Se sentaron en una terraza con sillas blancas de madera y cojines de rayas azules y blancas a juego con las sombrillas.

—Mi petición, querido Henry.

—Con tanta solemnidad, no habría nada que estuviera al alcance de mi mano que no hiciera por ti.

—Es el cenador, Henry. Tengo un sueño para hacer de él la insignia de la casa. Estoy estudiando la iluminación, la decoración. Creo que tiene una energía especial y me gustaría que allí lo celebraras todo... incluso cuando seamos viejos y te compre el viñedo en Burdeos.

Henry estalló en una carcajada.

—No es nada nuevo. Eso ya me lo has dicho muchas veces. Es pura demagogia...

—El caso es que he pedido presupuesto a una empresa que lo desmonta, se lo lleva, lo restaura y lo deja perfecto. Solo hay dos inconvenientes.

—Uno es el precio, porque eso suena carísimo. ¿El otro?

—El otro es el tiempo. Me han dicho que lo antes que podrían tenerlo, si lo encargamos ya, es en mayo del año próximo. O sea, más de un año. Pero entre unas cosas y otras es lo que vamos a tardar en la obra.

Henry sonrió y aceptó y ella, con gesto de niña pequeña, se abalanzó sobre él y lo besó. Le encantaban los días de besos, vino y rosas. Al fin y al cabo, no tenía tantos. Pero los días de reencuentro, ay, Dios, cómo sabía el reencuentro. Ese día no sabía a miedo ni a cambios de carácter. Ese día solo sabía a vino y a besos. Y olía a rosas. Todo era de fábula cuando él volvía. Villa Matin sin él no era más que una buena casa de Biarritz en obras.

Cuando llegaron a la finca, fueron a dar una vuelta por las obras. Todo iba avanzando, aunque Henry veía que el final aún estaba lejos. Haber ido a Londres le había recordado la comodidad de una casa sin polvo, de unas paredes sin grietas y de las superficies brillantes y relucientes. Caminar entre viejos tablones, sacos de cemento y andamios manchados de pintura le causaba una profunda pereza.

—*Baby*, esto está imposible.

—Ya, es que es lo peor, la instalación eléctrica, el agua, el aire, el gas... Nos queda la peor semana.

—¿Podrías irte o tienes que estar aquí?

—Prefiero estar, pero si me tienen localizada por teléfono, podría no estar.

—¿Por qué no nos vamos y hacemos nuestro primer viaje juntos? Yo te invito. Dime un sitio que tengas ganas de conocer. Una semana y volvemos con todo un poco menos sucio.

—¿Me lo dices en serio? Para mí estaban siendo mis vacaciones. ¿Quieres que vayamos a Málaga? Mis padres estarán allí y les encantará conocerte.

—No, no corras... Un viaje para nosotros, una luna de miel en la que te cuide y me cuides, en la que nos riamos y nos divirtamos. Un sitio desconocido para los dos... Piensa...

—No sé: Islandia, Maldivas, San Petersburgo, Dubái...

—¡Qué poca imaginación! ¿No se te ocurre algo mejor?

—Bután... El cónsul honorario para España y Francia es amigo mío.

—Está muy lejos, ¿no?

Clea reía como loca y él la estrechó entre sus brazos.

—¿Para qué me dices que elija si vas a decidir tú?

—¿Cómo puede decir eso la emperatriz de la casa? Nos vamos a Islandia, que fue tu primera opción.

Se fundieron en un apasionado beso con el que inauguraban el principio de sus primeras vacaciones juntos. Los dos estaban emocionados. Islandia era un lugar para visitar y Henry se puso a organizar el viaje. Sin dilación. Los billetes de avión, el hotel, el alquiler del helicóptero para sobrevolar los volcanes, los restaurantes, el día en Blue Lagoon. Todo le parecía poco para una escapada de ensueño con Clea, máxime cuando implicaba librarse de la suciedad y el ruido de la obra. Nunca había pensado visitar Reikiavik y lo que estaba leyendo le parecía muy atrayente. Ya se imaginaba en aquellas aguas termales creadas por accidente al lado de una central geotérmica, con su chica con el pelo mojado, dentro de un gorro, asomándole por la nuca...

Mientras tanto, ella organizó la semana completa de trabajo con llamadas a todos los subcontratistas. Se pasó un par de horas al teléfono. Después marcó con indicaciones y carteles aquellos detalles de la reforma con los que quería que tuvieran especial cuidado en los días en los que estarían fuera. Pidió a los electricistas y a las demás empresas que redoblaran los trabajos esa semana con dos cuadrillas que se alternaran para que ese tiempo rindiera y se avanzara más de lo que estaba previsto. Se había quedado preocupada por la escasa tolerancia de Henry a los efectos secundarios de una obra y les pidió que, cuando él no estuviera, mantuvieran los equipos de personal en dos turnos. Era lo bueno de estar en medio de la nada. No iba a haber protestas por el ruido a deshoras.

—Henry, ¿cuándo nos vamos? ¿Me da tiempo a ir a Madrid a hacer una maleta? Allí hará frío y no me traje nada.

—Hay que hacer escala en París. Podemos llegar por la tarde y quedarnos a cenar para que te dé tiempo a comprar lo que necesites. O si prefieres salimos en un par de días y puedes comprar en Biarritz.

—Opción A, sin duda. ¿Cuándo nos vamos?

—Creo que mañana si consigo cuadrarlo todo.

Clea se abalanzó de nuevo sobre él y lo besó efusivamente.

—Esta alianza de arquitecta de tu vida funciona mejor que si fuera de novia. Así tengo margen para compaginarte con un novio y no se hacen malos planes contigo. Me gusta.

—No bromees con eso. Tú eres solo para mí.

La besó ardorosamente, atusando su pelo. Besos, besos, más besos, solo besos. Cuando él estaba bien, solo había besos y risas. También vino e incluso whisky.

—Vamos a ser muy felices en Islandia.

Y así fue. Ambos vivieron una semana fantástica sin un solo contratiempo. La cena en París, su primer beso en la ciudad de la luz, las compras rápidas, amor, Orly. Más amor, caricias, piropos, confidencias, el pequeño aeropuerto de Reikiavik, las verdes laderas de tierras volcánicas vistas desde el helicóptero, mangas largas y guantes, el sexo furtivo en las aguas calientes de Blue Lagoon, el vino español emigrado al frío, los gorros de lana en septiembre, amor, caricias, besos y risas. Hasta orejeras de lana.

Clea a veces se pellizcaba para sentir que era real. ¿Quién no ha soñado con un viaje con el amor de su vida a un lugar exótico de un modo imprevisto, de un día para otro? Henry era simpático y adulador, encantador, el hombre que podía hacerte sentir el centro del universo y que lo pasaras tan bien como pocos saben hacerlo.

Ella era feliz. Sentía que lo tenía todo: su trabajo en una de las reformas más bonitas de su prometedora y corta carrera, una relación al margen de lo cotidiano, una historia con la que recrear sus fantasías y, quizás, el amor de verano de su vida. Henry era diferente, diferente a todos. Especial y adorable. Nunca tendría vida para agradecer a los Zaldívar aquel encuentro.

De Islandia, Clea se trajo otra alianza de oro rosa, esta con un brillante, un solitario que le haría recordar que tenía una relación monógama con Henry, se llamara como se llamara. Los límites quedaron tan claros como lo estaban la atracción, la dependencia y el amor. «Ni en broma hables de otros hombres. La felicidad está aquí, entre nosotros, con nosotros».

Amor comenzaba a escribirse con H de Henry. Amor con H. Hamor.

18

Biarritz, 18 de septiembre de 2017

Arrancaba la semana con un lunes más. Henry desayunaba tranquilamente unos huevos con pan tostado mientras leía el periódico en su *tablet*. Estaba ensimismado y había hablado poco durante la mañana. Clea tomaba su té matcha y su tostada con aceite, mientras esperaba a que él se hubiera bebido su café. Sabía que esa taza le daba una energía sin la que no podría afrontar el resto del día. Observó que había dado su último sorbo y sonriendo, con mirada entornada, se dirigió por fin a él.

—Señor Astor.

—Dígame, señora Castán.

—Necesitaría una horita de su tiempo para elegir papeles, pinturas y algunos acabados para el baño. Incluso, si tuviera la gentileza de dedicarme un tiempo para los detalles de la cocina, podría ir encargando algunas cosas.

—¿De verdad, Clea, me vas a hacer perder el tiempo con eso? Ya me conoces, pon algo que me guste. Lo que tú decidas estará bien para mí.

—Nooo, Henry, no seas así. De verdad. Esta casa no es mi casa. Si un día decides que no vuelva, no volveré, y se quedarán las lámparas que yo haya elegido, los papeles, los grifos... Será un gran avance, en cuanto selecciones tus preferidos, ya estará hecho para siempre y no tendré que volver a molestarte. En una hora habremos terminado. Tengo muestras de todas mis propuestas. Para el baño del tercer dormitorio, he pensado en este papel de pájaros tropicales, con sanitarios de estilo antiguo y grifería alta. Mantendríamos el mármol del zócalo y sustituiríamos el suelo por uno de madera. No he conseguido completarlo. Aquí tienes tres ejemplos de papel y los modelos de la porcelana.

—Cualquiera de esos está bien. Yo no voy a entrar ahí, el que tú quieras, Clea, de verdad. Son todos bonitos.

—No seas así, elige uno que te guste.

Él dejó caer al azar el dedo sobre uno de los papeles. Iba un paso más allá de la indiferencia. Detestaba tener que seleccionar él mismo aquel nimio detalle. Ninguno era feo, pero era la primera vez en su vida que elegía el estampado de las paredes. Hasta ese momento, Liz, su mujer, se había encargado de todo. No le hacía ninguna gracia tener que dedicar parte de su tiempo a eso. Ella se lo planteaba como algo ilusionante. A él no solo no le emocionaba, sino que le parecía más bien patético.

Estaba muy conforme con la distribución histórica de los roles domésticos y la decoración siempre había sido cosa de las señoras. En este caso, como no había *señora,* estaba pagando a Clea para que lo hiciera. No se encontraba cómodo ante la presión. Le pagaba para que lo dejara bonito y, en cierta medida y aunque ella no lo supiera, para que se sintiera feliz haciéndolo. No podía entender que ella no aceptara que él fuera un hombre «de los de siempre». Había crecido entre papeles ingleses de faisanes y patos silvestres y lo de los pájaros tropicales le parecía una concesión a la moda del todo innecesaria. En ese momento hubiera dado cualquier cosa por seguir con Liz, a quien jamás oyó hablar de chenillas ni tafetanes, pero que se encargó siempre de un modo espartano de que la intendencia y los detalles estuvieran impecablemente cubiertos, con gusto, con ese gusto de toda la vida, que es distinto. Y sin pájaros tropicales. Hasta en su fuero interno establecía comparaciones entre Liz y Clea para entender que una *lady* es una *lady* y que sus costumbres, a ellos les distinguían del resto, y entre ellas, la principal: reafirmarse a través de su idea de la tradición. No comprendía que Clea no les diera un valor especial a los de su clase.

—Perfecto. Buena elección. Ese era mi favorito también. Pasamos a los acabados de la cocina. Quiero el visto bueno a las fotos de este viejo horno antiguo de forja y bronce que encastraremos como decoración en la pared de la ventana. Necesito saber si te parece bien esta madera vista para los muebles y este mármol para la encimera.

—De verdad, Clea, si a ti te parecen bien, están bien. Nunca me han gustado las cocinas de madera, pero está bien.

—No, no, no. Busco un color adecuado y te paso la propuesta. Si te parece bien, este blanco roto es una opción más elegante y sofisticada.

—Vale, no está mal.

—Y ahora, me gustaría un color vainilla ligero para el segundo dormitorio, mezclado con este difuso *toile de Jouy*. ¿Te gusta?

Él empezaba a hartarse y su cuerpo se lo iba anunciando a Clea. Apretaba los puños, cerraba los ojos como quien se exige autocontrol y resoplaba con el mismo mensaje implícito.

—Está bien, sobre todo sabiendo que allí no voy a dormir.

—Y para el dormitorio principal, este rosa pastel que casi se confunde con un crema.

—¿Para mi dormitorio? ¿Para nuestro dormitorio?

—Sí, he pensado que, con unas telas en verde seco para los tapizados, quedaría ideal. Es el estilo que pide la casa. Así, decadente y remozado, moderno, pero con sabor..., tan de Biarritz y tan regio de otros tiempos.

—Estoy harto.

Henry no supo contenerse y estalló. Su piel cambió de color como si hubiera tenido un súbito brote de rosácea. Con esa ira entre rosa y morada que brota en las orejas y cubre la cara por completo hasta que la rabia sale por los ojos y cuesta mantener la compostura. Esa furia que aprieta los dientes para morder el silencio y retenerlo..., para intentar retenerlo y no gritar.

—¿Cómo? ¿No te gusta?

Ella reaccionó torpemente, sin ser consciente del enfado.

—¿Que si no me gusta? No seas ridícula. No es que no me guste. Es que estoy hasta los huevos de esta milonga de la paleta de Balenciaga. Estoy harto de tus mariconadas.

—Henry, ¿mariconada? Esa palabra no te pega nada. Tú no eres así.

—A lo mejor es que no me conoces y no sé cómo coño llamaréis a esto en España, pero para mí es una total mariconada, como sentarme aquí a verte jugar a las decoradoras. Te estoy pagando una pasta para que dejes esto en condiciones y la obra no avanza. Solo hay polvo, escombros y ahora me vienes con papeles de pájaros tropicales y grifos como los de mi abuela. Elige tú, que para eso te pago. Qué asco de casa y qué asco de meses.

El inglés se levantó y salió de la casa con un portazo, así, sin más, con lo que llevaba puesto. Ella estaba perpleja. No entendía qué había pasado, qué era lo que podía haberle molestado, no podía comprender cómo de la ilusión habían llegado al conflicto en unos segundos. Se quedó llorando y lo llamó sin cesar para pedirle perdón. Estaba desarmada y se sentía sola. Si ella solo quería que la casa respondiera a sus expectativas..., solo esperaba que la quisiera un poco más porque había hecho lo que él le había pedido.

El eterno debate sobre las expectativas y la frustración. Nadie lo explica de forma que se entienda, pero todos los grandes pensadores han filosofado sobre la relación proporcional entre las expectativas que uno tiene de los demás y las que los demás tienen de uno. Todo es frustración cuando los otros no responden a las nuestras o cuando sentimos que no respondemos a las ajenas. Y con la frustración todo se enfanga, todo se condiciona, todo se disipa. También en los palacetes con colores de la paleta de Balenciaga.

Henry se había desvanecido. Se había esfumado. Todo giraba en torno a él desde aquella mañana de verano en que Clea vio por primera vez las ocas, los pavos reales, los perros y el asno que ahora alimentaba a diario. En las veinticuatro horas siguientes, él no le cogió el teléfono.

La mañana del día después hablaron catorce veces: ella llamaba, imploraba, pedía perdón y él la castigaba con silencio y cortaba o gritaba e insultaba. Clea cada vez se sentía peor. No comprendía qué pasaba, pero estaba segura de que había hecho algo mal. Henry era el hombre de sus sueños y nadie se enfada así por nada. Además, le daba pena. Estaba fuera de su casa para no tener que estar con ella, en lugar de echarla. Pobre Henry, no se merecía algo así.

En la última llamada, consiguió que la perdonara. Estaba feliz. Había implorado hasta que lo había logrado, aunque estaba claro que solo había hecho lo que tenía que hacer. Ella sabía que era la única culpable. No había hecho su trabajo y había pretendido que, en su lugar, lo hiciera su cliente... Henry ¿«el cliente»?

Él le explicó que estaba lejos de allí y que llegaría a las diez de la noche.

En la casa en obras de Biarritz se oían los grillos que acompañaban al viejo reloj de pared en su desquiciante tictac con un lejano cricrí. Henry debía haber llegado hacía media hora y ella lo tenía todo preparado, pero empezaba a ponerse nerviosa.

Lo llamó otras diez veces sin obtener respuesta, y lo que iba a ser una ceremonia litúrgica perfecta empezaba a convertirse en una crispación que le quitaba el sentido al ritual. Temía que hubiera vuelto el enfado que le había hecho marcharse. Todo eso que Clea había preparado con tanta ilusión, empezaba a parecerle una carga. La cocina de la casa del mecánico estaba en la planta baja y había ido subiendo al dormitorio, poco a poco, con cadencia sinuosa, todo lo necesario para el espectáculo. Y el disgusto empezaba a conseguir que hasta cada peldaño de la escalera supusiera un reproche. La reconciliación telefónica había sido tórrida y amorosa en la última conversación de una hora, pero Henry siempre lograba desconcertarla con sus miedos.

Un pensamiento llevó a otro y Clea repasó las veces que él le había gritado, insultado o humillado. Tantas que hasta un retraso podía hacer rebosar el vaso de su paciencia. La mayoría, que eran muchas, había conseguido olvidarlas. En solo tres meses, la ira iba degenerando en un odio antiguo.

No era la primera vez que pensaba en un arrebato que la muerte de Henry sería el debido final y que tendría sentido adelantar la fecha prevista por Dios. Jamás había deseado la muerte de nadie a quien quisiera y jamás había dicho en voz alta: «Lo mataría». Nunca el amor y el odio estuvieron tan cerca. La trampilla se hacía necesaria para salir del lugar en el que realmente y, a pesar de todo, ella quería estar. La trampilla para escapar debía ser el atajo del autoengaño. Necesitaba irse de donde quería estar.

Estaba totalmente desnuda sobre la cama. Solamente la cubría su melena, recién salida de la peluquería, con impecables mechas y unas ondas amplias y perfectas. En su afán de acrecentar su poder, había estado toda la semana leyendo sobre fetichismo y parafilias, y lo tenía todo preparado para probar con algo de *sploshing*. El postre por el que el hombre que adoraba su cabello renunciaría al resto de la comida era una *mousse* de chocolate con fresas y nata. En alguna web había leído que a muchos tricófilos les encanta compaginar el placer de comer sobre el cuerpo amado con la obsesión por el pelo largo. Clea había preparado una gran cantidad de los ingredientes del postre favorito de Henry.

Cuando ya estaba lo bastante inquieta como para llevarse todo a la cocina y olvidarse del festín, escuchó que se acercaba el coche. Su rabia, su odio momentáneo y sus nervios lucharon durante décimas de segundo contra su estrategia de acrecentar su poder. Clea quería ser fría y retomar las riendas inmediatamente, así que se convenció de que las tenía bien sujetas. Puso de música de fondo, el *Bolero* de Ravel, en una lista de Spotify que había instalado en bucle para que no dejara de sonar hasta el momento final, hasta el éxtasis, hasta la locura, y para que siguiera sonando después y llenara el silencio que dejaba la rendición o el triunfo. La derrota nunca suena a Ravel.

Colocó el bol de la nata montada con dos espátulas dentro sobre la mesilla que estaba a su izquierda en la cama. En ella reposaban también las fresas. Puso otro cuenco grande con la mousse de chocolate en la derecha. Nerviosa y aún enfadada, intentó relajarse mientras se untaba el almíbar rojo que había soltado la fruta en la zona púbica y el su pecho, uniendo los pezones con una ancha banda imperfecta. Por último, usó las frutas rojas para sellar su boca haciendo malabarismos y limpiando su mano en la sábana. Fresas, fresas, fresas.

La suciedad era parte del juego. Con ese primer gesto, aparcó sus remilgos, que ya habían quedado arrinconados por la intención, en el momento en que ajustó un empapador en las cuatro esquinas para cubrir el colchón como parte del decorado.

Henry entró preocupado por el silencio de Clea. Ella no podía hablar, pero sabía que la luz y la música lo llevarían hasta la cama. Estaba tan excitada que no sabía si era almíbar lo que resbalaba por sus muslos. Esa humedad viscosa servía de segundero desconcertante, que se precipitaba ante la llegada del destinatario de la *performance*.

Sus ondas rubias estaban esparcidas estratégicamente sobre la almohada, como los tentáculos de una medusa que espera a su presa. El tirano inglés se volvió frágil al cruzar el umbral y mirar las escaleras por las que llegaría a su objeto de deseo, de posesión. Ella sabía que ese era su momento de poder. Ahí se quedaba el hombre que marcaba los tiempos, que la manipulaba y que la llenaba de inseguridades para tenerla a sus pies. Ahí, justo en el umbral. A Clea, todo ese morbo le parecía absurdo, aunque pronto pasó de la condescendencia a la utilización de la debilidad del Astor VI, que siempre se convertía en un ser irracional por la lascivia tricófila.

Henry estaba impecablemente vestido con una camisa blanca, unos pantalones color crudo y sus zapatos habituales, unos Derby de suela de goma marrones. Le dio igual. La parte más irracional del controlador le hizo abalanzarse sobre sus labios sellados y despejarlos comiendo la fruta con sensualidad extrema e intentando sujetar sus instintos con el *Bolero* de fondo.

—Cada día me conoces más. Me vuelves loco.

—Sigue comiendo.

Mientras Henry lamía con vicio sus enhiestos pezones, ella cogió la espátula, le apartó y asestó un par de golpes suaves sobre sus senos para convertir su tórax en un plato de lujuriosas fresas con nata. Él no podía soportar la presión de los pantalones y se apartó para mirarla mientras se desnudaba. Clea comprendió el significado de la palabra *poder* en su máxima extensión cuando volcó el resto de la nata sobre su melena. Tiró el cuenco al suelo y, mientras él babeaba sin acertar a desabotonarse la camisa, ella se movió, sensual y provocadora, al tiempo que mezclaba su cabello con la espuma de nata.

—¡Joder! No puedes hacerme esto. Te estás comportando como una zorra. Me vuelves loco. Tu pelo...

—¿Me insultas? Esa es la evidencia de que pierdes poder y no eres nadie por una simple erección. Y porque sabes que estás preso del encanto de mi cabeza, el de fuera, pero también de mis perversiones.

—Te vas a enterar. Si pretendes robarme el poder lo recuperaré. ¿Quién te has creído que eres, vulgar...?

Hizo un amago casi violento de acercarse a tirarle del pelo. Clea, muy seria y segura de la situación, lo frenó en seco. En ese instante ella tenía el poder.

El *Bolero* sonaba sin cesar: do si do re do si la do do la do, si do la sol mi fa sol, fa mi re mi fa sol fa sol, la si la sol fa mi re mi re do, do re mi fa re sol...

—No, querido, ahora vas a sufrir tú. Come y siéntate después a mirar.

La sensación de haber adquirido el control, de habérselo arrebatado a Henry, no dejaba de excitarla. Le encantaba que el hombre que se había adueñado de su cabeza mordiera el polvo. Le divertía que fuera un muñeco tembloroso y casi ridículo en la escenificación de todas sus debilidades. Ella, en ese momento, no era vulnerable.

Con movimientos convulsos, simulaba una voluptuosidad que se hacía casi impensable en su escualidez. La nata montada había deshecho las perfectas ondas y convertido su melena de seda en una amalgama untuosa. Henry libaba el dulce de sus pezones y ella se excitaba a golpes y a mordiscos suaves, los más, descontrolados algunos.

Con la lengua, Henry recorrió el camino hacia el pubis, que tenía el sabor agridulce del almíbar de las fresas, mezclado con el de los humores de Clea. Su carne se licuaba por la sensación de tener el cetro en la mano, un cetro que no estaba en el cuerpo del débil.

Henry estaba perdido, sin norte, buscando refugio para su fuego en la mujer que le había tomado la medida. Así, sin más. Intentando penetrarla como si fuera agua en el incendio. Clea cortó por lo sano.

—¿Dónde vas? Siempre dices que lo cambiarías todo por una *mousse* de chocolate.

Clea, ya solamente con fresas en la zona púbica y algún resto perdido entre sus pechos, puso el bol de chocolate en la cama y lo esparció por su cuerpo. Dio una despectiva patada a Henry para alejarlo al ritmo de Ravel.

—Siéntate, Astor VI, aquí no eres más que un mirón degenerado y vulgar. Aquí mando yo.

Clea untó también su melena con el delicado postre de cacao y el rubio se oscureció, lo pringó con más nata y alternó las caricias en el pelo con una sensual autoestimulación. Henry la miraba sentado, sin dejar de masturbarse y farfullando comentarios intolerables que ella desoía, sabiendo que estaba a punto de conseguir lo que quería.

La «mujer *mousse*» se frotaba el clítoris mientras exageraba los gritos de placer y se metía los dedos para llevárselos a la cabeza y embadurnarla más aún con el chocolate mezclado con su fluido vaginal. Henry tenía los ojos en blanco, no podía controlarse, no pudo controlarse. Ella sabía que el enganche era ya mayor, que había encontrado el mecanismo para transformar su dependencia en codependencia.

El triunfo estaba a punto de caramelo... o de chocolate. Midió los tiempos y sacó de debajo de la almohada un vibrador que colocó sobre su clítoris. Diez segundos después todo había acabado en ambos campos de batalla. Clea 1 - Henry 0.

Nunca más se volvió a hablar sobre el rosa de las paredes. Esa habitación fue azul y jamás mencionaron el olor a juerga y sudor de Henry. Ella jamás le preguntó de dónde venía. Ambos preferían la falta de respuestas y silenciar sus problemas que romper. La luna de miel recomenzaba con el postre servido sobre el cuerpo de Clea como instrumento para olvidar la explosión inexplicable.

Durante una hora, ella portó la corona del poder. El autoengaño es la daga que apuñala una y otra vez el cerebro y deja daños irreparables. Clea alimentó la obsesión de que era poderosa frente a él para sentir que le controlaba, para protegerse al pensar que podía poner el punto final cuando quisiera. Pero todo era mentira... o tal vez no lo fuera.

19

Biarritz, 5 de octubre de 2017

Clea estaba sola. Había aprovechado para ir a la tienda de decoración. Todos los muebles que había que tapizar estaban esperando a que ella se decidiera por las telas. Poco a poco iba captando la esencia de Villa Matin: lisos, algunas rayas, pero poco estampado, en general. Algún toque exagerado y rupturista de cebra o leopardo, pero solo como contraste entre lo clásico y la estridencia.

Tenía el capricho de poner un sillón de lectura amarillo huevo en la biblioteca. Cada vez que él le gritaba o la humillaba, extrañaba tanto sentarse sola en el de su casa, mirando a la nunciatura. Así podría tener un poco de Madrid en Biarritz en los malos momentos. Su *chaise longue* era de piel de potro. Pero este sillón tendría que ser estridente y contestario. Le gustaba la idea de jugar una mala pasada a tanta tradición. Empezaba a estar harta del tono fanfarrón de Henry al hablar de las costumbres de los Astor y quería hacer un vulgar corte de mangas a tanta pedantería ancestral. Un corte de mangas amarillo huevo a la gola y al boato que a ella no le gustaban.

Ya la conocían en algunos establecimientos y tenía su peluquería, su pastelería favorita y hasta un fisioterapeuta. Para ella, esas pequeñas señales eran el síntoma de que empezaba a sentir cierto arraigo en Biarritz.

Por eso, aquella tarde al salir, decidió tomarse un vino con la dependienta de la tienda de decoración. Quería tener alguna consideración con ella por su paciencia al repasar muestrarios una y otra vez. Clea era consciente de que había decenas de variaciones en la gama del magenta y a ella le gustaba estudiarlos y valorarlos todos. Marie tenía la calma en las manos y acariciaba los tejidos con ella para tomar juntas siempre la decisión final. Le gustaba participar de la ilusión de la arquitecta y aprendía mucho de ella. El último descarte era siempre una cuestión de matiz y de consenso.

Henry llegaría al día siguiente. No tenía prisa.

—La verdad es que tenéis una casa preciosa. No he estado nunca, pero he visto muchas fotos de su época de esplendor. Parece que a la reina María Cristina le gustaba tomar el té con la familia de tu marido. Al final, para la ceremonia del té, no hay como los ingleses y los japoneses.

Clea hizo una mueca y un guiño con una sonrisa. Con tono pícaro respondió.

—No es mi marido, no estamos casados.

—Ay, lo siento, qué metedura de pata... Os he visto del brazo por la calle y siempre juntos...

—No te preocupes. Digamos que soy... su... «arquitecta».

Sonrió a la dependienta, mostrándole simpatía y resignación a falta de otra denominación más adecuada.

—Qué torpeza. No me gusta ser indiscreta.

—Tranquila, de verdad. Me has hecho un favor. El tiempo pasa y se te olvida etiquetar el tarro. Cuando solo te preocupas de que la mermelada tenga la mejor textura y el mejor sabor olvidas que, quienes la ven, quieren poder leer la etiqueta...

Clea le regaló una mirada tranquilizadora y sonrió con naturalidad.

—En serio, no pretendía...

—No le des más importancia. Sí, la casa es preciosa y con las telas que hemos escogido va a quedar todo ideal.

—Chin, chin...

—Por las arquitectas.

—Por la vida.

La indiscreción había relajado el ambiente y las dos se veían en el compromiso de que la otra no se sintiera incómoda. Con ese ánimo, prolongaron la copa y tomaron una segunda, riéndose en medio de una charla trivial. A Clea le venía bien llegar tarde. Y se estaba divirtiendo. La chica era agradable y siempre había disfrutado una conversación fresca y ligera con un buen vino. En el fondo, ya se había arrepentido de no ir a Australia y echaba de menos a sus amigas. Desde la infancia, se lo habían pasado estupendamente bien juntas. Ese era su estado natural, el de la alegría y el entusiasmo. Estar todo el día tan ocupada y preocupada no se le daba bien. Echaba de menos reírse a carcajadas continuamente.

A su vuelta a Villa Matin, canturreaba la última canción que había escuchado en el bar. Se le había pegado. Había obreros trabajando hasta las nueve de la noche en la casa y, en esa fase, hacían demasiado ruido, así que se alegraba mucho de haber llegado cuando ya no quedaba nadie.

Entró en el palacete para comprobar las novedades. La luz del interior estaba cortada y usó una linterna. Todo iba teniendo otro aspecto. Las rozas comenzaban a cerrarse y los marmolistas llevaban buen ritmo en algunas habitaciones. Olía mucho a humedad. Los sótanos ya estaban limpios. Salió para comprobar que la zona del cenador estaba despejada.

En el jardín, ya habían limpiado la maleza para que pudieran ir los paisajistas una vez que todo estuviera en su sitio. Los animales estaban separados del polvo, de los materiales y de los riesgos de sufrir un accidente, en una especie de corral improvisado para que se mantuvieran a salvo.

Estaba tan contenta como aliviada por los camiones de escombros y basura que se habían llevado ya.

Todo empezaba a ser más visible y, al estar más despejado, parecía que los tiempos se acortaban. No podía creerlo. Se había dejado la luz encendida.

Entró y se encontró a Henry sentado frente a la puerta. De repente, le dio un vuelco el corazón.

—¡Hola! ¡Qué sorpresa! No he visto tu coche.

Él no se movió. Estaba serio, muy serio. No se levantó a recibirla. Ella supo entonces que no le esperaba nada bueno. Tenía el ceño fruncido, con esas arrugas en M que vestían su frente en los momentos de enfado.

—Vine en taxi. El mío no arrancaba. Sorpresa la mía. Son casi las diez de la noche. ¿De dónde vienes?

—De Biarritz. Estaba eligiendo telas para los sofás, las cortinas... Quiero ir avanzando para que, cuando terminemos, puedan traer los muebles inmediatamente.

Henry no se había levantado a darle un beso y no dejaba de mirar al suelo. Ella intentó acercarse y él la rechazó con un gesto seco y duro.

—Ya... Ahora se llama elegir telas.

Se levantó bruscamente y fue a olerle la boca, sujetándola por el brazo y la barbilla con vehemencia.

—Hueles a vino. ¿Quién es él?

—No tiene gracia. Suéltame, Henry, me haces daño.

—Desde luego que no. Me lo dijiste un día, que la alianza de Cartier te permitiría tener un novio.

—Henry, suéltame, me haces daño. Me he tomado un vino con la dependienta de la tienda de decoración. Se llama Marie.

—Seguro...

—Suéltame, Henry. Puedes ir a preguntarle mañana. Solamente tengo el número de la tienda. No tengo su móvil.

—No quiero soltarte. Vamos a la cama y me enseñas como se lo haces a él. ¿Te vas a tomar vinos con una mujer de la que no tienes el móvil? Venga ya, zorrita, enséñame lo que le haces que tanto le gusta.

—Henry, no te entiendo, no me entiendes. Déjame. No he hecho nada malo.

Henry la arrastró del brazo escaleras arriba. Ella lloraba y le pedía que la dejara. Él seguía, con determinación y vehemencia, sin escuchar sus palabras. Al llegar al dormitorio la desnudó con brusquedad. El vestido salió al primer tirón y para la ropa interior necesitó un poco más de forcejeo. Henry permanecía en silencio, pero con respiración marcada y profunda, haciendo oídos sordos a sus súplicas. Cuando la tuvo en cueros frente a él, la miró desafiante con el mayor de los desprecios, abrió el balcón y se giró nuevamente hacia ella. Clea parecía un pajarito indefenso. No sabía si era más fuerte el miedo o la vergüenza. La intimidación y el pudor deben de tener el mismo peso específico o un valor aproximado.

—Y para ese cuerpo, tanta emoción... Mírate, mírate al espejo. ¿Tú crees que, con lo cara que me sales, puedo permitirme que te estés tirando a alguien en Biarritz? Y tampoco entiendo que alguien quiera follar contigo pudiendo hacerlo con otra. Y así, en cualquier sitio y apestando a alcohol como una borracha.

Clea no entendía nada. Solo lloraba.

—Henry, no te reconozco. Tú también hueles a alcohol.

—¿Y qué querías que hiciera desde que he llegado? Obreros montando un ruido infernal y tu imagen, que no se me iba de la cabeza, jugando a ser la putita de otro. Sí, he bebido mucho. ¿Qué pasa? ¿Vas a empezar con sermones, como mis hijos? Os van a dar a todos por...

—Henry..., por favor, por favor...

—Nunca he tenido que vivir en una casa sucia y cutre como esta..., hasta sin servicio. Liz era perfecta. Por eso, con ella todo funcionaba perfectamente. Jamás me faltaba de nada ni había suciedad a mi alrededor... ¡Qué asco! Ojalá te parecieras a ella en algo. Claro, que tú no tienes ni la más remota idea de con quién estás.

—Te ruego que pares, te lo suplico...

Henry caminaba iracundo y altivo mientras hablaba. Tropezó y se clavó la esquina de la cama en la espinilla.

—¿Te has hecho daño?

—¿Te has hecho daño? ¿Te has hecho daño? —repitió burlándose—. Todo es culpa tuya. Ahora sal al balcón para que puedan ver todos lo que eres. No eres más que un puto saco de huesos...

—No, Henry, no. Hace frío y estoy desnuda —imploró entre gimoteos.

—Haberlo pensado antes. ¿No quieres exhibirte? Pues venga, que te vean. Lo mismo aparece otro voluntario para cuando yo no esté.

La sacó a empujones. Clea opuso resistencia. Intentó meterse en la casa muerta de vergüenza y presa del pánico. Temblaba.

—Las putas a la calle... o a la puta calle, como prefieras. Me lo tengo merecido por liarme con el servicio.

—Henry, por Dios, te lo ruego, déjame entrar. Si necesitas que te pida perdón, lo hago. Lo siento, lo siento de veras. No volverá a suceder, te lo juro.

—A la puta calle.

Cerró de un portazo y la miraba sonriente mientras se cercioraba de que estuvieran bien asegurados los pasadores y de que el viejo cerrojo de hierro no fallaría.

Clea estaba encerrada en el balcón. Se acurrucó en el suelo, llorando por la humillación. Nunca antes le habían hecho algo así. Desde que aquel exnovio le había dado una bofetada, había escapado de cualquiera que intentara tratarla mal. Fue la vez que más cerca se había visto del miedo, pero aquel manotazo la despertó de la fantasía que estaba viviendo. Nunca había llegado a una situación así, verse tirada en el suelo de un balcón desnuda. Habría preferido una bofetada dolorosa a esa humillación. Esto hería en el alma, en el corazón y en la dignidad.

Lloraba sin parar, intentando esconderse sin encontrar protección alguna, agachada, en posición fetal, sucia por el polvo de la reforma, pero también por la mohosa superficie del suelo viejo, que no se había limpiado en meses. La pintura de la pared raspaba y se caía a cada movimiento.

Oía a Henry cantar una canción que no conocía, animada, casi pachanguera. Si no se sentía feliz, al menos lo parecía. Ella empezaba a perder la poca calma que lograba mantener. Comenzó a hiperventilar, pedía ayuda y, mientras más gritaba, más alto cantaba él. Henry no había cerrado la contraventana. Tenía una manera drástica de intentar entrar: romper el cristal para poder meter una mano y soltar el pestillo. No tenía nada para hacerlo más que su propio cuerpo. No había un solo objeto ahí fuera. Sabía que ponía en riesgo su mano y por eso no utilizó la derecha. Golpeó con su puño izquierdo el cristal viejo.

El éxito vino acompañado por un terrible dolor. El vidrio se rompió en varios pedazos, algunos de los cuales se le clavaron en la muñeca. Abrió y entró gritando de dolor y miedo, con la adrenalina a cien. El alarido de Clea fue acompañado de una negación que sonaba a grito de guerra o a suicidio de honor. Un «no» vociferante, agudo y afilado como un harakiri.

—No, nooo, nooooo.

Henry se asustó. Esperaba poder mantener el castigo unas horas y que ella aguantara. Quería que sufriera para que se arrepintiera y no le dieran ganas de volver a salir sola sin él. Aprendería la lección y todo terminaría sin más. Pero sus planes no salieron según lo previsto. Clea entró en pánico y, en pleno ataque de ansiedad, no midió lo grave que podía ser la lesión. Lo físico dolería menos que la humillación.

—Clea, amor mío. ¿Estás loca? ¿Qué has hecho? Déjame que te cure eso.

La sangre salía a borbotones. Ella no dejaba de gritar de dolor y de mirarlo con gesto iracundo.

—No. Ni te acerques. Déjame. Aléjate de mí. Déjame...

—Toma tu vestido. ¿Te ayudo? Vamos al hospital. Qué mal carácter tienes y qué mal llevas las bromas.

Cuando ella se vistió, él envolvió la muñeca en una toalla para contener la sangre y salieron inmediatamente hacia Biarritz. Henry conducía. Ella lloraba durante el trayecto y él trataba de consolarla.

—Mi vida, qué mala suerte has tenido. Estos juegos nunca acaban bien. Pobrecita mía. Aguanta, que ya estamos llegando, te curan y nos volvemos a casa para que te cuide.

La miraba con un falso gesto de preocupación y una sonrisa ladina, de esas de medio lado. El gesto de la boca era maquiavélico. Conseguía controlar la emoción ante la herida, de la que manaba sangre a borbotones, impregnando la toalla blanca en la que llevaba envuelto el brazo.

—Cretino... Loco... Psicópata. Aléjate de mí. Me das miedo...

—Amor mío, di lo que quieras si te ayuda a pasar el dolor. Yo te quiero y estoy contigo.

Estuvieron tres horas en el hospital. De vuelta a casa, Clea no hablaba. La habían sedado para extraerle los cristales y darle los veintisiete puntos que necesitaron para coser las heridas. Tenía el brazo vendado y estaba callada.

—Ya verás, amor mío, como mañana te sentirás mucho mejor... Pronto será solo un mal recuerdo.

Clea no quería hablar. Seguía en silencio. Era la forma más valiente de reproche de la que se sentía capaz frente a él. Lo miró con desprecio. Él advirtió el desafío y no pudo aguantarlo. Pasó a la fase B. Sabía que ella le necesitaba.

—A mí no me mires así, como si yo tuviera algo que ver con tu locura. Lo de ir dando puñetazos a las ventanas, fastidiándome el regreso, es cosa tuya. Es increíble, después de haberte pillado de copas con el amante... No puedo imaginar qué serás capaz de hacer la próxima vez para tapar tus mentiras.

—Qué fuerte.

—Fuerte es esto, desde luego que lo es. Vuélvete a casa unos días con tus padres y cuéntales lo que está pasando. Cuéntales que te pago una fortuna porque nos acostamos y que me eres infiel con todo el pueblo. Mañana mismo te marchas y diriges la obra durante un par de semanas por teléfono. Así recapacitas y piensas si esto es tan *fuerte* o si te compensa volver.

—Quizás sea lo mejor, que me vaya. Estuve con la dependienta, tomando unos vinos, no he estado con otro hombre.

—No te lo crees ni tú. Qué mal mientes. Ahora mismo te saco el billete de avión, aunque sea con escalas. Así no puedes conducir. Mejor que un chófer te lleve a Bilbao y vuelas desde allí. Y que no se te olvide que arquitectas rubias deseando terminar esta reforma por la mitad de lo que me cobras podría encontrar una en cada esquina.

Clea lloró, pero lloró en silencio. Había aprendido que los argumentos no valían de nada.

El regreso a España no fue fácil. No solo por el viaje, que también. El chófer, observándola por el retrovisor hasta el aeropuerto de Bilbao. Ella, callada, sin mirar si quiera su móvil porque sabía que Henry sería informado de cualquier movimiento.

Una vez en Madrid, todo se volvió más complicado. Estaba lejos de lo que necesitaba. Ser adicta no implica ser feliz, pero sí supone necesitar una sustancia o a una persona para sentir que eres menos desgraciada. Pese al deterioro que te produce y la certeza, en los momentos de lucidez, de estar recorriendo el camino hacia la desgracia plena, hacia el desastre.

A su llegada a Barajas, sus padres habían ido a recogerla y tuvo que disimular. Tulia, al verla con el brazo vendado, se emocionó.

—Ay, nena, pero qué barbaridad. No sé cómo te gustan tanto las obras. Tenías que haber sido abogada...

Intentó abrazarla y su hija, precavida, la mantuvo a distancia.

—Mamá, ten cuidado con el brazo... Tírame los besos desde lejos.

—Cielo, no te eches encima —intervino su padre—. Nena, vienes con heridas de guerra.

Ella le miró a los ojos, implorando cariño. Necesitaba que la quisieran sin hacer preguntas. A esas alturas, ante la cara de mártir de su madre, era una misión imposible.

Se instaló con ellos en su vieja habitación. Le iba a resultar complicado manejarse en su propia casa y, durante los primeros días, se quedó en el nido familiar. No fue capaz de explicar la herida a los suyos y tuvo que mantener la versión del accidente en la obra. La verdad hubiera provocado la presión de sus padres para que no volviera y ella sentía, a cada minuto, que tenía que regresar.

Quedó un día con sus amigas, que no entendían qué le pasaba. Había desaparecido de las redes sociales y no las llamaba ni apenas participaba en los grupos o en los emails que se cruzaban entre todas. Clea lo achacaba a la falta de cobertura pero, entre ellas, murmuraban que estaba triste, aislada y con un halo de preocupación desconocido. «Sé que soy la mala de la película, pero, como que me llamo Inés, a ti te pasa algo con ese tío. Ni un mensaje más allá de un emoticono, ni una llamada... Tu Instagram, ¡solo tienes que comparar tu muro de hace unos meses con el de ahora. Parece que tienes algo que esconder...». «Clea, eres mi mejor amiga y estás desaparecida. Hace tres semanas que sabes lo del embarazo y no me has propuesto ni un nombre. Prefiero que se llame Clea a que se llame Marta como yo y tú pasas... Todo es muy raro». «Yo soy menos diplomática: tienes cara de triste, como de acelga...».

Cuando tenía momentos de crisis, estas frases horadaban su corazón. Ella solamente quería volver con Henry, sumergida en el marasmo en el que flota la más profunda dependencia.

Parecía que estaba en un letargo y su sentido del humor había desaparecido por completo. De hecho, fueron tantos los reproches que decidió mentir sobre su regreso a Biarritz y decirles que volvería antes de la fecha real. Además, no podía soportar los recuerdos y las anécdotas de Australia, que todas describían como «el mejor verano de su vida», el único desde su mayoría de edad que no habían pasado juntas.

Hablaban entre carcajadas con la pretensión de castigar a Clea por haber cancelado el viaje. Australia había sido *su* gran renuncia en aquella apuesta por Henry.

—Ya te puede estar pagando bien ese muermo, porque te has perdido un viaje de la leche.

—Cuando nos íbamos, mi madre no dejaba de decirme: «Cuidado con Cocodrilo Dundee» y yo no podía entender a qué se refería al mencionar una peli vieja...

—Hasta que te encontraste a Cocodrilo con tabla de surf... ¡Guau!

—Eso, eso... Cocodrilo...

A Clea no le hacía gracia la frivolidad de sus amigas. No podía contarles lo que le estaba pasando, pero tampoco podía seguirles el juego como si no sucediera nada. Ella estaba en otro lugar, en otra dimensión. Necesitaba volver tanto como necesitaba a Henry...

Antes de conocerlo le encantaban aquellos ratos hablando de hombres, relaciones, las preguntas jocosas sobre el «cañón» inglés que la había contratado... Solo podía pensar en Henry, y le daba vueltas a cuánto le echaba de menos, pensando en lo sucedido y lo subjetiva que era al recordar los hechos. Además, recurría al autoengaño, su arma favorita para lastimarse, para invocar su responsabilidad: a estas alturas, ella no debía faltar al compromiso que había adquirido por profesionalidad, más allá de las cuestiones personales.

Clea tenía claro que no podía seguir en Madrid más tiempo. Tenía que retomar la relación. Aquel día le dijo que Liz era perfecta. ¿Y si intentaba volver con ella o estaba buscando ya la sustituta para la casa de Biarritz? Tenía que hacerlo rápido. Tenía que demostrarle que ella era la perfecta para él: ella, no Liz. Para Clea, no había Cocodrilos ni más chicos que el suyo, su amado en secreto: Henry.

Además, Tulia la observaba desde lejos. Clea sabía que notaba que le pasaba algo grave. Su madre tenía un sexto sentido, una intuición infalible para los momentos en que ella ocultaba algo importante. Siempre la había pillado cuando mentía y Clea tenía la sensación de que daba vueltas a su alrededor, olfateando, olisqueando, buscando el resquicio para averiguar qué le sucedía. Tenía que marcharse pronto de su entorno original antes de que la acribillara a preguntas. Necesitaba huir de Madrid.

Sus wasaps con Henry empezaron por meros saludos y acabaron con «Vuelve, amor de mi vida, que ya no sé vivir sin ti». Henry era un as en esa parte del juego. Recuperaba la mano con una habilidad asombrosa mientras preparaba la siguiente.

Ella volvió a los diez días y hubo una reconciliación de película romántica, con lágrimas, promesas y manta de cachemir frente a la chimenea, con derroche de besos, versos y caricias que garantizaban el cuidado mutuo y eterno.

20

Biarritz, 18 de octubre de 2017

—¿Te sigue doliendo?

—Me molesta un poco.

Henry tenía abrazada en el sofá a Clea, en posición fetal, así como dos se convierten en uno para ver una película. También en la misma posición en la que ella se había acurrucado por miedo en el balcón. Pero las del miedo eran capas freáticas que humedecían parte de la tierra con la que estaban en contacto sin inundarla.

Habían oído hablar muy bien de *El puente de los espías* y a los dos les gustaba Tom Hanks. Eran las diez de la noche de un jueves y no se les ocurrió mejor plan que estar abrazados.

—Yo nunca he tenido algo así, *baby*. Tengo cuarenta y tres años y todo ha sido siempre de otro modo.

Clea paró la película, se giró y se quedó abrazada a él mirándolo fijamente. No estaba acostumbrada a oír su voz trémula hablando sobre la vida. Él tenía esa especial habilidad para desconcertarla, la facultad de convertirse en tantos personajes diferentes, que se enamoraba y enganchaba perdidamente de los atractivos, obligándose a sí misma a olvidarse de los aterradores. Ella quería un hombre así: educado, exquisito, guapo, exótico, un amante extraordinario y un hombre sorprendente y divertido. También culto e inteligente. Todo eso era Henry cuando estaba bien. Cuando él estaba bien, era todo lo que ella deseaba.

Cuando él estaba bien...

Cuando él estaba bien...

Solo cuando él estaba bien...

De repente, él quería hablar de sentimientos. Ella no podía creer que estuviera comparando en positivo su relación con el resto de su vida. Aún retumbaban en sus oídos las comparaciones recientes en las que salía tan mal parada. Y ese día tocaba un halago. No entendía por qué. Pero quería escucharlo. Estaba convencida de que con eso lograría encontrar una explicación a sus hirientes palabras. Probablemente, él no habría sabido expresarse o ella le habría entendido mal. El autoengaño reaparecía para calmar la angustia interior.

—¿Qué quieres decir con que no has tenido algo así, Henry? ¿Qué es así?

—Así, punto. Mis padres me educaron desde pequeño para ser fuerte, para hablar idiomas, para usar los cubiertos a la perfección, para saber saludar por su graduación a los militares en cuanto los viera uniformados, para montar a caballo, para tocar el piano, para esquiar, para cazar y para los quehaceres propios de nuestra condición.

—No está mal. No es mala vida.

—Ya, pero nunca he visto una película abrazado a alguien en un sofá.

Ella movió la mano para acariciarle el pelo y poder seguir haciéndolo durante la conversación.

—Venga ya, Henry. No me mientas.

—No te miento. Estoy siendo sincero contigo. Creo que pocas veces me había desnudado tanto. Por eso, esta historia nuestra me supera. Tu naturalidad me da miedo.

—Pero ¿por qué? Yo te quiero y jamás te haría daño.

—Estoy celoso de todo y tengo miedo de perderte, pero también tengo pánico a presentarte a mi familia, a que me presentes a la tuya, a ir a una fiesta juntos, a que no encajen nuestros mundos... Empiezo a tener miedo hasta en esta burbuja. Al principio pensé que todo quedaría aquí, y ahora tengo miedo. Todo me asusta.

—¿Por qué Henry? El otro día me hiciste mucho daño cuando insinuaste que venía de estar con otro hombre. Me dolió más que la herida del cristal.

—Ya, pobrecita mía. No sé cómo disculparme contigo, pequeña. Ya sabes que solo quiero lo mejor para ti. Estoy preparado para otro tipo de relaciones. Te prometo que voy a cambiar. No sé querer así. No me han preparado.

—Yo no tengo la culpa de eso...

—Lo sé. Pero puedes enseñarme. Mis padres decidieron quién era la mejor candidata para formar una familia. Formar una familia no tiene por qué significar amar, pero en el fondo daba lo mismo. Mi madre decía que amarse era cosa de pobres y de películas para contentar a las masas.

—¿Tus padres no se querían?

—Claro que se querían y se respetaban mucho. Pero querer no es amar. Mis padres llevaron a buen puerto su proyecto y yo, hasta que se acabó, lo estaba llevando con Liz. Yo también la quería. Teníamos los mismos intereses y nos divertíamos en los mismos círculos. Nuestros gustos coincidían y queríamos lo mejor para nuestros hijos.

—Creía que no íbamos a hablar de nuestros respectivos ex.

Ella sonrió, cogió el mando e hizo el ademán de pulsar nuevamente el *play*, pero Henry la detuvo con sus palabras.

—No te hablo de ella, sino de nuestra educación. Apostaría cualquier cosa a que Liz, al menos hasta la separación, tampoco había visto una película abrazada a nadie en un sofá.

—Me hago una idea, aunque no soy capaz de entenderlo. Mis padres tienen una historia de amor de cuento y me educaron para disfrutar de la vida, para gastar menos de lo que gano y para ser feliz. Hay cosas de las que me hablas que jamás había escuchado.

Lo besó, no pudo menos que besarlo con ternura. Aunque por primera vez, era ella la que no deseaba adentrarse en profundidades. Solo le apetecía ver una película de Spielberg con Tom Hanks abrazada a Henry. Tres hombres increíbles para ella sola... le parecía un gran plan. No estaba dispuesta a estropearlo hablando sobre la madre y la ex mujer de uno de los hombres del trío con los que iba a pasar la noche. Además, hablar con Henry era arriesgado. Intuía que la conversación más segura y más tranquila con él era la que no comenzaba nunca.

—Si te gusta, vemos una todas las semanas para subir la media. De hecho, si te animas, hasta podríamos comenzar un ciclo de películas imprescindibles.

—Esperaba que me tomaras en serio. Lo que estoy diciendo es muy importante para mí. Nunca antes había hablado de esto.

—Disculpa. Será la falta de costumbre. Es cierto que es nuestra conversación más extraña...

—Mis palabras son del todo sinceras, es muy complicado para mí. Estoy aterrizando en la esfera de la normalidad y lo disfruto. Me encuentro feliz junto a ti, cómodo, contento..., aunque no entiendo por qué. La casa está aún en obras, el sofá es un mueble destartalado y acabamos de tomar una simple tortilla.

—Lo sencillo es lo mejor. Eso está claro.

—A mí me tienes que disculpar. Este no es mi lugar y no entiendo lo que me está pasando.

—A veces te sacan de quicio las cosas normales, Henry. Y me dejas bloqueada. No sé cómo actuar. Me gritas y te marchas. Das un portazo y desapareces. Como si necesitaras contrariarme para ganarme la partida. Necesitamos arreglar eso. Yo te quiero y solo quiero lo mejor para ti.

—Siento que tengo tanto por aprender... ¿Nunca te has preguntado en qué trabajo?

—Sí. Pero temía ser indiscreta o parecerte torpe por no haberlo entendido.

—No, Clea. No es que no lo hayas entendido. Es que no trabajo. Mi madre pagó la educación en finanzas del hijo del mayordomo para que yo solo tuviera que firmar, solo firmar. Y es lo que hago. Miro los papeles, busco preguntas que me hagan parecer brillante para dar la sensación de que estoy al tanto y firmo.

—Qué trabajo tan estupendo tiene que ser ese. Me gusta.

—No, Clea, yo no tengo retos como tú, ni ilusiones profesionales. Confío plenamente en Lionel, pero podría estar haciéndome cualquier barrabasada porque no me interesan la mayoría de las cosas que me cuenta. Para que te hagas una idea, tu proyecto lo aprobó él y las transferencias las ordena él también, personalmente o a través de su secretaria. Me podría estar engañando perfectamente sin enterarme.

—Por eso te molesta tanto que yo sea independiente. Me echas en cara continuamente lo que me pagas. Utilizas tu dinero para intentar hacerme ver una superioridad que no existe.

—No es eso exactamente. Cuando tienes una vida como la mía, sabes que la mujer que está a tu lado depende también del patrimonio familiar, del legado. No es como las familias de la realeza, pero, salvando las distancias, es algo parecido. Tú vives de tu trabajo, ganas más de lo que gastas, como dices que te enseñaron tus padres, no necesitas grandes lujos ni ostentación y me da miedo que seas tan independiente. Podrías irte perfectamente mañana, no volver a verme y no necesitarme nunca.

—Claro que podría irme y, sin embargo, no quiero. Esa es la clave.

Clea sonrió y con la mano que no tenía vendada le acarició el cabello. Él le cogió el brazo vendado y lo miró.

—El otro día, cuando diste el puñetazo en la ventana, fui consciente de eso. No tienes miedo. Eres totalmente autónoma y careces de las necesidades que tenemos las personas de mi entorno. ¿Y si sales corriendo?

—Henry, aquí el único que amenaza con irse y que me ha dejado preocupada sin decirme a dónde se marchaba, eres tú. Yo estoy aquí contigo porque es donde quiero estar. Pero te pregunto una cosa, ¿tú eres feliz?

—¿Qué significa ser feliz?

—Ya has respondido a mi pregunta. Esa es la respuesta de los que no son felices.

—Te quiero, *baby*.

—Y yo a ti, mi lord inglés, que no se tumba en el sofá...

Inesperadamente, Henry se rompió. Comenzó a llorar como quien no lo hace nunca. Sin saber. Las lágrimas salían desordenadas, casi disparadas. Juró y perjuró que no lloraba desde los catorce años. A ella no le importaba si le estaba contando la verdad o se trataba solo de un desahogo futuro. Solo le importaba que esa agua salada era un síntoma de su fragilidad humana. Por primera vez olía su debilidad, esa que siempre llevaba disfraz de gladiador.

Clea había encontrado la coartada perfecta en ese momento, en esas lágrimas que nunca supo si eran estratégicas o reales. Tampoco quería saberlo. Era todo lo que necesitaba, una coartada para él. Ya tenía explicación y el motivo para olvidar y justificar todas sus malas actitudes, su mal comportamiento y sus malvadas palabras. «Pobre Henry. Pobre niño rico que no puede ser normal. Pobre hombre tan desacostumbrado a lo ordinario que no está sabiendo cómo encajarlo...». Intentó consolarle, como se esperaba de ella, y fue feliz. Ya tenía un relato para sí misma. Ya tenía un saco de alpiste para cebar al pajarito de su autoengaño. Feliz, en cinco letras: f-e-l-i-z.

En el mundo real, a cada uno le satisfacen cosas diferentes: sus amigas se volvían locas por un Cocodrilo Dundee y ella se emocionaba con las lágrimas de cocodrilo del hombre al que adoraba. La misma palabra para diferentes pasiones.

Y, sin ella saberlo, se había impuesto un nuevo reto. En sus manos estaba que él fuera feliz. Ella lo conseguiría. Ella haría todo lo posible para que conociera la mejor cara de la felicidad. Aunque le costara dejarse la piel. Tenía un reto, tenía un claro objetivo. Quería un sí de Henry la próxima ocasión que le preguntara por su felicidad.

21

Benalmádena, 1 de noviembre de 2017

Todo iba como la seda desde que Clea se había cortado. Aquel llanto de Henry devolvió la paz a Villa Matin. Llevaban ya tres días en Málaga en casa de Álvaro y Tulia. Ella le había pedido a su madre las llaves, rogándole que no hiciera preguntas indiscretas: «Sí. Voy acompañada y no preguntes por quién. Si cuaja, ya te enterarás».

Sus padres tenían, desde antes de que ella naciera, un bonito ático en La Malagueta. No era demasiado grande, pero la terraza lo convertía en algo parecido al paraíso para Clea. Reformarlo fue su primer proyecto al terminar la carrera y se sentía muy orgullosa. Era su lugar perfecto para escapadas.

Todas las personas que habían significado algo en su vida se habían tomado una botella de Barbadillo con hielo en aquella terraza. Era el vino que le recordaba a su época de estudiante, aquellos tiempos en los que nada impresionaba más que lo barato y una canción de la que todos se supieran la letra. Esa era la magia del apartamento. Ella lo conocía y las paredes silenciaban todas sus historias. Podría dibujar con los ojos cerrados cada esquina, cada rincón, cada incomodidad e inconveniente. Era un refugio precioso blanco y turquesa con guiños dorados al color del sol.

Había soñado con que ese viaje fuera extraordinario. Si estaba viviendo el comienzo de una historia duradera, para ella era fundamental que Henry se sintiera cómodo en aquella casa. Por eso había dejado todo organizado para que no hubiera imprevistos. Estableció turnos las veinticuatro horas del día en Biarritz. Ordenó que se cargaran todos los pluses que implicaba trabajar las noches y los dos fines de semana porque ya necesitaba un avance definitivo. Se hacía muy pesado respirar polvo día y noche. Mientras, quería enseñarle su Málaga querida a Henry. El Museo Picasso, el cubo del Centre Pompidou, el Centro de Arte Contemporáneo, el edificio de Tabacalera, donde se encuentran la colección del Museo Ruso y el Museo Automovilístico y de la Moda. Pero también, la calle Larios y un paseo por el Palo, la catedral y ese bar de la esquina donde ponen una porra antequerana que seduce a cualquier extranjero, los brindis al sol con vino dulce y las noches de postre pesado y copa filosofal.

Pisar Málaga es oler biznagas en noviembre porque los recuerdos de año tras año impregnan la pituitaria, es oler romero y sal mezclados con la brisa mediterránea que pone ruido de caracolas. A veces, la ciudad puede ser poesía en exceso cuando el ocio te espanta.

Todo iba como la seda. Estaban disfrutando como adolescentes de unos días a los que no se les podía poner una traba. Ella notaba que él estaba saboreando la vida, lo cotidiano, lo ordinario, bajando a la normalidad sin poses ni límites. Se reía, estaba cariñoso y eso a ella la hacía muy feliz. Pobre Henry... No había tenido la opción de vivir una vida corriente, de esas que no te encorsetan en un personaje y en mil situaciones ya escritas para ti.

Henry hizo una proposición inesperada para esa noche. Quería conocer el Casino Torrequebrada. Ella se quedó muy sorprendida porque nunca habían hablado de juego.

—Me gustaría ir esta noche a jugar unas partidas de póquer al casino.

—No me habías dicho que jugaras.

—Ya sabes, la familia. Es otro de los lastres del pasado. Pero puedo enseñarte.

—Solo tendría que refrescar la memoria. Aprendí en Budapest en un casino. Tenía un novio que jugaba y si me sentaba sola a tomar una copa, creían que estaba «en venta»..., así que aprendí.

—*Baby*, no me hables de otros para ponerme celoso. Nos vestimos como señores, que estoy harto de jerséis, nos vamos a cenar a un sitio bonito y llegamos allí a partir de las doce. Estamos un rato y mañana nos levantamos para buscar un *brunch*.

—Me parece perfecto. Además, traje un vestido que está loco por salir esta noche.

Eran las doce y cuarto cuando entregaron la documentación para entrar al casino. A Clea le parecía algo excitante, porque nunca habían prolongado juntos sus planes en lugares públicos a partir de medianoche. Sonreía mientras pensaba que en Villa Matin sí habían pasado noches sin dormir.

Henry también sonreía, pero por otros motivos. La alegría de su cara dejaba entrever algo a caballo entre la ilusión y el entusiasmo, con algunos tintes de impaciencia, como los de la mirada febril de un niño frente al escaparate de una tienda de golosinas.

Nada más atravesar el umbral, Henry fue a comprar fichas y cargó diez mil euros en su tarjeta de crédito. Clea no lo reconocía. Henry no entendía que un rollo de papel pintado de los que a ella le gustaban costara doscientos euros y, sin embargo, destinaba diez mil a jugar. Sacó unos billetes de cincuenta y él la detuvo: estaba invitada. Como quien hace un regalo, le dio unas fichas grandes para que las cambiara por otras más pequeñas y pudiera estar una hora entretenida. Él se fue directamente a una de las mesas de póquer y ella probó suerte en la ruleta jugando al rojo o al negro, un sistema con el que no se solía ganar demasiado, pero en el que la probabilidad de no perder mucho era elevada.

Ganó cuatrocientos euros que pensaba emplear en una camelia de Chanel como recuerdo de aquella noche. La compraría de segunda mano para que las ganancias le alcanzaran. La economía circular había llegado para quedarse. Aunque tal vez no. Iba a apostar un poco más para darse el gusto de ir a Chanel a comprarla.

Cuando lo consiguió y se cansó de merodear, se colocó detrás de Henry. Ya había olvidado esa forma de los jugadores de levantar las cartas por los bordes sin gesticular, como si estuvieran jugando entre ellos y no contra la banca.

Las primeras partidas se perciben como emocionantes. Al tiempo, todo se vuelve una sucesión de cartas sin más: un full, unas dobles parejas, una escalera, otras dobles, nada, un póquer... Quedó un sitio libre al lado de Henry y le pidió que se sentara a jugar. Él colocaba las fichas de ambos y, en algunos casos, hacía apuestas ciegas por Clea sin saber qué naipes llevaba. Ella lo estaba pasando fatal. No estaba acostumbrada. No veía fichas, sino su correspondiente valor en dinero y estaba desconcertada. ¿Dónde había quedado la gestión del capital que permitía a algunos aristócratas conservar durante generaciones la fortuna familiar y que no se perdiera por el camino? Henry se levantó tres veces a por fichas. Clea le reprochaba con la mirada y él le contestaba con gestos retadores e incluso despectivos.

Aquella era la discusión silenciosa más dolorosa de su vida. Cuando no pudo más, se levantó y se fue al sofá en el que había otras dos mujeres y un chico joven esperando con gesto de resignación. A las cuatro de la mañana, aburrida y con frío por el aire acondicionado, ya no había riesgo de que las intenciones se confundieran. Estaba claro lo que pasaba.

En el casino, a medida que avanzaba la noche, las expresiones de diversión se apartaban de los rostros y la madrugada abrazaba a los jugadores empedernidos. Los de diario, los de perder el control, los que hacían sonar el vaso al colocarlo en el hueco metálico. A esa hora, pocos vasos tienen agua o refrescos. Se mascaba la costumbre o la ira del perdedor y se escuchaba la alegría del ganador. Algunos dedos tenían callos de agarrar diariamente las fichas durante horas. Henry pertenecía a ese mundo.

Eran las cinco de la mañana y Clea había dado una cabezada. No se dio cuenta de que se había quedado dormida. Él la despertó bruscamente.

—¡Vámonos! ¡Las señoras no se duermen en los sofás! ¡Qué pinta!

Ella intentó recomponerse y ser amable para hacerle olvidar su siesta.

—¿Cómo te ha ido?

—Una mala noche. Cincuenta mil euros perdidos. Lo contaré en libras, que parece menos.

—¡Pero eso es una locura, Henry! Hay muchas familias que viven con la mitad un año...

—¿Ahora eres Evita Perón? Mármoles, maderas africanas, desmontar el cenador para restaurarlo, jardines verticales y todas esas pijadas carísimas, como si la casa fuera para ti. Y resulta que, para un día que yo me doy un capricho, sale la hermanita de los pobres.

Caminaron en silencio hacia el Audi. Quedaban pocos coches aparcados a esa hora. Ellos habían ido en el que sus padres tenían en Málaga. Clea lloraba en silencio. Henry había bebido de más y conducía rápido por la autovía siguiendo las indicaciones del navegador.

—¿Se puede saber por qué lloras?

—Acabo de ver cómo te gastas alegremente una cantidad muy desproporcionada respecto a lo que te estoy cobrando por Villa Matin. Y eso, me lo echas en cara continuamente como si te estuviera estafando.

Henry pisó el acelerador y ella gritó al ver que alcanzaba los 200 kilómetros por hora en el marcador.

—Henry, no, no, por favor, nos vamos a matar. Para, para, te lo ruego.

Clea sollozaba desconsoladamente. Él frenó en seco en medio de la autovía. Afortunadamente no había otros coches. Era tarde para ser tarde y temprano para ser temprano. Empezaba a atisbarse el amanecer.

—Baja.

—¿Qué dices, Henry? ¿Cómo voy a bajarme aquí? No podemos estar parados. Arranca. Nos van a arrollar.

—Baja y no grites. Estás histérica. Yo no llevo a putas en mi coche a casa.

—Henry, es el coche de mis padres y la casa también.

—¡Que bajes de una puta vez, coño!

Clea se bajó del coche, llorando, muerta de miedo, con el rímel corrido y unos zapatos de tacón de diez centímetros. A partir de ese momento, ya supo cuál era la mejor definición del terror: «Aquello que siente una mujer un Día de Todos los Santos a las cinco y veintidós minutos de la mañana en el arcén de una autovía, sola, con frío, con tacones y minifalda, sin bolso, sin dinero y sin teléfono».

Clea no paraba de llorar. Se levantó la falda para poder saltar el guardarraíl y protegerse de un atropello. Maldecía su vida y lo maldecía a él con el mismo «¡Maldito Henry!» que no dejaría de pronunciar tras su muerte. Sentía la vergüenza de que alguien pudiera verla y el pánico a que unos desaprensivos aparecieran entre los arbustos como en el cine. No era capaz de razonar que, sin darse cuenta, ella ya había tenido una cita con el protagonista de la película de terror.

Se sentó en unas piedras y se cansó hasta de llorar. Daba cabezadas sobre sus rodillas y había olvidado desde el principio que estaba destrozando su mejor vestido, su prenda fetiche de las citas. A las seis y veintidós, una hora exacta de reloj desde que la dejara allí, el Audi frenó en el arcén. Ella se levantó.

—Henry.

—Último viaje de recogida para que las putas deslenguadas vuelvan a casa.

Ella subió al coche amedrentada, nerviosa y con frío. Henry había bebido aún más y estaba totalmente ebrio.

—Cuando quieras, vulgar ramera de prostíbulo, volvemos a discutir en qué gasto mi dinero.

Nunca más se volvió a hablar del tema. Al día siguiente fueron a Marbella a cenar a casa de unos amigos de Clea como si nada hubiera pasado. En la mente de Henry aquello no había sucedido y la de ella luchaba por borrarlo.

22

Viena, 27 de diciembre de 2017

Clea y Henry concertaron pasar la Navidad con sus respectivas familias en Londres y Madrid. Ni siquiera se plantearon eso de «Navidad con los tuyos y Año Nuevo con los míos». Había formalismos que eran tabúes en las relaciones por definir, incluso por hablar. Sin embargo, pensaron que no podía haber nada más romántico que encontrarse en Viena el 27 de diciembre para pasar juntos su primer fin de año y recibir en aquella ciudad a 2018.

Clea le había contado que todos los años, el 1 de enero, veía con su familia la retrasmisión televisiva del tradicional concierto de la Filarmónica. Henry le prometió un comienzo de año inolvidable asistiendo en directo. A ella le parecía un sueño que se fue completando a medida que él le daba detalles de su regalo de Navidad.

—*Baby,* vamos a empezar el año como nos merecemos: juntos, felices, con amigos, cena, baile y concierto. Así, además de inaugurar un año, daremos comienzo a una tradición.

—Tradición... ¿Estás hablando sobre un futuro para nosotros? ¿Es cierto lo que oigo, querido Henry?

Clea soltó una carcajada y él no lo encajó bien.

—No lo estropees. Hablo de tradición, no me desconciertes con palabras que hagan pensar. Vive, *baby*, vive..., es lo que tú me repites sin parar.

Ella conocía la costumbre más popular de los vieneses. Se concentraban junto a la catedral de San Esteban para aguardar los tañidos de Pummerin, la mayor campana del país. Sin embargo, no había escuchado nunca hablar del tradicional Baile del Emperador en el Palacio Imperial. Hacía ya cinco años que había cambiado su nombre por el de Hofburg Silvesterball. Henry tenía unos amigos austriacos que acudían cada año y a quienes solamente veía en ceremonias nupciales y cacerías. Le pareció el plan perfecto y decidió coordinarlo con ellos.

Los Todesco, que iban siempre acompañados por los Arnstein, le explicaron que, cada nueva edición, había más extranjeros y se estaba perdiendo su esencia, pero que, si esa era su primera vez, no notarían la diferencia.

Franz Todesco era un hombre bruto, poco refinado, tosco para los de su condición, pero con un gran sentido del humor. No había nada que le divirtiera más que convertirse en el anfitrión de sus *amigos* de todo el mundo. A las dos horas de que Henry hubiera contactado con él, le escribió para explicarle que ya tenía reservada una mesa de diez para la cena con unos amigos queridísimos, que tenía las entradas del concierto y que no sacaran los billetes de regreso hasta el día 2 por lo menos.

> Mi querido amigo Astor:
>
> Estamos todos preparados para que esa mujer se vaya tan impresionada que no quiera separarse de ti jamás. Tus amigos van a recordarle que eres lo mejor que le ha pasado en la vida. Haremos que se quede con ganas de más, para que la decisión siempre dependa de ti. Ya no tenemos edad de sufrir por amor. Estamos preparando un gran despliegue. Con todo mi afecto y lealtad,
>
> Franz

Henry estaba entusiasmado por la gran sorpresa que le iba a dar a Clea. Reservó en el hotel Palais Coburg, para esas seis noches, una suite preciosa con balcón. Quería que aquella noche fuera especial y seguir el ritual tradicional en su integridad.

Le encantaba deslumbrarla. Aún no había alcanzado a comprender que ella solo quería una verdadera historia de amor, de esas que convierten cualquier plan en el más romántico imaginable: un pepito de ternera y una copa de vino en la terraza de un bar de un pueblo perdido, entre caricias y miradas tiernas.

Dentro del programa perfecto que estaba tramando Astor, tenían que ver la ceremonia del cambio de guardia en el Hofburg, a las siete de la tarde, ya vestidos de etiqueta. Le hacía especial ilusión que ella viviera el protocolo de las presentaciones de los invitados. Hasta a él, tan acostumbrado a las más solemnes ceremonias, le resultaba curioso y llamativo. Después, estaba prevista la cena con camareros vestidos con librea. Ellos dos estarían de lo más elegantes, tan correctos, de rigurosa etiqueta y tras eso, la gala de la opereta vienesa, en la que el deleite lo pondrían los cantantes de la Staatsoper.

Lo que más le estimulaba era preparar, durante esas semanas, a Clea para que supiera bailar con él *El Danubio azul*. Ya se había atrevido a seguirle con Gardel en su primera noche y estaba convencido de que Strauss no supondría una gran complicación para ella. Es más, sabía que esa mezcla angloespañola resplandecería en la sala.

Y esta fiesta sería solo el aperitivo para llevar a su emperatriz la mañana siguiente a la sala dorada del Musikverein, para escuchar el fabuloso Concierto de Año Nuevo con el que llevaba soñando desde que era una niña. Mes y medio antes, ya fantaseaba con ello en la cama antes de dormir.

—*Baby*, ¿has pensado ya en un vestido para ir a Viena? Me gustaría llevar el *tuxedo* del mismo tono...

—Qué cursi eres... No sé. Tengo varios vestidos largos. Cuando vaya a Madrid en Navidad me los probaré y te digo de qué color será.

—No lo entiendes. Es nuestro primer evento social juntos y tenemos que recordarlo siempre. Tiene que ser algo memorable.

—Nunca me has visto con un vestido largo. Ni tus amigos tampoco. Es más, ni siquiera me conocen. Eso es lo bueno de una relación nueva, que todo tu armario está por estrenar.

—*Baby*, no gastes bromas de soltera recalcitrante, que vas a ir a Viena de mi brazo, como una señora. No creas que puedes llegar con algo improvisado. Estará todo el que es alguien en Viena con sus mejores galas.

—Qué antiguo eres. Eso ya no se lleva. Ya verás cómo voy a ir monísima y estarás orgulloso de mí.

—No me gusta que te tomes la parte social tan a broma. Para mí es muy importante.

—No dejes de dormir por eso. Estaré a la altura. Lamento anunciarte, querido mío, que el mundo ha cambiado desde tu tatarabuelo.

Clea se abalanzó sobre él y lo llenó de besos que le hicieron olvidar el peso de su apellido. Castán era mucho más fácil de llevar y mucho más ligero. Proporcionaba el bienestar necesario, pero no asfixiaba ni exigía etiqueta rigurosa. Él se ponía muy tenso y bastante esnob cuando se hablaba de la vida social.

En su viaje a Madrid, Clea les contó a Tulia y a las amigas de su madre que él tenía miedo de que ella no estuviera a la altura de las circunstancias en el baile de fin de año. En una de esas mañanas de Navidad en Embassy que no volverán, las seis mujeres se tomaron aquel desafío como un proyecto común para impresionar a un lord inglés.

Quedaron todas en casa de Amalia una tarde y se llevaron sus mejores vestidos para que Clea fuera la reina del baile. Helga, que había ido a la fiesta un par de años, le llevó una falda de sirena vintage de Oscar de la Renta. Era de color burdeos con flores bordadas en dorado. Tenía algo de cola y le hacía un tipo de escándalo. Parecía una reina. Marta tenía una blusa nude de gasa de Elie Saab de cuello alto y sofisticado que parecía hecha para la falda. Todas aplaudieron ante la creación conjunta. Margarita le llevó unos zarcillos de rubíes espectaculares, que habían sido de su abuela.

—No puedo llevármelos. ¿Y si los pierdo?

—Procura que no suceda, pero si pasa, mi abuela los habría dado por bien empleados en el intento de devolverle el gancho a ese relamido inglés. Pero ¿quién se habrá creído que es? A nosotras, hablarnos de estilo a nosotras...

Para el Concierto de Año Nuevo, Amalia sacó de su armario un espectacular vestido negro de Balenciaga que había pertenecido a su amiga Nella. Con una falda tulipán maravillosa y un tejido edulcorado por el paso de los años, hizo las delicias de todas.

—Toma, tengo también unos guantes blancos y el abrigo que mejor le va al vestido. Yo me lo puse todo junto en una recepción en la Casa Blanca y triunfé. Si necesitas algún arreglo, me encargo de que lo tengas mañana mismo ajustado.

Era una exquisitez fabricada en brocado plata y negro. Clea tenía asegurado el éxito y no dudó ni un minuto del consenso del equipo de estilistas más puntilloso que podía haber reunido.

El día 27 de diciembre llegó antes de que se dieran cuenta. Se citaron en el aeropuerto vienés, Schwechat. Clea bromeaba mezclando el nombre con el eslogan de Obama y mandándole continuos mensajes de «Yes, we chat».

—Cómo me gustan los reencuentros de aeropuerto. Ya sabes, «Trex, besos sin azúcar».

—Estás preciosa. Feliz Navidad.

Se besaron como si nunca antes se hubieran visto. Con la certeza instalada en los labios de que iban a ser unas nevadas y felices vacaciones. Además, agradecían que no hubiera polvo en el ambiente como en Villa Matin. Hasta ella se había cansado ya de la suciedad de la obra.

Lo habían dejado todo dispuesto para que, antes del 31, terminaran las partes más aparatosas de la reforma y el año nuevo les trajera acabar con los trabajos más finos. Las obras no llegaban a su fin. Cada vez que salían de viaje, planeaban el avance definitivo, que no se atisbaba aún.

Los días que mediaron entre su llegada y la Nochevieja fueron divertidísimos. Hasta ese momento no habían disfrutado más que de la compañía de los Todesco y los Arnstein, pero los cuatro eran encantadores. Ferdinand y Franz se deshacían en halagos y detalles, y Dora y Sarah se mostraban adorables con ella. Henry había prevenido a Clea de que podían sentir ciertas reservas porque habían tenido una relación bastante estrecha con Liz. Le pidió que fuera paciente, aunque nunca hizo falta. Intentaron que estuviera cómoda desde el primer día.

Disfrutaron de largos paseos y tomaron un té en el Heuer por hacer algo típico y ver la nieve desde sus ventanales. Se hicieron la clásica fotografía de pareja delante de *El beso* de Klimt, visitaron el Pabellón de Hielo del Museo Quartier y el Museo Belvedere. Clea tenía mucho interés por ir a ver otro cuadro de Klimt: *Judith* era una de sus obras favoritas porque era la preferida de su abuela, que tenía mitificada la idea de la *femme fatale*.

Además, en esos días navideños habían hecho un recorrido gastronómico que los tenía saturados. Si veían un pastel más, no podrían comerlo, aunque por cortesía tuvieron que probar las tartas del Sacher y de la pastelería Demel. No tenían criterio para decantarse por una de las dos, como en su día hicieran las autoridades, al conceder a la primera la posibilidad de comercializar la tarta de chocolate y mermelada de ciruela con su nombre.

—*Baby*, ¿cuál te gusta más?

—A mí, el que más me gusta eres tú, que además en Viena sabes a bombón Sacher.

—Cómo te quiero...

—Y yo a ti. Estoy tan contenta de haber venido...

Los Todesco no podían dejarlos marchar sin que visitaran los cafés tradicionales, los lugares donde la aristocracia acudía a leer el periódico y jugar al billar. Luego se transformarían en la sede de las grandes timbas y el ajedrez. Cada vez que alguien mencionaba un juego de cartas, una partida de póquer o una noche en un casino, los dos se ponían nerviosos e intentaban desviar la conversación. Era fácil cambiar de tema, porque los cafés vieneses eran mundialmente conocidos por la actividad intelectual que concentraban. Cualquier referencia a un naipe estaba prohibida desde el Día de Todos los Santos, sobre el que habían hecho caer, más que un tupido velo, un pesado y opaco telón.

Eran días felices en los que Clea se mostró siempre adecuada, educada, correcta y encandiló a todos, no solo con sus modales y atenciones, sino con el cariño con que trataba a Henry en cada momento, con su forma de mimarle con adoración.

Él quiso llevarla al Café Mozart. Semanas antes habían visto juntos *El tercer hombre*. Ya no hacía falta la pantalla y podían recorrer en vivo el lugar, esos escenarios en los que Anton Karas tocaba en su cítara la melodía que tantos tienen guardada en su memoria. Música con imágenes de la posguerra, con Orson Welles corriendo por el Prater y las alcantarillas de Viena.

—Quiero llenarte la memoria de magia austriaca.

—Lo estás haciendo muy bien... Mi mejor fin de año, sin duda.

Los anfitriones se convirtieron en los perfectos cicerones, mezclándose con los turistas en su propia ciudad. Solo les faltó subir a la noria gigante, pero caminaron por todos los mercadillos navideños y colmaron a Clea de detalles. A Henry le regalaron todos los adornos imaginables para que la siguiente Navidad en Villa Matin tuviera aroma austriaco. Con lo que llevaban y unas galletas de jengibre, Biarritz tendría reminiscencias vienesas.

Henry estaba en su ambiente. Disfrutando y cruzando lanzas en las historias de sus antepasados, con escudos y torreones, amantes, hijos bastardos y cercanía a la realeza. Estaba encantado. Bebía sin sentido de la medida y reía por la familiaridad de los lugareños. Clea lo observaba. Le parecía tan maravilloso como siempre que estaba bien. Lo miraba como quien vigila a un ratón en un laboratorio, pero casi de reojo, con un solo deseo expresado en dos.

Que siga bien.

Que no se tuerza.

Que siga bien.

Que no se tuerza.

Que siga bien.

Que no se tuerza.
Que siga bien.
Que no se tuerza.

El último día del año, estaban a las cuatro y media de la tarde ya en la habitación del hotel. Ella se metió en el baño para maquillarse, peinarse y vestirse para la cena. Él se tumbó por el sopor del vino del almuerzo y se quedó dormido. Clea lo colgó todo con cierto aire de ritual, preparó cada detalle y se metió en la ducha. Había aprendido hacía años a recoger su melena en un alto y sofisticado moño muy fácil de hacer. Solo tardó diez minutos en hacerse un recogido digno de la peluquería más cara.

—El estilo es español. Esta noche tendrá que reconocérmelo.

Se maquilló con el cuidado que ponía cuando hacía un boceto a mano, con sentido estricto de la simetría y los volúmenes, como si estuviera dibujando con celo la fachada de un palacio. Su maquillaje era impecable, en tonos marrones y dorados, con ese toque del Orgasm de Nars que transforma el rubor en mensaje, con el Touch Éclat iluminando en su justa medida y con unos labios de un color natural y un brillo carnoso de Chanel, como la camelia que no pudo comprar.

La falda le tapaba los pies y tuvo que ponerse unos zapatos de plataforma que hacían que pareciera alta y aún más espigada y esbelta. Clea jamás se veía guapa, pero esa noche sentía que era el momento en que más bella había estado en su vida.

Se cargó de seguridad y, con sus zarcillos de rubíes como último detalle, salió arrebatadora, esperando todo tipo de piropos y alabanzas e incluso que al calificativo de emperatriz de siempre le añadiera un Eugenia por la elegancia.

Abrió las dos hojas de la puerta a la vez y Henry la miró altivamente de reojo, con aire despectivo, mientras se ponía su pajarita burdeos.

—¿Así piensas ir?

—Sí, ¿por qué? ¿No te gusta?

—Pareces una cualquiera, una fulanilla. Ya te dije que tenía que haber supervisado lo que te ibas a poner.

Clea montó en cólera hacia dentro, se hizo pequeñita y encorvó ligeramente la espalda. Consiguió no llorar pese a los resoplidos que él lanzaba junto a las miradas de desprecio. No volvieron a cruzar una palabra hasta que se encontraron con sus amigos.

A Clea no le gustaba criticar, pero reconocía el terciopelo sintético a la legua. Dora y Sarah llevaban vestidos drapeados que parecían haber sido alquilados para el Carnaval de Venecia. Henry se deshacía en halagos hacia ellas y en especial hacia otra de las mujeres del grupo que era un poco mayor que ella y que estaba visiblemente operada. Él no le quitaba ojo a su escote, hasta el punto de que a su marido parecía inquietarle la desfachatez del inglés.

—Al menos podrías disimular. Él lo está pasando fatal —le susurró al oído.

—Haz el favor de callarte. Ojalá pudiera mirar tu escote con deseo. En el pecho debiste salir a tu padre.

—Eres cruel.

—Y tú envidiosa.

La cena fue tensa e incómoda y Clea se mantuvo casi en silencio. Después del brindis con los mejores deseos, Henry levantó su copa y se dirigió al resto de los comensales.

—En este comienzo de 2018, quiero levantar mi copa por la generosidad de la amistad. Os quiero agradecer a todos que hayáis pasado por alto la vulgaridad y la falta de distinción de Clea. Sé que todos me habéis conocido junto a una dama distinguida y os agradezco profundamente que hayáis acogido así a mi acompañante. Desde que nos prohibieron el derecho de pernada, quienes antes solo tenían acceso a nuestras camas, hoy se han colado en nuestras mesas. Ya sabéis, hasta a Luisa Miller le dedicaron una ópera.

Clea se sintió como la Cenicienta. Se disculpó, todos creyeron que iba al baño, pero no apareció en toda la noche. Se había ido a llorar al hotel. Todos reprendieron a Henry, que les rebatió diciendo que no sabían aguantar una broma y se pasó la noche bebiendo. Bailó el vals con una mujer joven y bellísima que acompañaba a un marido anciano en silla de ruedas. Escenas costumbristas de sociedad a las que una Castán no se acostumbraría nunca.

Y Henry volvió a hacerlo. En apenas seis horas, estaban preparados para el Concierto de Año Nuevo, sonrientes y como si nada hubiera ocurrido. Pretendía borrar de un plumazo las humillaciones que se volvían indelebles en el alma de Clea. Ella calló y disimuló. Una vez más.

23

Madrid, 7 de marzo de 2018

Clea y Henry paseaban frente al Palacio Real. Ella había organizado una velada extraordinaria en el Teatro Real. Llevaba meses escuchando historias de ópera, veranos en Salzburgo y la vinculación de la familia de Henry con el Covent Garden. Los Astor eran filántropos pero, sobre todo, eran seguidores de las tradiciones sociales reservadas durante siglos a las élites. Él le había contado varias veces, presumiendo de su educación musical, que el primer diente de leche se le había caído en el teatro londinense tras una representación de *Lucia de Lamermoor*.

—Esta es la plaza de Oriente.

—¿De Oriente? ¿Por algo de Asia? ¿Te he contado la historia de mi familia en India?

Clea se agarró de su brazo y continuaron caminando. No podía borrar la sonrisa de la cara...

—Ay, vida mía... He oído la historia de tu familia en casi todos los lugares...

—Ja, ja, ja.

—Ven, que te enseño la estatua de Felipe IV. Dicen que es la primera escultura ecuestre que se apoya solamente en las patas traseras.

—Seguro que en Londres hay una anterior, pero los españoles siempre presumís de ser los primeros en todo. Hay que entender los complejos de cada pueblo...

Henry se volvió hacia ella sonriendo y la besó, haciéndole ver que era una broma. Los besos saben más dulces cuando alguien se ha volcado tanto como lo había hecho Clea al preparar el plan. Había pedido a su padre que le consiguiera un par de entradas para el estreno de *Aida*. Álvaro, que tenía demasiado consentida a su hija, había removido Roma con Santiago para conseguir que, unos amigos con abono en el Teatro Real que no estaban en Madrid, se las cedieran.

Cuando se acercaban a la puerta principal, Henry comenzó a tener conciencia de que el día del estreno también es un acontecimiento en Madrid: *paparazzis*, coches oficiales, transeúntes parados para hacer fotos a las caras conocidas que van llegando...

Clea señaló un balcón en el edificio más cercano a la ópera.

—Ahí vamos a cenar cuando salgamos. Un pescado fantástico, un balcón al palacio y la mejor compañía. ¿Qué más podemos pedir?

—Que la ópera sea buena.

—Dicen que la producción es buenísima. Y Verdi es Verdi. Mira... Son Gregorio Marañón y Pili Solís. Él es el presidente del teatro y lo está llevando a lo más alto. Su abuelo era un doctor muy ilustre. Hay un hospital y muchas calles con su nombre. Abuelo y nieto han sido instituciones en su tiempo.

Entraron hasta la sala, los asientos eran muy buenos. Centrados y relativamente cerca del escenario, en platea, junto al pasillo. Clea llevaba un sencillo vestido negro y unos *stilettos* a tono y todo parecía ser perfecto. Henry encontró una primera comparación para menospreciar el plan.

—Los programas en Londres son mucho mejores. Eso sí, tienes que pagarlos. Pero la gente los paga con alegría, hay que contribuir al mantenimiento de la tradición. Aquí hay mucha gente que viene para ser vista, ¿no?

—Pues no, Henry, no digas tonterías. Hay bofetadas por estas entradas. De hecho, mira, no hay asientos libres y el aforo es de casi dos mil personas. No pongas pegas, anda, que lo he organizado con mucha ilusión.

Henry tuvo un gesto condescendiente hacia ella y puso la mano sobre su rodilla. La producción era majestuosa. Egipto en el escenario del Real. Apoteósico. Estaba llegando a su fin el primer acto cuando sonó la alarma que Clea tenía en el móvil como recordatorio para tomarse la píldora anticonceptiva. Bip, bip, bip, bip.

Todas las cabezas se giraban hacia ellos con extrañeza y reproche. ¿Qué era aquello? Clea sintió cómo un calor insoportable le subía desde el esófago a la cabeza y no acertaba a abrir el bolso para poner fin a aquel ruido estridente. El señor que estaba a su lado decía sin parar «Inaudito, inaudito. Pare eso ya». Henry la miraba con un lanzallamas en cada una de sus pupilas. Serían ocho segundos, pero a ella le pareció una eternidad y al resto también.

Miró a Henry esperando comprensión y solo encontró irritación, desprecio e ira. Ya conocía esa expresión tras la cual venía la furia del titán. Puso la mirada más suplicante de la que era capaz y él mordió su labio inferior, se levantó y salió con una impostura violenta y grosera. Clea valoró por un momento si pesaba más la vergüenza o el temor a su reacción. Ganó el miedo y salió detrás, mientras percibía cómo las cabezas de los asistentes se volvían para mirar a quienes osaban perturbar el esperado espectáculo. Maldijo sus asientos de platea: en un palco habría sido todo más discreto.

Cuando lo alcanzó, él ya estaba en la calle. Su impoluto traje oscuro de Savile Row y su perfecta camisa blanca disfrazaban la falta de elegancia de sus iracundos movimientos.

—Henry, Henry, no te vayas... Lo siento..., lo tenía silenciado, pero no sé por qué ha saltado la alarma... Lo siento.

Intentó sujetarle el brazo y se la quitó de encima con un aspaviento vehemente.

—No te acerques, paleta... La culpa es mía... eres una vulgar paleta... No puedo ir contigo a ningún sitio..., qué vergüenza...

—Henry, para, por favor, vamos a hablarlo.

—Ni hablar. Me voy al aeropuerto directamente, que esto me pasa a mí por acostarme con una cualquiera sin modales.

—Henry, perdóname, perdóname...

Él paró bruscamente, se giró hacia ella y la sujetó fuertemente por el brazo.

—¿Qué te perdone, hija de puta? ¿Dices que te perdone?

—Sí, Henry, por favor, perdóname.

Clea lloraba angustiada mientras unos jóvenes los miraban desde un banco.

—Si me llegas a hacer esto en Londres, te estrangulo. ¿Tienes idea de con quién estás, rata de cloaca?

—Perdona, de verdad, no me di cuenta.

Henry levantó la mano para darle una bofetada. Los chicos se acercaron rápidamente para evitar lo que se veía venir.

—Ey, ey, tío...

—¿De qué vas, viejo? Dame a mí si eres tan valiente.

—No, de verdad..., chicos, dejadlo..., ha sido culpa mía.

Henry se acobardó y agachó la cabeza, asustado. Ella se acercó rápidamente y se agarró de su brazo.

—Gracias, chicos, de verdad... No ha sido nada. En serio. He sido yo... Nos vamos, estoy bien.

Uno de los jóvenes le gritó desde lejos.

—No te quiere. Ese tío es un cerdo. Huye mientras puedas. A ver si aprendes a tratar a las mujeres, cabrón...

Se alejaron en silencio y, cuando entraron en el coche y Clea arrancó, él retomó la conversación con seriedad, pero con tono pausado.

—No ha sido culpa tuya, es culpa mía. —Ella intentó darlo por zanjado y él prosiguió—. Está claro, es culpa mía... Esto me pasa por acostarme con chusma como tú... Aunque viendo a esos de la calle, todos parecéis iguales. La mala fama de los españoles es merecida. Liz en la ópera brillaba sobre las demás. Siempre tan formal, tan correcta...

No podía creer lo que oía. Estaba paralizada y volvía a ser incapaz de contener las lágrimas.

—Llévame a Barajas y envíame mis cosas a Biarritz. Yo te enviaré las tuyas. Hoy es el último día que nos vemos.

Miraba al frente y no a ella. Conservaba la calma que ella había perdido.

—No, Henry, vamos a casa..., de verdad, no me hagas esto... Perdóname, te lo suplico.

—No llores, puta, conduce. Casi me matas de la vergüenza y, con lo inútil que eres, lo mismo empotras el coche en un túnel cutre de estos...

Clea estaba desesperada. No era capaz de tranquilizarse. Al contrario. La angustia le nublaba la mente y hacía que le temblara el pulso. Solo murmuraba «No, no, por favor» entre lágrimas.

Perdóname. Es culpa mía.

No me dejes sola.

No puedo vivir sin ti.

Perdóname. Es culpa mía.

No me dejes sola.

No puedo vivir sin ti.

Perdóname. Es culpa mía.

No me dejes sola.

No puedo vivir sin ti.

—Calla ya, puta. Llévame a tu casa a que recoja las cosas. No quiero otro número en el aeropuerto.

Ella calló para ganar tiempo y convencerle de que no se marchara. Cuando llegaron a su casa, entró por el garaje, saludó a los conserjes desde el coche para que abrieran la puerta y, desde allí, subieron al quinto piso en el ascensor. Sin mirarse, con las cabezas agachadas, el silencio hiriente que se cortaba y la respiración de ella disimulando su prisa. Era tiempo de silencio, de riesgo, de peligro inminente.

Él fue a la habitación, tiró la maleta sobre la cama y lanzó con violencia su ropa, perchas incluidas.

—No me vuelves a ver el pelo, vulgar puta de barrio. No vuelves a verme.

Intentó abrazarse a él para que bajara la tensión, para que redujera la agresividad. Él la separó con brusquedad, la sujetó por la barbilla con la mano izquierda y levantó la derecha para darle una bofetada. Se controló, la soltó y ella, impactada, repitió lo que otra vez le había dado resultado. Se clavó de rodillas en el suelo y comenzó a besar sus pies.

—Perdona, Henry, perdóname... No volveré a hacerlo... De verdad, perdóname...

Él le dio un puntapié no demasiado fuerte en el labio. Ella se sentó en el suelo y comenzó a llorar cuando vio que le sangraba un poco. Ya no podía más. Si quería irse, que se fuera, pero ella ya no tenía más fuerzas, ni siquiera para implorar.

Henry se dio cuenta. Se sentó en la cama apartando la maleta y fingió que buscaba vuelos a Londres.

—Qué mala suerte..., no hay vuelos hasta mañana. Tendré que dormir aquí e irme a primera hora.

Ella se levantó en silencio, se fue al baño con el pijama en la mano y procuró normalizar la situación para que él se controlara. Se lavó la cara, se desmaquilló, se cepilló los dientes y esperó con la puerta cerrada hasta que el sufrimiento se borrara de su rostro. Desde el baño, oía que él se preparaba para acostarse. Quiso dar tiempo a que apagara la luz para regresar y meterse en silencio en la cama. Así, sin ruido. Con un poco de suerte, él se levantaría amable, como si no hubiera pasado nada.

Volvió a la habitación, él ya había apagado y ella creía que dormía. Fue a meterse en la cama implorando al cielo la calma. Él encendió la luz.

—¿Qué pretendes, zorra? ¿No querrás dormir conmigo? —Ella enmudeció y lo miró aterrorizada—.

—Túmbate aquí al lado, en el suelo, como dormís las perras, en vuestro sitio.

La única reacción de Clea ante la nueva humillación fue miedo a que gritara o se fuera. Sería como lo de la autopista en Málaga, un castigo para devolverla a la normalidad. Acató la orden y se tumbó en el suelo, junto a la cama.

—¿Has visto a alguna perra dormir con pijama?

—¿Cómo?

—Que te desnudes y te acuestes ahí al lado, hostia, que me tienes harto y te voy a tener que partir la boca esa de chupona que tienes, pero de verdad...

—Henry, me voy a la otra habitación.

Clea intentó hacer acopio de la dignidad que le quedaba. Él se levantó y la cogió por el cuello y ella reaccionó con sumisión frente a la pretendida dignidad.

—Entendido, entendido... Acuéstate, por favor, por favor...

El vencedor se acostó. Ella lo miró sin poder dejar de llorar. Se quitó el pijama, lo puso en el suelo como almohada y se acostó desnuda. El piso estaba tan frío como su alma.

—Así está bien, puta. Así dormís las zorras, cerca de vuestro amo... Menuda paleta...

Clea calló para buscar el silencio; él, para disfrutar de la victoria.

Al día siguiente, él volvió a jurarle amor eterno.

24

Madrid, 4 de julio de 2018

Hasta que conoció a Henry, le encantaba despertarse sola en su casa de Pío XII, con la cálida pereza de los días de verano. Desde que él se cruzó en su vida, había muchos amaneceres de soledad indeseada como aquel. Una vez más, él la castigaba con la ausencia y el silencio, con la más dura incomunicación. Habían transcurrido demasiados días así.

Eran las ocho de la mañana. La luz del sol entraba por la ventana, desde hacía ya horas. Clea yacía en la cama con una resaca totalmente previsible.

—No vuelvo a beber en mi vida.

Cogió el teléfono de la mesilla y miró por qué había sonado. Ese bip bip era el sonido que tenía puesto para los mensajes que recibía en WhatsApp. Se levantó excitada de la cama, nerviosa, insegura. Lo tiró sobre el colchón y lo miró como si fuera una bomba que no se sabe si va a explotar. Se sentó, levantó el móvil y observó el mensaje sin abrirlo.

Era Henry.

—¡Henry!

Habían pasado once días desde que había desaparecido por última vez. Como en cada ocasión, ella había pensado que era la definitiva. Eso era lo que le resultaba tan difícil de gestionar. Esa presión de la brutal incertidumbre con la que él jugaba como un as. Cuando menos lo esperaba, él se deslizaba hábilmente en la escena como una sinuosa serpiente a la que no veía, pero sí notaba. Nadie superaba a Henry en el difícil hábito de reptar. Pero tampoco en la montaña rusa de las emociones, de las subidas y bajadas de Sísifo tras la roca. Le hacía sentir que ella era la piedra. El inglés era único cuando se lanzaba por el precipicio, volando con sus frágiles alas. Desde allí, como un ave de presa, podía otear el horizonte y arrojar a su pieza en medio de la sabana, en la soledad de sus sábanas. Maldito Henry. Maldito parónimo. Las tildes nunca adquieren tanto sentido metafórico como cuando te lanzan desde el lugar en el que una se queda sola sin querer hacia aquella tela sobre la que una solo sabe llorar.

Reunió las fuerzas suficientes para leer el mensaje de Henry: «¿Cómo está la emperatriz de Biarritz en su encierro en Madrid?». Acompañaba el texto de una ristra de corazones rojos, que fueron directos a clavarse en el de Clea como las estacas en un vampiro. «¿En serio? ¿No es una broma?».

Cogió el teléfono como si se tratara de un arma cargada y fue a dejarlo en la cocina al lado de la vitrocerámica. Inconscientemente, calculó que era el lugar más lejano de la casa. Lo puso en «modo avión» y volvió, en una huida de sí misma y sus instintos, a recostarse en la cama. No entendía nada. ¿Qué quería ahora? ¿Querría ponerle texto a la ruptura sobreentendida en el silencio? Se escondió como una niña pequeña bajo las sábanas, tapándose hasta la cabeza, para esconderse de los peligros que acechaban. Volvió a su duelo mecánico, blandiendo espadas de juguete frente al armamento letal del contrario.

«¿Ahora qué querrá? Está loco y pretende volverme loca. Yo creo que no le gusta como soy, que no le compensa estar conmigo pero, en el fondo no puede vivir sin mí. ¿Será esto amor y ninguno queremos admitirlo? ¿Será que no sabemos reconocerlo porque antes no lo conocíamos? Si esto es estar enamorada, yo preferiría no haberlo estado nunca. Soy presa de un loco que aparece y desaparece. Me estoy sometiendo a un tío que me deja tirada sin miramientos cuando le place».

Clea daba vueltas bajo el blanco de la tela, asegurándose con las manos de no quedar al descubierto. A veces tenía actitudes pueriles como cuando crees que lo que no ves, no existe. Ese trozo de tela de hilo era su trinchera frente a la realidad, frente a la cercanía que la conectaba al riesgo de Henry.

«¿Por qué no soy capaz de olvidarme de él? ¿Por qué no me libro de esta obsesión que me nubla la razón y me impide pensar? Lo sé. Sé que hago lo que no me interesa cuando pienso en él: acabaré yendo a la cocina para leer un nuevo mensaje que me hará llorar o darle la patada al balón hasta la próxima desaparición. ¿Qué quiero yo realmente? ¿Dónde salgo en esta foto? Le conozco perfectamente. Ahora conseguirá que, si le hago reproches, sienta que saco las cosas de quicio y dramatizo. Siempre es el mismo mecanismo. Tengo que decidir qué hacer. Y si lo que quiere es romper, ¿qué hago? ¿Imploro piedad para que volvamos a estar juntos y poder enseñarle que amándose se puede tener una relación normal sin estridencias, o no le contesto? Estoy perdiendo el norte, como si pudiera creer que tengo fuerzas para no contestarle. No sé qué hacer. No debo leerlo. ¿Y si me tomo algo para dormir y no me dejo llevar por la emoción? No puedo drogarme para tenerle cerca sin arrastrarme. No puedo. Yo no era así. Jamás me humillé de esta manera ante nadie. Creía que estas cosas solo pasaban en las películas».

Clea se puso en pie de un salto. Intentaba recordar con nostalgia a sus otros ex, a los buenos, a esos que la trataban como a una diosa y la mimaban sin saber qué hacer para que fuera feliz. Intentaba imaginarse de nuevo un día en el cine con alguno de ellos, en un restaurante, paseando por Madrid o haciendo deporte juntos. Recordaba cómo disfrutaba de una cerveza fresquita y un bocadillo de calamares con Ricardo en la plaza Mayor, o de la ruta de los restaurantes japoneses más recomendados que consiguió completar con Luis. Sonrió tímidamente al pensar en las películas de los miércoles con Javier o en las sesiones de juegos de mesa con los amigos de Darío. Todo era normal y bonito. Su etapa de museos junto a Eduardo fue tan enriquecedora... «Qué bien lo pasaba con ellos. Qué bien me trataban, aunque, a decir verdad, no había adrenalina, o como se llame eso que se derrama dentro de mí cuando llega Henry. Y el sexo... con nadie ha sido tan excitante como con él. Voy a ir a ver el mensaje. No soporto esto por más tiempo».

Leyó de nuevo la frase envenenada y se reanudó la comunicación. No podía evitar contestarle. Era superior a sus fuerzas. No había podido contenerse ese rato desde que lo leyó. Así que decidió llamarle para ver si era verdad que quería hablar. El tono del móvil no sonó ni dos veces antes de que descolgara.

—¿Cómo está la emperatriz de Biarritz en su encierro en Madrid?

—¿Tú que crees?

—Seguro que guapísima. Cómo te he echado de menos...

—Será porque has querido.

—¡Qué cosas dices!

Clea se sentía desarmada. No sabía qué hacer. Henry había reaparecido como si tal cosa. Tenía dos opciones. Decirle lo que pensaba y entonces él desaparecería y ella volvería al eterno desconsuelo que se encuentra debajo de las sábanas, sin hallar una explicación lógica a lo que le sucedía. Si le contestaba, tenía una última oportunidad para entenderlo o para convencerlo.

Ella no podía ni imaginar que Henry quería recuperar la relación porque lo necesitaba más que ella. Estaba dispuesto a cualquier cosa porque, en ese momento, no podía privarse de tener un romance estable con ella en las siguientes semanas, y no era por amor.

Clea sopesaba los pros y los contras o fingía que lo hacía. El riesgo estaba ahí, en el peligro de volver al punto de inicio de la decepción, al comienzo de la angustia y la soledad, al retroceso en el escaso avance que había supuesto el duelo. Pero una vez más, se iba convenciendo a sí misma de que debía volver al lugar donde se quemaba continuamente. Cada vez el dolor le impresionaba menos porque ya era costumbre. En cambio, el olor a chamusquina sigue alertando tanto como la primera vez que la piel se abrasa. Decidió, sin valorarlo más, que tenía que correr el riesgo.

—Henry...

—*Baby*...

—Henry...

—¿No vas a decirme cuánto me amas o cuánto me has echado de menos?

—Más de lo que te imaginas, Henry.

—Pero si no me has llamado ni escrito...

—¿Me lo dices de verdad? Te mandé muchísimos mensajes por todas las vías los primeros días. Cuando vi que no me contestabas, me puse en lo peor.

—Ah, pues a mí no me consta.

Clea tiró el móvil contra la cama, en un ataque a caballo entre la ira y la incredulidad. «¿Pues a mí no me consta? ¿De qué va este tío? ¿Quién se ha creído que es? Es un cretino o un hijo de... No quiero desatarme. Ay, no, no, no. Que si no sigo hablando, se escapa de nuevo. Total, ¿qué más da? Me va a dar lo mismo porque no voy a conseguir que vea la realidad tal y cómo es. No quiere volverme loca, ya lo estoy. ¿Estoy tan loca como para que todo me dé igual?».

—¿No te consta, Henry? Me hablas como si estuvieras en un juicio de esos de las películas.

—En mi película, tú siempre serías la actriz principal, la diva, la estrella.

Clea quería matarlo, aunque lo que realmente quería era abrazarlo y meterse en la cama con él para desahogarse sin hablar, para descargar la furia y el dolor que llevaba conteniendo más de una semana.

—Y tú en la mía siempre serías *El hombre invisible*... ¿Dónde has estado, Henry?

—Preparándote una sorpresa que espero que te guste mucho. Llevo todo este tiempo dedicándome a esta tarea para hacerte feliz.

—¿Una sorpresa? ¿Para mí?

«Si es verdad, soy una bruja. Él pensando en mí y yo dándole vueltas a la cabeza deseando incluso su muerte para salir de esto. Es un hombre raro, muy raro, pero ¿y si ha desaparecido para generar intriga y sorprenderme más? ¿Y si he montado un numerito innecesario porque aún no sé entenderle?».

—Pues claro, *baby*, ¿para quién si no? Nos hemos visto muy poco desde la finalización de las obras y he organizado todo para que nos vayamos quince días a una maravillosa villa que he alquilado en una pequeña isla griega que te va a fascinar.

—¿En serio?

—Ya verás, tenemos embarcadero y saldremos a navegar en un barco muy pequeño que he alquilado para algunos días. Iremos a cenar con amigos que están por allí y podremos recuperar el tiempo que he invertido en prepararte unas vacaciones de ensueño. Va a ser difícil igualar la felicidad del año pasado en Biarritz. Por cierto, a la vuelta si te apetece, nos vamos un par de semanas allí. Puedo estar fuera hasta mediados de septiembre.

Clea se sentía culpable. Pensaba que no merecía tantas molestias. Se sentó en la cama y comenzó a llorar porque no entendía qué le sucedía. Henry esperó un minuto a que contestara y, ante su silencio, comprendió que ella ya estaba a punto de caramelo. La había llamado y, una vez más, todo iba según sus planes. Ella se moría de ganas de verlo y él desplegó su encanto.

Ya había conseguido dos cosas: poder contar unas vacaciones envidiables en su círculo y que Clea estuviera contenta para mantener la apariencia de normalidad que él tanto necesitaba en ese momento. Ella no tenía ni la más remota idea de qué pasaba en la vida del hombre «de sus sueños». De los mejores y también de sus pesadillas. Le había servido el triunfo en bandeja de plata y la victoria de Henry había sido, además de fácil, muy rápida.

Clea se sintió culpable durante todo el día y transformó el relato: ella era una ingrata... Él se había apartado para no desvelar una sorpresa. ¡Y ella que creía que se había marchado y la había abandonado para siempre!

25

Madrid, 5 de julio de 2018

Al día siguiente, tumbada en su cama, Clea miraba las cuatro torres que dibujan esa parte del *skyline* de la ciudad. Desde su ventana de Pío XII la vista era un privilegio. El cielo de Madrid más bonito al amanecer es el que juega a rosa y a naranja sin dejar ver el amarillo del sol.

Había decenas de días así. El anterior, sin ir más lejos y que, como una broma de mal gusto, era el día en que los estadounidenses celebraban su independencia, algo tanto sonado que parecía que fuera el Día de la Independencia Global, aunque para Clea había sido otra cosa.

Independencia perdida.

Dependencia opresora y sofocante.

Independencia y dependencia encadenadas a un colchón y a una obsesión.

Un día cualquiera, un día de tantos, horas, minutos, segundos.

Esa era la radiografía de la obsesión. Un extracto congelado de la vida, de una mañana cualquiera en que las fuerzas desaparecen y las barreras de protección frente al taladro que percute en el cerebro se desmoronan. Desnudez plena sin escudos, sin espadas y sin yelmo. A cara descubierta. Hubo muchos días así. Muchos. Pero la conversación que tuvo con Henry el 4 de julio y su rendición estaban más cerca del Día de la Esclavitud.

Clea estaba sumergida en uno de esos momentos de extraños monólogos interiores con los que entraba en bucle hasta la taquicardia o el llanto. Momentos horribles, los de la obsesión, los de los pensamientos que carcomían el cráneo. Si existiera una frontera entre la cordura y la locura, en el sentido coloquial en el que se usan estas palabras al margen de la medicina, estaba situada en uno de esos días. En esos momentos, ella se convertía en una funambulista con vértigo, haciendo equilibrios sobre ese cable que sobrevuela la frontera entre lo racional y lo irracional.

Nunca, antes de conocer a Henry, tuvo la sensación de dar vueltas en el fondo del pozo completando círculos que no tenían ni principio ni final. Solo quedaba el perímetro que se volvía celda eterna hora tras hora. Ahora bien..., mentiría si dijera que no había visitado nunca el interior del agujero.

UNO

En la pantalla, debajo del logo de Google, junto a la pequeña lupa escribía entre comillas de manera mecánica «Henry Astor VI». Nada. Ni rastro de Henry. Por más que lo tecleara una y otra vez, no encontraba nada. Alguna reseña breve, alguna mención en una foto y poco más. Además, había algo raro. Nada de sus padres, nada de nadie de su familia. Algo no encajaba. Si pertenecía a uno de los linajes importantes y con más peso en Reino Unido, ¿podía desaparecer, así como así, en internet?

«¿Y si no es quien dice ser? ¿Y si me ha mentido? ¿Y si se ha reído de mí? Pero ¿para qué realmente? No puede ser un seductor mentiroso, no ha ganado nada con nuestra relación. Me ha pagado lo que le he pedido, no ha obtenido ningún provecho. Es raro. No me puede estar pasando esto. Seguro que tiene una explicación. ¿Y si es un problema de ego y necesita que lo quieran? Henry es raro, extraño. Pasa de ser delicioso a ser un monstruo ególatra. Y es un experto en desaparecer. Pero esto ya es lo último. Que tu familia no aparezca en una búsqueda de Google es una proeza. Joder, Henry, ¿dónde te metes?, ¿dónde estás?, ¿por qué no me quieres? Pero ¿quién coño eres?, ¿quién te has creído que eres?».

Fantaseaba y, aunque sabía que él nada tenía que ver con la rama original de los Astor, sus pensamientos volaban hacia la figura de Madeleine Astor, la superviviente del *Titanic* que se quedó viuda, durante su luna de miel, cuando murió su marido en el naufragio, otro Astor con números romanos. Aunque no fueran parientes, la promiscuidad debía de ser cosa implícita en el apellido. Ella falleció prematuramente, a los cuarenta y siete años, cuando ya llevaba tres matrimonios a sus espaldas. En aquella época era poco habitual, sobre todo mediando un divorcio.

Si escribía solo «Astor» en el visor del buscador, la confusión era tremenda. De hecho, con otro estado de ánimo hasta podría haberle sacado punta. Los Astor genuinos, con quienes Henry aseguraba que no tenía nada que ver, eran los descendientes de unos carniceros alemanes muy espabilados, concretamente oriundos de Waldorf. Sus hijos llegaron siendo flautistas a Inglaterra.

A lo mejor, por esos orígenes, él intentaba desvincularlos de su familia. Con tanta mentira, ella ya no sabía qué era cierto y qué no. Podría ser perfectamente pariente de los carniceros, lo que para ella tendría mucho mérito y a él le habría parecido una mancha grasienta en su árbol genealógico. ¡Cuánto complejo rancio! Con tanto engaño, ya no sabía ni siquiera si su apellido real era Astor. Al menos, era el que ponía en su documento de identidad, aunque las facturas las hacía a nombre de una empresa familiar.

La verdad es que, por más que buscaba, no entendía a qué se debía la forma de mirar por encima del hombro a todo el mundo cuando hablaba de los Astor. De sus padres, tampoco había nada y no tenía hermanos. Pero había ríos de tinta sobre *lady* Astor, la principal conexión del nazismo en Inglaterra y una colaboradora financiera del régimen de Hitler... Nada era tan admirable como para comportarse como lo hacía Henry, esperando la pleitesía y la reverencia permanente.

Ella se había convertido en *lady* Astor por su matrimonio, ya en Inglaterra, con Waldorf Astor, que tenía su misma edad. Cuando su marido heredó el título de vizconde y ocupó su lugar en la Cámara de los Lores, su esposa se presentó al Parlamento de Westminster por el Partido Conservador y ganó la elección convirtiéndose así en la primera mujer que ocupaba un escaño.

Clea leía espantada, en diagonal y con prisas. De todos estos había renegado Henry. Ella no podía entender cómo había hecho del apellido el bastión de su vida cuando no se encontraba más que a gente trabajadora, hecha a sí misma y que supo incrementar su patrimonio de forma exponencial gracias al trabajo. Con alguna excepción como la de lady Astor, cuya vida se vio envuelta en la polémica hasta extremos insospechados. De hecho, Clea reconocía varias de las anécdotas que se le atribuyen sin saber que eran suyas, pero habían pasado a formar parte de la sabiduría popular, cosas que se cuentan sin ponerles nombres.

Esa era la diferencia entre Henry y ella. Aunque esos no fueran sus Astor, los de su familia, Clea habría entendido que él hubiera sugerido que eran parientes lejanos, haciendo gala de su esnobismo omnipresente. Sin embargo, él se encargaba de aclarar, casi en la primera conversación, que no tenían nada que ver.

Los enfrentamientos de *lady* Astor con Winston Churchill los pudo leer en su búsqueda en diferentes fuentes. Estaba escrita y reescrita esa mofa en la que Churchill, cuando ella fue elegida, le dijo burlonamente que tener una mujer en el Parlamento era tan molesto como tener a una extraña fisgoneando en su baño. Parece ser que ella, altiva, le respondió que no era tan atractivo como para tener que preocuparse por eso. Pero, sobre todo, era recordada por otros dos encontronazos en los que Churchill pudo vengarse de aquella primera afrenta. Él le preguntó por la máscara que debía ponerse para asistir al baile de disfraces. *Lady* Astor le propuso: «Winston, ¿por qué no viene sobrio? Usted siempre está borracho», y él contestó: «Usted, señora, es fea. Pero yo mañana por la mañana estaré sobrio».

Clea miraba la pantalla tendida en la cama. No paraba de leer cosas que no le importaban, sin poder centrarse en ningún artículo. Solo quería encontrar a Henry o algún vínculo familiar que la ayudara a entender su comportamiento. Pero nada, Astor y Astor, pero no encontraba nada sobre él. «Anda, esta señora fue la del veneno de Churchill también». La historia de que, mientras *lady* Astor le servía el té, le dijo que si fuera su marido, se lo daría con veneno, a lo que él le respondió que si ella fuera su esposa, se lo bebería gustoso.

Cientos y cientos de búsquedas de esta señora, de su mansión de Cliveden, de su responsabilidad en el nombramiento de Chamberlain como primer ministro, de su amistad con Joseph Kennedy cuando era embajador de Estados Unidos en Inglaterra, de su lucha contra el divorcio pese a estar divorciada... Y seguían las historias de esta mujer... Y ni una sola de él. No podía más.

Henry juraba y perjuraba que no había conexión directa con esa rama, que ellos estaban muchos más entroncados con la historia antigua del país. Pero Clea, en su lectura diagonal, veloz, superficial, encontraba conexiones de comportamiento. Ya dudaba de la propia realidad. Pensaba que eran alucinaciones que la llevaban a encontrar a Henry en cualquier lectura, en cualquier canción o en cualquier foto romántica o erótica.

Lady Astor, en un viaje a América, recomendó a unos estudiantes afroamericanos que aspiraran a ser como los sirvientes negros que ella recordaba de su juventud. Eso sí era propio del linaje de Henry, ese tipo de comentarios o del comportamiento del hijo de *lady Astor*, involucrado en el escándalo sexual que salpicó al ministro John Profumo, que solía mantener encuentros impropios en casa de los Astor. La prensa apuntaba que la mansión era un foco de prostitución y espionaje soviético. Estas actitudes paradójicas de acercarse al sol que más calentaba también eran propias de Henry. Tanto Astor, tanto Astor, y solo encontraba escándalos de los que se suponía que eran los Astor «buenos». Clea no quería ni imaginar cómo serían los malos.

Pero, realmente, a ella esto le daba lo mismo. Sí, estaba toda la historia del éxito en los negocios de otra rama en Estados Unidos: John Jacob Astor, una de las personas con más patrimonio de la historia, cuya mujer fue acusada de brujería; los del Waldorf Astoria, Fort Astoria, el barrio de Astoria, la Astor Avenue de Nueva York, el título hereditario de barón que luego pasó a vizconde... En fin, miles de detalles que a ella le daban igual. Solo quería encontrar a Henry y así estaba claro que no lo conseguiría. Se dio cuenta, definitivamente, tras leer sobre los Astor editores de periódicos, dueños de *The Observer* y de *The Times*, y sobre la fundación de la empresa de cosmética de Margaret Astor: nada de eso la conduciría a Henry, pero sí la ayudaría a seguir en su camino a la locura. Vueltas, vueltas y más vueltas. Astor, Astor y más Astor. Por eso redujo nuevamente la búsqueda a «Henry Astor VI», comillas incluidas, para cribar todo aquello que esa mañana la perturbaba aún más y la sumergía en la espiral de obsesión a la que esas pesquisas la arrojaban.

Nada. Sin novedades de Henry. Seguía, seguía, seguía... Nada, nada de nada. ¿Dónde estaba Henry? ¿Y su familia?

Clea se planteaba si un hombre de tan elevado patrimonio como Henry y de tanta relevancia social como le había hecho ver, podía pasar desapercibido en las redes. No encontraba nada que hablara de él. Es más, tampoco de sus hijos. Era todo extraño. ¿La habría engañado? Muy extraño. Se cuestionaba si había alguna forma de pagar para esquivar las búsquedas en internet. Quizás ese tipo de familias tenía algún mecanismo para que no publicaran nada sobre ellos, o usaban entidades encubiertas y perfiles falsos para estar conectados con los suyos. O, tal vez, hubiera un motivo de seguridad. Clea no había visto una sola *app* de una red descargada en su móvil o en su ordenador. Demasiado raro. No podía entenderlo.

No se resignaba. *Googleaba* el nombre de decenas de personas que conocía. Lo hacía de modo compulsivo y sucesivamente. Un nombre, varios resultados; otro nombre, algunos más; otro nombre, muchísimas páginas sobre él; el siguiente, menos... Pero todas y cada una de sus búsquedas la devolvían al mismo punto sin retorno, al centro de ese laberinto del que no era capaz de salir.

«¿Dónde está Henry? ¿Quién es realmente? Un agente como 007 en la época digital tampoco dejaría rastro. ¿Puede ser un agente encubierto del MI5? ¿O un terrorista? ¿Quién es este tío? ¿Quién es este señor?

¿Qué coño quiere de mí? ¿Por qué no sé quién es? ¿Por qué no tengo otro teléfono al que llamar? Siempre pone excusas para que no vayamos a su casa en Londres ¿Por qué no sé su dirección? Realmente no sé nada, nada de nada. Ha jugado conmigo. Seguro que se ha reído de mí. ¿Quién es? ¿Quién coño es?».

Pensó en volver a la ventana de búsqueda en un último intento: «Cómo desaparecer en internet». Se llevó una sorpresa. No era tan extraño, había páginas y empresas dedicadas a eso. Además del famoso derecho al olvido, en Google se topó con páginas con nombres como «Just delete me» y «Account killer». Personas que gestionan «tu muerte digital» y artículos sobre hackers que te ayudan a desaparecer en los límites de la ley o al margen. No tenía ni idea de que eso existiera, pero esa tesis podía darle una explicación lógica.

Los delirios de grandeza de Henry y su obsesión por distinguirse de la masa le habrían llevado a contratar a quien hiciera todo ese trabajo por él. No tenía capacidad para seguir las indicaciones de cientos de pasos ni la constancia para llevarlo a cabo, pero sí el dinero para contratar a alguien que eliminara toda su información. Estaba convencida de que había expertos en gestionar el derecho al olvido y todas esas herramientas que, para los profanos, son tan difíciles de entender. Prefería pensar en eso que en un pirata transgresor de las leyes.

«Me estoy volviendo loca. ¿Por qué no quiere salir en ningún sitio? ¿Por qué este secretismo? ¡Maldito cerdo! ¿Por qué me está haciendo tanto daño este tío? ¿Qué tiene de diferente para que yo esté perdiendo así la cabeza? ¿Por qué no puedo prescindir de él? Desearía que apareciera ahora mismo para poder tener una noche salvaje de sexo, de desenfreno, sin explicaciones, sin más. ¿Y si viniera y se quedara para siempre con un comportamiento normal? Solo con eso seríamos felices. Ojalá se dé cuenta de que estamos hechos el uno para el otro».

Su corazón estaba agitado. Muy agitado. Nada era lógico en realidad. En su cabeza menos todavía. Pero ella necesitaba el orden que siempre había presidido su vida. Biarritz lo había desordenado todo. Había llenado su existencia de polvo de ladrillo y tablones con restos blancos de yeso. Así, con andamios amarillos salpicados de goterones de pintura de colores, con plástico empolvado en el suelo y olor a cemento. Así, sin más. Puro caos. El caos había enredado los cables, había dejado todo en el suelo, sin disculpas, sucio, asqueroso...

Dos

El aire acondicionado volvía a ser necesario. Se levantó a encenderlo y reanudó el horrible monólogo de los días de ausencia, la conversación silenciosa que mantenía con ella misma, convenciéndose, preguntándose, respondiéndose y alimentando la dañina obsesión en la que vivía enfrascada en cada ausencia de Henry.

«Me ha prometido unas vacaciones, pero no volverá a llamarme.

»Lo sé.

»Estoy segura.

»No me quiere.

»Ya no le gusto.

»Seguro que no volveré a verlo en mi vida.

»Lo sé. Aunque no lo entiendo.

»¿Será que le parezco vulgar?

»Yo no soy una *lady* como Liz ni estoy forrada como ella.

¿Cómo puede hacerme esto?

No he hecho otra cosa que vivir para él desde que lo conozco.

Si yo fuera distinta, más guapa, más lista, ¿me querría siempre?

No le gusto, no me lo merezco, no me quiere. No le gusto, no me lo merezco, no me quiere. No le gusto, no me lo merezco. No me quiere».

Fue a la cocina a por un vaso de agua. Vio la botella de vodka, sintió la tentación, pero se contuvo haciendo acopio de todas sus fuerzas. Demasiado pronto para empezar. Mejor se tomaba un tranquilizante para intentar dormir. Estaba abusando y era consciente. Y mezclando.

No sabía qué iba a hacer cuando se le acabaran las pastillas. Ningún médico le recetaría más si le contaba cómo se las estaba tomando. Tendría que ir a por Valium a casa de sus padres. Álvaro siempre tenía un par de cajas que él no tomaba por su hipocondría. Su padre no confiaba ni siquiera en la prescripción médica de todo aquello que pudiera sonarle a adicción.

Puso la que, desde hacía muchos años, le parecía la canción más triste del mundo. Buscó en Spotify «Rosana» y cantó *Si tú no estás aquí* frente al espejo, llorando con el escozor de los ojos irritados por el llanto.

Si tú no estás aquí no sé
qué diablos hago amándote.

Quería bajar al infierno de nuevo, a esa parte de su dolor que le hacía sentirse la mujer más desgraciada del mundo. El descenso no se frenaba hasta que un atisbo de lucidez la castigaba por injusta y la sacaba de ese nivel máximo de sufrimiento al que era adicta en esos momentos. La música melancólica y nostálgica era de gran ayuda para asomarse al brocal del pozo.

Se asomaba a ese agujero como la genial Sylvia Plath abrió la espita del gas de su cocina o, según las versiones más crueles, metió la cabeza en el horno para suicidarse, como quien espera escapar de la luz para penetrar en el deseado fundido en negro, en la oscuridad acogedora que supone el refugio de una genial poeta con Pulitzer o de una arquitecta con toda la vida por delante.

Huir de una realidad atormentada es siempre mejor que quedarse en ella. Lo malo es cuando una olvida que hay que huir de la autodestrucción siempre a favor de una misma y no metiendo goles en la propia portería. Hay goles que, cuando los encajas, más que una derrota, suponen la eterna derrota, la del punto y final de los poemas y de la poesía, la de Plath y la de cualquiera. El punto y final aniquila las rimas asonantes y las consonantes, separa los hemistiquios ahorcando las cesuras y arranca de cuajo la posibilidad de continuar. Es el fin, el precipicio y el abismo. Pero también es el comienzo del silencio y de la nada para unos y del paraíso para otros.

Ella no sabía por qué, pero comenzaba a disfrutar con esa forma de hacerse daño. Se torturaba con una idea que torcía y retorcía hasta la extenuación para que entrara en su cabeza como un taladro. Quizás no fuera tanto un disfrute como una necesidad adictiva.

No había nada más en su vida que Henry. No hablaba con nadie. Él se reía de sus amigas cada vez que intentaba contarle algo: «De verdad, Clea, ¿vosotras vivís como adultas o como adolescentes? Así no llegarás a ningún sitio. Esa chusma no te hace bien. Es *middle class* total... Por favor, *baby*, no me cuentes más frivolidades de mujeres que no han hecho nada en la vida y se creen algo. Ahórrame el tiempo y el enfado de saber con qué tipo de personas te relacionas». Cada vez que intentaba contarle algo de su familia, se interponían blasones y armaduras de hierro en la batalla. Ella era la basura, el reducto, lo prescindible. Henry desplegaba las alas, que hacían sombra, y oscurecían hasta el nombre de Clea y también sus alas.

«Clea, Clea, Clea. No me acuerdo ni de quién era, no me preocupo ni de quién soy. ¿Dónde estoy? ¿Qué me está pasando? Hago como que no me doy cuenta, pero sí. Esto está pasando de verdad. Tres días sin ducharme ya, tres días enteros. Mi pelo aceitoso y asqueroso. Juego a que no sucede nada, pero cuando paso frente al espejo, no miro. No quiero verme. Aún me recuerdo caminando con mis sandalias amarillas hacia aquella cena de cita imposible, con mi vestido palabra de honor. Había quedado con aquel chico que me aburrió antes de empezar. Me encantaba enseñar los hombros. Me volvían loca mis sandalias de tacón de colores con mis bolsos originales, distintos a los de todas sin ser estrafalarios. ¿Dónde está esa mujer feliz que no se asoma al espejo temiendo a su propia imagen o, aún más, temiendo no encontrarse en él? Ya no estoy. He desaparecido. Me he desvanecido de mi propia vida y me he convertido en una rastrera halagadora de un falso dios de barro. No recuerdo quién soy y no sé quién eres.

¿Qué demonios me está pasando? ¿Quién eres tú, maldito Henry?».

—No. Nooo.

Lloraba como una poseída y gritaba desde dentro de las entrañas, como si despertara de una pesadilla. No despertó porque antes no se había dormido. No recordó porque no había olvidado nada más que lo esencial: el resto de su mundo, de sí misma y de su propósito. Mentía a su familia y a sus amigas sobre falsos viajes de trabajo para conseguir telas o escapadas a Biarritz. Procuraba verlas lo mínimo posible. Disimular y mentir es fácil, si dosificas el tiempo. La mentira no aguanta viajes largos ni trayectos sin parada. Hasta ese momento, conseguía encubrir su tormento. Las sonrisas las guardaba para la ficción. Su vida era una farsa. Solo era verdad el llanto en soledad.

Henry le había robado el propósito.

Sin eso no iba a ningún sitio. Con eso solo se dirigía a un fin. Al fin en sí mismo. Alguien debía morir para que el infierno acabara. O Henry o ella.

TRES

¿Y si la solución era irse? Pero irse, irse... del todo.

«¿Y si la solución estaba en la muerte? Al final, ¿qué es la muerte? Así no puedo vivir, así no quiero vivir. Esto es el fin. ¿Quién me echará de menos?

Mis padres, punto. Solo mis padres. Y para ellos tan duro será ver mi destrucción en vida y enterarse de lo que me está pasando como enterrarme y vivir idolatrando mi recuerdo. Los libero de la tortura de verme así. Mal. Tan mal. Fatal. Ya nada me importa. Solo tengo que saber cuál es la forma más sencilla, la que menos duela. Tengo que ser valiente. Eso sí me preocupa, creo que hay que ser muy valiente o estar tan desesperada como lo estoy yo para ser el verdugo en tu propia ejecución.

»Tengo que reunir fuerzas para marcharme.

»Tengo que reunir fuerzas para marcharme.

»Tengo que reunir fuerzas para marcharme.

»Tengo que reunir fuerzas para marcharme».

Clea repasó mentalmente los primeros suicidios que acudieron a la llamada de aquel pensamiento: Stephan Zweig, Marilyn Monroe, Séneca, Cleopatra, Robin Williams, Virginia Wolf, Ernest Hemingway, Alexander McQueen, Kurt Cobain..., Alfonsina Storni.

«Alfonsina, ¿quién tuviera la valentía de dejarse llevar por el mar y trascender como canción?»:

Bájame la lámpara un poco más. Déjame que duerma nodriza, en paz.
Y si llama él no le digas que estoy. Dile que Alfonsina no vuelve.
Y si llama él no le digas nunca que estoy. Di que me he ido.

Te vas, Alfonsina, con tu soledad. ¿Qué poemas nuevos fuiste a buscar?
Una voz antigua de viento y de sal te requiebra el alma y la está llevando.
Y te vas hacia allá como en sueños, dormida, Alfonsina, vestida de mar.

Clea seguía con su monólogo. Fue de nuevo frente al espejo y, buscando entre su catálogo de muecas, encontró la más asesina de todas y alzó la voz.

—Solamente hay otra fórmula. Morir matando. ¿Y si lo mato? ¿Y si me cargo al cabrón ese, sea quien sea? Henry o como quiera que se llame el hijo de puta ese. Menudo cabrón, que me ha robado la cordura.

CUATRO

Hiel, hartazgo, huevos, horror, hedor, hastío, hervir, hijo, hijo de, huir, halitosis, horrible, huella, habladuría, hito, hormiga, hacinamiento, hondo, huelga, humildad, humo, hielo,
hondo,
hondo, humillar,
humillar, hacienda, habituarse,
hacendado, habituarse,
habituarse,
histeria, huérfano, humedad, himen, hueco, hostia, humano, husmear, homófobo, hierático, hom-

bre, humanidad, hosco, haber, hacer, hemorroides, horca, humeante, halo, ¿asco?

«Asco se debería escribir con h. Invisible se debería escribir con h. El problema es que lo que realmente se escribe con h es Hamor. Con H de Henry.

Hamor

Hamor

Hamor

¡Maldito Hamor!».

Parte III

A pesar de Henry

26

Londres, 15 de mayo de 2017

El viejo cartel de Morris & Co Antiques era el mismo que Liz recordaba desde pequeña. Lo veía desde la cafetería de enfrente, acomodada ante la ventana para no perder de vista su objetivo. Esa zona de la ciudad estaba concurrida por la mañana. Qué extraño ver pasar a tantas personas tan diferentes, como si fuera un escaparate. Pasaban sin mirarla, aunque algunos giraban la cabeza hacia ella sin fijarse demasiado. Eso le hacía pensar. Allí nadie sabía que era *lady* Astor. Su marido, Henry Astor VI, le había enseñado a vivir como si fueran el centro del universo, como si ser Elizabeth Astor —aunque de soltera se apellidara Porter— fuera una levitación continua que el resto de los mortales percibía. Y era mentira. Siempre lo supo, pero tras ese escaparate encontraba las evidencias. Nadie reparaba en ella. Nadie sabía nada de su vida.

También los pensamientos, como los apellidos, son invisibles para fortuna de la humanidad. Eso permite pasar inadvertida hasta cuando una tiene el *modus operandi* de un crimen perforando la voluntad, fraguándose en la parte más detallista del cerebro, allá donde se urden los planes más complejos y donde se forjan las conspiraciones perversas.

Había llegado nerviosa y decidió entrar a tomarse un zumo de naranja para articular mejor su petición sin que sus intenciones fueran demasiado evidentes. Hacerse notar en exceso sí es frecuentemente humano. Y la paradójica conquista de esconder las intenciones se reserva a las élites de la astucia, en las que ella jamás habría sido admitida.

Liz era pelirroja. Llevaba su larga melena recogida con una coleta baja, adornada con un pasador anticuado. El resto del cabello estaba mal peinado, como en las primaveras londinenses en las que la humedad no se ha retirado. De sus amigas, era la única que aún conservaba el largo del pelo de la universidad. Su marido detestaba que lo llevara corto. Pero también le fastidiaba cuando estaba largo. Necesitaba que, a *su* mujer, la *suya* —con la que firmó esa condición para toda la vida—, el cabello le llegara justo hasta la mitad de la espalda. Su piel era pecosa y el maquillaje solo lo disimulaba parcialmente. Había pasado toda su juventud aguantando comparaciones con Sarah Ferguson y el tiempo había dado la razón a quienes apuntaban tal parecido.

El zumo de naranja era un pretexto para sentarse a pensar. Desde que vivía separada de Henry por obligación, estaba teniendo sensaciones nuevas en la vida. Todas eran contradictorias. Las mejores estaban asociadas a Lionel Evans. Él era el gestor, administrador y abogado de la familia. *Lady* Astor, la madre de Henry, se conmovió mucho cuando falleció la mujer de Winston Evans, su mayordomo en Londres, y dejó huérfano al pequeño Lionel. Su padre pertenecía al servicio de la familia desde la adolescencia y la difunta también trabajaba en la casa. Era ama de llaves. Los Astor asumieron la educación del niño pagándole buenos colegios y fue criado en el agradecimiento y la lealtad a la familia Astor. Ese huerfanito se había convertido en el hombre que concentraba los sueños y los deseos de Liz en los últimos tiempos. Había recurrido a él cuando se separó de Henry. Se daba cuenta de que sola no podría gestionar la ruptura. Le preguntó si podría conseguir que un terapeuta de confianza fuera a visitarla. Lionel estuvo para todo desde el principio. Siempre pudo contar con él.

Evans tardó dos días en conseguirle una cita con Louis Foster, uno de los psicoterapeutas más reputados y prestigiosos de Londres. Era una eminencia y un hombre discreto, entrado en años y bastante huraño, casi antisocial. Este fue uno de los motivos que le hicieron decidirse por él. La separación de los Astor sería un tema tan codiciado en la corte que haría peligrar cualquier carrera profesional por el protagonismo que los mentideros pudieran dar al depositario de sus secretos.

Ese no era el caso de Foster. Cuando ella le explicó que no extrañaba a Henry en la cama, que había descubierto que dormir sola era un placer, él no se inmutó. A ella le parecía horrible e imperdonable por su parte no echarle de menos para dormir. El psicólogo le explicó que las horas de sueño eran precisamente para descansar y que ella estaba mucho más relajada sin él. No la convencía. ¿Cómo era ser posible que no necesitara que él estuviera a su lado con sus ronquidos, sus idas y venidas al baño, su olor, su forma de despertarla? Nunca entendió por qué al terapeuta no le sorprendió después de tantos años juntos.

A Foster no le contó que había vuelto a sentir vértigo en el pecho al mirar a los ojos a un hombre. No se atrevía a contárselo por miedo a que Evans llegara a enterarse. Le quemaba por dentro la sensación de no poder mantener la mirada a alguien sin sentir la tensión que flotaba en el ambiente. Se había olvidado de seducir y de ser seducida. Es más, ya había abandonado cualquier pensamiento de que eso pudiera sucederle a ella en algún momento de su vida. No pudo explicarle a Foster eso ni todo lo que siguió. No podía hablarle de los pequeños cortocircuitos de sus labios mojados al rozarse con los de Lionel, ni de la suavidad de sus manos, ni de la pasión de sus abrazos, ni de nada más.

Todo eso que quería gritar, lo callaba como el mayor de los pecados y la más grande de las amenazas que pendían sobre ella como una espada de Damocles.

Foster no la ayudó o, al menos, ella no sintió que la ayudara. Tampoco podía hacer mucho más si no hablaba con soltura, si sesgaba el relato, si se mostraba prudente para encubrir a Henry y no contarle la realidad de sus años de matrimonio. No se puede hacer terapia con alguien que no quiere. Y ella realmente no quería *traicionar* a su familia. Prefería callar y acogerse a esa máxima de «los trapos sucios se lavan en casa» que le habían inculcado desde pequeña. Eso sí, Foster le había enseñado a respirar profundamente y le había dado unas pastillas homeopáticas que le facilitaban afrontar los momentos de más ansiedad y los de mayor miedo, como aquel ante el umbral de la tienda. Tenía que entrar allí y hacer el encargo al viejo Morris.

Mientras respiraba siguiendo la técnica de Foster, cruzó delante de ella una rubia de larga melena rizada como las que le gustaban a su marido. Tuvo un mal presentimiento, una sospecha absurda. ¿Y si había estado con Henry?

Desde que ella se había instalado en la casa del campo, todo era diferente. A la vez que quería dejarlo y no volver a estar con él, sentía un miedo irrefrenable y unos celos tan absurdos como los de la fugitiva que espera que su captor le guarde la celda y no la ocupe con una nueva presa. Quería seguir durmiendo sin Henry, pero estaba aterrorizada por la absurda idea de no volver a verlo, de que no la deseara y de que pudiera enamorarse de alguna de esas mujeres con las que se acostaba. Se sentía contrariada y no era capaz de darse respuestas a sí misma. Todo tomaba un cariz que se le hacía imposible en cada inspiración a la puerta de la tienda de antigüedades. No podía seguir pensando en su marido. Al menos, no de ese modo.

Henry se había encargado de dejarle claro que él tenía que buscar mujeres más voluptuosas y sensuales, con las carnes más prietas y el pecho menos caído. Se lo había repetido tantas veces que ella asumió que no era lo bastante atractiva para él. De hecho, recordaba con nostalgia aquellas épocas en las que buscaba carmín cobrizo a juego con su melena y sombras terrosas que tiraran a verde para sus párpados. Le gustaba la nostalgia de aquellos tiempos en que la coquetería ayudaba a ver la vida más divertida y a jugar al intercambio de cumplidos con las amigas, cuando se encontraban en los actos sociales. ¡Qué épocas aquellas de la belleza y la ilusión! ¡Qué épocas aquellas de las carcajadas y las risas! Las épocas de los sueños de futuro...

Qué épocas aquellas en las que, pudiendo elegir, todos decidieron que fuera la madre de un Astor. De dos. Qué épocas aquellas en las que esperaba que su paso por la universidad fuera solo una forma de comenzar a subir peldaños de conocimiento, de crecimiento personal y no simplemente parte de una bandera que enarbolar en las competiciones de desocupadas. Qué épocas aquellas en las que se atrevía a soñar...

Ahora quería comprar un puñal. Los niños ya eran adultos, ya había cumplido con su misión en la vida y estaba recapitulando el daño que le había hecho Henry. Ese hombre ya había vivido bastante. Seguiría causándole dolor, seguiría torturándola hasta la muerte... hasta la muerte del primero de los dos que falleciera. Él había sido injusto con ella y Liz no quería que la vida le fuera cruel por segunda vez. Estaba harta. Harta de todo lo que no había hecho, de todo lo que no había disfrutado y de todo lo que no había sentido. Se daba cuenta cuando almorzaba o cenaba con Lionel: con él podía hablar de todo, reír, bromear e incluso aprender.

Le encantaba la ambición intelectual del hijo del mayordomo, que no encontraba límites. Le gustaba tanto que aparecían en su mente ideas que antes no habrían sido sino una pesadilla. Pero no dejaba de pensar: ¿y si ella se hubiera perdido la amistad de muchas personas como Lionel por la hostilidad asfixiante de Henry, por esa sensación de caos que promovía a su alrededor, sin saber cuándo iba a dejar su tónica encantadora y seductora para sacar al tirano que albergaba en su interior? Lionel halagaba su buen gusto en todo: en la elección del menú, en la discreción de sus joyas, en su depurada forma de vestir, en la magia de su sonrisa. Y Henry solo decía que tenía que salir del dormitorio conyugal para que le excitaran otras porque ella no valía para el sexo. Su marido la relegaba al papel de madre, pero también le recriminaba cada detalle que implicara que se había apartado de los cánones de la perfección. Sin embargo, Lionel le recordaba continuamente que debía estar orgullosa del trabajo que había realizado.

En fin..., que había ido a ver al viejo Morris por algo. Quería reunir fuerzas para matar a Henry de una forma perentoria y sin dejar huellas. Quería disfrutar de los últimos años de su vida en libertad. Pero no tenía prisa. Debía escoger el momento adecuado y escribir el guion. Algo así como un final dramático de ópera. Con mucha sangre, mucho amor, mucho despecho y demasiados prolegómenos.

Mientras reunía las fuerzas y urdía el plan, necesitaba empezar por algún detalle para vengarse del ladrón que, con intención de apropiarse de su fortuna, le había robado la vida y, en cierto modo, también a sus hijos, que hasta ese momento habían sido poco más que unos Astor. Por mucho que presumiera Henry, ellos no eran unos Astor de libro de historia, sino de los que se quedaban en los márgenes.

—Buenos días, Morris.

—Mi querida Elizabeth, mira cómo has crecido...

—Así me saludas cada vez que me ves desde hace casi cuarenta años... Esta galantería tuya... Vengo a hacerte una petición delicada.

—Bueno, bueno, sorpréndeme y ponme a prueba. Eres la persona que me ha hecho los encargos más complicados. Y siempre ha sido para regalar. No me extraña que te inviten a todos los eventos. Creo que lo hacen por lo que les llevas más que por la cordialidad de tu esposo— espetó socarrón.

—Sé que él no te gusta nada.

—Lo importante, querida, es que te guste a ti. Pero no vamos a hablar de temas desagradables. Dime en qué me tengo que poner a trabajar.

—Necesito que me localices un puñal joya. De esos de antes, de reinas y embajadores. ¿Sabes a lo que me refiero?

—Desde luego, hay muy pocos en el mercado, pero se encuentran piezas que suelen ser una auténtica belleza.

—Lo sé. Por eso no tengo prisa, quiero algo realmente bueno, que alguien pueda llegar a considerarlo como su objeto favorito.

—Siempre quieres lo difícil.

—Escúchame, mejor aún: quiero que la reina o el embajador o a quien perteneciera hubiera matado a alguien con ese puñal y que los libros de historia lo hayan recogido.

—Da un poco de miedo cómo lo dices. Gracias a Dios, el óxido y el tiempo habrán impedido que siga siendo útil para eso.

Liz sonrió con dulzura. Tenía que levantar el pie del acelerador. Morris tenía muchas tablas y se daba cuenta de que no era un encargo como los anteriores. Algo no le olía bien y ella tenía que esconder su entusiasmo incipiente de asesina.

—No, Morris, no tengo prisa. Eso sí, quiero que sea una joya en buen estado. Lista para ensartar a un traidor, capaz de matar. Una joya a la vez que un arma asesina.

—Elizabeth, necesito que me des tu palabra de que no la quieres para matar a nadie. Me estás asustando.

—¡No seas bobo, Morris! Demasiados años leyendo a Shakespeare... Consíguelo sin prisa. Me encanta proponerte desafíos.

Le sonrió con una pícara mirada de niña traviesa o de flirteo inteligente. A cualquiera de las dos opciones, el anticuario habría caído rendido.

—Cada vez más difíciles. Por mucho que se empeñe tu familia, siempre serás una Porter.

Liz salió por la puerta. Probablemente, Morris tuviera razón y seguiría siendo toda la vida una Porter. Probablemente. Pero había aprendido mucho sobre la importancia de la tradición y de los símbolos en la historia de los Astor.

Estaba convencida de que a Henry le encantaría que su muerte estuviera cargada de teatralidad para engrosar el árbol genealógico con tintes de dramática intensidad, algo así como un «Murió a manos de su única esposa con un arma blanca antigua, comprada para la liturgia de su asesinato». Henry Astor VI no podría escapar del juego malsano que había practicado en toda su vida, ni siquiera en el momento de su muerte. Liz quería darle un final coherente con su existencia. Ni ella misma tenía claro si sería un homenaje o una última mofa.

27

Burdeos, 18 de mayo de 2018

Era viernes. En una de las oficinas notariales más antiguas de Burdeos, Brisson & Associées, se firmaba una escritura de compraventa de uno de los *chateaux* más bonitos del municipio. Tenía una casa solariega con bodega, de las mejores de la zona, y era tan especial que no dejaría indiferente a nadie. Era una propiedad impresionante. El comprador firmante era Henry Astor VI.

Al vendedor, Alain Duprés, el viejo propietario sin descendencia, le parecía un argumento de película antigua que la trasmisión se convirtiera en un símbolo para aquella familia. Sobre todo, al ser alguien de otro tiempo, le parecía algo extraordinario que fuera un regalo de una esposa enamorada para hacer realidad el eterno deseo de su marido. Llegaron a un acuerdo sin mayor problema. El precio no habría sido un impedimento en ningún caso. Liz quería comprarlo. Aun así, Duprés lo entregó mucho más convencido al saber que la casa familiar estaría en manos de alguien que valoraba las tradiciones.

Liz, la compradora real, la que aportaba el dinero, sabía que era el lugar perfecto. Era el sueño de niñez, de juventud y de madurez de su marido. Llevaba toda su vida escuchando la fantasía recreada por Henry, desde años antes de conocerla. Era una especie de canción aprendida que tarareaba, sin parar, cada vez que tenía ocasión. También en otros muchos momentos en los que no venía al caso: «¿Sabéis? Yo sé cómo será el final de mis días. La mujer que me ame me regalará una maravillosa propiedad en Burdeos para envejecer junto a mí, y allí fabricaremos el mejor vino del planeta. Soy un hombre afortunado y esto sucederá».

Solo un lugar como ese podía llamarse como el primer vino que se fabricó en la bodega sin que pareciera tétrico.

—Aquí tiene las llaves de Gouttes de Sang. Espero que entienda que recibe el peso de la historia familiar y que la respete.

—*Monsieur* Duprés, pocos hombres aprecian tanto los linajes como yo. Le garantizo que la historia de su estirpe, esas «gotas de sangre» a las que alude el nombre de la finca estarán muy presentes y que podrá visitarnos tantas veces como lo desee. Siempre será bien recibido.

—Eso es importante para mí. Sabe que muchos de nuestros viñedos están pasando a manos de familias orientales que tienen otro concepto de la tradición. Un concepto que no digo yo que sea mejor ni peor: es diferente. Y luego están los fondos de inversión...

—El mundo está cambiando —dijo el notario.

—Y Europa se está convirtiendo en el museo de ese nuevo mundo. Hemos quedado para eso. Para eso y para que quienes tienen las grandes fortunas puedan comprar algo de distinción, tradición e historia. El arraigo no está en venta..., los valores tampoco. Eso no tiene nada que ver con el dinero. Muchas gracias por sus palabras, señor Astor.

—Le doy mi palabra por el honor de mi familia.

—Se lo agradezco. Y a usted, señora Astor, permítame decirle en presencia de su marido y del notario, que es una criatura deliciosa.

—Gracias. Le prometo que cuidaremos Gouttes de Sang como lo haría usted.

Henry presenciaba henchido de orgullo la escena. No cabía en sí de gozo. Lo de Clea había estado bien, había conseguido que se volviera loca de amor por él, pero la época del juego había terminado. Era tiempo de volver a casa, al calor del hogar, al abrigo de la costumbre y a los requiebros sociales y a las convenciones familiares.

El ego estaba en su sitio, y en las casas inglesas de los señores no había polvo y, si lo había, no manchaba los batines de seda. Y las señoras paseaban entre el servicio con zapatos de suela impecable. Él no había nacido para que a su lado se levantara una mujer que se duchara para ponerse zapatos de suela de goma e irse a hablar en voz alta con los albañiles. Definitivamente, había llegado la hora de regresar a la casa de Londres, a la del campo o tal vez a Burdeos, pero con Liz. Ella era su verdadero hogar, del que sus hijos no debieron haberle sacado jamás. Ella representaba la comodidad, la ausencia de reproches, la forma más cándida de aceptar el acuerdo familiar y la transacción que había supuesto el pacto para escribir el resto de su vida. Liz representaba la estabilidad y el saber estar. Era lo que, a su criterio, tenía que ser una auténtica dama.

Henry ya solo necesitaba terminar bien con la española en cuanto finalizara la obra. Al fin y al cabo, era bastante sumisa y se adaptaba a todo. Si no, bastaban tres gritos, dos aspavientos y alguna humillación para que se viniera abajo. Era como todas. Respondía bien cuando se la ponía en su sitio. No sería difícil deshacerse de ella. Al fin y al cabo, con unos meses de por medio, aquel *affaire*, para una mujer de treinta y cuatro años, representaría un capítulo de la vida divertido o una historia de amor para recordar en la senectud. Dependía de ella: a él realmente le daba igual.

Liz lo representaba todo. Era mucho más que un capricho. Además de la madre de sus hijos, era el estandarte de la familia y el anclaje de su endeble vínculo paternofilial; personalizaba la costumbre, los valores y era una comandante excepcional de intendencia. El sexo era un juego y ya empezaba a cansarse de practicarlo siempre con la misma mujer. Prefería ir cambiando de pareja. Era mucho más cómodo un whisky tras el orgasmo, vestirse e irse a casa, que tener que atender las demandas de una mujer tan intensa como Clea.

Miró a su esposa como si estuviera enamorado. Realmente lo estaba, pero de sí mismo. Dijo en voz alta esas palabras que pensó que le harían quedar como un caballero ante los dos franceses.

—Sabía que serías tú. Siempre supe que tú me regalarías la bodega, esperando que parte de nuestra madurez pudiéramos vivirla aquí, juntos, como hasta ahora.

Liz sonrió forzadamente, sin mirarlo.

—Tu deseo vital se ha cumplido, Henry. Como siempre, he procurado darte placer. Ahora, antes de ir al hotel, me gustaría que visitáramos la casa por primera vez solos. O mejor aún, que durmamos allí si se puede anular el hotel... De hecho, voy a salir un momento del despacho para cancelar la reserva. Discúlpenme, pero hacía mucho tiempo que no teníamos una ocasión como esta para hacer una... locura.

La pausa antes de la última palabra hizo que los tres hombres intuyeran la acepción más próxima a lo sexual y Henry se alegró de que fuera así.

—Me parece una idea fabulosa para estrenarla, querida.

—Más vale dormir en tu sueño con incomodidades que en un buen hotel en el que también vas a protestar. No te gustará la almohada, no te gustará la ducha... Nos conocemos...

Un cuarto de hora después, tras las despedidas oportunas y los cien cumplidos innecesarios de un Astor sobre pequeñas cosas, ambos abandonaban la oficina. Al salir del portal, Henry miró a su derecha. El destino había querido que estuvieran a unos metros de distancia de Cartier. La notaría estaba en la misma calle Georges Clemenceau en la que, apenas nueve meses antes, le había comprado el anillo *Love* a la ya olvidada «arquitecta de su vida».

Una esquina de una ciudad extraña puede tener momentos grabados en la memoria, muy cercanos en el tiempo, con dos mujeres diferentes. Y cuando miró a la esquina del recuerdo y pensó en las lágrimas de Clea el principio de aquel día, su sobresalto y el sexo ebrio del final de la noche, lo supo. Ese nuevo momento, el de la salida de la notaría con su esposa, con la *geisha* que con su herencia familiar había aumentado el patrimonio de los Astor, era su presente y su futuro. Liz era su hogar, Liz era su lugar para envejecer. Ella era el orden, la paz, la elegancia de los de su clase, la madre de sus hijos y la nuera elegida por sus padres. Los recuerdos habitaban en el pasado con anillos de oro rosa que no implican ningún vínculo. La tierra, las vides, el vino, los hijos, la familia, la tradición, la suma de todo eso bien valía un compromiso eterno.

Subieron al Jaguar y partieron de camino a la nueva casa. Henry conducía y Liz, en silencio, comprobaba el interior de su bolso de cuadros de Burberry tan *british* de señora. Henry cantaba ufano la misma canción de Sting, *English man in New York*, que le cantó en su día a Clea.

Liz sonreía sin ganas, con la única intención de seguirle el juego, aunque estaba realmente preocupada por revisar y supervisar el contenido de su bolso y que no pudiera abrirse luego ni captar la atención de su marido. No le resultaba muy complicado. Él había vuelto a la situación anterior a separarse. No intentó ni por un momento recuperarla ni pretendió hablar de amor, de sus problemas conyugales, de nada. Henry lo resolvía todo con el silencio vacío y aniquilador que podía ser tan dañino como los gritos y los golpes hostigadores. Pero Liz ya no estaba en ese punto. A quien realmente todo le importaba poco era a ella. Lo miraba y solo veía la imagen del dolor y de las humillaciones de tantos años.

Los Astor, por mucho que le doliera pensar eso del apellido de sus hijos, solo habían llevado a su vida reclusión, soledad, aislamiento y abnegación. Lo escuchaba cantar ajeno a la realidad y volvía a dudar, solo por un instante, si era estúpido o malvado. Solo un necio podría ser ajeno a su actitud, a su indiferencia. Solo un idiota o un engreído no se daría cuenta de que lo que sentía por él era asco, repugnancia. Él solía repetirle en sus días más violentos: «Prefiero que me tengas miedo a que me tengas pena». Ella ya sentía el pánico y la pena en lo más profundo de sus tripas, solo que el dolor ya no era por él. La autocompasión la hacía más fuerte, más valiente y, por supuesto, mucho más capaz de todo.

¿Qué persona, en su sano juicio, entendería que quien te está dando el capricho de tu vida, un capricho que solo podría pagar la élite y que supondría un esfuerzo para cualquiera, no iba a mostrar ese día el más mínimo ápice de ilusión y entusiasmo? A Henry le cegaban su soberbia y su mala educación. Tenía los mejores modales y la peor educación: en el fondo —aunque también en las formas—, le importaba un bledo cómo se sentían los demás cuando estaban con él. Solo pensaba, mientras canturreaba eufórico, en el hecho de que en la temporada de teatro familiar tocaba reapertura, que todo comenzaría de nuevo a funcionar con rutina y, algo que no era baladí para él, que había ganado la partida con un jaque mate que se celebraba con el regalo que llevaba pidiendo en público toda la vida.

—Victoria es un buen nombre para un vino.

—Sí, y para un barco.

—Qué divina eres, Liz.

—Tienes razón.

Henry frenó en seco en la puerta de la finca y se bajó para acariciar las letras de forja.

—*Gouttes de Sang*, gotas de sangre, me gusta cómo suena. Desde hoy el nombre se referirá a la sangre de los Astor. Pobre campesino patán... ¿realmente pensaría que no iba a cambiar el retrato de su tatarabuelo por el del mío...? Cuánto nuevo rico con pretensiones hay suelto por el mundo.

Liz tragó saliva porque sabía que eso era un desprecio al dinero de los Porter, de su familia, que era el mismo con el que sus padres habían sellado el contrato matrimonial y con el que habían pagado el nada desdeñable precio de la finca.

—Henry, querido, vamos a ver la casa. Le he pedido a ese señor tan amable que nos dejara en la bodega el mejor vino con dos copas...

—Me gusta tanto lo detallista que eres. Liz, tendríamos que plantearnos alquilar Biarritz. La jefa de obra esa que he contratado está haciendo un buen trabajo. Ya sabes, la española. Y ahora, ¿para qué lo queremos si tenemos aquí el paraíso?

—No adelantes acontecimientos.

Elizabeth estaba nerviosa y cortante. Henry no se daba cuenta. Estaba pagado de sí mismo. Había conseguido que su esposa volviera con él, lo olvidara todo y mordiera el polvo. La historia familiar le iba a dejar muy bien parado cuando se hablara de aquella crisis. Una mujer siempre sabe lo que vale un Astor. Aunque, a veces, tenga que alejarse de él para comprobarlo.

—¿Quieres que recorramos otra vez la casa juntos antes? Para que veas los muebles que quieres dejar, los cuadros que te interesan, las cortinas, la cocina, no sé, esos detalles que os preocupan a las mujeres.

—La verdad es que a mí nada de eso me ha importado nunca. Me sorprende que no me conozcas aún. La custodia de nuestros legados ha ocupado parte de mi vida para que a los chicos y a ti no os falte de nada.

—¿Ves como eres perfecta?

Henry lo dijo con sensación de liberación, sintiendo que se había acabado la tortura de los papeles de pájaros tropicales, mármoles casi idénticos en los que solo variaban dos tonos del color de la veta y grifos de distinta forma que no servían para nada más que dar agua. Qué gusto volver a los brazos de la mujer elegida por sus padres y salir de los de una caprichosa que no era nadie y que aún creía en el mito del amor romántico. Él sabía desde el primer momento que una mujer a quien ya le parece un plan estupendo salir a comer en un restaurante de medio pelo en Biarritz no era una esposa para él.

—¿Sabes, Liz? No todos somos iguales.

—Desde luego.

La bodega era el mismo tipo de construcción que la casa de la finca. Henry estaba orgulloso de haber pasado a ser uno de los siete mil viticultores de la zona bordelesa, que tiene más de sesenta denominaciones de origen. Caminaba sin prestar atención a la seriedad de su mujer, que recorría las largas salas concentrada y cabizbaja.

Él iba absorto en sus pensamientos. Quería mejorar el patrimonio de sus hijos con una bodega y una excelente producción de vinos. Hablaría con Evans para que buscara las últimas novedades y le presentara un *business plan* asesorado por alguno de los mejores *masters of wine*. Tenía un gran sueño para ese viñedo.

El *chateau* incluía una pequeña ermita con campanario, una casa solariega, cuatro viviendas pequeñas para los trabajadores y la bodega. Era una construcción típica de la zona. Tejado muy inclinado de pizarra, pared de piedra en colores claros sobre los que primaba un beis terroso, carpintería de nogal... Henry tenía un buen material para comenzar la inversión. Lo de Biarritz a lo mejor tocaba venderlo. Ese dinero bien invertido podría hacer de aquella bodega y de sus vinos una obra de arte.

Liz también estaba inmersa en sus propios pensamientos. No podía aguantar al malnacido de Henry. Si ella le hubiera regalado esa propiedad con un propósito diferente al que tenía, si le hiciera una pizca de ilusión, la más mínima, estaría destrozada. No le había dado ni siquiera las gracias. Qué fácil es tirar con pólvora ajena para alimentar los aires de grandeza y vivir del apellido. Qué fácil le había resultado ir chupándole la sangre y la energía y tragársela a sorbos durante esos años solo para permanecer nadando plácidamente en el estanque de su soberbia. Qué petulancia tan caníbal la suya, que devoraba a todos los que se ponían a su alcance. Pocos se acercaban ya. Sabían que acabaría tirándose a la yugular. Siempre fue el escorpión que quería cruzar el río, como el de la fábula. Al final, siempre hacía daño. El escorpión es letal, y quienes sobreviven a una picadura o a quienes les han contado que pica, no se acercan y solo quieren ver cómo el bicho se aleja.

Liz era consciente de todo lo que tenía que agradecer a sus dos hijos. En su madurez, le habían devuelto todo el amor que, como madre, había volcado en ellos desde su nacimiento. Y lo hicieron de una forma tan inteligente que no habían necesitado más que un solo gesto: el de separarla de su padre, despojándola de cualquier tipo de responsabilidad y dejándola al margen de una decisión desagradable que jamás habría tomado por sí misma.

No hubo nada mejor que salir de la angustia y de la oscuridad y respirar aire puro. Los primeros días en el campo, sola, sin la presencia de Henry, se le hicieron muy difíciles. Tenía mucho miedo, un pavor realmente paralizante y desconocía el motivo. Era la soledad.

Hasta ese momento, no sabía que la soledad o la libertad o lo que fuera aquello se metía dentro de una con una sensación parecida a un temblor constante, de esos que cortan la respiración a la altura de la garganta así, de forma intermitente, lo justo para que se note que el aire no llega de forma natural de la nariz a los pulmones. Era aquello a lo que sonaba el jadeo entrecortado que le recordaba que no vivía tranquila, que no tenía el tipo de vida que había soñado. Muchas veces intentó contárselo en voz alta a sí misma y descubrió que nadie le había enseñado jamás cómo se escribía la onomatopeya de la inhalación. No sabía explicarlo, no sabía poner negro sobre blanco el sonido de su propia respiración. Ese modo de respirar nervioso le recordaba que no tenía la vida que sabía que se merecía, el mínimo que hubiera imaginado si se hubiera parado a pensar cuando dijo que sí en aquella pedida de mano cursilona y pasada de moda, aunque con mucho boato.

La desintoxicación de su marido fue muy fuerte, muy difícil. Las sensaciones y los sentimientos a los que no sabía poner nombre se mezclaban y se agitaban como en una coctelera, le producían espasmos, como si todo se aleara y se fundiera dentro de ella. Aunque sus padres ya no vivían, su recuerdo estaba vinculado a la profunda sensación de fracaso que implicaba para ella el fin de su matrimonio.

Había renunciado a demasiado por la familia, tanto por la suya de origen, los Porter, que decidieron que su función en la vida no era trabajar; como por su familia presuntamente elegida, los Astor, una especie de tempestad perpetua en la que tenía que vivir marcada por esa asfixia permanente y el terror a los arrebatos de Henry, a sus infidelidades y a los contagios. En la época en la que se comenzó a hablar del virus del papiloma humano como causa del cáncer de útero, Liz acudía a su ginecólogo cada tres meses. Tenía miedo. También del virus.

Envidiaba a muchas mujeres de su entorno, a las profesionales, a las que se perfumaban para ir al trabajo, aunque fuera con colonia infantil o frascos de la sección de ofertas. A las profesoras de universidad, a las emprendedoras que montaban las tiendas donde ella se compraba la ropa, a la de la floristería, a la directora del banco: ella hubiera querido ser así. Tener un propósito más allá de Henry y los chicos. Liz no era frívola, y eso para ella suponía una verdadera cortapisa porque se aburría tanto... Cuando entraba en una cafetería y veía a un grupo de mujeres riendo desinhibidas y divertidas, también las envidiaba. Le habría encantado quedar después del trabajo para ir al cine, al teatro o simplemente para tomar una infusión o un cóctel.

Irse sola al campo le había abierto los ojos. Y Lionel le había liberado de la angustia en las vías respiratorias. Ya llegaba el aire sin cortes y le gustaba inhalar y exhalar profundamente, varias veces seguidas, para demostrarse a sí misma los avances. Evans había sido todo un descubrimiento. Le conocía de las escasas conversaciones sobre negocios con su marido que ella había presenciado y de las llamadas telefónicas y visitas para tomar decisiones y supervisar sus proyectos.

Cuando Lionel le hablaba de su suegra, le contaba que *lady* Astor procuraba estar seria en público, pero que cuando se quedaban solos siempre estaba sonriente. Le decía que aprovechase todas las oportunidades y que le pidiera todo lo que necesitara para formarse, que no se pusiera límites para ser el mejor. «Serás lo que quieras ser, muchacho. Y yo haré que desees ser el custodio de mi legado».

Mientras vivía con Henry, Liz no sabía nada de la verdadera historia de Evans más allá de la leyenda. Su marido se cuidaba de que él no se aproximara mucho. Le decía que era poco más que un criado y que no había que mezclarse con el servicio. Para entonces, Liz ya había aprendido a no llevarle la contraria. Cuando lo hacía, salía muy mal parada. Se callaba siempre y solo conocía detalles de la realidad por los despistes de alguna persona que daba por hecho que ella ya sabía lo que le estaba comentando.

Las malas lenguas decían que *lady* Astor nunca tuvo confianza en su hijo, ni cuando era niño. Contaban que, desde muy pronto, fue consciente de que sería incapaz de gestionarse a sí mismo y, mucho menos, de administrar su patrimonio. Desde muy pequeño, tenía mal carácter y siempre fue conflictivo. Su suegra era lista y tenía claro que la soberbia y la arrogancia tienen que ser compensadas con una inteligencia extrema para permitir que el sujeto aquejado de tales males sobresalga. Y en su caso, el sujeto, su hijo, andaba muy justo de inteligencia. Sin embargo, aquel huérfano de futuro incierto era avispado, educado y tenía la mirada limpia. La rectitud y las buenas formas de su padre, el mayordomo fiel, y la muerte de su madre le habían dado demasiadas lecciones prematuras. Había que sacar de la propia cantera a alguien que cubriera todas las deficiencias de Henry, darle la mejor formación, una buena vida y dejarle vivir bien a la sombra para que su hijo pudiera pavonearse al sol. Liz adoraba a *lady* Astor, habían tenido varias conversaciones veladas, casi encriptadas, sobre la genética del carácter complicado tanto de su marido como de su hijo.

Cuando Elizabeth, libre y liberada, compartió mesa con el hijo del mayordomo, descubrió a un hombre guapo. Lionel siempre había sido atractivo a sus ojos —quizás por lo prohibido—, pero esa mirada limpia, empática, cercana y directa lo convertía en un ser celestial. De repente, le encontraba cierto parecido con Hugh Grant, el actor con el que soñó toda su pubertad. Moreno, con la piel clara y gestos elegantemente traviesos que medían la frontera para no parecer canallas. Sus manos hablaban solas, como las de los escritores, las de los pianistas y las de quienes dibujan los trazos de las historias para contarlas. Sabía que no debía comparar, pero inconscientemente lo hacía. La impostura de Henry era rancia y petulante. Parecía mentira que la elegancia real y el porte noble fueran los del hijo del mayordomo. Tenía ritmo, tenía *swing*. No estaba disecado como su marido.

Liz le miraba embobada cuando se hacía el silencio. Hacía demasiados años que un hombre no se interesaba realmente por sus sentimientos, por sus sensaciones, por sus ideas y su bienestar. Le gustaba el debate, la contraposición de pensamientos, preguntaba con humildad cuando no sabía algo y siempre tenía una palabra amable. Sobre todo, Lionel la escuchaba y le producía una gran calma. No había riesgo de que se enfadara sin razón y la humillara. Liz comenzó a relajarse por primera vez con un hombre. Esa relajación fue el comienzo de una historia de amor. Al pensar en Lionel, sabía que se había enamorado porque había podido descansar con alguien. Y no había mayor excitación, mejor caricia que la que se recibe desde la paz. Para ella la paz se había convertido en ese momento en que una persona puede bajar la guardia al máximo. Solo en paz es posible el amor. Puede ser que el estrés sea el perfecto compañero para el desenfreno y la lascivia, pero el amor de verdad nace en la paz entre dos.

También comenzaron otras cosas, como la fantasía cada vez más intensa de ser viuda. Si Henry muriera, todo se allanaría. Si él desapareciera de su vida, nada sería difícil. Todo sería una delicia.

Para cuando Henry había tomado de nuevo al asalto su puesto en la casa, ella ya maldecía los años de matrimonio. No quería volver con él y le temía.

«Otra vez no. No. No quiero que vuelva, no quiero. Quiero respirar, buscar un rato a solas con Lionel, dormir tranquila, reírme, quiero no tener miedo. No puede volver. Y yo no puedo decirle taxativamente que no vuelva. No puedo romper una familia, no puedo romper mi familia solo por pretender estar bien yo..., no puedo ser egoísta: mis hijos, el pobre Henry. No puedo, no, que no vuelva...».

Sentía la opresión del qué dirán y esa absurda sensación tan femenina de fracaso vital ante los divorcios. Podía ser que los hombres la tuvieran también, pero igual que percibía que su marido vivía aplastado por el peso de los números romanos tras su nombre, ella vivía aprisionada por los prejuicios sobre la unidad familiar y ese legado generacional de «aguanta por tus hijos» en los sustratos más conservadores de la sociedad. Si todos supieran lo que había soportado por sus hijos, y con la debida resignación; también por sus padres... Aguantó hasta el mismo día en que se metió en la cama con Lionel. Aquellas sensaciones barrenaron su capacidad de sacrificio. Tomó conciencia en ese momento de que era como un jarrón antiguo de la dinastía Ming. Si cae al suelo y se hace pedazos, se puede pegar, pero el valor y la realidad del objeto se ha perdido. Liz comprendió que Lionel era lo que ella quería. Fue el día en el que oyó hacer crac a su capacidad de sacrificio, a su resignación, sobre el mármol del *cottage* de los Astor.

Ella deseaba, en realidad, un compañero en las cosas sencillas, un cómplice en lo intelectual, un hombre sensato y un buen amante: generoso y sobrio. Alguien que no fuera soez ni oliera a whisky y que supiera cómo complacer a una mujer y excitarla. No quería volver a compartir su cama con un cerdo egoísta. Nunca se había atrevido a pensarlo hasta que tuvo otra muestra con la que comparar. Y no había elegido cualquier muestra, sino la mejor, la más atenta y la más generosa, la muestra de sus sueños. Cuando consiguió la prueba, supo que lo que sentía por Lionel era amor. O al menos, era lo más cercano al amor que había conocido en su vida. Y ya no quiso volver a la tortura humillante del deber malentendido. No se sentía con fuerzas para dar un paso al frente y explicar que su existencia, desde el día que se casó, había sido un auténtico desastre. No se sintió con fuerzas de enfrentarse al hombre que le había arrebatado tantos años y al que temía profundamente. No se veía capaz de divorciarse de Henry y ser la amante de Lionel.

Sobre todo, no se sentía capaz de oler el perfume de Henry mezclado con los efluvios del whisky escocés. Eso le recordaba que demasiadas veces la había obligado a tener sexo mientras estaba borracho.

«Qué asco», pensaba mientras lo veía bajar las escaleras de caracol de hierro y madera que daban acceso a la bodega. «Ahí va, creyéndose el centro del universo sin saber que su *chateau* será su pirámide».

Cuando visitó por primera vez la bodega, le enseñaron un segundo sótano. En la zona de degustación de vinos, donde estaban colocados varios sillones cómodos de cuero, unas mesas bajas y un gran espejo de pared, había una trampilla que daba acceso a un amplio espacio: una estancia grande con una mesa alargada en la que solían hacer matanzas. La abuela del vendedor, Matilde, era una campesina del sur de España y quiso conservar sus tradiciones. Habían montado unas grandes picadoras industriales de carne y allí permanecían colgados los embutidos durante todo el año para que se fueran consumiendo. La ventilación estaba suficientemente garantizada por unas ventanas a ras del suelo que, en la parte sur de la casa, se podían abrir. Tenían rejas para evitar que les robaran. Hubo épocas en las que había hambre e incluso la guerra salpicó el paraíso. Además de las picadoras, había arcones de congelación.

Liz lo tenía claro: le clavaría el puñal y, cuando estuviera muerto, bajaría el cadáver arrojándolo por las escaleras, lo despedazaría, lo picaría y lo envasaría al vacío. Hasta ese material, bolsas incluidas, estaba ya esperando en la sala de matanzas de Matilde. Luego lo esparciría por los ríos de la zona. Poco a poco, sin prisa. Después, desaparecería. Ya había comprado un billete para viajar a Belice con varias escalas desde Suiza para despistar, y había adquirido los documentos necesarios para asumir una identidad falsa que le permitiría esquivar a la Policía ya que, indudablemente, si Henry desaparecía y ella también, se convertiría en la principal sospechosa. En Belice tenía gran parte de su patrimonio y un testaferro que haría las operaciones necesarias en su nombre, de manera que podría seguir viviendo sin dar señales. Él había gestionado en el mercado negro todo lo relativo al pasaporte falso y a la usurpación de la filiación perfectamente tramada. Todo estaba calculado y no había margen de error. Puñal y descuartizamiento en Burdeos. Descanso y recuperación en Belice. ¡Y pensar que Henry siempre la había tomado por tonta!

Cuando el caso de la desaparición de su marido se archivara por falta de pruebas, se lo contaría a sus hijos y le pediría al amor de su vida, su adorado Lionel, que se fuera a vivir con ella. Había tenido horas y horas para prepararlo, para meditarlo y para pensarlo detenidamente. Este era su momento. Solamente tenía un cómplice, un hombre en Belice de quien nadie conocía el nombre. Ahora solo tenía que estar sonriente, amable, tranquila y disimular. No le iba a remorder la conciencia. Tenía un sedante de acción rápida para que se quedara dormido y había leído cuál era la mejor manera de rebanarle el cuello para una muerte segura. El puñal joya de Morris estaba afilado cuidadosamente.

Envió los mensajes que tenía preparados para Lionel y sus hijos. Los de los chicos por WhatsApp y el de su amor por SMS. Su forma de comunicarse con él sabía a nostalgia tanto como su despedida hasta que pudiera volver.

Era curioso. Estaba sorprendida porque no tenía miedo. Quería liberar a todos de la tiranía de Henry.

Liz no habría pensado jamás que sería capaz de llegar a odiar. Pensaba que no estaba en su código genético. Pero sí. Allí estaba, escondido en alguna parte, cocinado a fuego lento por el resentimiento que produce el daño malintencionado, con saña, con premeditación y alevosía. Aguantar, aguantar... «Es lo que te ha tocado», «Por lo menos tú tienes suerte y vives como una reina», «Qué suerte tienes. Henry es todo un caballero de los de antes». Estaba harta de todo aquello. Había aprendido a callar o a hacer lo que a él no le molestaba para que se mantuviera la calma. Las estrategias para evitar el conflicto sirven para eso, para que no haya problemas. No significa que no haya daño, que no haya dolor, que no quede una pequeña o una gran herida.

La resistencia de la juventud empezaba a esfumarse y las magulladuras en el alma dolían de continuo. No obstante, la fortaleza del ser humano es mucho mayor de lo que a veces se piensa y la costumbre acaba por enseñar a convivir con el menosprecio, con la ridiculización. Liz había asumido que sin él no podría vivir de ningún modo, que no podría quejarse y que probablemente se lo mereciera.

Henry no se habría ido por propia voluntad, aunque para atemorizarla había amenazado con hacerlo cientos de veces. Él no podía dejar que ella pensara en paz, respirando sin sobresaltos, porque era más que una posibilidad que Liz soñara con un futuro libre, en solitario. Y no podía arriesgarse a perderla. Era *su* mujer.

Liz comprobó siendo libre que había estado enjaulada, oprimida y machacada durante décadas. Ahora que él había vuelto, no podía soportarlo, aunque ya era tarde. Ya no tenía mecanismos para salir de ahí pacíficamente, con un acuerdo. Además, sabía que el orgullo de Henry bloquearía cualquier camino que intentara. Henry era cruel y despiadado, un narcisista perverso.

Lionel era un soplo de aire fresco que le recordó a qué olía la perdida libertad. No sabía si su lugar estaba a su lado, solo sabía que no estaba al lado de Henry. Ya no podía aguantar más. El miedo se había vuelto nauseabundo y se confundía con la repugnancia. Realmente era miedo paralizante, si no, bastaría con salir corriendo. Liz sabía que ya no tenía fuerzas ni valor. Estaba paralizada. No podía ser una divorciada con un exmarido como Henry. Eso no era la libertad. En ese matrimonio no cabía el divorcio, solo la viudedad. Existía la opción de que fuera la suya o la de Henry. Pudiendo elegir, elegía la propia. Aunque ello conllevara un sacrificio, una inmolación, hacer lo que nunca pensó que tendría que hacer.

Si lo hacía, lo haría bien. Como correspondía a un Astor, le daría una muerte digna de ser contada en los anales familiares si llegaba algún día a saberse. Ni sus hijos ni Lionel sabían cuándo iban a volver de Burdeos, eso le daba un margen amplio hasta que comenzara la investigación de sus desapariciones y ya estaría en Belice. Habría dedicado sus últimas horas juntos a hacerle feliz. Le concedería el sueño de su vida y moriría dentro de ese sueño. ¿Puede haber algo más romántico que ser asesinado en el lugar que has anhelado? Ya era suyo. Ya podía morir. Era tan triste como que nadie le echaría de menos. Al principio, algún amigo... Para los chicos sería una gran impresión inicial, pero pronto el golpe quedaría amortiguado. Y todos, todos podrían vivir respirando sin que el aire se detuviera en el camino entre las fosas nasales y los pulmones.

La única forma de que Henry la dejara en paz era su muerte. Y tan harta estaba que planeó su asesinato sin ser asesina. Rozando la perfección del guion sin haber interpretado jamás un papel. Compró un puñal con historia y piedras preciosas, fue con él al *chateau* que le había regalado, hizo que se sentara con música de cámara de fondo, sirvió las copas y regresó con todo preparado en su bolso: el trapo empapado con la anestesia para caballos —que le había robado al veterinario— y el puñal afilado. En la mano, llevaba un pañuelo negro. Cuando entró, empezó el baile.

—¿Estás contento, Henry?

—Más, imposible.

—Pues la sorpresa aún no ha terminado...

—¿Aún hay más?

—Sí, siéntate, lo he preparado durante mucho tiempo con todas mis ganas. Te voy a vendar los ojos.

—Me fascina la idea.

Liz subió la música, le tapó los ojos, se apartó y, en un rincón puso su bolso en el suelo. Sacó el trapo empapado de la bolsa de plástico, lo cogió con la mano izquierda y sujetó con la derecha el puñal, dispuesta a rebanarle el cuello tal y como había leído que era el eficaz *modus operandi* de muchos sicarios. Había estado practicando en casa para hacer un corte limpio y definitivo que acabara con su vida lo antes posible. No se trataba de que sufriera, simplemente de que desapareciera.

Respiró hondo y comenzó a acercarse a Henry lentamente. Craso error. Él se removió en su asiento. Cuando estaba acercando el trapo por la parte izquierda de la cara, él le paró el brazo. Había identificado el olor. Estaba acostumbrado a presenciar las intervenciones de urgencia de los caballos en su casa. Muchas veces había hablado con el veterinario de los efectos de una droga así en humanos.

Con los mismos reflejos con los que sujetó con su mano derecha el brazo izquierdo de Liz, se quitó la venda de los ojos mientras se ponía de pie. Liz tenía anestesia y un puñal. Henry la agarró por el cuello y la empujó fuertemente contra la pared.

—¡Serás... serás hija de puta!

—Suéltame, suéltame, Henry.

—¿Qué te suelte? ¿Qué pretendías?

—Suéltame.

Liz hizo un movimiento brusco, Henry se agachó a por el trapo, que había caído al suelo, y ella se abalanzó sobre él intentando clavarle el puñal de manera torpe.

Cometió su segundo error. Lo tenía todo calculado menos eso. Forcejearon. Liz no era consciente de la fuerza que le daba la adrenalina y el combate se convirtió en una lucha en la que ninguno de los dos había asumido que solo uno saldría vivo.

—Cabrón, te voy a matar. Aaaahhh...

Se hizo el silencio. Ya solo quedaba uno de los dos. La cara de Henry estaba desencajada.

La viudedad llegó de la mano de la daga que, tan concienzudamente, había buscado Morris para este final de ópera. Efectivamente, estaba en impecable estado para matar a una persona. Los buenos anticuarios son muy precisos cumpliendo los encargos.

28

Burdeos, 18 de mayo de 2018

Henry miró el cadáver desde arriba. El cuerpo de Liz, ataviado con ropa de estilo campestre casual, estaba tumbado en el suelo sobre un charco de sangre cada vez más grande y un puñal con diamantes, zafiros y rubíes clavado en el abdomen. No era muy avispado, pero sabía que estaba muerta sin hacer ninguna otra comprobación. Los ojos de Liz estaban vacíos y, a la vez, lanzaban el reproche final. El cuerpo de su mujer yacía en el suelo. Él la había matado.

Se apartó, se dejó caer en el sillón y se quedó sentado sin hablar, sin poder mover un músculo. Miraba a la única persona que había puesto orden en su vida. Liz era el faro, la guía, el sentido común y no le quedaba otra que reconocérselo: había sido la parte buena de su mente y su corazón desde la adolescencia. Henry no andaba muy sobrado de talento ni de buenos sentimientos y había tirado desde el principio de los de ella.

Liz ya no estaría nunca más. Sin embargo, eso no parecía lo peor. Era la primera vez que mataba a alguien y nunca estuvo en sus planes hacerlo. Sabía odiar, detestar, mirar por encima del hombro, golpear, insultar, despreciar, empujar y hasta dar bofetadas de las que hacen caer al suelo. Pero Henry se convirtió en segundos en lo que jamás pensó que sería ante los ojos de los demás: un asesino. Quería llorar, pero no podía. Quería gritar y no encontraba las fuerzas. Sintió que después de matar a alguien, el alma pesa el triple y el cuerpo se vuelve lento y viscoso. Estaba preso de la necesidad de sobrevivir y sus pensamientos se convirtieron en los de un criminal en apenas unos minutos. No había miedo, ni siquiera dolor. Imperaba el instinto de protección, el de supervivencia. No había lágrimas. Ni siquiera preguntas. No había interrogantes. Sin embargo, salían a borbotones las ideas para liberarse de la pena. No pensó en la lástima, sino en la prisión.

No podía pasar a la historia de los Astor como un asesino. No podía poner a toda la familia en riesgo. No podía tirar el prestigio de su apellido por la borda. El primer síntoma de humanidad lo mostraron sus manos. Empezaron a temblar compulsivamente. Tuvo que sujetarse la cabeza apretándola fuertemente con sus dedos y apoyando los codos en las rodillas. Ese gesto era de los que más lo caracterizaban.

Tenía que montar una coartada lo más rápido posible. ¿Qué podía hacer? Enseguida surgió una idea en su mente. Ya sabía lo que les iba a contar a sus hijos y a los empleados de la casa. Se levantó a cerrarle los ojos. No podía soportar ese reproche incriminatorio. Era imposible concentrarse y pensar así. Los párpados se resistían. Querían aguantar el pulso a su verdugo, pero al final cedieron. Henry comenzó una conversación que solo podía ser monólogo.

—Qué zorra, la que has liado... Después de tantos años tenías que joderlo todo. Nunca debí casarme con una plebeya... ¿Qué coño les cuento a todos ahora?

Se levantó y empezó a dar vueltas sin sentido, a deambular...

—Tendré que decir que quisiste dejarme a lo grande... Eso es..., lavando tu beata conciencia... Suena bien: «El regalo de Liz para dejarme», una despedida original. Joder, la que has liado... Pero eso puede colar...

Seguía andando, cogió la copa, bebió nervioso.

—Sabías que era mi sueño y, cuando llegamos aquí, habías dejado un coche preparado para marcharte. Diré a los chicos y a Lionel que lo denuncien sin más, que no quieres que te encontremos. Que parece ser que tenías otra vida esperándote. Tu móvil..., necesito saber que has dicho a los chicos.

La llamó para saber dónde estaba. Nada, apagado o fuera de cobertura.

—Qué zorra, lo has apagado... Si va a resultar que no eras tan tonta... Joder, esto complica las cosas. Me la estoy jugando, y todo porque has decidido joderme la vida. ¿No vivías bien? ¿No te bastaba con pertenecer, gracias a mí, a la historia de Inglaterra? No, tú tenías que dar la nota. Esto me pasa por haber sido blando, solo entendéis de mano dura.

Henry estaba perdiendo los estribos. Estaba fuera de sí. Cada vez gritaba más porque sabía que nadie podía oírle.

—Les contaré que la puta de su madre pensó que ya tenían su propia vida, que no la necesitaban. Que contrataste un detective privado y sabías lo mío con Clea. Eso, eso haré: diré que habías elegido esa notaría porque estaba a unos portales de distancia de la joyería en la que le había comprado un anillo *Love* a la mujer de la que me había enamorado..., más joven, más delgada que tú y con un pelo que ya querrías haber tenido alguna vez en tu vida. Tengo la factura de la alianza y la pagué con tarjeta. Menos mal. Eres una mierda. Mira el lío en el que me has metido.

Se iba excitando con la idea. La noche empezaba a caer. Subió a cerrar la puerta de entrada con llave. Ahora lo entendía todo. Liz lo había orquestado para que estuvieran solos. No había nadie en el *chateau*, porque el antiguo propietario se había llevado a todos sus empleados a otra finca que tenía en Saint-Emilion y ellos habían dejado para más adelante contratar a alguien. Siempre fue tan generosa que, hasta en su propio asesinato, facilitaba la vida a los demás al querer facilitar la suya. Él ya se había encargado de que no hubiera ningún «demás» para su mujer. Nadie que no fueran él y sus hijos. No sabía nada a ciencia cierta de lo de Lionel y en aquel momento, estaba fuera de sus preocupaciones lo que hubiera hecho Liz en los últimos tiempos.

Le gustaba la historia. Tenía sentido y creía que podría mantenerla, adornándola con algunos detalles más. Dar cumplimiento al deseo de Henry de toda la vida le había parecido a ella el broche perfecto para decirle adiós y marcharse a vivir para sí misma y no para la familia. Tenía que contar que seguro que ya se había encargado de prepararse una nueva vida en un lugar donde sus tarjetas no se rastrearían y donde tenía una cantidad suficiente de dinero para vivir, sin estrecheces, dejando a sus hijos el patrimonio familiar.

Todo eso era creíble y encajaba con el carácter solitario y austero de su mujer. Ya tenía el esqueleto montado. Seguiría vistiéndolo. Ahora le hacía falta resolver lo esencial. ¿Qué hacía con el cuerpo? ¿Cómo retomaba su relación con Clea para que diera apariencia de normalidad y encajara con su versión de los hechos?

Henry pensaba en silencio, acabó la botella y empezó una segunda que había cogido de la habitación contigua, en uno de sus paseos mientras deambulaba construyendo una coartada. Iba a necesitar ayuda para dormir. Nunca pensó que su primera noche en su nueva finca la pasaría tramando qué hacer con el cadáver de su mujer. La respuesta salió de su boca sin esperarla.

—Eso es. El cenador. El puto cenador.

Todo se ordenó en su cabeza. Y empezó el juego de nuevo. Un primer mensaje: «Emperatriz, amor mío, te echo de menos».

Los segundos se hacían eternos y su nerviosismo se volvía ira.

—¿Esta niñata bobalicona no piensa contestar o qué? Para una vez que se la necesita...

Despreciaba a Clea, pero conocía la forma de hacer que reaccionara como un corderito. A ella le gustaba jugar a la pareja eterna perfecta. «Una *wannabe* española», solía decirse a sí mismo, de vez en cuando, para alimentar la mitificación de su superioridad.

Se puso a dar vueltas por la bodega para ver cómo hacía para deshacerse del cuerpo. Nadie jamás la buscaría en los cimientos del cenador de Biarritz y no había que hacer obras. Estaba aún pendiente su instalación tras el capricho de Clea de restaurarlo. Lo mejor era llevarlo allí, pero tenía que saber cómo.

Henry tenía permisos para conducir cualquier tipo de vehículo. Los Astor tenían esa costumbre. Además de su exquisita educación, había una máxima en la familia acuñada en antiguas guerras: «Un hombre tiene que estar preparado para huir del enemigo por tierra, mar y aire». Con esa máxima, todos los varones de la familia tenían, desde la edad en la que podían, todos los permisos posibles, por supuesto el de capitán de embarcaciones, pero también las licencias para conducir camiones de gran tonelaje.

Así, Henry iba trazando su inesperado plan sobre la marcha. «Tengo que seducir a la boba de Clea para volver, hacerle creer que vuelvo para siempre, decirle que llevo algo que no le escame para enterrarlo cuanto antes. Creo que en un par de días puedo tenerlo todo organizado. Que dé tiempo a excavar. Le encargaré a Clea que alquile una grúa. Llevaré la "cápsula del tiempo". Ella nunca sabrá lo que habrá dentro. La dejaré allí, la taparé y agilizaré la instalación de la pérgola».

Todo era cuestión de rapidez, pero la historia tenía dos variables. Dependía de la reacción de Clea. Si era la prevista, tenía que encontrar cómo transportar el cuerpo sin levantar sospechas y tenía que limpiar de huellas la zona del crimen. Lo de las huellas era lo de menos. Ella habría estado allí brindando con él para despedirse. El arma podría enterrarse con ella.

Buscó unas toallas limpias en los cuartos de baño y unas bolsas de basura. Las extendió junto al cadáver para que fueran absorbiendo la sangre.

Clea acababa de responder. La partida había comenzado. Tenía que seguir pensando en el transporte del cadáver y la limpieza. La logística era lo más urgente. La española tardó apenas diez mensajes en rendirse al inglés. Las dos botellas de vino y su urgencia por resolver facilitaron el necesario trámite. Descolgó el teléfono y la llamó.

—Clea, Villa Matin empieza a ser un hogar gracias a ti y a tu calor. Siempre había oído que las españolas sois ardientes como el fuego y no hay forma de escapar. Ahora lo sé. He pensado mucho en nosotros. He intentado alejarme de ti sin conseguirlo. Te he echado tanto de menos...

—No entiendo por qué querías alejarte.

—Algún día lo entenderás. Escucha con atención. Tengo enterrada una cápsula del tiempo de metal blindado en el jardín de mi casa de Londres. Es cuadrada y está herméticamente sellada. Mi padre y yo metimos en ella cuidadosamente objetos familiares para que sean encontrados en el futuro. Quiero trasladarla al jardín de Biarritz...

A Clea le pareció muy romántico, la mejor de las reconciliaciones.

—Mi emperatriz, quiero que me escuches. No me hables por favor. No me interrumpas. He intentado vivir sin ti y ni sé ni quiero hacerlo. Te necesito. Estoy en Londres, pero podría volverme ya para celebrar nuestra unión ritual para siempre.

—Henry, ¿qué dices? ¿Has bebido?

—Por supuesto que he bebido. Si no, no habría reunido el valor para rendirme así a tus pies. No me interrumpas más que corremos el riesgo de que no sea capaz de explicártelo. Y por eso digo que lo hagamos inmediatamente, no quiero que nos arrepintamos ninguno de los dos si consigo que me digas que sí y me perdones.

—Adelante.

—He intentado alejarme de ti y me he dado cuenta de que no puedo. Mi hogar ahora eres tú y por eso quiero que Villa Matin sea un símbolo de nuestro amor. Tu intuición no falla y siempre supiste que ese lugar tendría que ser especial para nosotros. Esta llamada es para hacerte una propuesta. Al final respóndeme sí o no, y si apuestas por mí, nos vemos ya, cuando tú digas y si no, no volveré a molestarte jamás. La «cápsula del tiempo» de los Astor está en Londres. Es el símbolo de todo lo que me importa. Yo la llevaré y tú tendrás un hueco cavado para que quepa con holgura una caja de dos metros por uno. Esto es un reto que te pongo, *baby*, a ver cuándo puedes tenerlo preparado, lo antes posible, algo tan inmediato como para que por esto sí pudieran darte un Pritzker.

—Me conoces perfectamente. Sabes que, si me pones un reto, lo estaré gestionando en cuanto colguemos.

—Que quede honda por favor. Que no pueda descubrirse con facilidad, salvo que tú y yo queramos. La enterraremos mientras nos bebemos una botella de champán cada uno. La enterraremos sudorosos y sellaremos nuestro amor cuando la hayamos cubierto con sexo sucio, sobre la tierra, hasta que nos enfanguemos. Al día siguiente llegarán los obreros y comenzarán con la preinstalación de la pérgola. El espíritu de los Astor vuelve a ti y a tu creación. No quiero volver a separarme de ti. La fuerza de mis ancestros es nuestra mejor pócima mágica para una unión eterna.

—Estás loco.

—Eso no es una respuesta.

—Sí, sí quiero.

—Te amo, *baby*, no te arrepentirás.

Cortó la llamada con cara de satisfacción, de victoria. «Esta infeliz es tontita. Aún se cree lo del príncipe azul. Otra cosa más resuelta».

Siempre jugó con ella, a caballo entre la necesidad y el desprecio. Las humillaciones y los insultos no eran más que la expresión de la relación de poder que mantenía con ella. La consideraba lo bastante buena para él como para infravalorarla, exhibiendo una *performance* de superioridad que justificaba lo que él creía, lo que necesitaba que acabaran creyendo los dos. Él se lo decía continuamente: ella no le merecía y, si él no estuviera a su lado, nadie la valoraría. Disfrutaba del juego de la sumisión obligatoria por medio de dos categorías: el listo y la boba, el rico y la pobre, el noble y la plebeya, el elegante y la vulgar, el bombón y la corriente, el necesario y la prescindible.

Henry encendió las luces y vio estuches de madera para dos botellas, para tres y para seis, pero ninguno con capacidad suficiente para trasladar el cuerpo. Luego había otro problema. Las escaleras para sacarla por el piso de arriba. Tenía que haber una salida de emergencias desde allí directa a la calle, ya que se celebraban eventos y se recibía al público que quería comprar la producción. El homicida estaba nervioso, aunque solo era por miedo a ser descubierto. Salió de la bodega, la rodeó y encontró la puerta. Probó unas diez llaves hasta que dio con la que la abría. La dejó entornada y fue a la casa para buscar todo lo que necesitaba.

Volvió con unas mantas oscuras y una fregona. No había encontrado nada que se asemejara a una cápsula del tiempo que pudiera servir de ataúd. Le había echado el ojo a un baúl, como plan alternativo si no encontraba nada mejor. Le parecía haber visto una embaladora para las cajas de vino que había aprendido a utilizar en la bodega de unos amigos. Siempre había sido su sueño hacer vino y estaba preparado para afrontar cada tarea de esa labor artesanal. Se había preocupado de conocer todas las fases del proceso sin llegar a pensar que algún día podría resultarle tan útil. Tenía claro que, fuera cual fuera el continente, tendría que ir embalado, aunque dudó si podría embalar con la misma máquina una caja con el cadáver, debido a la diferencia de tamaño.

Se acercó al cuerpo de Liz. Tenía que apartarlo de la sangre para enrollarlo en las mantas. Arrastró a su esposa y se dio cuenta de que había estado ocultando una trampilla. Quizá allí habría algo que le sirviera de cápsula. Luego lo comprobaría, lo primero era limpiar la sangre. «Tengo que darme prisa y hacerlo bien. Mis hijos no tendrían piedad». Llenó el cubo de agua en el fregadero que había en la barra de degustación, cogió un estropajo y el detergente y frotó el suelo con ganas hasta que no quedó rastro. Cuando el líquido se teñía en exceso de rojo, volvía al fregadero para tirarla y reponer el cubo con agua limpia: el desagüe se iba llevando parte de la sangre de los Porter.

Cuando no quedó resto, metió las toallas empapadas en bolsas de basura que encontró bajo el fregadero. Tres bolsas por cada pieza. Triple cierre. En las series policíacas, los criminalistas siempre detectaban los rastros de sangre con luminol, así que terminó la tarea con una solución poco rebajada de lejía: eso dificultaría la investigación. Liz ya estaba envuelta en las mantas. Todo parecía limpio y las toallas, los estropajos, el cubo, hasta la fregona, todas las pruebas estaban en bolsas cerradas con mucha prudencia. Cuando dejara preparado el cuerpo para sacarlo, llevaría las bolsas a un contenedor de Burdeos para que esa misma noche, trasladaran todo al vertedero.

Llegó el momento de comprobar qué había bajo la trampilla...Abrió la puerta del suelo y no dio crédito a lo que veían sus ojos. Había una sala de matanzas. «Vaya, vaya, he vivido con una sádica y no lo sabía. Si no llega a ser por los caballos, ahora mismo sería carne picada. Menudas picadoras y vaya congeladores. Pero mejor no dejar aquí más rastros, no podría limpiarlas solo». Movió a patadas el cadáver y lo tiró por las escaleras para dejarlo allí hasta que encontrara una caja adecuada. Comprobó que la planta inferior también tenía acceso directo desde la calle.

Cerró la trampilla y recorrió todas las estancias de la bodega. Se entusiasmó al ver una caja metálica. Tenía unas dimensiones extrañas, debía medir un metro de alto y de ancho. Era un cubo. Tenía un aspecto de cápsula del tiempo muy aceptable. Tendría que doblar mucho el cuerpo para que cupiera. «Total, zorrita, ya no te dolerá, igual que no me habría dolido a mí la picadora».

Cogió la caja, la bajó a patadas. Era perfecta. Parecía de algún instrumento musical. Estaba acolchada por dentro como un ataúd. Él mismo estaba asombrado de su propia frialdad. Al fin y al cabo, se trataba de luchar por el honor, la honra y el buen nombre de la familia.

«Siempre te sobraron kilos, pero nunca me pesaron tanto como hoy...». Henry hizo un esfuerzo sobrehumano al cargar el cuerpo. Desde luego, así no cabía. Tenía que doblarlo y ni de esa manera, conseguía adaptarlo a aquel espacio de un metro cuadrado. Había visto una gran maza en la sala de matanza. «Último recurso antes de la picadora, aunque no me guste la idea. Anda, Liz, muévete un poco y ayuda, para que no acabes convertida en salchichas. Es más digno reposar enrollada».

Volvió con aquel armatoste que parecía un viejo martillo de grandes proporciones y puso a prueba su sangre fría. Se desahogó dando golpes al cuerpo, oyendo crujir los huesos al romperse. Tras jadeos, esfuerzos y algún alarido no muy estruendoso, había conseguido que cupiera. No podía creerlo.

Ahora tocaba deshacerse de la basura y el día siguiente lo dedicaría a comprar y preparar el sellado. Subió todas las bolsas al Jaguar para llevarlas al contenedor. Sacó ropa limpia de su maleta. Dejó el *trolley* en la casa para volver a dormir y, vestido de forma impoluta, como si nada hubiera pasado, se fue a tirar la basura a Burdeos. Antes cerró por fuera las tres puertas de la bodega.

Se asomó por la ventana de la sala de matanzas y dijo en voz alta y ronca, cerca del cristal: «Elizabeth Porter, descansa en paz. Un Astor no ha nacido para pasar por una picadora».

Henry no era el más inteligente, pero había demostrado que podía ser un criminal y un superviviente. Su vida entera era cuestionable, más aún tras aquellas horas. Su crueldad podía equipararse solo a su frialdad. En un mismo día había vivido su sueño vital y su peor pesadilla. Sin miramientos. Sin pensar en sus hijos. Sin escrúpulos por engañar y utilizar a Clea. Sin dolor al apuñalar a su esposa ni al golpear su cuerpo con una maza para poder meterlo en una caja. Él, a lo suyo. La piedad y los miramientos son de plebeyos. Los Astor eran distintos en la paz y, sobre todo, en la guerra. Había sido educado para eso, para saber que Astor son cinco letras más importantes que feliz, honra u honor. Todo eso pasa y los Astor permanecen. Las historias más importantes de su familia son las que nunca se contarán.

Tenía otra cosa más en la lista, además del sellado de la caja y el transporte de su víctima a Biarritz: contratar a los mejores para borrar su rastro de internet. Ahora no podía permitirse el lujo de dejar pistas. Debía tener tres vidas a la vez y que pareciera que no tenía ninguna. Los mejores. Necesitaba a los más avezados. Para eso estaba el dinero y su cuenta secreta de seguridad. Henry vivía en el pasado, pero tenía que hacer un viaje rápido al futuro para poder esconderse en el presente. No era consciente de que iba a ser el viaje más caro de su vida ni de que duraría lo que pudiera durar.

El anonimato es menos utópico que la desaparición de las búsquedas en las redes. En ese mar navegamos todos y estamos todos. O tal vez, casi todos. Henry tenía que salir de ahí.

29

Londres, 28 de mayo de 2018

Cuando Henry volvió de Biarritz a pasar dos días a Londres, convocó una reunión con Lionel y sus hijos. Albert y Michael le increparon diciendo que ellos habían recibido unos mensajes muy extraños de su madre y que no habían vuelto a saber nada de ella. Él había preparado un discurso, que se sabía de memoria y que, cuando estuvieron los cuatro sentados, espetó como en sus clases de oratoria en Eton, pidiendo de antemano no ser interrumpido.

Los tres hombres que le acompañaban en la vetusta sala de su mansión, sus propios hijos y Lionel Evans, el hijo del mayordomo, administrador de los bienes de la familia, lo detestaban. Los tres miraban hacia el suelo, como habían aprendido para que sus miradas no fueran reprobadas con cualquier motivo. Henry carraspeó y comenzó la interpretación.

—Espero que seáis generosos conmigo y me dejéis terminar... Para un hombre como yo, para un

Astor, es difícil confesar una situación como esta. Es difícil asumir un fracaso con las personas más cercanas a ti. Nunca pensé que pasaría esto, pero creo que vuestra madre se ha ido, me ha abandonado...

Albert se levantó sin poder contenerse y se fue a mirar por la ventana para responder sin encararse con Henry.

—Mira, padre, no puedo callarme. Lo siento. ¿Cómo que te ha abandonado? ¿De qué coño vas? Vivís separados desde hace tiempo... La has engatusado con tus visitas y no sé qué le habrás dicho para que te compre la dichosa finca que le llevas pidiendo toda nuestra vida.

Henry Astor VI apretó fuertemente los puños contra los brazos del sillón Chippendale en el que estaba sentado.

—Albert, por favor, siéntate.

Tragó saliva para continuar, mientras su hijo volvía a tomar asiento para escucharlo. Lionel miró a los jóvenes pidiéndoles calma, que escucharan y que no replicaran a Henry. Todos sabían lo que podía llegar a hacer fuera de sus casillas.

—Me hizo el regalo que sabéis que llevo deseando toda mi vida. No os podéis imaginar lo fabuloso que es ese lugar y, cuando yo había creído que me estaba pidiendo que fuéramos felices el resto de nuestra vida, nos sentamos a tomar una copa de vino..., ya sabéis, como lo hace todo, hasta el último detalle preparado, y me dice que vosotros ya sois mayores, que nosotros no somos felices juntos, que no lo hemos sido nunca...

—Mamá nunca miente...

—Michael, por favor, no seas cruel. Te estoy diciendo que mamá se ha ido.

—Pues déjala que se vaya. Nos ha dedicado toda su vida —interrumpió Albert.

—Pero ¿podéis creerlo? Me había puesto un detective y sabía lo mío con Clea. Nunca pensé que fuera tan fría. Y me dijo que ella también merecía vivir su historia de amor, aunque fuera lejos de aquí... ¿Está con alguien?

Lionel sonrió sin levantar la cabeza. Eso significaba que volvería a por él. Los hijos de Liz lo miraron porque, aunque su madre y él disimulaban, ellos lo sabían.

La historia parecía plausible. Su madre, comprándole la finca, había pretendido comprar la libertad. Ellos eran demasiado jóvenes para entender que un hombre como su padre nunca permite que alguien decida no estar cerca de él. Aún podrían haberlo creído. Además, eran sus hijos. Eso conlleva un sentimiento de condescendencia e indulgencia. Era creíble que ella se hubiera ido a pensar qué hacer el resto de su vida y a llenar los silencios con un catálogo de planes de futuro para poder diseñar los años venideros. Soñar valorando los límites de las circunstancias propias requiere un gran esfuerzo y toda la concentración posible.

Nadie tenía mucho más que decir. Llenaron los silencios con frases sobre el tiempo y los mejores deseos de todos de que ella estuviera bien y se marcharon satisfechos por el resultado de la conversación: sus hijos, por la huida de su madre; Lionel porque ser reunirían y Henry porque podía quedarse tranquilo. Todos felices, sin más.

30

Londres, 10 de abril de 2019

En Londres, la investigación policial seguía su curso. Desde aquel día en que Elizabeth le regaló la finca a Henry, no se había vuelto a saber de ella. Sus hijos habían interpuesto una denuncia después de pensárselo mucho. Por lo que decía su padre y podía deducirse de las notas que les había dejado, todo parecía apuntar a que había querido esfumarse de la vida que detestaba y que, en un futuro no muy lejano, reaparecería. Además, Lionel, que también sospechaba que podía haber planeado desaparecer, les insinuó, sin dar demasiados detalles, que su madre tenía un plan B para vivir desahogadamente lejos de allí. Pero ¿y si no era así? No podían cerrarse a otras posibilidades, sobre todo Albert, con la complicidad de su hermano Michael, que sentía un profundo desafecto por su padre. Le creían capaz de todo. Fue él quien propuso dejar constancia en la denuncia de que sus padres estaban separados y que él tenía una relación con la arquitecta que le estaba reformando la casa de Biarritz. Informaron a Lionel antes de poner en conocimiento de la Policía la desaparición. Aunque esos apuntes de confidencias sobre su relación con su madre no eran afirmación, les pareció que era justo que lo supiera. Él aprovechó para confirmar sus sospechas y les pidió que se dieran un margen amplio y no enseñaran a nadie las notas que había dejado Liz, pues había en ellas ciertos matices que no la beneficiarían, ni comentaran nada de su relación amorosa. Fue él quien les facilitó los apellidos y la dirección en Madrid de Clea. Lo sabía por las facturas. Los tres querían permitir que Liz volara libre por primera vez en su vida. Y sabían que existía un plan B para conseguirlo. Si podía vivir sin su padre respirándole en la nuca todo sería más fácil. Y estaban seguros de que sería conveniente para ella.

A mediados de julio de 2018, su padre les contó que se iba de vacaciones con su nueva pareja y que no tenía intención de regresar a Londres hasta septiembre. Poco le había durado el interés por su familia y sus quehaceres: dejó a Lionel a cargo de las gestiones habituales de su patrimonio y de la puesta en marcha de *Gouttes de Sang*, y se embarcó en una reconciliación con Clea. Le convenía, y mucho, que la relación se mantuviera, al menos unos meses, para no levantar sospechas. Por supuesto, no le diría a ella ni una sola palabra de la compra de la bodega ni de la «desaparición» de su mujer. Lo último que quería era que la española albergara algún tipo de esperanza sobre una relación más estable, cuando a él ya no le interesaba lo más mínimo. Además, irse con ella a pasearse por Biarritz y las islas griegas le serviría para comprobar si la empresa que había contratado para borrar su huella en internet era realmente efectiva.

Cuando Albert y Michael, un mes después de la desaparición de su madre y sin tener noticias de ella, le contaron a su padre la intención de denunciar, Henry les preguntó por qué no lo habían hecho ya. De hecho, eso es lo que les había pedido en su conversación. Lo normal y lo natural era una denuncia, aunque luego no tuvieran un papel activo en la investigación.

Con esa denuncia tardía de mediados de julio de 2018, comenzó una investigación de rutina en la que no se sabía muy bien qué se buscaba, casi seguro a alguien que había desaparecido voluntariamente. Por supuesto, los investigadores no sabían en la fecha de la denuncia nada del puñal comprado por Liz, de su relación con Lionel ni de la necesidad de intervención de los hijos, ante la conducta violenta de su padre. Lo que sí sabían es que le había hecho el regalo de sus sueños al marido, de quien estaba separada de hecho, mientras él tenía una vida paralela en Biarritz, a escasos doscientos kilómetros del *chateau* adquirido en Burdeos. Y que esto, aunque a los hijos les tranquilizaba, a los inspectores les parecía, cuando menos, extravagante: ¿un regalo tan costoso y no para reconciliarse, sino para desaparecer sin dejar rastro? Algo olía mal en todo el asunto y estaba claro que tanto los hijos como el marido ocultaban algo. Los hijos habían cumplido con su obligación legal de denunciar la desaparición de su madre, pidiéndole a su abogado que no insistiera en la investigación, que colaborara con la Policía en lo que le reclamara, pero que no fuera más allá. Esto también les parecía raro. Por no hablar de una española, que abría las posibilidades a otra línea de investigación. Clea Castán, la que fuera novia del marido en la época de la desaparición de Liz, pero con quien había roto poco después, llevaba en coma desde finales de febrero a causa de un incendio que, si bien fue declarado fortuito, no dejaba de parecer sospechoso si se miraba desde la perspectiva del caso.

Habían sabido ese mismo día que acababa de abrir los ojos. La respuesta a los estímulos parecía incluir la posibilidad de una recuperación total a largo plazo, pero no estaría en condiciones de contar nada hasta quién sabe dentro de cuántos meses. No quedaba otra que esperar para tirar de este hilo de la trama. Lo único que sabían por padres, familiares, vecinos y amigos era que, desde enero, se comportaba de manera muy extraña, bebía en exceso y actuaba como una viuda desconsolada.

La Policía llegó a plantearse que Liz hubiera quemado la casa con Clea dentro para purificar su despecho en ese fuego y deshacerse de la mujer que podía quedarse con una parte de la herencia de sus hijos o, incluso, traer nuevos Astor al mundo, que dejaran a sus legítimos herederos sin lo que ella pudiera pensar que les correspondía por derecho. El puesto de Henry Astor VII estaba vacante por su propia voluntad. Se había negado a poner el nombre de su marido a uno de sus hijos. Pero esta hipótesis casaba poco con la personalidad de Elizabeth, según los expertos.

Los hechos se complicaban y sus protagonistas estaban mudos. Ninguno de los tres tenía la posibilidad de hablar al respecto, ni para inculpar ni para exculpar.

La inspectora Diana Cook estaba al frente del caso. Diana era una mujer pelirroja, de unos cuarenta y cinco años, que seguía trenzando su cabello como lo hacía en el colegio. Dos detectives más intentaban atar cabos junto a ella en un destartalado despacho de la sede central de Scotland Yard. Un escritorio y una mesa de juntas viejos, de esos de chapa de madera mala sobre aglomerado y perfiles metálicos, convivían estrechamente con una pizarra grande con ruedas que tenía en ambos lados los trazos de las pruebas de dos casos distintos. Decenas de carpetas se encontraban diseminadas por las mesas en una apariencia absoluta de desorden.

Cook estaba repasando el informe remitido por la Policía Nacional española, en el que había datos del todo innecesarios e incomprensibles para la inspectora, señal inequívoca de que no habían averiguado nada trascendente. Habían tardado tanto en comenzar la investigación solicitada en septiembre del año anterior, que ni habían conseguido hablar con Clea antes de que esta se fuera a Nueva York y sucediera lo del incendio y el coma. Así que poca cosa había de utilidad. Apenas unos datos sobre el edificio de la zona de Chamartín en el que vivía la arquitecta: que si se entraba por la calle Caídos de la División Azul, que si entre los árboles de la acera se podía ver la garita de los conserjes, que si estaba acristalada en derredor y que, desde allí, en turnos de dos, controlaban los accesos al garaje y a las puertas de las dos torres que componían el residencial... Todos esos datos circunstanciales e innecesarios solo servían para que sus colegas españoles justificaran que habían hecho la gestión, pese a no haber obtenido resultados.

Los policías firmantes explicaban que el portero, un hombre de unos sesenta años de gesto serio, sabía que Clea Castán hacía unos días que estaba fuera de España para cumplir un encargo profesional en Estados Unidos, pero desconocía lo del incendio y el coma, algo que, por otra parte, era lógico. Dejaban constancia —a Cook le pareció que por cumplimentar el formulario más ampliamente— de que tuvieron que insistir y persuadir, dentro de los límites de la corrección protocolaria, al conserje, que mostraba resistencia a contar más detalles de la vida de la señora Castán. Incluyeron las continuas alusiones del portero a la bondad y honestidad de la joven, aunque también les había contado que, desde hacía tiempo, consumía gran cantidad de vodka, por las botellas vacías que dejaba para el contenedor del vidrio. Pero no todo era baladí en la entrevista con el portero: en el informe había citas textuales de sus palabras bastante interesantes, sobre la relación de Clea Castán y Henry Astor VI:

«Esa chica no levanta cabeza desde que se murió el inglés. Está triste, escuchimizada y mucho más fea. Ya sabe, en mi generación no entendíamos eso de que no hubiera de dónde agarrar y esa mujer está como un esqueleto, como las que salen en las revistas. ¿Me entiende?».

«El *guiri* no venía con frecuencia por aquí, no, pero ella viajaba mucho. Pero sí que los vi una vez, bien agarrados, y se besaban sin cortarse un pelo... Tenía buena facha el tío. Fíjese, y dicen que murió de un infarto o algo así. Vamos, que la chica no lo esperaba. Yo digo que era su novio porque le mandaba flores y regalos continuamente».

«Siempre está sola y pasa como un alma en pena. Parece más vieja. Vestida de negro. Sale poco y debe de estar bebiendo mucho. Tira cada dos o tres días una botella vacía de vodka... Verá... no es cotilleo, no es por meternos donde no nos importa, es que nosotros somos más que simples conserjes, velamos por nuestros jefes».

«El *guiri* murió cuando hacía mucho frío. Puede ser que antes de Navidad, poco antes, creo. Ella se fue la semana pasada... A Nueva York, me ha dicho la asistenta. Seguro que allí le ponen cara de contenta».

En el informe de la Policía española, también se explicaba que, para la investigación, habían cruzado datos con Hacienda. Las últimas facturas emitidas por Clea Castán como arquitecta correspondían a la reforma de una casa propiedad de Argimiro Velasquez en la colonia de El Viso de Madrid. Cuando los agentes llegaron a la dirección en la calle Tambre, intentaron sonsacar a la familia brasileña para quienes había reformado la casa y solo encontraron halagos y comentarios sobre una vida corriente.

La empleada del hogar de la investigada les contó la historia de una pena de amor insuperable. Les explicó que su jefa era perfecta, adorable, pero no estaba sabiendo vivir la pérdida. Parecía un poco desquiciada, aunque nunca de manera exagerada porque ella siempre estaba en su sitio:

«Clea no ha nacido para sufrir, no sabe hacerlo. Ha entrado en la viudedad como elefante en una cacharrería. Es que el señor Henry y ella se querían tanto...».

Y les confirmó que, como sospechaba, bebía demasiado alcohol, en concreto, vodka. También les dio el nombre de la iglesia donde se celebró un funeral por Henry, organizado por la familia de Clea. Fueron a hablar con el párroco y tampoco obtuvieron nada concluyente. No había habido cadáver, no estaba enterrado en Madrid, no trajeron sus cenizas.

Nada de nada. El sacerdote les contó que el único rastro de la muerte era el llanto sin consuelo de una mujer y las miradas de desconcierto de unos y de compasión de otros. Solo lloraba ella.

Los policías habían dejado para la semana del 26 de febrero la visita a los padres de Clea. No sabían que, para entonces, todo habría cambiado.

La Policía de Nueva York tampoco había encontrado hasta ese momento nada concluyente: la vía de investigación que apuntaba a Liz como autora del incendio de la casa donde se alojaba Clea no se sustentaba en ninguna prueba. Al no poder hablar con Clea, se habían entrevistado con los padres y con Amalia Bengoechea, la amiga de la familia que le había encargado la reforma de su apartamento en el *Upper East Side* en varias ocasiones. Pero, aparte de corroborar su relación con Henry y lo mal que había llevado la ruptura, poco más pudieron aportar, además del hecho de que parecían mantener la relación en secreto: su familia no sabía mucho de sus andadas.

Tres hipótesis, tres vías muertas en aquel momento. Habían pasado nueve meses y no habían podido confirmar que se tratara de una desaparición voluntaria ni de un crimen. Elizabeth Porter no había dado señales de vida aún, lo que no parecía buen augurio. No había pruebas que incriminaran a nadie por un posible asesinato. No había cuerpo. Sus colegas españoles tenían razón: no había caso para detener a nadie ni tomar declaraciones oficiales. La colaboración internacional tiene unos trámites y unas garantías para los ciudadanos que no deben sobrepasarse. Para Clea y los Astor podía ser un asunto preocupante; para las autoridades, solo una desaparición por esclarecer que apestaba. Para todos, la implicación de Clea era solo una hipótesis, una remota posibilidad.

Diana Cook levantó la cabeza del informe y miró a Pierce Hustch, uno de los detectives del equipo, viejo sabueso que había pasado dos tercios de su vida en Scotland Yard.

—Pierce, está claro que la española mintió sobre la muerte de Henry. Creó una coartada frente a sus conocidos: un funeral, lágrimas y una pose de viuda que trastocó a todos. Y sin contacto con nadie en Londres del entorno de los Astor. El despecho... Él volviendo con su mujer...

—Mintió, bebía y ha acabado en la cama de un hospital sin poder contarnos su versión. Si los médicos han sido demasiado optimistas en sus pronósticos y recae, no se recupera e incluso muere, puede que nos quedemos sin caso porque la alternativa es insistir con el entorno de Elizabeth Porter —rezongó Hustch—. Díselo a Collins, que cree que es descendiente directo de Sherlock Holmes —añadió mirando a su compañero.

Garett Collins estaba de pie en una esquina, apoyado en un archivador bebiendo una Coca-Cola

Zero e intentando colocarse los pantalones tirando de la parte de los muslos hacia la rodilla con ese gesto tan propio de quien encuentra irresistible ir ceñido y soporta la incomodidad. El joven aprovechaba el gancho de su parecido al James Dean de los posters de hace décadas y lo usaba para conseguir la mejor información que llegaba a la central.

—Vete al cuerno, Hustch. Voy a ver si consigo que los hijos suelten prenda, algo más saben, seguro. En unos días iré a una fiesta a la que ellos asisten.

Los equipos se desmotivan cuando todo parece deshilachado. Diana Cook era terca y obstinada y sabía que tenía la solución cerca, pero escondida, muy bien escondida. Que no haya pruebas no quiere decir que no haya caso. Lo principal es la duda. La duda es el todo, el comienzo del camino hacia el cadáver y hacia el culpable. Por eso, había decidido seguir cebando la duda para conseguir que anidara lustrosa. Así llegaría la solución: quién lo hizo y cómo lo hizo. Más aún, qué hizo.

Londres, 20 de abril de 2019

Diana Cook tenía las gafas de pasta marrón sobre la punta de la nariz. Miraba la pizarra por encima de las lentes y señalaba el retrato de Henry.

—Tenemos dos personas sospechosas con un mismo móvil posible.

—Amor dicen que se llama —Pierce Hutsch respondió dando vueltas al lapicero sobre un folio en blanco.

—¿Amor, Hutsch? No seas antiguo. El amor no es un móvil. Se llama despecho o rencor. Además, sabemos que una de nuestras sospechosas, la que ha acabado en coma, miente. Si es ella, estamos ante un caso digno de estudio. Nadie nos ha contado nunca un comportamiento similar. Sería la creación de la coartada más absurda que habría escuchado a lo largo de mi carrera.

—Si yo no puedo llamar amor al despecho, tú no puedes decir eso, Cook. Podría hacerte una lista de las personas que han dejado rastros tan evidentes como este y aún peores. ¿Coartadas absurdas? Así, a bote pronto, te recuerdo tres: Harvey Stael, Vanessa Smith o Charles Wild. Menudo animal el último... Y a la rubia, en cuanto los médicos lo autoricen, la interrogamos.

—Yo insisto en el último mensaje de Liz a sus hijos —intervino Collins—, mi trabajo me costó sacárselo a la novia del pequeño de los chicos. Ya estoy mayor para esas cosas... aunque críptico, parece relevante. Fue lo único que conseguí en esa fiesta, los chicos no soltaron ni una palabra. Están tristes, bebían y gritaban intentando hacerse los fuertes, pero son desconfiados, tremendamente desconfiados.

—Lo busco —dijo Hutsch y se dispuso a revisar los folios del dosier del caso.

—No se separaban de su núcleo duro, sus amigos de siempre. No contaban nada a nadie extraño. A sus colegas, lo más que les saqué es que Henry no parecía formar parte de sus vidas, nunca iba a los actos del colegio a no ser que le interesaran por esnobismo o relaciones sociales. En cambio, a su madre la describen como «la supermadre», cuidadosa y generosa. Había convertido su casa en el centro de encuentro de los amigos de sus hijos y, con todo y con eso, al padre apenas lo veían.

—Tampoco es que se pueda sacar mucha información a decenas de jóvenes con copas de más. Aquí está el mensaje.

—Léelo en voz alta, Hutsch —le pidió Cook.

—A sus órdenes, inspectora —y añadió dirigiéndose a Collins—. Vamos a ver, galán de novias ajenas, vamos a leer con el detenimiento solicitado: «Queridos hijos: Espero que sepáis perdonarme este viaje y lo que sucederá en él. Pensé hacerlo muchas veces, pero tenía que dejaros volando. Mi vida no ha sido un sueño, ni siquiera un mar en calma. Siempre estaba encabritado, agitado y violento. El mar es así. Ya tenéis vuestra vida hecha. Ahora no me juzguéis. Es la única forma de que acabe todo. Los dos no podemos vivir en el mismo mundo. Nunca sabréis la verdad y eso me alegra. Os quiero, hijos. Sed felices y elegid bien a vuestra familia. Perdonadme. Yo no supe hacerlo».

—¿No os parece que ahí está la clave? —dijo Collins—. «Los dos no podemos vivir en el mismo mundo». O quería matarlo o se ha suicidado, ¿no?

—Puede ser, Collins. Pero no te vayas por la tangente y amplíanos tu conversación con la universitaria psicóloga..., bueno, solo en el caso de que tenga un contenido profesional...

—Hutsch, no te regodees. Encontré una muy buena fuente. Ya os dije que Sophie, la novia del menor, me contó que los dos hijos están muy marcados por la relación de sus padres.

—Todos lo estamos un poco ¿no? Recuerdo cuando mis padres se divorciaron... Lo pasé tan mal que me sentía la niña menos querida del mundo y la culpable de todo —intervino Diana Cook.

—Sophie me contó una situación más grave. Parece que Henry fue un mujeriego toda la vida y que Liz miraba para otro lado porque estaba enamorada. Henry no tenía novias. Parece ser que pagaba por sexo porque le gustaban «cosas extrañas» o, al menos, eso dijo la chica. Cuenta que sus hijos estaban hartos de los continuos desprecios a su madre cuando su padre llegaba bebido.

—Estuviste hablando largo y tendido con ella...

—Se la veía cómoda, la verdad. Me explicó que a ellos dos les parecía humillante. En público tenía un comportamiento cortés y galante, como de otra época, pero los chicos presenciaron algunos episodios cuando no era consciente de que estaban delante o cuando perdía el control por el alcohol.

—En fin, típico matrimonio de escaparate londinense. Nada nuevo, Collins. Y eso es un rasgo de la personalidad de esta clase de gente. Suelen ser socialmente encantadores y hasta seductores y reservan sus más bajos instintos para la intimidad. Disculpadme, me he distraído con el mensaje de Liz: si a este mensaje unimos lo que sabemos del puñal que encargó en el anticuario, puede ser perfectamente la despedida de alguien que intenta matar al padre de sus hijos...

—Déjame seguir, Hutsch. Sé que te encanta decir que tengo complejo de Sherlock, pero dame una oportunidad.

—Lo has dicho tú, no yo —replicó el policía veterano—.

—La chica me explicó que, cuando los hijos se fueron a la universidad, la madre aprovechó para irse a vivir al *cottage*. Estaba más cerca de Oxford, para que los jóvenes pudieran ir a montar a caballo y tener la vida familiar a mano. Era una separación en toda regla. El desencadenante fue una agresión en la que tuvo que intervenir Michael. Perdona, Diana, ¿te importaría añadir en el panel que Michael es el hijo mayor y Albert el pequeño? Y pon el nombre de Sophie al lado del de Albert.

—A sus órdenes.

—No te burles de mí. Son detalles que podrían tener algún sentido. Michael se enfrentó a su padre cuando vio que cogía a Liz por el pelo y la insultaba. Además de la agresión física, le dijo con desprecio que venía de estar con otra mujer porque en casa no encontraba cariño ni pasión. Los hijos son altos, corpulentos y deportistas. Albert, que parece ser el más sensato, estableció las condiciones para no denunciar lo que le estaba pasando a la madre.

—O sea, que Henry era violento.

—Parece ser que sí y que los hijos se plantearon denunciarlo. Ya os he dicho antes que los chicos han sido siempre más de su madre. Pero pensaron que la separación y evitar que se vieran tendría el mismo resultado que la resolución que iba a acordar el juez.

—Es un planteamiento sensato...

—Valoraron el escándalo, las consecuencias para su padre, y decidieron pactarlo así con la promesa de su madre de que no volverían a verse. Además, temían que Liz mintiera para defender a su padre.

—Información de primera. No quiero saber cómo la conseguiste, Collins.

Hutsch miró de reojo a la inspectora asintiendo con una sonrisa maliciosa.

—Según el procedimiento. Si no te gusta la información, soy torpe. Si te parece buena, es porque soy guapo. Pero no voy a entrar en eso. Quiero continuar.

—Sigue, sigue... —intervino Diana.

—Henry y Liz hicieron caso durante seis meses, pero pronto ella comenzó a permitir que fuera a comer los domingos, por eso de la unidad familiar. Parece que él se quedaba a dormir cuando los hijos estaban en Oxford y que comenzó a hacer visitas furtivas a su mujer como pretendiente. Como casto pretendiente, imagino, porque no me cuadra que Liz estuviera con los dos a la vez por propia voluntad.

—Un figura, este Astor es la leche. Y para ella, imaginaos. Cuando se lo ha quitado de encima y ha descubierto lo que es bueno, vuelve el maridito insoportable a presionar.

—Él se había trasladado a Biarritz a reformar una casa familiar y tenía una relación con la arquitecta de la obra, vaya, la española trastornada y en coma... Pero cuando venía a Londres, iba a cortejar a su todavía esposa. ¿Os encaja? También dicen que era una relación perversa y que ambos estaban enganchados. Liz tendría que estar desesperada. No sé si hasta el punto de querer matarle. Pero debía ser incapaz de decirle que no. Sophie interpreta que no era amor, pero que no podían vivir el uno sin el otro. Ella es estudiante de último año de Psicología y habla de dependencia emocional con soltura. De hecho, parece que los hijos y ella, que todavía estaba con Albert, conocieron a la española en Roma y hablaron con ella como un cuarto de hora. No se lo contaron a su madre para que no sufriera, a pesar de que ella y Henry ya estaban separados.

—¿Te quedaste con la dirección de esa chica, de Sophie? —Collins asintió con la cabeza—. A mí disculpadme, yo sigo con el mensaje, el apunte de Hutsch sobre el puñal me parece interesante y no quiero perder la continuidad de mis pensamientos porque, al hilo de lo que cuentas, parece que podríamos tener otros dos sospechosos, los hijos... «Atléticos» según tus palabras, Collins, enmadrados, preocupados por la violencia física y psicológica que el padre ejerce sobre la madre... No sé... ¿Y si estaban todos confabulados y algo salió mal...? Solo por olvidarme de esto: ¿dónde estaban los chicos cuando desapareció la madre?

La inspectora Cook estaba en su mundo sabiendo que habían recuperado una de las llaves para abrir la puerta hacia el esclarecimiento de los hechos y no quería perderse en la conversación pueril de los agentes. Dejó las gafas sobre la mesa y desconectó por completo. Ellos hablaban, pero ella no escuchaba. Solo oía el ruido de fondo.

—Sigo —dijo Collins—. Parece que cuando llevaban mucho tiempo separados, decidieron ir juntos a Burdeos. Fue la época en la Henry la visitaba pese al flirteo, relación o lo que fuera que tenía con Lionel. Liz estaba pensando comprar una bodega allí. Y al hilo de lo que comentas sobre los hijos, parece que fueron juntos a escondidas. Los chicos no sabían, aparentemente, que estaban juntos.

—Lo de que fueron «a escondidas» es lo novedoso, Garrett —apostilló la inspectora—. Porque allí fue donde desapareció. Las escrituras, las transferencias para la compra en el notario, los cheques, las instrucciones a Lionel Evans, la reserva del hotel y su cancelación, todo eso está en el expediente... Espero que tus pesquisas con esa chica, que es evidente que te gusta, no te borren la memoria...

La confusión flotaba en el ambiente. Seguían sin encontrar una prueba y tenían varias interpretaciones lógicas. Pero lo hechos eran los hechos y las sospechas seguían recayendo principalmente sobre las mismas personas.

31

Londres, 21 de abril de 2019

El día siguiente, Cook revisó un documento que había guardado hacía seis meses. En aquel momento, no le supo sacar partido. Era del 17 de octubre de 2018. Para entonces, ya habían pasado cinco meses desde la desaparición de Liz. Apenas había trascendido a algunos tabloides la denuncia que habían interpuesto los hijos. Henry había declarado dos veces ante la Policía y la inspectora le había requerido para que fuera a verla.

Su conversación telefónica fue amistosa. Ella quería que le hablara de manera informal sobre su relación personal con su esposa y con su novia, amante o como él quisiera llamar a Clea Castán.

Henry estaba tan chapado a la antigua que pidió dar los primeros detalles por escrito para no tener que hablar de ellos. A ella le pareció una auténtica idiotez, pero pensó que lo que solo pretendía escuchar en una conversación informal para ir hilvanando detalles quedaría dotado de mayor fuerza documental con la fórmula que proponía él. Así, el mismo día en que estaba fechada, llegó a las manos de Cook una declaración, con el registro de entrada de la comisaría, firmada por Astor. Ella la leyó atentamente, sin dar mucho crédito al tono de soberbia que destilaba y la guardó.

Señora inspectora Cook:

Que mi nombre sea Henry Astor VI es uno de los motivos por los que prefiero hacer esto por escrito. Mi nombre es un legado, aunque también una pesada carga que me priva de la libertad que tienen los que han de procurarse el sustento. Cualquiera que conozca la historia de la familia lo entenderá y, aparcando la modestia, creo que lo apreciará.

El sexto Astor, como el quinto, al igual que el cuarto, y así, sucesivamente hasta los orígenes, tiene una misión no escrita desde la cuna: dejar a la siguiente generación más prestigio y más patrimonio del que se encontró al nacer. Por eso ninguno de mis hijos se llaman Henry. Liz —Elizabeth Porter, mi esposa— quiso darles libertad, porque muchas veces luchó contra mi encorsetamiento desde el principio de nuestra amistad y mucho más durante nuestro matrimonio.

Cuando conocí a mi querida Liz, los dos teníamos quince años. Ella no era la chica más atractiva ni la más popular. Sin embargo, era la más conveniente —realmente lo era, lo ha sido y lo será siempre—. En mi familia me lo hicieron saber pronto para que la mirara de la manera más receptiva de la que fuera capaz.

Los Porter no tenían un linaje sobre el que mis padres pudieran hablar en la sobremesa, pero su patrimonio era mucho mayor que el nuestro. Su bisabuelo, Albert Porter, fue un industrial astuto que supo conquistar un espacio en el entonces incipiente negocio de la automoción —fabricando piezas para automóviles— y pasó a convertirse en uno de los británicos más acaudalados y con más prestigio en los negocios. De él recibió el nombre nuestro segundo hijo. Mi esposa no quiso cargar a ninguno de los dos con el lastre de un número romano, el séptimo, en su vida. Ella siempre prefirió que fueran libres, que vivieran de su propio dinero como lo habían hecho los Porter, a que fueran esclavos de su apellido como había sucedido con mi familia. Nunca he sido capaz de comprender que pertenecer a la nobleza de siempre fuera percibido por ella más como una imposición que como el privilegio que supone. Pero ese siempre es uno de los mayores atractivos de mi mujer: su humildad.

A Liz también la hicieron mirarme de manera tierna. Tampoco yo era el más atractivo ni el más popular. Los Astor y los Porter eran conscientes de que con esta alianza cubrían sus respectivos traumas: unos, el de una decreciente fortuna, y los otros, el de un vacío en la historia de Inglaterra. Ella lo hace mucho mejor que yo. Creo que ha dedicado su vida a amarme o al menos a intentarlo. A mí me costó más. La quise casi desde el principio y la necesité desde bastante pronto. Siempre fuimos un tándem perfecto.

Liz fue siempre una gran esposa y una fabulosa madre. Si en algún momento nos hubiéramos planteado el divorcio, habría perdido a mis hijos también. Ellos siempre fueron de su madre. No quiero decir con ello que no me quieran, pero sus lazos con ella son mucho más profundos y su relación más entrañable.

Permítanme usar, en mi condición de padre, un eufemismo para referirme a mi forma de querer a mis hijos. Digamos que no es diferente al modo en el que me quiso mi padre o a él le quiso mi abuelo. Digamos que los Astor queremos de una forma más superficial que los Porter, aunque no por ello peor.

Los Astor, por el contrario, tenemos un sentido de la lealtad que nos impide osadías como las de los Porter. Discúlpenme la constancia expresa de estos pormenores, pero, como ya he escrito, la defensa del honor de la familia es parte de mi deber.

Desde mi más tierna infancia, fui educado en el cuidado de los modales y las tradiciones. Liz y yo seguimos los dictados de nuestras respectivas familias y nos prometimos cuando ella cumplió los veintiún años. Lo hicimos en una gran fiesta ofrecida por los Porter, en la que los cisnes del estanque eran lo más sobrio. Todo fue un derroche al que fue convocado lo mejor de la sociedad inglesa.

Ella siempre fue extremadamente correcta. Elegante, atenta, educada, muy bien instruida, políglota y gran amante del arte. ¿Qué más podría haber deseado un Astor de mi generación? Pronto fui envidiado y la suma se convirtió en un binomio perfecto, tal y como Henry Astor V, su esposa y los Porter habían previsto.

En cuanto a las preguntas sobre mi fidelidad y mis hábitos de consumo de alcohol, lamento tener que referirme nuevamente a la educación familiar.

Los Astor siempre han sido especialmente promiscuos y seres sociales por excelencia. Se trataba de ofrecer un relato a la historia familiar: nos enseñaron a tener esposas perfectas y a mejorar nuestra condición económica usando la sociedad como campo de tiro. Lo sabía mi madre, lo sabía mi abuela y lo sabe Liz, aunque para todos haya sido mucho más cómodo no hablar de ello.

Por otra parte, la cirrosis hepática figura en diversos certificados de defunción de mis antepasados.

No voy a descubrir nada nuevo si explico que en familias como la mía se cumple en casa y se quiere a la esposa, pero se da rienda suelta a las pasiones con mujeres que satisfagan nuestras fantasías. El ocio de algunas personas de la aristocracia deja más tiempo para pensar en el disfrute, y por eso a nuestras escenificaciones la plebe las llama perversiones.

En casa siempre me explicaron que cuando un hombre es ilustrado y está formado en la literatura y el teatro, las necesidades se vuelven más exquisitas y precisan de más ornatos para llegar al mismo placer que alguien que haya nacido en el vulgo. Y el alcohol ha sido siempre un buen compañero de diversión. Para mí no es un problema, más bien al contrario: una gran ayuda para aguantar soporíferos encuentros a los que obliga el apellido.

Lo único que hay de verdad en sus preguntas es que cada año que pasa, el whisky me sienta peor. Recuerdo las cacerías de cuando éramos jóvenes y los días de copas en la universidad. Nadie conseguía hacerme sombra. El tiempo me ha enseñado los límites y el significado de la palabra resaca. No solo he aprendido eso. También que mi carácter se va agriando los días de diversión y que de ser el alma de las fiestas cuando bebía de más, he pasado a tener comportamientos menos adecuados y a perder las buenas formas en más de una ocasión.

No tengo ninguna otra cosa que confesar. No soy alcohólico y siempre he querido a mi esposa.

En nuestra casa era todo tan correcto, y el trato hacia mi mujer tan exquisito, que mis hijos jamás presenciaron una discusión conyugal. Estaban tan desacostumbrados que en la única ocasión en que llegué en avanzado estado de ebriedad, mi esposa me reprendió y le pedí que no me tratara como a un niño.

Mis hijos tomaron cartas en el asunto y decidieron que nos separásemos, manipulándonos y haciéndonos temer una posible denuncia que querían interponer de un modo injustificado y que nos llevó a acatar su voluntad de distanciarnos temporalmente. Ustedes conocen mejor que yo la ola de denuncias falsas contra hombres respetables como yo. Ambos agachamos la cabeza y nos sometimos a nuestros hijos. Craso error.

Liz se fue a vivir al campo más cerca de Oxford, donde estudian Albert y Michael, y estuvimos un tiempo sin vernos hasta que ellos se relajaron. Dimos por hecha nuestra separación y empezamos a vivir nuestras vidas. No tengo conocimiento de que mi mujer haya iniciado otra relación, aunque por supuesto, está en su perfecto derecho.

En ese tiempo conocí a una española. Su nombre es Clea Castán. Nos conocimos mientras ella realizaba un proyecto para mis amigos de Madrid, los Zaldívar. Es arquitecta. Tiene diez años menos que yo y es muy atractiva. Pequeña, menuda, rubia, casi perfecta en el conjunto de sus imperfecciones. La contraté para arreglar una villa familiar en Biarritz. Tras la separación, me planteé que necesitaba pasar más tiempo en otros lugares para ampliar círculos y cambiar de aires. La sociedad inglesa puede ser asfixiante cuando existe una separación de hecho, todos quieren ser portadores de la noticia más reciente, sobre todo en el momento en el que Liz y yo teníamos que decidir nuestro futuro juntos o por separado.

Al poco de conocernos, inicié una relación sentimental con Clea. Todo era mucho más fácil. La herencia de mis hijos está garantizada y ya no tenía que volver a pasar por el trámite de la paternidad, los colegios... Se trataba solo de divertirnos, cuidarnos y querernos. Hablamos de sentimientos, de amor, de deseo, de cariño, de pasión. Nunca hablamos de futuro. Solo porque he sido instado a responder, y con todo el pudor de un Astor ante la intimidad, contesto a estas preguntas.

No he tenido tiempo de conocer a nadie de su familia aún ni ella conoce a la mía, salvo un par de encuentros fortuitos con sus padres y con mis hijos. La otra respuesta es sí. Por supuesto que sabría cómo localizar a parte de su entorno cercano en caso de urgencia. Su padre es un reputado consultor y el teléfono de la oficina aparece en la página web de la consultoría.

Así lo hago constar a los efectos oportunos. Atentamente,

Henry Astor VI

32

Londres, 18 de mayo de 2019

—Nada, ni rastro de Liz Porter. La última pista sigue estando en Burdeos. Hemos rastreado sus tarjetas, sus gastos, hemos reconstruido la semana inmediatamente anterior a ese día y nada. Habrá que hablar con la persona que gestiona sus fianzas más en profundidad. Es ese que dicen que se estaba acostando con ella, ¿no?

La inspectora Cook hablaba con hastío, con la impaciencia que provoca la frustración de quien busca y no halla. En su cara, el cansancio empezaba a transformarse en hartazgo y miraba el panel con las fotos, los dibujos y las anotaciones con creciente escepticismo.

—Sinceramente, no veo a esa señora abriendo la aplicación del banco por las mañanas para comprobar los saldos y los movimientos.

Se quedó sola con Hutsch. Garret le parecía un hombre listo, hábil, astuto. Le cansaba su permanente actuación bajo el rol de guapo, que no aparcaba ni un solo instante, y sus métodos no siempre eran ortodoxos. Eso la mantenía en guardia. Con Hutsch todo era diferente, más relajado. Recogió su pelo en una coleta mientras se apoyaba en la mesa y miraba el panel intentando encontrar un camino.

—Si es que, por más vueltas que le damos, no hay más. Parece cada vez más claro que Elizabeth Astor quería librarse de su marido, aunque eso implicara empezar una vida en otro sitio. Los hijos han denunciado y no colaboran. O es que no tienen nada más que aportar o, si no, ¿por qué estarían tan pasivos? No insisten, han contratado a un abogado pero no hace nada de lo que se espera de él. No exige que nos demos prisa, no exige que le mostremos las pruebas, vamos, que «pasa» del asunto. Hacen su vida y van a fiestas, por muy tristes que estén. Sabían lo que su madre había soportado. Pero es como si supieran que sigue viva, ¿no? Tardaron en denunciar que estaba en paradero desconocido casi dos meses. Parecen haber entendido que su madre se ha marchado por propia voluntad. Su padre no les importa demasiado y las últimas conversaciones con ella, hasta sus últimos mensajes, podrían dar a entender una necesidad de evaporarse y desaparecer de la faz de la tierra, de desvincularse de todas sus ataduras, de huir de todo lo conocido, de escapar de su marido o de una relación tóxica... quizás definitivamente...

—Desde luego, la actitud de los hijos es extrañísima. Tanto hacia su padre como hacia su madre. No hay dramas. No hay halo de desgracia familiar. Parece que llevaran esperándolo toda la vida... Es como si dieran por cierto que la desaparición es voluntaria y que reaparecerá. No entiendo por qué no cerramos el expediente. Estoy convencido, Cook, de que a estos chavales les importa poco si su madre se ha ido de vacaciones perpetuas a las Maldivas con un amante...

—Eso parece. Sin embargo, ¿qué podría haber pasado si no fuera eso?, ¿tiene algo que ver con toda la historia de Henry? ¿Y su historia con Lionel? Él era el amante y sigue aquí...

La inspectora empezaba a tener el mismo aspecto sombrío que la oficina. El despacho parecía sucio, aunque acabaran de limpiarlo. Pero ella ya no veía más allá de aquellas fotografías y anotaciones. Liz y Clea eran las dos mujeres del panel del caso. Tres protagonistas para investigar todo sobre ellos: Henry, Liz y Clea... Todo era confuso.

—Henry, Elizabeth y Clea. Astor, Porter y Castán. Astor, Astor y Castán. No sé, Hutsch, no sé por dónde seguir. Es como si la tierra se hubiera tragado a esta mujer...

—Cook, yo creo que tengo una pista. Quizás no haya nada, pero he hecho algunas averiguaciones por mi cuenta. De todos modos, no puedes cerrar hasta que hablemos con la española, aunque sea solo para archivar.

—¿Qué tipo de pista, Hutsch?... No me vengas con iluminaciones de las tuyas.

—La del puñal. Recuerda que lo encargó un año antes y fue muy explícita, tanto que Morris, el anticuario, le pidió que le asegurara que se trataba de una descripción y no de una intención.

—¿En qué sentido?

—Ahora que no está Collins puedo contártelo. Guárdame el secreto delante de él. En el entorno de los anticuarios, su estilo no gusta y no quiero tirar su trabajo por la borda: hubo algo que Morris no le dijo: encargó un puñal afilado, como para matar, y lo bastante lujoso para que fuera un regalo inolvidable, digno de ser introducido en una biografía.

—Qué tétrico. ¿Tienes la factura?

—La he visto. Veinte mil libras. Le consiguió una joya auténtica con un rubí, un zafiro y un diamante en la empuñadura. Los colores de nuestra bandera. También los de la francesa..., por Burdeos lo digo.

—¿Qué hizo con él?

—No lo sabemos. No está en ninguna de las dos casas, ni en Burdeos ni en Biarritz, ni he encontrado a nadie que lo viera. Pero creo que ahí está la clave. ¿Quién compra un puñal con la garantía de que sirve para matar si es un mero regalo o un objeto decorativo?

—Tienes razón. Pero ¿por qué alguien con la intención de usarlo para acabar con una vida iba a encargarlo a un conocido? Si quieres cargarte a alguien, ¿no es más fácil envenenarlo, dispararle —en una casa en la que se caza— o hacerlo con un cuchillo de cocina?

—Veo que ideas no te faltan... Andaré con ojo...

—No digas tonterías. Es que este asunto me parece una pérdida de tiempo. Sin cadáver no hay asesinato y sin rastro, no hay investigación posible. Tengo mi mesa hasta arriba de expedientes y este les roba atención. Yo creo que los jefes no lo cierran porque son los Astor. Si no, ¿de qué?

—Ya, Cook, yo solamente te digo que creo que hay que seguir esa pista. No podemos dejar suelto ese cabo. Ni el de la española. Ya está casi recuperada. Sigue en el hospital, pero ya están planteándose trasladarla a España. Queremos esperar a que su cabeza esté totalmente en su sitio para tomarle declaración y que no haya peligro de que empeore con la tensión de este asunto. Nos preocupa que luego su abogado pueda solicitar la nulidad de la prueba por la amnesia parcial que dicen que tiene. Y, además, la Policía española ya está en ello. No hay riesgo de fuga con su actual estado de salud, así que con eso podemos relajarnos un poco.

—¿Han sacado algo en claro?

—Sí, ya saben que ella organizó un funeral por el alma de Henry en Madrid, y les dijo a todos que había muerto de algo repentino. La verdad es que con un par... le montó una ceremonia católica a ese hombre... ¿podéis imaginar un Astor con una ceremonia católica? En fin, todo muy fuerte... pero el inspector tampoco ha llegado a conclusiones convincentes. No entendemos si eso puede tener algo que ver con Liz.

—Es rarísimo...

—Sus médicos dicen que no recuerda nada de esos días. Así que es mejor tener paciencia para no viciar el procedimiento ni contaminar las pruebas. Nos han dado un toque desde arriba para que no presionemos. Un cambio en su estado de salud por nuestra intervención podría suponer responsabilidad del Estado o yo qué sé... En fin, que esperemos. Tampoco era sospechosa de nada en firme hasta que nos enteramos de todo lo del funeral de Henry...

La inspectora le miró. Él también empezaba a cansarse.

—¿Relajarnos más? En este caso no podemos dar por hecho que no existe un riesgo. Sigue siendo una incógnita. Yo intento dibujar la trama, que sabes que es mi forma de identificar lo que nos falta. Créeme si te digo que no encuentro la forma de hacer un esquema con los datos que tenemos.

Cook se levantó y dio por terminada la conversación.

—Busca por dónde seguir y tira de dos hilos principales a la vez.

Hutsch se rascó la cabeza mientras se levantaba y continuó hablando hasta salir por la puerta.

—El viejo truco del cronograma. Eso ya lo hicimos al principio. Superpusimos las fechas del inicio de la relación con la española y la separación de su mujer. A ver si ahí encuentro algo.

Collins no apareció. Era típico en él. No atendía a la convocatoria de las reuniones y ya ni le reprendían por ello. Conocían su lema de que «un detective averigua pocas cosas en comisaría». En ese asunto, francamente, las reuniones les daban igual a todos.

La inspectora miró fijamente el retrato de Henry entre los de las mujeres. Él era el centro y el final de la historia o, al menos, la historia contaría su final. Cook se dio cuenta de que algo no funcionaba en la forma de plantear el asunto. Había que cambiar de prisma y poner el foco en Henry. Él era el sujeto de todas las oraciones y no un mero complemento.

33

Londres, 6 de junio de 2019

—Buenos días, detective Hutsch.

—Sr. Evans, gracias por recibirme.

La oficina de los Astor era tan vetusta como Henry describía a su familia. Clásica, madera, biblioteca con ediciones lujosas, mucho cuero y patos, patos de madera sobre los muebles. Los retratos familiares llamaron la atención del agente que buscaba en la genética algún rasgo de la personalidad de Henry. Cuando estaba investigando un caso, le gustaba hacer una composición mental de cada uno de los detalles y de los personajes.

—Tome asiento. Usted dirá.

Hutsch calló unos segundos para detenerse a analizar el aspecto de Lionel Evans. Debía tener unos cincuenta años, pero lucía impecable. Moreno de pelo y piel cuidada, sin ninguna facción especialmente llamativa, sino con un rostro armónico y una sonrisa perfecta. Era totalmente comprensible que Elizabeth se hubiera dejado querer por él. Pese a que otros agentes le habían hecho preguntas y le habían requerido documentación y colaboración, era la primera vez que alguien del equipo de Cook iba a visitarle. Los datos de la investigación dejaban abierta la posibilidad de que Liz se hubiera marchado, por propia voluntad, a vivir lejos de un lugar en el que su único anclaje parecían ser sus hijos. Todo se estaba llevando con una prudencia extrema. Era un asunto delicado.

—En primer lugar, señor Evans, mi visita es totalmente amistosa. Esto no es un interrogatorio, ni guarda las formalidades necesarias. Nos está costando dar con las claves del caso y me gustaría tener más datos que nos abran nuevas vías.

—Por supuesto, lo entiendo. Estoy a su entera disposición. ¿Desea tomar algo?

—No, muchas gracias. Estoy bien.

—En ese caso, ¿en qué puedo serle de utilidad?

—Me gustaría que me hablara de Henry y Elizabeth Astor, de su separación.

—Bueno. Realmente nunca se hizo oficial que se hubieran separado, aunque era un secreto a voces. Nunca hicieron públicos los motivos. Es cierto que Liz, perdón, la señora Astor me dio algunos detalles sobre las causas que les habían llevado a tomar la decisión.

—Le seré franco, señor Evans. También parece ser un secreto a voces que usted ha mantenido, mantuvo o mantiene una relación sentimental con Elizabeth Astor.

—Pensaba que era una visita amistosa. Creo que no voy a contestarle a eso.

—Tranquilo, ya lo ha hecho. Siga, por favor.

Lionel Evans se movió incómodo en su sillón tras su antigua mesa de pesada madera.

—Se separaron después de años de ser la comidilla de la sociedad de Londres. Todo el mundo conocía las andanzas de Henry Astor VI. Apellido más fortuna, hombre de vida licenciosa y mujer dedicada a sus hijos y a su familia. Ella aguantaba con resignación el mal carácter de su marido y sus salidas de tono con el alcohol, y procuraba escondérselo a sus hijos. Pero los chicos crecieron y decidieron poner fin a aquella situación que llevaban aguantando toda su vida.

—A grandes rasgos, eso es lo que otras fuentes nos han contado.

—Que conste que me cuesta hablar así de mi jefe. Pero si ha hecho averiguaciones, ya sabrá que he tenido siempre un trato distante con Henry, aunque nos conocemos desde que éramos niños. Él se encargaba de dejarme claro que yo era el hijo del mayordomo para mantener una distancia social, de empleador a empleado.

—No es demasiado simpático, por lo que parece.

—Al menos, no conmigo. Considera mi trabajo al servicio de la familia como una imposición de su madre y el cumplimiento de una de sus últimas voluntades. *Lady* Astor, ella sí era una señora. Si la pobre levantara la cabeza...

—Si levantara la cabeza, ¿qué?

—Esto sí que es extraoficial.

—Por supuesto.

—A ella le preocupaba mucho la irresponsabilidad de Henry. Por eso, cuando completé los estudios —ni que decir tiene que ella los había costeado todos—, me llamó un día en privado. Me dijo que me iba a garantizar una vida acomodada y un blindaje en mi contrato que sería desproporcionado y tan excesivo que haría entender a todos —con ese todos, se refería a Henry— que yo debía quedarme en la casa.

—Mujer inteligente, viendo a los personajes...

—Sí. Se trata de la evidencia científica de que la genética en ocasiones gasta bromas de mal gusto. Así he vivido, controlando a un eterno adolescente, con escaso interés por los negocios, por el patrimonio y con muchos más caprichos y más caros que los de sus padres y sus abuelos. Afortunadamente, sus hijos no son así. Han recibido una buena educación gracias a la dedicación de su madre, que no forma parte de ese circo.

—Hábleme de ella. ¿Cómo era su relación con Elizabeth antes de que se produjera la separación?

—Su esposa siempre estaba junto a él, en un segundo plano. No hablaba apenas en público, pero siempre saludaba educadamente y jamás le vi un gesto altivo. Nunca mantuvimos una conversación hasta que vino a vivir al campo.

—¿Nunca?

—Me refiero a una conversación personal. Profesionales, muchas. También me encargo de gestionar su patrimonio privado. Es una mujer inteligente que ha hecho grandes operaciones. Lidera en la sombra. Sabe más de bolsa que muchos agentes, aunque lo disimula con mucha sabiduría. Representa el papel de la madre sumisa y dedicada.

—¿Cuándo se fue a vivir a la finca?

—En primavera de 2017, pero no sabría concretarle la fecha. Si quiere, puedo averiguarlo...

—No, no, déjelo. Era solo por hacerme una idea.

—Cuando ella vino a vivir al campo, simplemente descubrí a una persona excepcional. Créame, Hutsch, realmente excepcional.

—¿En qué sentido?

—En todos. Liz, perdón, Elizabeth, es educada, inteligente, humilde, cultísima, prudente, amable, magnánima, generosa... Todo lo opuesto a la imagen que me había formado de ella. No tenía nada que ver con su marido ni con lo que juntos proyectaban ante los demás.

—¿Intimaron pronto?

—Liz necesitaba hablar con alguien. Estaba tremendamente sola. Ya sabe, las familias de toda la vida enseñan a sus hijos, y especialmente a sus hijas, a mantener la compostura y protegerse del daño que pueda hacerles mostrar su debilidad. Yo he crecido entre los dos mundos: mi padre era mayordomo, mi madre había muerto y yo iba al colegio y a la universidad con los niños como Henry.

—Eso tiene que ser complicado.

—Lo fue. Ahora es muy útil. Comprendes la cultura del esfuerzo en la que has crecido y te has desarrollado. Mi padre se empeñó con firmeza en que no olvidara quién soy ni de dónde vengo, y me repetía continuamente que no podía confundirme y pensar que era uno de ellos.

—Buen consejo.

—Aunque difícil de asimilar cuando eres pequeño. También es cierto que llegas a generar cierta compasión por las actitudes de muchos de esos pobres niños, jóvenes y luego hombres, que acumulan frustraciones por la mezcla de todo lo que viven y todo lo que tienen. Luego está lo de aprovechar las oportunidades. Yo nunca desperdicié ninguna. Quizás porque no sabía cuándo iba a tener la última. Ellos vivían como si las posibilidades fueran inagotables. En fin, creo que no le descubro nada nuevo...

—Pero es interesante oírlo de boca de alguien que ha nadado en las dos aguas.

Lionel sonrió. Por su cabeza pasó un pensamiento fugaz.

—Tiene usted psicología, señor Hutsch.

—Solo son horas de escucha y de estudio del comportamiento humano. Es un poco lo mismo. Estudiamos la conducta de los demás. Usted, desde niño. Y yo, a mi manera, también. Cuénteme qué le dijo Elizabeth Astor sobre Henry y sobre ella.

—Tardó mucho tiempo en abrirse. Tenía miedo a hablar. Parecía que temía molestarme o que me enfadara. Casualmente, eso pasaba cuando hablábamos distendidamente de trabajo, se sentía cómoda y segura.

—Curioso.

—Al menos a mí me llamó mucho la atención. Pero cuando se dio cuenta de que no tenía nada que temer y se relajó, empezó a buscar momentos para conversar conmigo. Lo disfrutaba como quien no había tenido durante muchos años un interlocutor normal, como quien no puede hablar habitualmente con amigos. Cada vez inventaba una nueva excusa para que fuera: un documento, algún presupuesto que necesitaba que viera, estudios para inversiones que quería realizar...

—¿Alguna en Burdeos?

—Sí, claro. El *chateau* y las viñas, aunque eso fue mucho después... —Lionel miró hacia la mesa y suspiró antes de continuar—. ¿Puedo serle franco y pedir que esto quede entre nosotros? Ya sé que acabo de decir que no contestaría a preguntas sobre una posible relación más íntima con Liz, pero...

—Por supuesto, le he dicho que esto no es una declaración. En caso de que tuviera alguna importancia, lo requeriría para que nos lo contara por la vía reglamentaria.

—Para cuando surgió lo de Burdeos, yo ya me había enamorado de ella. Y llámeme presuntuoso, pero creo que ella de mí también, o al menos decía que me quería... Le cuento todo esto porque estoy muy preocupado, son nueve meses sin saber nada de ella...

—Permítame ahora que yo sea sincero también sobre mis intenciones al querer hablar con usted. Estamos algo bloqueados y una de nuestras vías de investigación, no sé si le va a gustar... ¿cree que Liz podía haber planeado matar a Henry?

—Era bondadosa y dulce, de esas personas de las que se afirma que no son capaces ni de matar a una mosca... Aunque a estas alturas, ya no sé nada. También yo he llegado a pensarlo. No alcanzo a comprender qué ha pasado.

—Lógico. Tiene que ser difícil.

—¿Sabe, Hutsch? —dijo Lionel después de quedarse unos segundos en silencio—. No sé si podría haberlo planeado, pero soñaba con quedarse viuda cada día. Decía que merecía escapar de la pesadilla en la que se había convertido su vida de una forma limpia, digna y rápida. Creía haberle amado muchísimo y empezaba a confundirlo con su sentido del deber y de la familia. Todo eso era lo que ella susurraba...

—Qué difícil debe ser esto. ¿Ha vuelto a saber algo de ella después de aquella noche del 18 de mayo de 2018 en Burdeos?

—No, señor Hutsch. No puedo entenderlo. Nos queríamos. Eso se nota. Yo la amaba. A nuestra edad, un regalo de la vida así se valora. La inocencia de la juventud es bastante osada, pensando que habrá un amor a la vuelta de cada esquina. A estas alturas, ya sabemos que apenas hay ocasiones de encontrar un alma gemela y su último mensaje... Perdone que no se lo dijera antes, cuando tenía más esperanzas de volver a verla y quería preservar su honor ocultándoles nuestra relación. Fue aquella misma noche. Era un mensaje extraño. No era como los de los últimos tiempos. Los chicos recibieron un mensaje parecido, sé por ellos que la novia de uno de ellos se lo enseñó hace poco a uno de sus compañeros, ellos tampoco querían manchar el nombre de su madre haciéndolo público...

—¿Le importaría mostrármelo?

—Antes me gustaría dejar claro que yo solo quiero estar a su lado, mirarla, pasar horas hablando, abrazarla, disfrutar de ella. Solo si Liz quiere, claro está. Y creo que quiere. Es más, lo sé desde que Henry volvió de Burdeos y nos convocó a sus hijos y a mí para contarnos que Liz se había ido, la reunión que motivó la denuncia.

—Sí, la conocemos, pero ignorábamos que usted había estado presente.

—¿Cómo? ¿No se lo dijeron los chicos?

—No. Henry nos dijo que Liz sabía de su relación con la arquitecta y que le había puesto un detective.

Eso significa que buscaba razones para dejarle definitivamente. En principio, me extrañó porque yo llevo su contabilidad y eso debía ser un gasto importante. Ahora, no me extraña. Estoy seguro de que ella había garantizado el futuro de sus hijos con una parte de su fortuna fuera del alcance de Henry. He ido atando cabos y creo que ella, como todos los que estábamos alrededor, teníamos miedo de que su marido acabara con su patrimonio y su prestigio.

—Intentaremos averiguar qué ha pasado de verdad para que puedan ustedes estar juntos de nuevo. Lo cierto es que necesitamos pistas. Piense cómo puede ayudarnos y cuénteme todo lo que se le ocurra, aunque le parezca que no tiene valor.

Le entregó su teléfono abierto por un mensaje de texto.

—Cuente con ello. Empecemos por su último mensaje. No usábamos WhatsApp. Seguíamos utilizando SMS. Nos gustaba reivindicar la vida de nuestra época, ya sabe, porque usted debe ser de mi edad, nos llevaba a la juventud eso de hacer gala de aquellos tiempos de misivas y cartas, de buzones de correos y horas de teléfono con cable. La mayoría de los jóvenes no ha metido nunca una carta en la boca de un buzón.

—Es cierto. Nosotros escribíamos cartas de amor, no *emails*.

—La verdad es que, pese al final abrupto y a la brevedad, ha sido una gran historia para mí.

—Seguro que no ha terminado.

—Créame, detective. Sueño con volver a verla a diario.

—Tiene que ser duro.

—Mi segunda señora Astor: la primera, una madrina; la segunda, un amor, el amor.

Hutsch sintió que la empatía le ablandaba el corazón. «Pobre hombre», pensó, y bajó la mirada al teléfono para leer el mensaje:

> Amor mío: Espero que algún día entiendas lo que voy a hacer esta noche. Tengo que escapar de mi vida. Estar contigo me ha puesto frente al espejo y ya no puedo convivir con la ira, con la rabia; ya no puedo seguir con esta dualidad que me asfixia. Aunque no logres entenderlo, nunca olvides que me has enseñado la parte generosa, la mejor, los tiempos inolvidables. Me quedo con el sabor de tus caricias y el cobijo de tus besos. Espero que sepas perdonarme, pero tengo que hacerlo. Henry ha sido una mazmorra para mí. Me ha destrozado y me ha robado los mejores años, las oportunidades. Nunca pensé que podría hacer algo así. Perdóname. Te quiero. Siempre tuya, Liz.

A Hutsch le cambió el gesto y la mirada ante la gravedad de lo que acababa de leer. Sobre todo, por ese «nunca pensé que podría hacer algo así».

—Señor Evans, esto es una prueba importante. Voy a pedirle que venga conmigo para hacer una diligencia e incorporar su mensaje a la investigación. Si no le importa, haremos un volcado de los archivos de su móvil. Le pediría que me lo entregara. Siento decirle que el mensaje es una prueba más para añadir a la posibilidad de que Elizabeth Astor quisiera deshacerse no de su vida con su marido, sino directamente de su marido. Y nos ayuda a insistir en una vía de investigación que teníamos casi descartada...

—Haré lo que usted me pide, detective. Sabía que este momento iba a llegar, aunque imploraba al cielo que no fuera así, porque Liz ya hubiera dado señales de vida o regresado. Soy un hombre de ley, un hombre con sentido del deber. Ahora me pesa más que nunca el consejo de mi padre sobre no confundirme y pensar o sentir que soy uno de ellos, porque no lo soy.

34

Londres, 7 de junio de 2019

Al día siguiente, la oficina de la inspectora Cook estaba más animada. Collins y ella esperaban ansiosos la llegada de Hutsch.

—Buenos días.

—Venga, Hutsch, cuéntanos. Te esperábamos impacientes.

—Hay que dejar abierta la tesis del arma blanca. Con independencia de lo que descubramos, todo apunta a que compró ese cuchillo para matar a Henry. Evans es un tío encantador, atrapado entre sus orígenes y su forma de vivir. Ya os pasé el contenido del mensaje, pero no os conté lo que me explicó al salir de aquí anoche después de lo de su teléfono.

—Joder, deja la intriga y suéltalo.

—Me explicó lo de la finca de Burdeos. Parece que, cuando ya estaban enamorados, Henry intentó volver con ella. Me contó lo de Biarritz, aunque no tenía ni la más remota idea de lo de la española, y eso es raro. Sabía que era la arquitecta porque aprobó el presupuesto y le hacía las transferencias bancarias. Liz era su confidente y no le dijo nada de ninguna sospecha sobre la existencia de otra mujer y, mucho menos, sobre la contratación de un detective, ya que habría sido él, como administrador, el encargado de autorizar y computar el gasto...

—Interesante.

—No quise darle más información, me refiero al puñal, para no intoxicarlo. Me dijo, además, que Astor se había gastado el doble del presupuesto inicial en las reformas de Biarritz.

—La española no se cortaba, por lo que veo.

—Inspectora... que es una mujer...

—Déjame en paz, Collins. Sigue, Hutsch, que esto huele a pista caliente.

—Evans dice que, en ese momento, algo cambió en Elizabeth. Dice que tenía miedo y que cuando la acariciaba, temblaba. Empezó a estar triste. El buen hombre cuenta, y a mí me encaja, que ella tenía muchos altibajos; cuando su marido pasaba tiempo alejado, parecía relajarse, y luego, de repente, volvía y ella parecía una montaña rusa. Ha dicho «ciclotímica», parece que ha estado investigando sobre lo que le pasaba a la señora Astor.

—Estaría muerta de miedo de volver a lo de antes...

—El señor Evans también fue el encargado de buscar la finca con bodega, viñas y casa solariega en la zona de Burdeos, a ser posible, en el límite de la demarcación local, que ella terminó adquiriendo.

—Ya te lo dije el otro día, inspectora, me encantan las mosquitas muertas de la *jet set*... Les puedes pedir lo que quieras.

—¡Collins!... Sigue, Hutsch.

—Me dijo que no lo entendió. Él mismo había oído a Henry Astor fanfarronear mil veces con algo que repetía cada vez que tenía oportunidad de hacerlo. Parece ser que desde joven había soñado con tener una bodega en Burdeos y que se la regalara una mujer. He cotejado la fecha en la que Liz le mandó comprar la bodega y coincide aproximadamente con la del otro encargo, el del anticuario: mayo de 2017. Es decir, desde que se separaron, esta mujer empezó a tramar algo...

—Me gusta esta mosquita muerta. Mente fría. Una pregunta: y si Lionel Evans la quiere tanto, ¿por qué no la ha buscado? No será por falta de recursos económicos, solo tiene que pedírselos a los hijos si quiere ser legal...

—Hizo sus averiguaciones paralelas sin encontrar nada. Además, pensó que se reuniría con ella. Del mensaje a los chicos, dedujo que ella había preparado un lugar donde ir. Además, Henry, en la reunión con sus hijos, les explicó que Liz tenía una historia de amor que quería disfrutar y yo creo que Lionel sigue esperando que ella lo llame. Tenía una cuenta desde hacía muchos años en Belice fuera del control de Henry; una cuenta para un «por si acaso» ... Deberíamos investigar eso. El pobre Evans mira su teléfono a diario, esperando una llamada o un SMS. Él no tenía acceso a esa cuenta. Insiste en que Liz es listísima y que tenía el plan B bien atado con el testaferro a través del que gestionaba la cuenta de Belice. Me costó que soltara lo de Belice.

—¿Y sabía el nombre?

—Es acojonante, no se lo dijo ni a él. Pero sí sabía que el testaferro tenía indicaciones de contactar con los herederos en caso de fallecimiento... A saber...

—Lo de Evans ¿es rivalidad por una mujer o enemistad en general con Astor?

—Yo creo que va más allá. Lo desprecia. Él se siente seguro por el contrato que firmó *lady* Astor madre para protegerlo de su hijo. Parece ser que tiene un blindaje desorbitado. Yo creo, inspectora, que la palabra clave es desprecio. Habla de Henry como si fuera un inútil, violento, descerebrado y juerguista de quien su madre no se fiaba y a quien su esposa temía.

—Buen trabajo, Hutsch. Recuérdame la fecha de entrega del puñal, por favor.

—Justo antes del viaje a Burdeos.

—Un momento... Y ese testaferro si ella desaparece... Ahí puede haber otro móvil espurio. Con Belice tenemos complicado el acceso a la información, pero voy a notificarlo a la Interpol. Creo que ya empiezan a estar hartos de un caso tan poco armado y con tantos escenarios: Madrid, Biarritz, Burdeos, Nueva York, Londres... Demasiado para que no haya ni una gota de sangre...

El silencio se hizo en la habitación. Los tres policías habían dejado atrás la sensación de estar perdidos en medio de la selva. Por primera vez en aquel azaroso asunto, algo empezaba a tener un sentido. Habían surgido varias hipótesis creíbles para trabajar sobre ellas.

De repente, como en muchas cuestiones de la vida, lo más reciente intenta velar lo más antiguo con el despliegue de la novedad. La declaración de Evans hacía que la historia de la esposa pareciera más creíble que la de la novia, pero no por eso había que dejar de explorar ninguna opción. Máxime cuando una de ellas estaba recién llegada a la vida desde el túnel de luz blanca que había atravesado en Nueva York.

—¿Y la española?

—Está casi recuperada. Pronto podremos llamarla o ir a entrevistarla, tres semanas a lo sumo, según los doctores que la atienden en Madrid desde su traslado a finales de mayo.

35

Madrid, 3 de junio de 2019

—Esa fue la primera vez que fui al hospital estando con él. Pero, claro, él no me había puesto una mano encima.

—Llámalo como quieras.

—Amalia, prefiero no ponerle nombre, porque yo no estuve quieta, no me sometí. Al contrario, decidí echarle un pulso. Cuando volví a Madrid con el brazo vendado tenía la excusa perfecta del accidente laboral. No era de extrañar que se me hubiera roto un cristal en la obra. De hecho, a ninguno os extrañó. Pero no quería alejarme de él. Le echaba de menos. Me dolía pensar que no me necesitaba o que pudiera dejar la obra a medias, como si la casa fuera mía o yo fuera la responsable de sus actos.

—No se debe juzgar, pero es muy difícil entenderlo desde fuera.

—Creo que habría sido el momento perfecto para haberle dejado y todos me hubierais apoyado. Tenía una evidencia física, aunque yo me culpara de no haberle seguido el juego y me sintiera responsable de magnificarlo todo. Durante esos días me acordé mucho de Borja Torres.

—¡Qué gracia! El hijo de Alfredo. Tan guapo, tan buen estudiante, tan relamido... Era encantador.

—Y tenía la mano muy larga. Un día me dio una bofetada por unos absurdos celos y lo vi claro. Salí huyendo. Y fíjate que me gustaba aquel chico...

—Y lo que te insistimos para que volvieras con él. ¿Por qué no dijiste nada?

—Por los mismos motivos por los que no conté nada de Henry. Creo que, con el episodio de la mano, tenía argumentos suficientes para convencerme a mí misma de que la única solución pasaba por dejarlo.

—Desde luego. Me has dejado muerta. A ese chico no le pega... Si Alfredo se entera, le da algo...

—Que no se entere, por favor.

—Tranquila. Espero que con su mujer se contenga.

—Yo también. Pero esta vez era distinto. Estaba enganchada a Henry. Quería castigarlo y convencerlo de que yo era tan capaz como Liz. Estaba empeñada en explicarle que, si había clases, como el pregonaba a diario, yo pertenecía a la de las personas por las que merece la pena vivir. Nunca me había pasado algo igual. Necesitaba estar ahí dentro.

—Madre mía, Clea, qué locura... Siento decírtelo así, seguro que es una reacción común, pero, sin haberlo vivido, no hay quien lo entienda.

—Ya, ya lo sé. Por eso he tardado tanto en contarlo y no quiero que mis padres sufran más de lo necesario. Me parecía que yo tenía que convencer a Henry de que no era cierto lo que decía de mí. No soportaba su crítica... No soportaba que no me quisiera...

Amalia apretó los labios y movió la cabeza de lado a lado, como quien entona un mudo *mea culpa.*

—Y nosotros sin darnos cuenta...

—Los artículos de los psicólogos hablan sobre necesidad de aceptación pero, realmente, lo que yo necesitaba era que me quisiera. Y estaba dispuesta a cualquier cosa para conseguirlo.

—¿No lo hablaste con nadie?

—¿Cómo podría explicar algo así? Era octubre. Cuando volví de Madrid, ya llevaba casi cuatro meses allí y estaba tan enganchada a Henry como a los avances de la casa. Era mágica, un gran proyecto. Me empleé a fondo. Me acuerdo de todo, de cada sensación, y sin embargo...

—¿Sin embargo qué?

—Sin embargo, con todos los detalles que te estoy dando de otras cosas, no puedo recordar nada sobre el día de su muerte, nada... No tendré vida para agradecerte que consiguieras que me trajeran a Madrid. Aquí estoy más segura, tanto si he hecho algo malo como si no he hecho nada.

—Clea, no vuelvas con eso. Ya estás aquí tranquila, en tu ciudad, en un hospital en el que te cuidan como si fueras de la familia. La Fundación Jiménez Díaz es un lujo.

—Cada día estoy mejor, sí, por eso cualquier día de estos vendrá la Policía. ¿Qué les digo? ¿Que me acuerdo de todo menos del momento de su muerte? ¿Que no sé si tengo algo que ver con eso? Aquí tengo miedo, pero en Nueva York estaba aterrorizada. Los médicos no dejan de decirme que tengo que mantener la calma y que, aunque yo me sienta cada día mejor, la salida de un coma es muy difícil, los órganos han de recuperar la normalidad ante todos los estímulos. Y me insisten tanto en evitar el estrés, que ya no sé cómo hacerlo...

—Ya estás en Madrid, aquí puedes estar más tranquila.

—Allí tenía pesadillas con Pablo Ivars en el corredor de la muerte. No sé si he hecho algo malo o no...

—Cuando vengan a interrogarte, haz solo como en las películas. Responde a lo que te pregunten y no hables de más. Ya sabes, todo lo que digas puede ser utilizado en tu contra.

Amalia hizo un gesto cariñoso y le cogió la mano.

—Y con una relación así, ¿le querías? Me refiero a que si podías amarle.

—Le amaba profundamente, como nunca había amado a nadie.

—¿Estás segura?

—Al menos, eso creía. Así le llamaba yo. Hamor. No te rías. Para mí, amor se escribía con H, con H de Henry.

—Qué tonterías se hacen...

—Ahora lo vivo todo con la amnesia y con el trauma que anestesia los recuerdos. Ya no sé si fue amor, aunque ahora me da igual el nombre. Tengo bastante lío en la cabeza como para meterlo en otra categoría de mis compartimentos mentales. De momento, sigue en el rincón del amor de mi vida, el hombre de mis sueños o lo que quiera que haya sido.

—¿En qué notabas que era amor?

—Le necesitaba profundamente. Es difícil explicar. Si intento racionalizarlo, no puedo explicarlo, ya sabes... Llegué a pensar que con él podría ser lo que jamás me había atrevido a soñar por mí misma. A él le idealizaba y a mí comencé a menospreciarme cada vez más. Y por eso sentía que lo necesitaba. Cuando no estaba, me parecía que iba a perderle para siempre y que me cambiaría por Liz o por cualquiera. Y no podía vivir sin él, me ahogaba... Lo que te decía antes, que le necesitaba.

—Necesitar no es amar.

—Probablemente tengas razón. Me aterrorizaba la mera idea de una posible ruptura y remotamente, la de su muerte. De hecho, ese es uno de los pensamientos que me flagela. Nunca más he deseado la muerte de otra persona y la de Henry la soñaba cada vez que me hacía daño. Ay, Amalia, no sé cómo explicarlo. Cada pensamiento es una contradicción. Pensaba una cosa y sentía la contraria, y al rato se alternaban... Un desastre... Todo era ilógico y contradictorio. Por otra parte, tenía miedo de que un día pasara algo y sus hijos no me dejaran cuidarle. Cuando no estaba cerca, nos escribíamos compulsivamente mensajes de amor. Era francamente bueno en eso. Escribía mucho mejor que hablaba. Parecían poemas en verso libre dedicados a mí. Me hacía sentir el centro del universo y solo quería estar con él.

—¿Y cuando te hacía daño?

—No lo hacía con mala voluntad. Ya sabes, la educación estricta. Eso de que los hombres tienen que demostrar su hombría iba aparejado con su apellido. Era su carácter. Era tímido. Yo era más joven y sabíamos poco el uno del otro. Creo que nuestra relación no entraba en sus planes y a veces no sabía gestionarlo. Era muy celoso. Me quería solo para él.

—Si eso que dices tú lo estuviera diciendo yo, pensarías que estoy loca.

—No, Amalia. Amar es comprender y un linaje como el suyo es muy castrante. Ni siquiera podía decidir casarse con una chica que no fuera demasiado rica. Apenas hablaba de su exmujer cuando contaba historias cotidianas, ¿sabes? Debía llevar una doble vida, porque me contaba experiencias sexuales con otras mujeres, recientes y lejanas en el tiempo. Solo cuando quería hacerme sufrir, me comparaba con la perfección de Liz. Ahora me doy cuenta de lo poco que sabía de él.

—¿Y eso no te escamaba?

—Yo solo quería estar con él. Olerle, me encantaba olerle. Él decía que me pasaba el día olisqueándole como una ardilla. Y, además, necesitaba desgarradoramente que me valorara.

—Clea, piensa en esto: como una ardilla pequeñita y no como un elefante, que es el animal con más olfato del mundo. Cuando hablas de ti, en su boca, te dibujas como algo insignificante y él te trataba como a un juguete.

—Ahora no tengo fuerzas para pensar en eso. Había un hecho desconcertante para mí. Ya sabes cómo son mis padres y cómo me han educado. Antes de conocerle, sabía que la desigualdad existía, pero nunca imaginé que hubiera personas que del hecho de sentirse superiores hicieran un estilo de vida del que no se libran ni para dormir.

—Bienvenida a la cruda realidad.

—Para mí, lo de las clases suena a antiguo, y que alguien me tratara como a la cerillera del cuento, me desconcertaba. Al principio, me parecía un esnobismo inglés impostado, como de película antigua, pero pronto dejó de hacerme gracia.

—No me extraña.

—No era una comedia. Era su vida. Realmente, en su fuero más interno, sentía que estaba con alguien que no tenía su condición social ni hablaba de los logros de sus tatarabuelos. Sentía que me estaba concediendo el privilegio de estar con él.

—Conozco esa sensación. Yo tuve la misma con Arthur, mi primer marido, el sobrino de Nella. Solo que de aquello hace treinta años. Era más lógico. Lo que me sorprende es que, en el siglo XXI, te quedaras enganchada a eso...

—De hecho, cuando murió, no sabía dónde encontrar el estímulo que me daba complacerlo. No sé. Creo que cuando salga de todo esto, tendré que hablar con un profesional.

—O empezar ya. Podríamos consultar a los médicos. Yo te escucho, pero no creo que mi opinión sirva para ayudarte.

—No me fío hasta que hable con la Policía. Tengo miedo. Necesito saber qué quieren. Además, no encuentro nada de Henry en Google. Es como si lo hubieran borrado todo. Tengo una opción de conectar con Londres. Su administrador me pagaba las facturas. Por eso, no me cuadra nada. Aunque no tuviera el teléfono de sus hijos, ¿por qué no contacté con Lionel Evans? Recuerdo que tenía una voz agradable y jamás planteó ningún problema. No tenía confianza con él, pero no entiendo por qué no le llamé y por qué no me llamó.

—La verdad es que los médicos perciben grandes avances en tu estado. Lo de internet es raro. Eso solo se consigue con el derecho al olvido o con una orden judicial.

—Hay algunas empresas que se dedican a eso. Otra cosa de la que me he dado cuenta es de que, poco a poco, dejé de usar las redes sociales. Sus celos me daban miedo.

—Lógico. No sé cómo habrá podido hacer lo de los buscadores. Desde luego, si ha podido conseguirlo es que el dinero lo puede todo. ¿Qué es lo que haréis mañana? Tu madre me ha dicho algo.

—Me llevan unos enfermeros a casa un rato. Quieren que vea mis cosas, que toque mis objetos, y me traerán aquí todos aquellos con los que crea que puedo conseguir llenar las lagunas de memoria que aún me quedan.

—¿Te hace ilusión?

—Si te digo la verdad, no. Ahora todo me da miedo.

Desde la garita, dos hombres saludaron a Clea con alegría. Su madre le había comprado un vestido camisero verde, como de exploradora, para esa aventura. Estaba guapa con el pelo corto y sonreía con lágrimas en los ojos. Siempre pensó que esa era la mejor alegoría de una sinestesia: llorar y reír a la vez, salado y ácido más dulce. La puerta se abrió a su paso como tantas veces meses y años atrás.

Volver a Ítaca tiene el sentido de regresar al hogar, a un puerto seguro después de afrontar el peligro. Ella estuvo a punto de no volver. Recorrió el portal. Acarició el sofá junto a los ascensores y subió al quinto piso. Llevaba la llave en la mano y quiso abrir, como siempre, con esos dos giros completos a la derecha.

No le dio tiempo a hacerlo. Tulia se adelantó desde dentro. Nada más verla llegar, rompió a llorar y se abrazó a ella estremecida. Clea se acurrucó en su pecho y también lloró. Le debía las lágrimas, el abrazo y la emoción. Sin lugar a dudas, hubiera preferido vivir aquello sola. Pero era consciente de que habría sido tremendamente injusto privar a sus padres del instante más emocionante de los últimos tiempos.

Álvaro las miraba desde la puerta del salón con los ojos empapados. Ellas siempre habían sido su debilidad. Él tampoco era de piedra y durante mucho tiempo había vivido aterrorizado por la idea de que su hija nunca volviera a pisar aquella casa, a abrir esa puerta o a abrazar a su madre. La casa de Clea era bonita, pero esos meses había estado vacía, como muerta, sin apenas vida... Como ella. Hasta las lágrimas le sentaban de maravilla para llenarla de nuevo.

Los enfermeros que la acompañaban estaban lo bastante cerca para auxiliarla si se emocionaba o se caía. También se colocaban todo lo alejados que podían para respetar su intimidad. Casi desde la entrada se veía la nunciatura por el ventanal del salón. Su casa olía igual, estaba igual, como si los meses, el fuego, la muerte y la amnesia no hubieran pasado. Como si el tiempo no hubiera pasado.

Deslizó los dedos por el mueble de la entrada y no había polvo. Tulia siempre tan pendiente de todos los detalles. Ella se fue directa a su habitación. La memoria estaba intacta en casi todo.

Sentía la necesidad de meter la cabeza en el cajón para oler a Henry. En un principio, se controló porque no estaba sola y le parecía un poco ridículo. Supo que se estaba equivocando en cuanto pensó en las recomendaciones de los médicos. Abrió el cajón, metió la cabeza y decidió compartir aquello con su madre. No podía seguir dejándola al margen como si no tuviera capacidad para comprenderla, como si no fuera a entender nunca sus deseos.

—Mira, mamá, mete la cabeza aquí. Así olía Henry, para que entiendas un poco más por qué me gustaba tanto.

Clea nunca llegó a comprender cómo había agradecido Tulia su primera invitación a la complicidad, aquella primera conversación, más como amiga que como madre.

—Hmmm... Hmmm... Me encanta este perfume. Desde luego, es un buen queso para la ratonera. ¿Cómo se llama?

—Es *Fucking Fabulous* de Tom Ford. Prohibido comprárselo a papá. No soportaría olerlo en otra persona.

—Me ha quedado claro, pero huele tan bien...

—Y engancha, mamá, engancha.

Hay pequeñas conversaciones que unen más que años enteros. Las dos sabían que acababan de mantener una de esas «charlas para siempre».

Buscó papeles y no encontró más que entradas a museos y teatros de sus viajes con él. Cogió su viejo Mac para ver si aún tenía en la nube todo lo que conservaba en el ordenador.

—Papá, ¿puedo pedirte un regalo?

—Claro, hija, ¿qué quieres?

—Habla con los médicos. Quiero volver a tener un iPhone. Pregunta si puedo ya y me regalas uno, anda... Ya sé que no quieren que tenga internet a mano constantemente, ni que me obsesione ni me estrese, pero prometo ser responsable y seguir las instrucciones que me den.

—Ya me dirás qué modelo quieres. Si nos dan permiso, lo tendrás, estoy blando hoy. No te aproveches más.

—Papá, yo, como siempre, quiero el mejor. Pero tú compra el que te parezca bien.

Clea abrazó y besó a su padre como una niña pequeña. Quería empezar a recuperar su vida. La conexión entre ambos era tan fuerte que pocas cosas le habían dolido tanto en la vida como aquel duro *email* que recibió en Bryant Park, en el que Álvaro le pedía distancia y silencio.

Fue a la caja fuerte. Recordaba perfectamente la contraseña. Allí había una carta abierta de Henry y un folio escrito por ella. Cogió la carta sin sacarla del sobre, y el papel. Cerró los ojos y recordó sus sabrosos besos de menta. Cuánto daría por volver al pasado. A esas reconciliaciones eternas que hacían olvidar los disgustos, a los abrazos, a los mordiscos, a lo puro y a lo obsceno, cuánto daría por poder volver a Henry.

Lo recordaba casi todo. Sin embargo, ningún detalle del día de su muerte. Ni siquiera en su casa. Casi había sido una mala experiencia, un mazazo a la esperanza. Pensaba que, cuando entrara por la puerta, iba a conseguir volver a ser la de antes de conocerlo. Y no. Lamentablemente, no. Sus dudas sobre ella misma le impedían decir en voz alta su mantra anterior al incendio. Su «Maldito Henry» estaba silenciado hasta que la inocencia se convirtiera en algo más que una presunción.

Clea pidió que metieran en una caja algunos de los papeles de su contabilidad y poco más. Esperaba poder resucitar el ordenador y empezar a encontrar claves. Ya estaba más preparada para reconectarse al pasado.

Volver a casa le había servido de estímulo. Tenía que recuperar las riendas de su vida, cada vez estaba más cerca.

Su sillón, su sillón de lectura... Se sentó allí, frente al ventanal. No tenía su melena, no tenía a Henry y no sabía si lo había matado ella. Pero la ventana estaba allí, esperándola. Ese sillón era su hogar. Le faltaba saber la verdad. Al volver a Ítaca, siempre se necesitan verdades. Mientras, una monja limpiaba de nuevo los cristales en la nunciatura.

36

Madrid, 4 de junio de 2019

Amalia escuchaba a Clea una noche más en su habitación de la Fundación Jiménez Díaz. Los médicos decían que le darían el alta en tres días y que solo tendría que asistir a revisiones, a terapia psicológica y a rehabilitación. Todo parecía ir sobre ruedas y estaba encantada por el trato que el personal le daba en el hospital. Álvaro, Tulia y Amalia entraban y salían con la comodidad de estar en Madrid y no con un océano de por medio.

Sus amigas empezaban a visitarla. Los médicos habían pedido a la familia que fueran de una en una, separadas, protegiéndola de las emociones fuertes. Las reconocía a todas y solo recordaba lo bueno. Realmente se alegraba de verlas y ellas habían cambiado de actitud. Ni un solo reproche. Solo quedaba la ternura, el cuidado de hermanas que les había imprimido una vida juntas. Cuando estaba con cualquiera de ellas, como siempre había sucedido, conseguía evadirse y hasta sonreír.

Aparentemente, todo parecía apuntar a la ansiada normalidad. Aquella primera visita a casa había sido tan solo un entrenamiento para la vida cotidiana. El pronóstico era bueno, pero salir de un coma implica una reconexión del cuerpo a los estímulos, una adaptación a los movimientos completos de cada miembro después del tiempo que había pasado sin conciencia, postrada en una cama. No se trataba de un cambio automático, sino progresivo. Amalia aún observaba, mientras la escuchaba, la lentitud en alguna de sus reacciones y movimientos.

—¿Recuerdas el fin de año en Viena?

—Ibas espectacular, como una reina. No me extraña que Henry estuviera tan orgulloso de ti. Somos un equipo imbatible en eso del estilo y te dejaron espléndida.

—Eso fue lo que os conté. Pero siempre lo recordaré como uno de los peores días de mi vida. Cuando me vio aparecer, me insultó. Y he de decir que yo me sentía más elegante que ninguna, y que muchas mujeres se acercaban a preguntarme por la falda.

—¿Cómo que te insultó?

—Se culpó por no haber supervisado lo que me iba a poner, me dijo en privado que parecía «una cualquiera, una fulanilla», y me retiró la palabra durante el resto de la noche.

—¿Que te hizo qué? Este tío era un cabrón.

—No te había vuelto a oír hablar así desde que fuiste a Nueva York a rescatarme....

—Es que nunca me había hecho falta una palabra tan grande. Pero si ibas divina... Si tenías un estilo parecido al de la reina con ese conjunto... Y los pendientes eran verdaderas joyas, que cada una conoce a sus amigas y los tesoros que tienen.

—Eso no fue lo peor.

—¿Qué pudo haber peor que eso?

—Después de una cena en la que me ignoró por completo y aduló a todas las demás, levantó su copa y brindó por la generosidad que habían tenido nuestros ocho acompañantes al disculpar mi vulgaridad y mi falta de distinción con respecto a su exmujer. Vino a decir que mis orígenes no contaban con suficiente abolengo y que los avances sociales habían podido permitir que me sentara a la mesa con señoras de verdad.

—No me lo creo. Y tú ¿qué dijiste?

—¿Yo? No fui capaz de reaccionar. Me quedé en *shock*. Imagínate. Si alguien me hubiera dicho que eso me iba a pasar, no me lo habría creído.

—A mí nunca me harían algo así.

—No digas eso, Amalia. Me arrepiento tantas veces de haber dicho que las cosas que les pasaban a mis amigas, yo jamás las aguantaría... Y luego, las aguantas.

—Pero, ¿por qué?

—La fábula de la rana en la olla de agua. Te acostumbras y mueres cocida. Yo más que cocida, casi muero a la brasa...

—Me impresiona que aún puedas hacer bromas con esto. ¿Y qué le dijiste?

—Nada. Estaba tan abochornada que, como por inercia, me levanté y ya no fui capaz de volver. Me marché al hotel y, cuando llegó, me hizo pedirle perdón de rodillas y besarle los pies. Me dijo que no tenía alternativa si no quería que llamara a mis padres y les contara que se avergonzaba de mí en público, y que solo había aguantado conmigo porque estaba preso de mis perversiones en la cama. Aunque no tenía su teléfono, conocía la web de la empresa de mi padre. Ya sabes, yo también presumía de familia el día que me dejaba intentarlo. De todos modos, sabiendo que era consultor, era muy fácil localizarlo.

—Menudo cabrón. Lo siento. Me cuesta reprimirme y no encuentro otra palabra.

—Tenía fotos del día del chocolate y las fresas en las que yo le mandaba callar con gestos obscenos. También me enseñó un video horrible en el que yo decía algo así como que haría con él lo que quisiera, que podría joderle la vida en una cama y sin más arma que mi cuerpo.

—Pero, Clea. Estaba loco.

—O no, pero era malo. Le besé los pies por miedo a que hablara con mis padres. Ellos no habrían podido soportar algo así. ¿Te imaginas? Mi madre, que su ideal de la vida es *Sonrisas y lágrimas*, con todos cantando en familia.

—Era un monstruo.

—Ese momento me cambió la vida. Cuando me vi de rodillas pidiendo perdón a un hombre para controlar su reacción, no me reconocí. Cuando la situación es sutil, no eres consciente de lo que está pasando, pero un día te ves sometida a una denigración tan obscena que entiendes que no lo mereces. Mientras le besaba los pies, pensé si era cierto que lo amaba y lo necesitaba.

—¿Y seguiste con él?

—Sí, Amalia. Ya te lo he dicho. Estoy harta de escuchar a muchas personas decir que ellas no llegarían a una situación así. Cuando te ves cómo me vi yo, besándole los pies para que me disculpara, para poder enseñaros la foto del día que habíamos preparado juntas y para no defraudar a nuestros acompañantes, a quienes apenas conocía, me di cuenta de que estaba metida en un pozo del que tenía que salir. Me pasaba el día intentando que todo el mundo se sintiera bien, que él no se alterara.

»Llegué a pensar que sus reacciones dependían de mi comportamiento: si no hago esto, él no responderá del otro modo; si no digo lo que se me viene a la cabeza en todo momento, él se enfadará con menos frecuencia; si no pienso en mí, él será más feliz. Tenía que dejar de ser egoísta para ser generosa con él y estar preparada para la siguiente sorpresa desagradable, que nunca sabía en qué forma llegaría o por qué motivo se desataría la tormenta.

—¿Por qué no nos lo contaste? Eso es para denunciarlo.

—Desde fuera todo se ve más fácil... Me hubiera muerto de vergüenza de contaros algo así. He tenido que quemar una casa y pasar por un coma para bajar las revoluciones y poder hablar sobre ello. Además, yo creía que tenía mucha suerte con él, que no sabría vivir sin él. Pensaba que era su carácter... ¿Cómo quieres que pensara más allá? Denunciar, dices...

—Es terrible.

—Solo sé que en ese momento me di cuenta de que tenía que ir dando pequeños pasos para salir de ahí. Entre ese día y su muerte no pasaron ni once meses. No pienso en otra cosa, Amalia. Creo que yo decidí su muerte, pero no sé cómo la llevé a cabo. Estoy angustiadísima. No recuerdo nada. Aun así, creo que ya va siendo hora de que hable con la Policía. No puedo cargar con esta duda el resto de mi vida.

—Yo no creo que hayas hecho nada, pero ¿y si tuvieras razón?

—Tendría que asumir las consecuencias. Te pido que hables con mis padres, que se lo cuentes, que busquen un abogado y que, de una vez, nos enteremos de qué pasó con Henry.

37

Londres, 8 de junio de 2019

El corcho del despacho de Cook tenía el mapa de pruebas de otra investigación, una pelea de bandas callejeras. La inspectora lo giró para volver al caso Astor. Ese asunto no le gustaba. No conseguía avanzar. No tenía nada de lo que necesitaba para seguir y el estado de salud de Clea no permitía aún un interrogatorio. Su salida del coma era demasiado reciente y los doctores aconsejaban un reposo que incluyera evitar posibles disgustos o situaciones de nerviosismo.

Con un gesto a caballo entre la resignación y la advertencia, miró fijamente a Garett Collins, arrogándose para sí los descubrimientos de Hutsch: era hora de ponerle las pilas sin malmeterle con su compañero.

—Collins, tengo indicios más que razonables de que el puñal que encargó Elizabeth Porter era realmente un arma blanca. Pidió específicamente que fuera lo suficientemente afilado como para matar a una persona.

—Nunca dejarán de sorprenderme las mosquitas muertas. El inspector Smith siempre dice que las de alta cuna son las mejores amantes y las mejores criminales. Son expertas en tapar los trapos sucios.

—No sé cómo he sobrevivido a esta profesión entre un hatajo de machistas como vosotros.

—Venga, inspectora, es un piropo a la inteligencia femenina...

Cook había dado por perdida esa batalla hacía años y solamente ante comentarios tan ofensivos como aquel reaccionaba sin poder callarse. No se había acostumbrado, pero había perdido toda esperanza de que evitaran esas salidas de tono.

—Antes de que me arrepienta, Collins, investiga los movimientos qué podría haber realizado *lady* Astor en torno a la compra del arma. Averigua si hizo gastos o disposiciones de dinero en efectivo. Hemos estado tan pendientes de la desaparición que hemos descuidado otras posibilidades. *Lady* Astor es la clave, aunque también puede serlo la española. Ambas han ocultado información sobre Henry. Aunque, claro, una saliendo del coma y otra desaparecida nos lo complican todo bastante. Los hijos no aportan nada. Está claro que pretenden culpar a su padre de todo y no entienden por qué su madre se ha marchado. Da la sensación de que respetan la voluntad de su madre con cierta complicidad; mejor dicho, con total complicidad. Parece que han puesto la denuncia por cubrir el trámite, aunque es como si tuvieran miedo a que la encontremos si ella no quiere ser descubierta.

—Si no me decís lo contrario, voy a hablar con un forense para que me explique todas estas posibles conductas. Sophie me dijo, advirtiéndome que solamente es una alumna de último año de psicología, que en algunas ocasiones las víctimas de violencia reaccionan tras la presión de muchos años de forma radical, para acabar con la situación. La única manera en la que son capaces de evitar que todo continúe es la muerte. Parece ser que existen muchos casos de intentos de suicidio y otros que se consuman entre las víctimas, aunque también hay algunos más extraños en los que se planifica la muerte del agresor. Déjame que averigüe algo y te cuento. No es la primera vez que lo vemos y sabemos que puede darse. Me gustaría que el psiquiatra forense nos dé su opinión sobre este caso concreto.

—Collins, me dejas boquiabierta y realmente preocupada. ¿De verdad tiene que venir una jovencita pija de Oxford a recordarte lo básico de la personalidad de los agresores? Prefiero pensar que te hizo tilín y que buscas cualquier conversación para sacarla a relucir.

—Cook, ¿tú también vas a tratarme como a un ligón de cuarta?

La inspectora lo miró de reojo con desaprobación. Había que emplearse a fondo.

—Dejemos eso ahora, Collins. Prefiero que investigues también la relación de *lady* Astor con Lionel Evans. Podría ser un móvil.

—¿Qué relación? Me he perdido...

—Collins, siempre has estado perdido. No entiendo cómo puedes *perderte* en algo así: sé desde hace unos días que Elizabeth Porter y Lionel Evans tenían una relación amorosa, ¿no te has enterado? A ver si te centras un poco... Es de cajón que podría ser el móvil perfecto. Librarse del marido para seguir con el amante.

—Y más con la obra de caridad que hizo *lady* Astor madre con él...

—Vamos, caridad de los ricos... para contárselo a las amigas.

—Lo que quieras, Collins, pero ese chico tiene una formación que ya la quisiéramos para nosotros cualquiera de los que estamos aquí. Cuando completó sus estudios de Leyes, se hizo cargo de los asuntos jurídicos y burocráticos de la familia.

—Interesante, Hutsch.

La inspectora seguía escribiendo sobre papeles adhesivos que iba dejando colocados en el mapa, con las aportaciones del detective.

—*Lady* Astor madre dejó dispuesto en su testamento que Lionel pudiera usar hasta el día de su muerte, con cargo al presupuesto familiar, y al margen de su sueldo, otra de las viviendas de la finca en la que se instaló Elizabeth, tras su separación de Henry. Allí continúa viviendo con su padre, que está muy mayor y necesita los constantes cuidados de personal sanitario. Dicen que la figura de *lady* Astor lo marcó tanto que nunca contrajo matrimonio después de enviudar, porque a todas las comparaba con ella. Ya sabéis: madres que no son la tuya, amores platónicos que confunden, filias, fobias, en fin, la vida misma de quien tiene posibilidad de pensar en su tiempo libre.

—¿Cómo engancha el hijo en la historia?

—Parece ser que cuando Elizabeth se trasladó al campo, él la visitaba con frecuencia para asegurarse de que todo iba bien. Las visitas comenzaron a ser más asiduas, desayunaban casi a diario juntos, y pronto él tuvo una habitación para quedarse los días que la señora tenía miedo de estar sola en la casa.

—Vamos, que le arregló los bajos además de los asuntos legales...

—¡Collins! No sé cómo decirte que te calles. ¿Me vas a hacer recordarte que soy la jefa? Sigo. Henry Astor VI lo trató siempre con soberbia y cierto aire de superioridad, recordándole en público, en diversas ocasiones y con un desprecio considerable, que su formación no era más que otra de las obras de caridad de su madre y que nunca dejaría de ser el hijo del mayordomo.

—Estoy de acuerdo: caridad de los ricos para contárselo a las amigas...

—Vaya, eso es lo único que se te ocurre, Collins... Henry Astor debería llevar un código de barras en la frente para prevenirnos a todas las divorciadas del planeta.

—Luego somos nosotros los de los comentarios desafortunados...

—¡Qué pereza de hombre!... Sigo con Elizabeth. Ella parecía ser más llana con el personal de la casa. Cuentan que nunca pudo olvidar sus orígenes porque él no se lo permitió y le restregaba constantemente su abolengo, intentando convencerla de que su dinero no serviría de nada sin el marchamo que le daba la sangre noble de los Astor, que era también la de sus hijos. Dicen en la casa que, cuando se separaron, ella volvió a reírse con las visitas de Lionel y que se ponía sus mejores vestidos, se maquillaba mucho y procuraba estar siempre peinada. Pasó de despedirlo con un «Nos vemos pronto, Lionel» a poner la mejilla para que él la besara.

—Pues... su... *asesor* debía de ponerle mucho. Según el método deductivo..., que «la tenía contenta», vaya.

Los comentarios del detective iban enfadando cada vez más a la inspectora, pero se contuvo para continuar:

—Dicen, además, que en una ocasión los oyeron discutir porque Henry le reprochaba que tuviera tanto contacto con Lionel. Ella respondió desesperada que no podía hacer nada. Una persona del servicio oyó como le decía a su marido: «¿Y qué hago? ¿Le digo que no venga?¿Destruirás el legado de tu madre por unos celos absurdos e infundados?».

—Pero, Cook, ¿de dónde sale toda esta información? ¿Y por qué no me lo habéis comentado? De hablar con los hijos y con Lionel, ¿no me ocupaba yo? ¿Es que has enviado a Hutsch a hacer mi trabajo?

—Mira, Collins, cada uno se debe a sus fuentes y punto. Así que lo dicho, ponte a investigar los posibles móviles de Elizabeth Astor para cargarse a su marido. Nos vendrá bien completar el rastro. Aquí las órdenes las doy yo, pero sí, sigue por ahí. Y tú, Hutsch, sigue la pista del viaje a Burdeos. ¿Por qué fueron? ¿Hubo un solo viaje o hicieron varios juntos? ¿Por qué quería comprar ella una finca allí? Quiero información. Esto va muy lento y sin más avances. Hasta ahora, aquello no tenía ningún sentido para nosotros. Habla con la Policía francesa y pregunta cómo hacemos lo del registro. No vaya a ser que Liz esté instalada allí, escondida en la finca... ¿os imagináis? Cruzad los dedos para que no esté, porque eso sí que habría sido una negligencia nuestra.

Hutsch movía la cabeza, incrédulo, ante las palabras de su jefa.

—Allí no va a estar... ¿Qué dices? Inspectora, este caso está haciendo que te patinen las neuronas. ¿Cómo va a estar escondida allí? Los hijos lo sabrían... Inspectora, eso no cuadra con la conversación de los Astor con Lionel... Liz se marchó lejos...

—O no... Según lo que haya hecho... Cruzad los dedos para que no esté allí.

—Sophie me contó algo de la finca de Burdeos... Parece ser que sus hijos estaban muy enfadados con esa operación. Desde que eran pequeños, cuando su padre estaba harto de ellos o de su madre, siempre fantaseaba con que algún día aparecería alguien que le daría la opción de vivir en el paraíso: una finca en Burdeos, una casa preciosa, unos viñedos para hacer uno de los mejores vinos del mundo... Y que estaría agradecido eternamente a la persona que hiciera eso posible para alejarle de esa vida tediosa y la problemática que tenía junto a su familia.

—Pero eso ya lo sabemos. Evans lo contó.

—Todos lo contaron, pero sin tanto detalle.

—Una joya, Astor. Todo amor. Quiero saber más sobre la relación de Evans y Elizabeth. ¿Y si no se refería a él cuando dijo que quería vivir una historia de amor lejos de aquí?

Una agente llamó a la puerta. Traía la información policial sobre Lionel Evans y una fotografía suya. Las había pedido Hutsch, por *mail*, tan solo cinco minutos antes. Diana Cook las colocó junto a Elizabeth en el panel.

—Entendería que hubiera matado para estar con este hombre. Qué atractivo es...

—Inspectora...

—Dejadme en paz. Me paso el día escuchando barbaridades como para no poder decir que este hombre es muy interesante. Hutsch, averigua si en alguna de las dos familias ha habido algún asesinato legendario con arma blanca. Ya sabéis cómo son los ricos. Investigad también los suicidios y los enfermos mentales del árbol genealógico. A estos pobres los educan recreando los traumas del pasado.

—Inspectora, no empiece otra vez con el rollo ese de victimización de los ricos. Si quiere le cuento yo la deuda que tengo con mi cuñado, que tengo que pagar y no sé cómo. Eso son problemas y no que tu tatarabuelo fuera envenenado por una cocinera vengativa...

—Se acabó la conversación. Sigue investigando.

Diana Cook se quedó sola frente a las pruebas. La española había acabado en coma, la inglesa había comprado un arma para matar... y Henry, ¿qué había detrás de un hombre diseñado como una máquina para ser el modelo «Astor VI»? En medio de todo eso, él solo reconocía una vida de vicio sexual y unas copas de más a las que achacaba sus malas reacciones.

Todo era demasiado típico, demasiado tópico. ¿Un petulante como él había terminado convirtiéndose en víctima de alguna de las mujeres que había elegido para vivir cómodo? Demasiado simple para un expediente tan enrevesado como aquel.

38

Madrid, 13 de junio de 2019

Clea salió del hospital hacia la casa de sus padres. Volver al hogar de la infancia siempre es rejuvenecer entre una avalancha de recuerdos y un halo de nostalgia. La edad, por mucha juventud que se tenga, nunca pesa tanto como cuando se compara con la candidez de la infancia, con la holgura en la gestión del tiempo, con los problemas de entonces: un juguete, ver a un amigo del colegio, un vestido de flores...

Abrir la puerta de la casa de los padres es un viaje en el tiempo, casi siempre placentero, en ocasiones doloroso. Y cuando duele, duele a lo bestia, como una ola del Atlántico que azota de improviso un cuerpo menudo y desnudo. Duele más que nunca cuando vuelves después de un periplo duro, coma incluido, agravado por la impresión de un temor reverencial a haber cometido un crimen, con la vida destruida o al menos deconstruida para volver a empezar. El giro de la llave que hizo su padre para abrir la puerta era una simple vuelta de muñeca en el que estaban implícitos el mayor éxito y el mayor fracaso de Clea.

Se asomó a su habitación desde la puerta, miró la cama desde allí, como si pudiese ver a su yo adolescente deambulando de un lado para otro, teléfono en mano. No pudo soportar el paso del tiempo que había hecho añicos su mundo de princesa con todas las necesidades cubiertas y sin problemas irresolubles. Se fue, melancólica, al despacho de su padre donde, cada domingo, él se regalaba las mañanas con la prensa, el ordenador, sus cosas. Abrió tímidamente una de las hojas de la puerta.

Él había ido directo a su refugio y, para no emocionarse, estaba repasando los documentos que tenía sobre la mesa. Ella entró y le llamó con el apelativo que no usaba hacía décadas.

—Papi...

Con la misma ternura con la que lo pronunció, lo recibió Álvaro. Se acercó y abrazó a su hija.

—Mi pequeña Cleíta, mi niña adorada, mi pequeño bebé convertido en mujer. Ya estás de nuevo en casa.

Se acurrucó en los brazos de su padre, de donde no debía haberse alejado nunca. Fuera siempre hacía demasiado calor o demasiado frío; daba vértigo o claustrofobia; faltaba o sobraba algo. La justa medida estaba solo allí, en el abrazo fugaz en el momento en que se necesita. Eso es la definición más plena y concreta de «la justa medida» de Aristóteles.

Allí se sintió totalmente adulta, algo que solo se entiende cuando se analiza lo difícil que debe haber sido para ese hombre «ser tu padre». La empatía hacia la generación anterior es el síntoma evidente de haber alcanzado la edad adulta.

—Papá, tengo actitud de niña y problemas de mujer, y no de cualquier mujer.

—Chisss. Estás en casa, con nosotros. Aquí no hay problemas. Ya volverán a aparecer cuando salgas.

Por un momento, se lo creyó. Su padre tenía un don para que ella sintiera que a su lado no le pasaría nada. Cuando era pequeña y lloraba porque se había hecho daño, su padre le decía: «Eso lo arreglo yo con un beso mágico, mi superpoder del beso mágico». Y lo conseguía. El dolor se esfumaba, quizás porque fuera real la magia, quizás por temor a decepcionarle cuando no surtieran efecto aquellas efusivas muestras de cariño.

La llevó cogida del brazo al comedor. El primer plato ya estaba servido antes de que se sentaran y era un mensaje de bienvenida: su gazpacho, el gazpacho de su madre, el mejor del mundo. Sonrió y los miró fijamente. Acababan de llegar y todos sabían que tenían una conversación pendiente. Se sentaron con una sonrisa de felicidad común fingida. Los tres forzaban las comisuras de los labios hacia arriba pensando en los otros dos. Se trataba de mantener las formas y la actitud cariñosa, de levantar un muro que protegiera el núcleo familiar.

Clea era consciente de que le correspondía a ella romper el hielo. Bajó la cabeza, cogió la cuchara y probó el gazpacho.

—Definitivamente, mi comida favorita. Gracias, mamá. Dudé de si volvería a probarlo.

—Y yo de que lo hicieras. Por eso es el gazpacho que he hecho con más ilusión en toda mi vida.

Su hija la miró sonriendo, calló y respiró hondo cinco veces seguidas.

—Os habrá contado Amalia...

—Sí, nena, tenía tan claro que te pasaba algo... No eras tú. Pero quiero que dejes de mirarme como si fuera débil y no estuviera preparada para soportar la realidad. Soy tu madre y estaré contigo me cueste lo que me cueste encajarla. Te doy mi palabra de que conseguiré hacerlo.

—Quiero pediros perdón por todo.

—No, hija, tienes que perdonarme tú —se adelantó su padre—. Siempre has sido todo para mí, con esa conexión tan especial que tenemos desde que eras una niña preciosa. Me preparé para todo lo bueno que pudiera pasarte y, por supuesto, no para esto. Yo tuve tanta suerte con tu madre... Ahora, soy yo el que no puede perdonarse...

—Papá, no digas tonterías. Tiene que ser tan difícil tener una hija tan complicada como yo...

—¿Complicada, nena? No digas tonterías tú. Los dos estamos muy orgullosos de ti. Siempre has sido inteligentísima, despierta, creativa y buena, muy buena. No te conozco un mal sentimiento.

—Es verdad que has sido rebelde. A pesar de eso, cuando se te ha hecho ver que algo no era adecuado, has recapacitado y has llegado a la misma conclusión que nosotros sin tener que convencerte. Siempre he estado muy orgulloso de ti, de vosotras.

—Es cierto. Siempre recapacitaba —sonrió vagamente—, salvo esta vez. Necesito ayuda.

—La tendrás, nena —dijo su padre sin un atisbo de duda.

—Lo peor es que no sé hasta qué punto podéis ayudarme. Ni siquiera sé si tendréis que hacerlo. No sé si he cometido un delito y un error irreversible o si no he hecho nada. Me estoy volviendo loca. Fijaos si estaré mal que no soy capaz de tomarme lo que más me gusta por primera vez en mi vida.

—Hija, siempre he sido duro y exigente contigo, pero ahora tengo que pedirte que te calmes. Antes de que comiences a torturarte, debemos averiguar qué ha pasado.

—Sí, papá, pero tengo miedo, quiero un abogado.

—He quedado con Ana de Paz en que la llamamos luego.

—Vale, Ana me cae bien.

—Pero, nena, ¿realmente piensas que puedes haberlo matado? —intervino su madre—. No lo creo.

Te conozco y te digo esto sin llorar porque estoy convencida de que jamás harías algo así.

—Mamá, hablas como la madre de cualquier asesino...

—Ay, nena, no digas eso ni de broma.

Tulia se levantó y arrojó la servilleta a la mesa, nerviosa.

—No os pongáis así. Seguro que encontramos una explicación —dijo Álvaro, siempre apaciguador.

—¿Podéis contarme qué recordáis del día de la muerte de Henry?

Álvaro y Tulia estaban ya desbordados. Por momentos olvidaban que su hija no recordaba aún algunas cosas, que no sabía cuál era la tesis policial y que estaba bastante perdida. Sí, tendría que hablar con la Policía, pero los médicos temían una descompensación si se alteraba su reposo relativo. La ayudaban con un tratamiento químico que había prescrito el psiquiatra, además de somníferos que garantizaban un profundo descanso nocturno. Su madre volvió a la mesa.

—La verdad es que todo fue muy raro. Tú estabas aquí, en Madrid. No pudiste matarlo. No recuerdo que viajaras a Londres en las semanas anteriores ni que él estuviera aquí. Álvaro, ¿recuerdas que sospechábamos que habían roto? No iba ella ni venía él, Clea no viajó a ningún sitio.

—Recuerdo perfectamente aquellas conversaciones.

—¿Qué os dije?

—Llamaste seria, sin llorar. Estabas muy triste y me dijiste solamente: «Henry ha muerto. Hay que organizar el funeral. Llama al cura y dime la fecha».

—¿Sin llorar? ¿Ves lo que te digo? Eso no es propio de mí.

—Lo sé. A mí me impresionó tanto que me rompí y me pediste que no perdiera el tiempo llorando y que te dijera la hora del primer día que se pudiera celebrar la misa. Me ofrecí a ir a tu casa y me dijiste que querías estar sola. Estuviste muy seca. Llamé a papá, que te telefoneó sin conseguir hablar contigo. Estábamos nerviosos.

—¿Qué os conté? ¿Cómo murió?

—No nos lo contaste. Solo dijiste que había sido de repente, que creías que había sido un infarto pero, cuando conseguí localizarte, estabas muy borracha. Te pusiste al teléfono y fuiste muy desagradable conmigo. No querías que nadie fuera a verte.

—Lo de la bebida lo recuerdo. Y recuerdo convocar a la gente para el funeral sentada frente a la ventana. Ni rastro en mi memoria de cómo me enteré. También recuerdo que bebía mucho y cómo me evadía de mi sufrimiento y mi necesidad de Henry.

—Nena, estabas tan rara, tan insoportable, que no te preguntábamos por temor a discutir contigo.

—Tulia, cielo, contrólate un poco. ¿Sabes lo que nos extrañó muchísimo?

—¿Qué?

—Me costaba darle la razón a tu madre en eso. Ella sabía que algo no iba bien, porque no te empeñaste en ir a verle muerto ni en visitar su tumba. Tu madre hablaba continuamente de todo lo que escuchábamos sobre que el duelo siempre implica despedirse físicamente del ser querido. Ella insistía en lo que tantas veces hemos sabido por expertos y especialistas, cuando intervienen en los medios para hablar de una muerte o una tragedia en la que no se ha podido rescatar a las víctimas. Perdona, cielo, por no haberte hecho caso pese a que me recordabas cada programa de la televisión, de radio o los reportajes en prensa ...

—Mamá y sus detalles. No se le escapa uno. Esa es una de mis preocupaciones. ¿Por qué no fui? Ese comportamiento solo se justifica si lo maté. Y luego está esto.

Clea sacó una carta de su bolsillo y se la dio a su padre.

—Nena, no me asustes, ¿qué es eso?

—Papá, léela en voz alta. La encontré el otro día, cuando me llevaron a casa, en la caja fuerte. Es como si Henry se hubiera ido de casa algún día enfadado.

—Miedo me da. Salgamos de dudas. Tenemos que saber a qué nos enfrentamos. —Álvaro leyó—: «Clea: Empiezo a creer que estás loca. Nunca me había relacionado con alguien que me tratara así. De repente, me amas y me cuidas; de repente, me odias y me desatiendes. Y de repente, estallas».

—Me quiero morir, nena.

—No sé si voy a poder continuar leyendo... —dijo Álvaro, pero se repuso y siguió—: «Anoche me asusté. Estabas borracha y tenías cara de loca. Cuando te agarré por el pelo, fuerte, como siempre nos ha gustado a los dos, hiciste algo tremendo. Quiero dejarlo por escrito porque no sé si eres consciente del nivel de violencia de tus actos y de que me tienes atemorizado. Me agarraste por el cuello, apretaste fuerte y me dijiste: "Morirás, vulgar hijo de puta". Pude librarme esta vez, pero no sé si podré escapar en la próxima. Así que me voy, te dejo dormida. No cuentes conmigo. Ni para esto ni para nada más».

—Qué barbaridad, nena.

—Ya, mamá. Ya lo sé. Por eso tenéis que leerla, porque antes o después se sabrá.

—Clea, ¿qué diablos te ha pasado? Mi hija, ¿qué ha pasado con mi hija?

Tulia rompió a llorar ante el primer escalofrío por la posibilidad de que su hija hubiera asesinado a Henry. Álvaro no sabía reaccionar y optó por el silencio.

—Es cierto que sexualmente llegué a lo impensable. No me gustaba, aunque sentía el poder de saber que lo tenía bajo control en la cama. Era tricófilo.

—¿Que era qué? Ay, nena, no sé si quiero saberlo. En mi época éramos más torpes o más listas, ya no lo sé, pero no teníamos esos problemas. Trico ¿qué?

Miró a su marido esperando una respuesta.

—No tengo ni la más remota idea, cielo. Es la primera vez que lo oigo.

—Es la gente que se excita tocando el pelo, cortándolo, entre objetos de peluquería... La cama era el lugar donde yo tenía el control, el único. Se volvía loco con mi pelo...

—Por eso te rapaste... y en Instagram. ¡Qué horror! ¡Esto es una pesadilla! No sé si podré soportarlo. ¿No te grabarías vídeos con él?

—No, yo no. Pero él sí los grabó sin que yo lo supiera. Después los utilizó para amenazarme con enseñároslos si os contaba lo que me había pasado en el brazo cuando me corté. Le dije a Amalia que os lo explicara para evitarnos el disgusto de tener que hacerlo yo.

—Este disgusto no lo evita nadie.

—¿Ahora me entiendes, mamá? ¿Y si he sido capaz de matarlo?

Tulia se levantó con furia y dio un golpe sobre la mesa.

—Pero, Clea, si tú no sabes matar, si no tienes pistola. ¿Cómo podrías haberte cargado a alguien?

—Pues yo que sé. Le habré asfixiado con una almohada, le habré envenenado... ¿No entiendes que no me acuerdo de nada de su muerte? Pero no seas ingenua, mamá, esto tiene pinta de que me lo he cargado.

—¿Y qué harías tú con un cadáver? ¿Cómo puedes hablar así de tranquila de un asesinato? ¿Qué coño hacemos si lo has matado?

—¡Mamá!

—Sí, claro, ¿de qué va esto? No sabemos si has matado a tu novio y resulta que te vas a escandalizar porque yo diga *coño*. Venga ya, Clea, que nos estás arruinando la vida...

—Cielo, tranquilízate. No te pongas así. Seguro que hay una explicación lógica para todo. Ella no sería capaz de hacer algo tan grave.

Abrazó a su mujer, que se rompió en el más desesperanzado de los llantos, mientras miraba a su hija con sospecha y compasión. Clea lloraba sin fuerza, como quien está en un último estertor y no encuentra el alarido ni el grito.

Los platos estaban intactos. Nadie comía.

—Voy a quitar la mesa. Veo que no vais a comer, ¿no?

Los dos movieron la cabeza con gesto de negación. Tulia utilizó los platos como excusa porque no sabía qué hacer para no tener que estar allí, mirándose sin poder desahogarse. En su última vuelta de la cocina, cuando ya no quedaba nada por retirar, intentó retomar la conversación con un tono más tranquilo.

—¿Te importa que llame a Amalia?

—No, no me importa, pero prefiero que acabemos con esto cuanto antes. Aún quiero enseñaros algo más.

—¿Más? ¿Aún hay más?

—Sí. Quiero que leáis algo que escribí en la fecha del funeral y que he encontrado con la tinta corrida por el vodka. Sorprendentemente, de esto sí tengo recuerdos vagos, de haberlo escrito al llegar a casa desde la iglesia.

—A ver, dámelo. Otro papelito. Espero que no haya muchas más sorpresas.

—Sí, mamá. Hay más.

Tulia encendió, nerviosa, un pitillo, y se dispuso a leer en voz alta.

—Nena, esto no puede ser verdad. Tú no puedes haber escrito esto. Álvaro, me gustaría tanto que no tuvieras que escuchar esta locura... Allá voy: «No estabas, no estabas en la iglesia, ni en el ambiente, ni en el corazón de nadie. Solo estabas en mi despecho y en todo lo que sembraste hasta que conseguiste que te matara, que me deshiciera de ti. No puedo, no puedo seguir, solo quiero morirme».

Tras eso, solo un trazo de desesperación con un recorrido del bolígrafo hasta el infinito finito del borde del papel.

Tulia se echó a llorar en brazos de Álvaro. No sabía qué decir, veía su vida desmoronarse. Era otra vez lo mismo de aquel 24 de febrero, cuando recibió la noticia del incendio. Aquello había sido lo bastante doloroso para que necesitara pensar que el drama había llegado a su fin. Ahora quería tranquilidad, estabilidad, tiempo para ella, cuidarse y que la cuidaran. Llevaba casi cuatro meses aterrorizada, casi sin salir del hospital, sin ducharse en casa, sin comer en condiciones. Y ahora, cuando ya parecía que iba a poder volver a su vida plácida, estallaba otra vez «la bomba Castán».

—No sé cómo os las arregláis para que siempre gire todo en torno a los Castán. Reivindico un poco de tranquilidad, paz para mí. Os lo imploro a los dos. Dadme descanso, unas semanas de descanso.

Todo volvía al inicio, al fuego, a las quemaduras y al riesgo. El peligro acechaba de nuevo a su hija y todo tenía el mismo nombre. Era ese perfume embriagador de nombre embustero, ¿*Fucking Fabulous*? Todo se venía abajo y era mejor llorar que pensar. No podía aguantar más, ella sabía que ya no podía más.

Álvaro sintió el peso de la paternidad al tener que mantener la calma. Clea lo miraba fijamente, implorando sosiego, comprensión y soluciones. Las lágrimas le caían discretas y silenciosas. Él buscó en su interior la mejor forma de hacer de tripas corazón y se clavó las uñas en las palmas de las manos. Las dos personas a las que más quería estaban a punto de quebrarse. Él también, pero alguien tenía que parecer seguro de lo que hacía en aquellas circunstancias.

—Llamaré a Ana para que venga lo antes que pueda a hablar contigo, aunque está fuera de Madrid.

—Gracias, papá.

—No adelantemos acontecimientos. —Se levantó y fue a abrazar a su mujer—. Tulia, cielo. Tienes que pensar si vas a poder mantenerte entera. Los médicos te han prescrito reposo total y que no tengas emociones fuertes. Llevas una temporada malísima.

—Álvaro, no puedo con esto. Mi niña, nuestra niña... ¿Te das cuenta de que todo se ha acabado?

—Tulia, yo creo que Clea debe instalarse con Amalia. No podemos trasmitirle esta angustia y tú vas a necesitar ayuda. Vas a romperte.

—Yo no puedo más, de verdad, no puedo más.

—Por eso. Clea, no te estoy echando, pero nos esperan unos momentos durísimos. Tenemos que estar fuertes todos.

—Lo entiendo. Ahora solo hace falta que Amalia quiera acogerme. Te recuerdo que la última vez le quemé la casa.

—No bromees, Clea. Estoy intentando no derrumbarme yo también. Esto no tiene gracia. Amalia estará como ha estado siempre, como una más de la familia.

—Me parece bien.

—Llamaré al doctor para preguntarle qué le parece. Le diré que mamá se ha venido abajo y que así estará más dedicada a ella. A ver qué le parece.

—Encima... Llevo cumpliendo sin parar desde el dichoso incendio, desde la muerte de ese tío, y ahora la excusa es mi debilidad.

—No llores, mamá.

—¿Que no llore, Clea, que no llore? No, tú no podías tener una vida normal. Todos éramos demasiado poco para ti y todo... ¿para qué? Para pudrirte en la cárcel por un soplagaitas. Toda mi vida, Álvaro, toda nuestra vida...

—Que haya paz, por Dios.

Las dos mujeres se deshacían en un mar de lágrimas, al atisbar la desgracia inminente. Clea acababa de llegar y se tenía que marchar con Amalia. Tulia volvía al fondo del abismo y no vislumbraba ni un rayo de luz en el futuro. Y Álvaro permanecía de pie. Impertérrito, incrédulo. Aquello no les podía estar pasando a ellos. Era imposible.

39

Madrid, 17 de junio de 2019

Clea llevaba cuatro días instalada en casa de Amalia, aunque iba a diario a comer a la de sus padres. Los tres hacían un ejercicio de contención, pero las emociones estaban a flor de piel. El pánico flotaba en el ambiente como una cargada nebulosa de color naranja flúor. Era muy difícil para todos compartir el terror —además del pan— y hablar como si no pasara nada.

Álvaro había tenido una idea fantástica al sacar a Clea de la casa. Calificar cualquier cosa como *fantástica* resulta inapropiado: realmente, había tenido la idea *menos mala* posible. Tulia hacía un esfuerzo, cuando su hija estaba presente, porque también temía un retroceso en su salud. El resto del día se lo pasaba llorando, enganchando un pitillo con otro y bebiendo café sin parar.

—Álvaro, nuestra hija, me he dedicado a ella en cuerpo y alma, a vosotros, a la familia. No renuncié a mis sueños porque nunca tuve otro que no fuerais vosotros. Y ahora, mi niña, mi hija, es una pervertida asesina que se ha cargado a ese hombre. No puedo creerlo.

—Cielo, relájate. Ahora vendrá la abogada y hablamos con ella. Tenemos que darle a Clea un entorno de paz para que su salud mejor.

—Encima. Tenemos en casa una asesina loca que ha desaprovechado todas las oportunidades que le hemos dado para que disfrute de una buena vida, y no puedo ni llorar. Todo me parece de traca, Álvaro.

—Lo sé, Tulia, pero hay que tener paciencia. Yo espero que todo tenga una explicación. No puedo creer que nuestra hija sea así.

—Deberías ir haciéndote a la idea. Al menos le reconozco la valentía de haberse sentado con nosotros y enseñarnos los papeles que había en la caja fuerte, que hay que tener narices para hacer que lo leyéramos delante de ella sin despeinarse. Parecía que la desequilibrada era yo, por alarmarme...

Sonó el timbre, había llegado la abogada. Eran las diez. Clea iría una hora más tarde para que pudieran poner a la letrada en antecedentes, sin que ella estuviera presente. Le hablarían del funeral, del incendio, del coma, de la amnesia parcial, de las explicaciones que ella les había dado, de todos los detalles que conocían. Así harían más corta la entrevista con su hija.

Los médicos esperaban saber cómo había ido el encuentro, para dar luz verde a la visita a las dependencias policiales y estaban preparando un informe.

Álvaro les había adelantado la remota posibilidad de un arresto y querían dejar constancia de que tendría que ser domiciliario por su estado de salud. También, por las altas probabilidades de que necesitara un nuevo ingreso.

Los doctores tenían muchos frentes que cubrir en una situación así: por una parte, la prioridad, el objeto de su juramento hipocrático, que era la salud de Clea. Además, estaba su responsabilidad profesional. No podían permitir que fuera ingresada en un centro penitenciario. Era una barbaridad, en el estado de recuperación en que se encontraba. Ella no suponía un peligro para la sociedad ni había riesgo de fuga. Tenía que ir a diario al hospital, y de la medicación y las terapias dependía su supervivencia.

En la casa de los Castán había un ambiente triste y enrarecido. Tulia tenía la televisión puesta todo el día en el canal de noticias de la BBC. Temía ver la cara de su hija en cualquier momento acusada de asesinato y no consentía que nadie apagara la pantalla ni cuando había más personas en la casa. A Álvaro le causaba pudor y se disculpaba. Era extraño que estuviera el televisor encendido. Todo había cambiado: no se apagaba ni durante el día ni durante la noche con el volumen igual de alto las veinticuatro horas. Su mujer hasta dormía en el sofá para verla «por si acaso».

En una mesa, unos padres desolados y una abogada que tomaba notas y hacía preguntas de esas que duelen, que escuecen y que hacen suspirar. El drama por la muerte de Henry se desparramaba y cubría los muebles, los cuadros y el suelo. Pero realmente el manto que todo lo teñía era el miedo por el futuro de Clea. Los padres no están diseñados para aceptar una opción como esa, ni siquiera para valorarla remotamente.

Clea llegó a la hora prevista. Entró cabizbaja y con el mismo vestido verde que su madre le había comprado para su primera salida del hospital. Quería hacerle un guiño porque sabía que estaba triste y enfadada como nunca lo había estado con ella. Tulia no se fijó en el vestido, ni en el cabello, ni en las ojeras de su hija. Solo veía el bulto, no se centraba en los detalles. Prefería no quererla más, sentir la indiferencia, aunque fuera de refilón.

Álvaro y Ana, la abogada, estaban sentados de espaldas al televisor. Clea y su madre, frente al aparato. Tulia se evadía de la conversación cada vez que algo le sonaba a asesinato.

—Ana, ya sé que todo es muy difícil y no soy consciente de haberlo hecho, pero hay muchas pruebas que apuntan hacia mí.

—Clea, esa no es la actitud. Tenemos que prepararnos para defender tu inocencia. Y las pruebas documentales que entregaste a tus padres no las conoce, que sepamos, nadie más que tú. No puedes ni siquiera mencionarla todavía a la Policía.

—Ana, lo siento, pero no voy a ser una buena clienta. Yo no sé mentir.

—No se trata de mentir, sino de no facilitar una información. Aun así, tendrías derecho a no contar la verdad si llegaras a ser investigada. Por eso, a veces, los jueces prefieren tomar declaración como investigados a los sospechosos, porque tienen ese derecho. Si te toman declaración como testigo tienes que decir la verdad, pero si declaras como imputada, que ahora se llama investigada, tienes más margen de reacción.

—Ya, yo de temas legales no entiendo y, la verdad, me gustaría seguir sin entender nada. Eso sí, quiero saber si la Policía piensa que puedo haber sido yo. Me está matando la incertidumbre y cada día tengo menos lagunas. No soy agresiva...

—Bueno, eso creíamos todos.

—Tulia, cielo...

—No soy agresiva y jamás he hecho daño a nadie. También pienso que, si lo hubiera hecho, me acordaría del momento, de cómo lo hice, de cómo lo preparé, no sé. Ha sido un tiempo muy difícil y ya no soy capaz de ordenar mis ideas.

—A mí me parece bien que vayamos a comisaría y que sepamos por dónde van ellos. Ya tendrás tiempo de declarar. Entre otras cosas, porque los médicos les han dicho a tus padres que aún no es el momento adecuado. Además, no puedes inventarte lo que no recuerdas. Si no te acuerdas, no te acuerdas.

Somos muy dados a rellenar los silencios con respuestas que no son exactas y, en tu declaración, es fundamental que no metas la pata.

—Lo haré como tú digas, pero si no he hecho nada, también quiero saberlo. El peso de mis sospechas y, sobre todo, de las de mi madre no me deja dormir. Noto que empeoro.

—¿Una racioncita de chantaje emocional, hija?

—Tulia, cielo, no entres al trapo.

La abogada intentó devolver la conversación al tema que realmente los ocupaba y dejar atrás el componente de los afectos.

—Lo que sucede, Clea, es que no puedes contradecirte. Probablemente tengas que declarar varias veces en el curso de la investigación y, si hay juicio, ni te cuento. La versión que des tiene que ser siempre la misma. En el momento en que tengas dudas sobre algo, responde que prefieres esperar a recuperar del todo la memoria. Eres dueña de tus silencios y esclava de tus palabras. Repítelo.

—Dueña de mis silencios y esclava de mis palabras.

—Si te parece, dejo concertada una cita para mañana por la mañana. A lo mejor no hay problema alguno y estamos poniendo el parche antes que la herida, pero entiendo que no puedas vivir sospechando de ti misma.

Clea ya no la escuchaba. Se levantó en *shock*, sin alharacas, ya no estaba allí. Caminó hacia el sofá, al lado de la pantalla. Se sentó sin responder a nadie cuando le hablaban y se quedó mirando fijamente al televisor.

—Nena, ¿qué pasa? ¿estás bien?

Ella les mandó callar con un aspaviento autoritario.

—Ana, yo no sé si mi hija está para ir a declarar mañana. Voy a avisar a los médicos —dijo Álvaro.

—Recojo mis papeles y me voy, ya me dirás..., pero ¿qué está mirando?

—No sé por qué está así, Álvaro. Esta niña acabará mal de uno u otro modo. Es una noticia de ayer que repiten sin parar.

—¿Qué ha pasado?

—Pues es que no lo sé. Un helicóptero se ha estrellado en el centro de Stonehenge, el monumento megalítico ese de Inglaterra. Debe ser que se ha vuelto esotérica... Lo escuché ayer. Un piloto bebido estrelló el helicóptero. Iba totalmente borracho. La chica que viajaba con él está muerta. Parece que era una modelo que había tenido la sombra de la prostitución sobre su nombre.

—¿Y eso que tiene que ver con nuestra hija? —repuso Álvaro, consternado.

—Hace mucho tiempo que no me entero de nada. A no ser que se haya acordado de su pelo y ahora esté preocupada por eso. La modelo que se ha matado tenía una melena igual que la suya antes de que esta pesadilla comenzara.

—No sé, voy a llamar a los médicos.

—Yo os dejo. Contadme cuando sepáis algo. Si mañana está bien, nos acercamos a las dependencias policiales. Pero, así, en ningún caso.

—Gracias, Ana. Siento que esté así de rara.

—Tranquilo, Álvaro, este es mi trabajo.

—Adiós, Clea, hasta mañan.

Su nueva clienta hizo un amago de levantar la mano para despedirse de ella, pero no podía hablar ni moverse. Cuando terminó de escuchar la noticia, se fue a su cama llorando y buscó en su teléfono más datos sobre el accidente. Había una nueva víctima.

40

Prisión de Belmarsh, Reino Unido, 22 de julio de 2019

Clea recorría el pasillo del centro penitenciario en silencio. La acompañaban el magistrado encargado del caso, la inspectora Cook y otros dos hombres que le habían estrechado la mano sin presentarse. O tal vez lo hicieran y ella no lo había oído.

Estaba confundida. No sabía bien si eran nervios, excitación o lo más parecido a la necesidad de venganza que había sentido en su vida. Quizás fuera pánico o terror disfrazado de coartadas más llevaderas para una mujer valiente. Había hecho lo que nunca pensó que haría y ahora iba a contárselo.

Acababa de llegar al zoológico para ponerse frente a la jaula del fiero león que le había rasgado el pecho hasta alcanzar el corazón. Tenía una herida en carne viva y una cicatriz que no podría eliminarse nunca de la geografía de su cuerpo ni del mapa de su alma. El viejo león asesino estaba en la jaula sin entender por qué, sin intuir que todos sabían que era un depredador y construyendo, una vez más, una mentira para tratar eludir la responsabilidad de sus actos. Pero esta vez no iba a quedar otro culpable que no fuera él.

De repente, tuvo miedo de quedarse sin voz, de no encontrar las palabras necesarias para explicar todo lo que tenía que decir. En silencio, había reproducido sin cesar lo que le diría como si fuera una vieja canción. Pero aquella especie de corredor de la muerte tenía la energía propia de la angustia de un Guantánamo británico.

No había pisado una cárcel antes. Belmarsh era un sitio gélido que recordaba haber visto en los noticiarios cuando estuvo allí recluido Julian Assange. Leyó que también había estado el fanático tuerto Abu Qatada, uno de los hombres del círculo de Bin Laden. Ahora ella caminaba por el pasillo, queriendo olvidar todo lo que había recordado tras su periodo de amnesia. Habría sido mejor borrar la vida y construir un cuento con lo bueno que, de su pasado, le hubieran contado sus seres queridos.

Pero no. La desmemoria ya la había abandonado y los recuerdos percutían su tímpano, como el sonido de sus pisadas en distinta frecuencia: las de sus zapatos de tacón mínimo; las de las zapatillas de los dos hombres que no sabía qué hacían allí; las de los mocasines del juez y las botas planas de suela ruidosa de la inspectora. Era una procesión de paso quedo pero firme, un avance hasta el abismo, hacia el borde del precipicio. Clea había pedido enfrentarse a aquello pudiendo mirarle a los ojos sin ser vista, pudiendo ser escuchada sin escucharle y manteniendo la distancia de seguridad que protegiera su integridad.

Las autoridades habían accedido a sus peticiones, desde las más lógicas hasta las más inesperadas, como los auriculares que la aislaran de la realidad o permitirle ser ella quien le notificara a Henry la investigación en curso. Clea escuchaba latir su corazón bajo su oído derecho, como si una partida de billar absurda se jugara dentro de ella. Tenía que poder, tenía que ser capaz, por ella, por todas... Recordaba a Amalia repetir esa frase de Madeleine Albright que se había hecho presente, en las últimas semanas, con insistencia: «Hay un lugar especial en el infierno para las mujeres que no ayudan a otras mujeres».

Lugar en el infierno.

Mujeres.

Ayuda.

Mujeres, mujeres, mujeres.

Amalia y sus padres estaban esperando en un coche a la puerta de la prisión. Era el centro con medidas especiales para los casos más mediáticos y con repercusión internacional. Las dimensiones de aquel asunto no eran menores ni en la prensa ni, mucho menos, en la vida de Clea.

Los hombres de las zapatillas se detuvieron ante una puerta metálica. Ella notaba que el miedo quería salir por la vejiga o por la boca, pero no encontraba un orificio lo suficientemente grande para escapar. Se trataba de un miedo descomunal. Abrieron la puerta y le cedieron el paso. También Cook y el juez, con un ademán compasivo.

Clea estaba aterrorizada y a la vez segura de que tenía que hacerlo, de que necesitaba escribir esa página de su autobiografía con firmeza y de su puño y letra. Para eso no servían los mensajes al móvil ni un correo electrónico. Quería ser ella quien escribiera ese final y ese principio. Tenía que ser ella.

El silencio era sepulcral en la habitación. No se oían ni siquiera las respiraciones. Solamente había una mesa en el centro con cuatro sillas. Todo aséptico, viejo, como lo que realmente era, el Royal Arsenal de Woolwich adaptado a sus nuevas funciones.

Una ventana, como en las películas, y al otro lado un inhóspito habitáculo con luz fría y una sola silla ante la ventana, frente al espejo.

Ella tragó saliva y cogió los auriculares de la mano de uno de los hombres de las zapatillas, del más alto. Él sonrió con un gesto que pretendía mostrar apoyo. Se los puso y oyó la música que la separaba del resto del mundo. Se sentó frente al cristal, hizo un gesto con el pulgar a los presentes hacia arriba para confirmar su aislamiento acústico y el juez pulsó un timbre.

La puerta que se veía por el cristal se abrió y ella cerró los ojos queriendo escapar de la situación. Nadie la había preparado para tener que vivir un día algo parecido a eso. Sin saber por qué, pensó en Nella. Era otra víctima. Su legado también se había esfumado. Daños colaterales. Con los ojos cerrados, buscó la inspiración en la imagen del baúl de malaquita con su gran C sobre la tapa. Cuánta vida y cuánta muerte.

No pudo mirarle a la cara. Solo vio el pantalón gris y la sudadera del uniforme. Decidió empezar a hablar sin mirar a sus ojos, sin enfrentarse de nuevo al poder de su mente. La voz llegó al paladar cuando no se la esperaba.

—Aquel día en que te maté fue el comienzo de muchas cosas. Estaba ya harta de los duelos sin muerto presente y decidí fabricar el mío propio. Cuando todo estaba consumado y organizado, llamé a todos mis amigos, a los que te conocían y a los que habían oído contar cientos de veces la perfecta historia de amor que protagonizamos. También a algunos a quienes no les había siquiera hablado de ti. Me fui creciendo a medida que contaba la trágica historia de tu muerte e hice de tu funeral la boda que no tuvimos.

Pausa. Silencio. Saliva por la garganta. Más silencio.

—No podía creerlo. Cuando vi tu cara en las noticias, entendí qué había pasado. No me acordaba de cómo habías muerto porque no habías muerto. Te había matado yo como una estrategia para no poder volver a caer en la ruinosa trampa de tu amor, de tu *hamor*. Para mí, hamor se escribía con *h* sin saber que esta palabra en hebreo quiere decir «asno». Asno hay que ser para aparcar el cerebro, guardarlo en un cajón de la mesilla y caer en unas garras como las suyas, como las tuyas, maldito Henry.

»*Matándote* delante de todos me tendía a mí misma una emboscada. Cualquier detalle que pudiera significar que había mentido, me desnudaría ante los demás. Y ya viste que, por no permitir eso, soy capaz de romper cristales pese a las consecuencias en mi cuerpo. Si se hubieran enterado, perdería la credibilidad y me tomarían por alguien de la más baja estofa al intuir que planeé tu muerte para escapar de mi letal adicción a ti.

»Lo decidí el día de mi cumpleaños, ¿te acuerdas? Lo decidí en Barajas cuando esperé a que llegaras de Londres para irnos juntos a ese viaje sorpresa para el que no tenía que llevar maleta. Estuve esperándote en el aeropuerto a que llegaras. Nada. No venías en aquel vuelo. Tenías el teléfono desconectado y allí me quedé sola, esperando una explicación que te justificara y llorando como una loca. No viniste, no llamaste, no contestaste. Nada. En ese momento pensé en todo lo que me habías hecho. El cristal roto, el frío de la autovía de Málaga al amanecer, el brindis de Viena... Y me desmayé. No podía explicarlo. Me llevaron al hospital el día de mi cumpleaños y *celebré* los treinta y cinco en el servicio de

Urgencias. No en el desierto de las mil y una noches, no. En un hospital. Allí decidí matarte. Era la única forma de que fuera irreversible. Sabía que mi corazón no aceptaría fallarles a todos. Pero mi mente no me siguió el juego. No supe olvidarte. Estaba enganchada. Te amaba. Al menos eso creía.

»Fue tremendamente difícil. De hecho, no te maté hasta veintidós días después. No podía reaccionar. No contestaste siquiera cuando leíste mis mensajes pidiendo socorro, implorando unas palabras de ánimo o una mísera felicitación. Nada. El silencio es muerte. Y yo seguía como una zombi, suplicando un mero corazón en el móvil, poniendo un sombrero de copa en la acera a la espera del penique que no llegaba. Nada. Ni un corazón ni un penique. Cuando menos, las libras de tu amor, que siempre deseé y que nunca tuve.

»No llegabas, Henry, no llegabas y yo estaba hundida. Si conservas mis mensajes, hoy podrías decir que esos días te acosé. Esperaba las migajas de tu consideración si no recibía amor. Tu crueldad y tu indiferencia me dejaron destrozada. Aquel día no cumplí un año, sino treinta de golpe. No tenía fuerzas para sonreír. En medio de la locura en la que me dejaban tus inusitados plantones, en una de esas noches en vela, lo vi claro. Solamente tenía la opción de matarte. Solo eso. Imaginar tu muerte y escenificarla. Bloquear todas las vías de acceso a mí. Era una forma más de autoengañarme, la única salida airosa que conseguí para mi dignidad y para remontar y que no quedaras mal en el relato de mi propia vida. Prefería pensar que yo te había bloqueado a que tú no ibas a aparecer más. Era una salida digna e inteligente. Una vez que hubiera cruzado el Rubicón de anunciar tu muerte, la decisión final en nuestra ruptura habría sido la mía, la letal ficción de una asesina. Di todos los pasos en una borrachera de vodka y envalentonamiento, y ya no había marcha atrás.

»Pero había algo que pesaba más que mi obsesión por ti en mi decisión de confesar que te había asesinado. Odio la mentira. Fíjate, Henry, odio la mentira y vivía en la patraña más grande que he conocido. No podía perderte y reconocer ante los míos que había mentido. Nunca me llamaste, nunca más. Jamás me habrías llamado. Y en el fondo yo lo sabía. Jugué a ser quien tomaba la decisión final para no vivir enganchada a tu ausencia y al abandono permanente, como quien huye hacia atrás. El día que no apareciste supe que no volverías a tirarme del pelo. Quiero que lo sepas. No me gustaba. Hacía lo que me pedías para que me quisieras. Pero no, no me quisiste. Y matándote solo me maté a mí. Me convertí en un cadáver andante que no era capaz de hacer lo básico. Solo lloraba, lloraba y lloraba, sin saber que matarte me salvó la vida.

Clea pensó en una canción que hablaba de todo lo que ella buscaba en una historia de amor. Se dio cuenta en un instante de que, junto a Henry, había tenido todo lo que no deseaba. Tragó saliva y respiró hondo para proseguir.

—No se debe mentir. Ahora lo sabrán todos. Por primera vez en mi vida, no supe encarar un problema. Me ganaste la batalla, todas las batallas. Ganaste la guerra. Aun así, todos hemos llegado a esta conclusión, todos: la Policía, Lionel, tus hijos... Todos. A mí me salvó tu exmujer sin saberlo. ¡Pobre Liz! Atando cabos, nos hemos dado cuenta de que a mí me necesitabas viva para descargar parte de las sospechas de su muerte sobre otra persona. Además, te servía para alimentar tu coartada: ya tenías una vida nueva conmigo. Y yo caí como una idiota, sin percatarme de que me utilizabas una vez más. Ahora me siento imbécil por no haber recapacitado cuando volviste con aquella milonga...

»Fíjate si estaba en la inopia que hablé con una abogada para entregarme por un asesinato que no había cometido. Necesitaba enfrentarme a la verdad de lo que temía haber hecho. Y así, sin más, sin siquiera esperarlo, perdí de repente el miedo. Mi descontrol interno procedía de la aterradora culpa de haber acabado contigo en el peor de los sentidos. Y, sin embargo, estabas vivo. Yo no era una asesina. Estabas en los noticiarios por hacer lo que los Astor esperaban de ti: escapar por tierra, mar o aire, en una situación de riesgo. El legado familiar, ese que nos restregabas a todos, te ha arrastrado hasta aquí.

Jamás entendiste lo que tus padres te enseñaron. Esperaban que lo hicieras con sentido común y estando sobrio. La televisión me fue más útil que nunca en mi vida. Fue una auténtica revelación. Enmudecí. No pude hablar, pero pronto reuní las fuerzas necesarias para acudir a la Policía. Ya no había nada que temer. Solo tenía toda la verdad por averiguar.

Pausa. Silencio. Saliva en la garganta. Más silencio.

—Qué brutal es todo, Henry. Yo podría haber sido esa pobre chica a la que mataste, en Stonehenge, totalmente borracho. Me habría subido sin protestar al helicóptero, del mismo modo incomprensible en el que me subí al coche de mis padres después de estar en plena autopista, aterida, muerta de miedo durante tu hora de castigo. Igual que volví después de haberme destrozado la muñeca, tras la humillación que me enfriaba las entrañas, en aquel puñetazo de rebeldía contra la denigración. Cuando vi su melena, maldito Henry, recordé la mía. Me rapé sin comprender por qué lo hacía. En directo, en las redes, como una loca. Lo hice durante la parte del sufrimiento más salvaje e irremediable del duelo, con el luto instalado en mi ropa y en mi ánimo. La verdad y el corazón no te lloraban a ti, sino que se revolvían de una forma indecente que estrangulaban el estómago.

»Entonces sabía que seguías vivo, pero yo no estaba bien. Luego, con el coma, todo fue olvido y confusión. Se trataba de un síndrome de abstinencia claro de aquella puta dependencia. Maldito hamor, ahora sí, en hebreo. Juraría en arameo, pero la lengua de los judíos me ha regalado la serendipia. Hamor, hamor, hamor, hamor... hamor sin quererte y amor con *holvido*, que este olvido sí se escribirá para los restos con *h*. Con H de Henry.

»También el de Linda, esa pobre chica... Cayó en el olvido en un lugar mágico, de reminiscencias telúricas, como el centro de Stonehenge. Pronto nadie la recordará. O sí, porque tuviste la desgracia de caer en un lugar que te puso en el foco del mundo entero. Con tu megalomanía, aún dudo si fue desgracia o puntería.

»Deja de revolverte. Cálmate, ya no me asustas. No te oigo por más que grites. He pedido que me pongan unos auriculares por los que no puedo escucharte. Pero te miro. Déjalo, no seas ordinario. No seas agresivo. Los funcionarios de la prisión también te ven. Esta es mi forma de reconciliarme con el mundo, con Liz y con Linda. A Liz la conocía poca gente. Ya te encargaste tú de que no fuera sin ti a ningún sitio. A Linda, no lo sé, pero era joven y la olvidarán. La olvidarán todos, salvo los suyos. Se borrará de la memoria colectiva, pero nunca de la tuya ni de la mía, Henry.

Pausa prolongada. Lágrimas. Silencio. Carraspeo.

Clea se levantó y se pegó al cristal. Por primera vez lo miró a los ojos. Ya no tenía la mirada de un seductor, de un amor imprescindible. Eran los ojos de hiena cristalinos de un asesino. Pequeños y perversos, como nunca antes los había visto, despojados de la fascinación antigua, la que sentía por él antes de su muerte.

—Pobre chica... Puedo imaginarme tu ridícula cara de lujuria durante medio minuto y luego, ya está, se acabó. Ese era tu drama, se acababa de inmediato. No soportabas perder el control. Linda subió al helicóptero por necesidad o porque alguien la estaría utilizando para hacer negocio con su carne. Ella no podía decirte que no. No tenía opción. Ibas borracho, Henry. Muy borracho. Como siempre. Casi me arrastras por el camino de la perdición, de la que me salvó el coma. El viaje hacia la muerte me libró de llegar a ella. Es tremendo... Ya no bebo vodka. Me da arcadas el olor mezclado con el fuego o con tu perfume. Qué repugnancia, qué asco.

»No sabes cómo estoy disfrutando al verte en esa pecera tú solo. Sí, mira al espejo, revuélvete, grita, yo no puedo oírte y tú tendrás que arder en el fuego de tus actos ególatras e impíos. Grita, sigue gritando: no puedo oírte, no te oigo, no te escucho.

»No te oigo.

»No te escucho.

»Ni quiero ni puedo oírte.

»No me asustas.

»Se acabó.

»Desde que pedí ser yo quien te contara esto, he tenido miedo a romperme, a llorar. Pero no: se acabó la locura, la distorsión, el histrionismo, el sufrimiento. Qué torpe fui. Hubiera bastado quitarte el volumen, dejarte sin voz, para ver que te mueves como una fiera enjaulada en el zoo. Da vueltas, búscame, no estoy, ya no estoy más para ti, aunque me escuches desde el otro lado del espejo.

Pausa. Rabia. Cierto disfrute escondido en la *vendetta* justiciera. Manos sudorosas.

—La primera vez que hablé con la Policía inglesa no podía creerlo. De las tres que yo sabía que habíamos pasado por tu cama, dos no podían defenderse. Tendría que hacerlo yo por las tres. Cuando fui hablando con todos, me contaron los detalles y lo inexplicable comenzó a tener sentido. Qué boba fui, yo, que había presumido toda mi vida de mi inteligencia, y mira, una auténtica pardilla. Tu primera desaparición no tenía nada que ver con mi actitud, ni siquiera conmigo. Estabas intentando volver a tu casa, reconquistar a Liz. El día en que me enteré de tu accidente, supe que tenía que venir a Londres, y conocí a los detectives que han llevado el caso.

»Me cuesta no gritarte, Henry, me cuesta demasiado. Me escribiste desde Burdeos. La pobre Liz había buscado también su propia salida. Huiría hasta poder volver haciéndote desaparecer. Las dos sabíamos que el único modo de librarse de ti era la muerte. La nuestra o la tuya. Yo la fingí. Ella necesitaba más. Necesitaba matarte. Se había enamorado de otro y tú no lo tolerarías. No entendiste nunca que vuestros hijos os separaran y jamás habrías entendido que ella te dejara. Qué barbaridad. Tú y tu vivir permanente de los recuerdos de familia venida a menos, haciéndonos recrear en una época feudal que ya no existe. ¿Recuerdas tu brindis de fin de año en Viena? Menuda soberbia y vaya desfachatez... El patrimonio de tu familia se ha mantenido gracias al dinero de los Porter, gente trabajadora hecha a sí misma apenas unas generaciones antes que la de tus hijos...

»Eres cruel. Ataste a la pata de la cama a la mujer que te mantenía, haciéndole ver que te debía la vida. Siéntate, Henry, *hamor*, siéntate, asno, a escuchar la verdad. Lo que sentía ella, lo sentí yo en apenas unas semanas. Llegué a creer que tenía que estar agradecida porque alguien como tú me hiciera caso. Me hiciste sentir materialista por dos putos anillos, Henry. Por dos anillos. Si a mí no me gustan las joyas, si no las he tenido en mi vida. si cualquiera que me conozca sabe que una buena silla me hace más feliz que mil brillantes. Y yo llegué a sentir que te debía algo.

»Y claro, Liz asomó las alas fuera de la jaula de oro y se dio cuenta de que se había olvidado de vivir, de que tenía miedo y de que no le llegaba el aire a los pulmones sin que se entrecortara. Eso lo sé porque me pasaba. Seguro que a ella también. Y no respirar de corrido es muy angustioso. Es desquiciante. Tu mujer, sí, tu mujer —no la madre de tus hijos, que también, tu mujer— sabía que no aceptarías su decisión de dejarte y mucho menos, su historia de amor.

»Sí, sí, contrólate. No des golpes al espejo. No podrás romperlo. Está pensado para eso. Ella sabía que eres un negrero que no soportaría que una esclava se le escapara de la plantación. Y no estaba dispuesta a renunciar por ti al amor recién descubierto. Ya había renunciado toda su vida a vivir enamorada. Pero, claro, con lo que no contabas es con que, sin moverse de casa, pudiera tener al hombre de sus sueños. Ese enfado es porque sabes a quién me refiero, ¿verdad?

»Contrólate y siéntate. Eso es. Se enamoró perdidamente del hijo del mayordomo, a quien tú le recordabas continuamente sus orígenes, como a mí, como a la pobre rica Elizabeth... como a todos. Lionel aprovechó la educación y la formación que tú desechaste y se quedó nadando entre dos aguas, las de su mundo y las del tuyo, hasta que la encontró. Él también estaba profundamente enamorado. Me lo dijo a mí. Fui a darle el pésame cuando le informaron del asesinato de Liz. Ellos dos no habían hablado con confianza hasta que os separasteis, porque tú marcabas esa frontera ficticia e inexistente de las clases que, ciertamente, Henry, a todos nos suena a alcanfor y viejas gaitas. Vivimos en la sociedad del mérito y ese hombre ha hecho de sí mismo una persona adorable y con la que apetece estar. Liz disfrutaba de su té, de su conversación y de su cama... Era la paz frente al sobresalto, la profundidad frente a lo superficial, la humildad frente a la soberbia, la generosidad frente a la egolatría, el hijo del mayordomo frente al hijo de *lady* Astor. Se dio cuenta de que su sitio estaba con él. Y te tenía tanto miedo, te conocía tan bien que sabía que mientras vivieras, no lo permitirías.

»Hasta que encontramos el cuerpo, Lionel se aferraba a que se habría ido a Belice, donde tenía un plan B financiero para escapar de ti. Como lo oyes, se había preparado un lugar por si un día tenía que huir. Yo fui más visceral, ya sabes, soy española, como tantas veces me dijiste pensando que me insultabas. Yo te maté para no poder volver a ti y eso me salvó. Estoy viva de milagro pero, por suerte, vivo.

»Até los cabos de las fechas y me di cuenta de que la cápsula del tiempo no venía de Londres, venía de Burdeos. Se lo conté a los detectives y consiguieron inmediatamente una orden para que se levantara el cenador. Vaya numerito montaste. La grúa, el champán, el sexo, la tradición, la jodida tradición... Qué espanto, qué circo. Te noté más violento que nunca. Algo de sangre tenías que tener... Estábamos enterrando el cadáver de tu mujer como quien no quiere la cosa. La habías matado apenas unos días antes y, frío y manipulador como eres, habías movido los hilos..., los de todos. También los míos. Apenas tardé veinte minutos en volver a tu tela de araña y preparar el enterramiento. Con tu dinero, en tu casa, pero con mis órdenes.

»No sabes cómo fue aquello. El juez del pueblo estuvo allí presenciando cómo retiraban el cenador, el puto cenador. Eres perverso, malvado y no tienes escrúpulos. Las obras para el desmontaje fueron filmadas ante el mismo notario al que acudisteis para que certificara el regalo que Liz te hizo el día que la mataste. Ese hombre sigue conmocionado. Los detectives ingleses y yo llegamos mientras excavaban. Efectivamente, allí estaba la «cápsula del tiempo». ¿Cómo me pude dejar engañar de aquella manera? ¿Cómo pude perder mi personalidad y pensar que era mucho más pequeña que tú y qué tu pilotarías? ¿Qué hiciste conmigo? ¿Qué te permití que me hicieras?

»Nada, al final conmigo no hiciste nada de lo que podías haber hecho. Lo supe cuando la grúa sacó la caja blindada y la abrieron allí mismo. El silencio se hizo en Villa Matin. Solo sonaban los *flashes* de las cámaras de la Policía. Habías metido a mazazos su cuerpo en una caja cuadrada de solo un metro cúbico. Le clavaste un puñal y la metiste en una caja a martillazos, rompiendo sus huesos para que cupiera. Eres un animal despiadado. Era tu mujer, Henry, la madre de tus hijos, por el amor de Dios. No te hablo ya de amor, sino de un ápice de humanidad... Tu compañera de vida... Por eso, nada, a mí no me hiciste nada. Lo mío apenas fueron unas heridas, un coma y el legado de una gran mujer destruido. Aparte del ingreso de mi madre por ansiedad, del sufrimiento, del desembolso económico para mi familia que no es ni Astor ni Porter. Pero nosotros estaremos bien. Lo supe cuando se abrió ese regalo envenenado y criminal que yo te ayudé a enterrar, bajo el engaño de que habías pensado en un futuro para nosotros. Yo he salido bastante bien parada... Pobre Liz, pobrecita...

Pausa. Silencio. Burla. Mofa. Retintín. Soniquete. Relajarse. Inspirar. Expirar. Seguir.

—No te pongas así. Henry, *hamor* nuestro, *hamor* de todas, asno sin conocimiento, que pensó que había tramado el crimen perfecto. Tus hijos, tus hijos están rotos, han perdido al que podía haber sido el ejemplo a seguir y no te lo perdonarán. Yo tampoco, Henry, yo tampoco. Y Lionel... Tendrías que verlo. Tiene la tristeza tan instalada en los ojos como en los tuyos está ahora mismo la rabia. Con arraigo, con una sujeción de esas que no se mueven con un poco de viento.

»Quería ser yo quien te lo dijera. Así se lo contaré al jurado. La humanidad y la generosidad que me quedan las invierto en esto, en contártelo. El cadáver ya ha aparecido. Se acabó el misterio. Aunque hoy estás aquí por los delitos que cometiste borracho en Stonehenge, la acusación por el asesinato de tu mujer y lo que hiciste con su cuerpo está de camino. Tú verás si quieres ahorrar a la memoria de los Astor el escándalo de un proceso mediático que dure años. Tú decides si nos liberas a tus hijos, a Lionel, a la familia de Linda y a mí de todos esos trámites o si quieres revictimizarnos defendiendo tu presunción de inocencia. Tú decides. Si tienes algo de honor, en algún lugar bajo ese uniforme gris, confiesa y acepta los cargos.

»Soy muy generosa, Henry, mucho. He pedido venir para darte la oportunidad de evitar lo que mereces, he de ser honesta contigo. También he venido para decirte que no tienes a quién echarle la culpa, que no escuchamos tus vacíos argumentos de energúmeno, que la verdad ha prevalecido sobre tu maldad, tu crueldad, tu fanatismo, tu narcisismo, tu... Tú, Henry, siempre tú. Evita la vergüenza de un juicio ante la mirada de todos. Confiesa. Es lo que te queda.

»Es todo tan fuerte... Siete meses... Fuiste capaz de mantener durante siete meses la versión de que Liz te abandonó. Claro, eso fue en Londres. A mí me mantuviste ajena a todo esto. Y todos, tus hijos, Lionel, hasta los investigadores de la Policía creyeron que podía haber desaparecido por propia voluntad para librarse de ti... Dos vidas paralelas. Dos grandes mentiras paralelas en dos estanques sin comunicación entre ellos. Por eso yo no iba a Londres. Así no te descubríamos. Mientras estábamos juntos, todo cuadraba, todo tenía un sentido. La Policía estaba despistada porque la interpretación se te da fenomenal, el relato de la parte inglesa lo cubriste con cada detalle. Pero no contabas con mi estrategia para huir de ti, para *acabar* contigo. Fui yo quien, sin saberlo, alertó a la inspectora Cook y a sus agentes de que algo raro estaba pasando, cuando investigaron mi milonga sobre tu muerte. Tú estabas vivo y en Londres. Lo sabían. Investigando la desaparición de Liz, se toparon con una realidad inesperada. Yo había fingido tu muerte. Me la había inventado para no recaer de nuevo. Tú estabas vivo.

»Habías mentido a la perfección, para no variar, como llevas mintiendo toda tu vida, cada vez que te habían interrogado. Tú que ibas de impecable aristócrata de reputación inmaculada, y lo que tienes es una repugnante fama de putero y vividor que se está cargando el buen nombre de tu familia. Pero me infravaloraste. Nunca contaste con que mi instinto de supervivencia, con que mis trampas a mí misma para no ahogarme en el fango me harían salir a flote. Aunque, claro, tampoco me conocías bien, porque nunca te interesó hacerlo.

»El único amor que has conocido en tu vida ha sido el amor propio. Eso... Sigue... Ese espejo que aporreas está hecho a prueba de rabia. Otros delincuentes se han sentado ahí antes. No te canses, no vas a romperlo, no puedes llegar a mí, ya no. ¡Maldito Hamor! ¡Maldito Hamor!

»Yo me voy, Henry, me voy libre, como me conociste, tocada por lo que me has hecho aprender con tanto sufrimiento, pero libre, sana. El pelo crece. La memoria se recupera. En breve, mi cuerpo estará sano y mi conciencia está limpia. Merezco lo mejor y lucharé por tenerlo. Un patrimonio humano intangible como el que tenía. Mi red de apoyo nunca se rompió. A lo mejor un día me dan un Pritzker, probablemente no..., pero no porque mi trabajo o yo no tengamos valor, sino porque habrá otros mejores.

»Quería que me oyeras sin verme, que solo escucharas mi voz y no pudieras interrumpirme. Así, calladito, como tú nos exigías a todas. Tendrás un discurso en el que parezca que todas éramos malas, que estábamos en tu contra: una se prostituía, la otra tenía una relación sin haberse separado y yo llegué a beber y a estar involucrada en un incendio. Además, me inventé tu muerte y todo mi entorno dudaba de mi salud mental desde que me enganché a ti. Buenos cimientos para construir una historia, creértela y que tus compañeros en la cárcel puedan pensar que eres una víctima de todas las mujeres buenas que se acercaban a ti. Pero no cuela, Henry, no cuela. Ya no puedes seguir con esto. Yo sé la verdad, tus hijos saben la verdad, en Londres se sabe la verdad y el mundo entero la sabrá gracias a tu puntería, gracias a la historia de Stonehenge, gracias a la magia de nuestros antepasados, los de todos... Los hombres primitivos que compartieron el esfuerzo en la construcción de ese monumento, los de los tiempos en que no había palacios ni clubes ingleses.

»Y por cierto, porque nos conocemos y sé cómo piensas, no creas que te vas a librar de los tribunales ingleses o que vas a poder *esconder* la vergüenza de los Astor con un juicio en Francia. Probablemente tengas razón y jamás me den un Pritzker, pero aprendo rápido: ya te contará tu abogado qué es el Convenio de Estambul y la extraterritorialidad de la jurisdicción británica para casos como este. Aquí, querido, aquí. El honor de los Astor se juzgará en Inglaterra. Hazles un favor a tus hijos, uno solo en tu vida. Confiesa y evita el juicio. Y ni se te ocurra llamar a Lionel. Está destrozado. Él y Liz se amaban, se amaban profundamente... Búscate quién te defienda tú solito... Estás solo, completamente solo...

»La verdad te ha destruido. Tu verdad, *hamor*, tu verdad animal. Estás aquí más muerto que nunca, con los pies de tus víctimas en el cuello y mi voz resonando en tus oídos. No me ves, no me puedes tocar, no te oigo. Pero tú a mí me escuchas y hablo en nombre de las tres, de todas nosotras.

»A tu lado he aprendido a ser prudente. Jamás volveré a decir que yo nunca podría caer en una relación como la nuestra, como todas las que tu actitud genera. De hecho, aquí estoy, con auriculares, porque todavía no me atrevo a escuchar tu voz. Tengo que curarme de mi dependencia. Tengo miedo de recaer. Me aterroriza sentirme responsable del curso de tu vida si lloras y sentir pena por ti. Lástima, pena y culpa. Lástima, pena y culpa. ¿Verdad que recuerdas la receta? Así se hace el cóctel con el que gobernabas en tu tiranía. No eres más que un diagnóstico terminal para quien se acerca a ti y el cáncer que ha pesado sobre tu linaje. Eres el ser más destructivo que una puede cruzarse y donde termina nuestro infierno es donde comienza el tuyo. Aquí, ahora. Paga con el peso de la justicia por todo el daño que nos ha hecho tu narcisismo perverso.

Silencio. *The end. The beginning.*
Silence. Final. Principio.
La muerte. La vida. La libertad, la ansiada libertad.

Agradecimientos

A mis padres y a mi hijo, Álvaro, porque nunca pensé recibir el cariño, el apoyo y el amor de mi familia más cercana de una forma tan desbordante, tan incondicional como la que me están demostrando. No han tenido ni una sola duda sobre la valía de mi trabajo. ¡Qué suerte tengo!

El padre de la protagonista se llama como mi hijo porque tiene su generosidad, su ecuanimidad y su forma pausada de ver la vida. Sin dramatismos, sin sobresaltos.

A mis queridas María Ubago y Vanessa Martín, por ser mis báculos, mi apoyo y mis primeras lectoras. A Quetina, porque fue, es y será, porque siempre creyó en mí más que yo misma. A Lucas Fernández, porque en un ejercicio pleno de amistad, me regaló su entusiasmo y perspectiva desde el conocimiento y la profesionalidad. Y a Ana, la amiga con la que quiero envejecer con un baúl lleno de recuerdos y un viaje por el que Japón deje de estar pendiente.

A mis hijastros María, Tristán y Cósima, porque siempre han estado en esta nueva fase de mi vida.

María ha publicado ya su libro cuando entrego esta novela a la editorial; Cósima será la próxima escritora de la familia y Tristán es el ávido lector que todo lo sabe y a quien siempre pedimos que escriba, con poco éxito por nuestra parte.

A mi ahijado Gonzalo, porque siempre me ha mirado como si fuera un ángel, como si fuera algo diferente a todo. Porque siempre me ha querido más de lo que correspondía.

A Rosa por todo. Especialmente por contener mi primera crisis de escritora al querer abandonar esta novela en el capítulo trece. Gracias, compañera de viaje. Una editora y una autora no deberían ser amigas. Siempre diré que no lo somos, pero también que te quiero y te admiro.

A la familia del Grupo Planeta. A mi criterio, la mejor editorial a la que alguien pueda aspirar. A todos los míos en Espasa: David, Sergio y Laura, por supuesto, y a todos los demás, que me apoyáis siempre.

A Fernando Marías, *in memoriam*, por todo lo que me enseñó su amistad.

A Luis María Anson, por creer que soy y seré una novelista, enseñándome a distinguir entre quienes escriben novelas y los novelistas. A veces, merece la pena escribir un libro solo porque alguien, con su capacidad y su criterio, te anime a trabajar en serio y con firmeza.

A mis queridos amigos Bernard-Henri Lévy y Arielle Dombasle, por su amistad y porque parte de este libro se escribió en su casa de Tánger, viendo España a lo lejos y con la perspectiva del mar, y se corrigió en su refugio de Marrakech, que es el lugar ideal para encontrarse y compartir. Mi amiga Arielle fue quien me prestó su apellido para Paul y Bertrand Dombasle en *Cazar leones en Escocia*.

A mis amigos Félix y Luysa Revuelta, porque otra parte de la novela se escribió en nuestra estancia en el hotel Healthhouse Las Dunas mientras celebrábamos su amor de más de cincuenta años incluidos en su familia elegida.

A mi amigo Miguel Lorente, prestigioso forense a quien he consultado tantas cosas a lo largo de los años y algunas para este libro. A Cristina de Alzaga, por su bolígrafo meticuloso y su sonrisa generosa. Y a Mercedes Wullich, por intentar traspasarme parte de su autoconfianza argentina.

Y en casi último lugar, pero el primero y necesario, a los miles de personas que leísteis *Cazar leones en Escocia* y me disteis la firme oportunidad de continuar. Mi agradecimiento es para quienes os encantó, pero también para quienes no os gustó, por haberme permitido enseñaros lo que escribo. Afortunadamente, la vida te enseña que ninguno somos el sol para gustar a todos, pero la oportunidad es un regalo que os agradezco desde lo más profundo del corazón.

Repito en este lo que os gustó tanto de los agradecimientos del libro anterior: «A mis aspirantes a enemigas», y también a aquellos que pretenden ponérmelo difícil. Sin vosotros, todo sería mucho más fácil y habría de esforzarme menos, con lo cual también disfrutaría menos cada pequeño logro. Gracias por enseñarme las dificultades de la vida. Al sortearlas, mejoro y crezco.

Y por supuesto, a mis amigos, a quienes siempre están, aunque no nos veamos, a quienes responden como si hubiéramos hablado ayer, aun habiendo pasado meses, a los que se apuntan antes de saber qué propongo, a quienes me acompañan en esta dinámica mía del entusiasmo y las ganas de saber un poco más. A *mi gente*, esa que practica el «vive y deja vivir».

Sobre todo, a Clea. He conocido a cientos de Cleas a lo largo de mi vida que me han confiado su historia, que me han contado lo que sentían y cómo se sentían. A todas las que han escapado del amor *fake*, ese que destroza cuando se escribe con más de cuatro letras, cuando te encuentras un Henry cualquiera que hace que la temperatura del agua suba para que la rana muera cocida. A todas las Cleas que supieron saltar para vivir y a las que conseguirán hacerlo, aunque ellas aún no lo crean. Se puede. Es difícil, pero se puede.

A todos siempre, gracias.

Este libro
terminó de
imprimirse
en Madrid en
marzo de 2023.